UN BESO PARA MI ASESINO

UN BESO PARA MI ASESINO

RUTH RENDELL

Traducción de Carme Camps

grijalbo
grupo grijalbo - mondadori

Título original
KISSING THE GUNNER'S DAUGHTER
Traducido de la edición de Hutchinson, Londres, 1992
Cubierta: ʕDD, Serveis de Disseny, S.A.
© 1992, KINGSMARKHAM ENTERPRISES Ltd.
© 1993, EDICIONES GRIJALBO, S.A.
         Aragó, 385, Barcelona
Primera edición
Reservados todos los derechos
ISBN: 84-253-2512-9 (*tela*)
ISBN: 84-253-2580-3 (*rústica*)
Depósito Legal: B. 18.089-1993
Impreso en Novagrafik, S.A., Puigcerdà, 127, Barcelona

En memoria de Eleanor Sullivan
1928-1991
Una gran amiga

1

El 13 de mayo es el día de peor suerte del año. Las cosas serán infinitamente peor si da la casualidad de que cae en viernes. Sin embargo, ese año era lunes y eso bastaba, aunque Martin no era supersticioso y habría emprendido cualquier empresa importante el 13 de mayo o habría subido a un avión sin ningún escrúpulo.

Por la mañana encontró una pistola en la cartera que su hijo llevaba al colegio. Actualmente se le llama mochila, pero se trataba de una cartera de mano. La pistola se encontraba entre un montón de libros de texto, manoseadas libretas, papel arrugado y un par de calcetines de deporte, y por un terrible instante Martin creyó que era de verdad. Durante unos quince segundos pensó que Kevin se hallaba realmente en posesión del revólver más grande que él jamás había visto, aunque de un tipo que no era capaz de identificar.

Reconocer que se trataba de una reproducción no le impidió confiscarlo.

—Puedes despedirte de esta pistola, te lo prometo —anunció a su hijo.

Este descubrimiento se produjo en el coche de Martin poco antes de las nueve de la mañana del lunes 13 de mayo, camino de la escuela de Kingsmarkham. La cartera de Kevin, mal cerrada, se había caído del asiento trasero y parte

9

de su contenido se había esparcido en el suelo. Kevin contempló con aire triste y en silencio a su padre meterse en el bolsillo del impermeable la pistola de juguete. Ante la puerta del colegio, bajó del coche diciendo adiós sin apenas mover los labios y sin mirar atrás.

Éste fue el primer eslabón de una cadena de acontecimientos que acabaría en cinco muertes. Si Martin hubiera encontrado la pistola antes y Kevin hubiera ido al colegio solo, nada de ello habría sucedido. A menos que se crea en la predestinación y el destino. A menos que se crea que los días de uno están contados. Si uno puede imaginárselo, si uno puede percibirlos numerados al revés, de la muerte al nacimiento, Martin había llegado al Día Uno.

El lunes, 13 de mayo.

También era el día libre, este Día Uno de su vida, del sargento detective Martin del departamento de Investigación Criminal de Kingsmarkham. Había salido temprano, no sólo para llevar a su hijo al colegio —eso era excepcional, consecuencia de salir de casa a las nueve menos diez— sino para que le instalaran unos limpiaparabrisas nuevos en el coche. Era una mañana excelente, el sol brillaba en un cielo claro y el pronóstico era bueno, pero aun así no quería arriesgarse a llevar a su esposa a Eastbourne a pasar el día con unos limpiaparabrisas que no funcionaban.

Los del garaje se comportaron como era típico. Martin había concertado esa visita por teléfono dos días antes, pero eso no impidió que la recepcionista reaccionara como si nunca hubiera oído hablar de él, ni que el único mecánico disponible meneara la cabeza diciendo que era posible, que podía hacerse, pero habían llamado a Les inesperadamente para una emergencia y más valía que Martin les dejara telefonearle. Al final prometieron a Martin que los tendría instalados a las diez y media.

Regresó a pie por Queen Street. La mayoría de las tiendas todavía no habían abierto. La gente con la que se cruzaba iba camino de la estación para dirigirse a su trabajo. Martin notaba la pistola en el bolsillo derecho, su peso y su forma. Era una pistola grande y pesada con un cañón de diez centímetros. Si la policía británica fuera armada, notaría esto. Cada día, todo el día. Martin pensó que ello tendría sus inconvenientes y sus ventajas, pero de todos modos no podía imaginar que semejante medida fuera aprobada por el Parlamento.

Se preguntó si debería contarle a su esposa lo de la pistola, y se preguntó muy en serio si debería decírselo al inspector jefe Wexford. ¿Qué hace un muchacho de trece años con una reproducción de lo que probablemente era un arma de la policía de Los Ángeles? Era demasiado mayor para las pistolas de juguete, claro, pero ¿cuál podía ser el propósito de una reproducción sino amenazar, hacer creer a los demás que era real? ¿Y esto podía tener una intención criminal?

En aquellos momentos Martin no podía hacer nada. Aquella noche, por supuesto, decidiera lo que decidiera hacer, debería tener una charla seria con Kevin. Se metió en High Street, desde donde pudo ver el reloj azul y dorado de la torre de la iglesia de St. Peter. Eran casi las nueve y media. Se dirigía al banco, con intención de sacar dinero suficiente para pagar el garaje, así como para gasolina, almuerzo para dos, gastos extraordinarios en Eastbourne y que quedara un poco para los dos días siguientes. Martin desconfiaba de las tarjetas de crédito y, aunque tenía una, raras veces la utilizaba.

Su actitud era la misma con respecto al cajero automático. El banco todavía se hallaba cerrado, impidiéndole el paso su sólida puerta principal de roble, pero había un cajero automático instalado en la fachada de granito. Llevaba la tarjeta en la cartera, la sacó y la miró. En algún sitio había escrito el número secreto. Intentó recordarlo: ¿cincuenta-cincuenta-tres? ¿Cincuenta-tres-cero-cinco? Oyó que corrían los cerrojos y daban vuelta a la llave de la puerta. Ésta se abrió hacia adentro y dejó al descubierto la puerta interior

de cristal. El grupo de clientes del banco que estaban espe
rando cuando Martin llegó entró primero.

Martin se acercó a uno de los mostradores que estaban
equipados con un secante y un bolígrafo sujeto con una
cadena a un falso tintero. Sacó su talonario. No necesitaría
la tarjeta de crédito para respaldar su cheque, ya que todo
el mundo le conocía al tener allí su cuenta; uno de los cajeros ya le había visto y se habían saludado.

Sin embargo, pocos conocían su nombre de pila. Todos le llamaban Martin y siempre lo habían hecho. Incluso
su esposa le llamaba Martin. Wexford debía de saber cómo
se llamaba, y también el departamento de cuentas, y todo
el que se ocupara de estas cosas en el banco. Cuando se
casó, lo había pronunciado y su esposa lo había repetido.
Bastante gente creía que Martin era su nombre de pila. La
verdad de ello era un secreto que él guardaba tan dentro
de sí como podía, y en aquella ocasión firmó el cheque
como hacía siempre: «C. Martin».

Dos cajeros entregaban dinero o recibían depósitos tras
sus pantallas de cristal: Sharon Fraser y Ram Gopal, cada
uno de ellos con el nombre en el cristal y una luz en lo alto
para indicar que estaban libres. Se había formado cola en
la zona recién designada para esperar, señalizada con unos
postes cromados y cuerdas azul turquesa.

—Como si fuéramos ganado en un mercado —dijo indignada la mujer que tenía delante.

—Bueno, es más justo —replicó Martin, que era un gran
amante de la justicia y el orden—. Así se aseguran de que
nadie se cuela.

Fue entonces, justo después de hablar, cuando se dio
cuenta de que ocurría algo. La atmósfera del interior de un
banco es muy tranquila. El dinero es serio, el dinero es silencioso. La frivolidad, la diversión, los movimientos rápidos, las prisas no pueden tener lugar en esta sede de costumbres, de intercambios pecuniarios. Así que el más
mínimo cambio se percibe al instante. Una voz alzada se

hace notar, un sujetapapeles que cae se convierte en un estruendo. Cualquier mínima perturbación sobresalta a los clientes que esperan. Martin notó una corriente de aire cuando la puerta de cristal se abrió demasiado deprisa, percibió la sombra cuando la puerta principal, que jamás se cerraba durante el día, que permanecía permanentemente abierta durante las horas de trabajo, se cerró con cuidado y casi en silencio.

Se volvió.

Después, todo sucedió muy deprisa. El hombre que había cerrado la puerta, que había corrido el cerrojo de la puerta, ordenó con aspereza.

—Todos contra la pared. Rápido.

Martin se fijó en su acento, que era inconfundiblemente de Birmingham. Él así lo creyó. Cuando el hombre habló, alguien gritó. Siempre hay alguien que grita.

El hombre, que tenía el revólver en la mano, dijo con su voz nasal y sin inflexión:

—No ocurrirá nada si hacen lo que se les dice.

Su compañero, un muchacho, en realidad, que también iba armado, avanzó por el pasillo de cordón color turquesa y soportes cromados hacia los dos cajeros. Había un cajero tras una ventanilla a su izquierda y otro tras una ventanilla a su derecha: Sharon Fraser y Ram Gopal. Martin retrocedió hasta la pared de la izquierda con todos los demás que formaban la cola; todos estaban en aquel lado, amenazados por el revólver del hombre.

Estaba seguro de que la pistola que empuñaba el muchacho de la mano enguantada era de juguete. No una reproducción como la que él llevaba en su bolsillo, sino de juguete. El muchacho parecía muy joven, de diecisiete o dieciocho años, pero Martin sabía que, aunque él mismo no era viejo, lo era lo bastante para no saber si alguien tenía dieciocho o veinticuatro años.

Martin trató de memorizar todos los detalles del aspecto del muchacho, sin saber, sin soñar entonces, que cual-

13

quier memorización que pudiera realizar sería en vano. Observó el aspecto del hombre con similar atención. El muchacho tenía un curioso sarpullido en la cara. O quizá eran granos. Martin nunca había visto nada igual. El hombre era moreno y tenía las manos tatuadas. No llevaba guantes.

El arma que empuñaba el hombre también podía no ser de verdad. Era imposible decirlo. Al observar al muchacho, pensó en su propio hijo, no muchos años menor. ¿Kevin habría pensado en algo como aquello? Martin palpó la reproducción que llevaba en el bolsillo, vio que el hombre tenía la vista fija en él. Sacó la mano y la enlazó con la otra.

El muchacho había dicho algo a la cajera, a Sharon Fraser, pero Martin no entendió qué. Debían de tener algún sistema de alarma en el banco. Se confesó a sí mismo que no sabía de qué tipo. ¿Un botón que se oprimía con el pie? ¿En aquellos momentos estaba sonando una alarma en la comisaría de policía?

No se le ocurrió memorizar ningún detalle del aspecto de sus compañeros, aquellas personas que se apretaban como él contra la pared. En realidad, habría sido igual. Lo único que habría podido decir de ellos era que ninguno era viejo, aunque todos menos uno eran adultos. La excepción era un bebé que iba en brazos de su madre. Para él eran sombras, un público sin nombre, sin rostro.

En su fuero interno sentía una necesidad creciente de hacer algo, de actuar. Sentía una enorme indignación. Era lo que siempre sentía cuando se hallaba frente al delito o a un intento de delito. ¿Cómo se atrevían? ¿Quién se creían que eran? ¿Con qué derecho imaginado entraban allí a llevarse lo que no era suyo? Era la misma sensación que experimentaba cuando oía o veía que un país había invadido a otro. ¿Cómo osaban cometer semejante ultraje?

La cajera le estaba entregando dinero. Martin no creía que Ram Gopal hubiera disparado ninguna alarma. Estaba con la mirada fija, petrificado de terror o simplemente inescrutablemente sereno. Observaba a Sharon Fraser que oprimía las teclas del cajero automático que tenía a su lado del que salían billetes en paquetes de cincuenta y cien libras. Los ojos fijos contemplaban los paquetes que, uno tras otro, eran empujados por debajo de la barrera de cristal, mediante la cubeta de metal, hacia la ávida mano enguantada.

El muchacho tomaba el dinero con la mano izquierda, recogiéndolo con rapidez y metiéndolo en una bolsa de lona que llevaba atada a la cintura. Seguía apuntando a Sharon Fraser con la pistola, la pistola de juguete. El hombre amenazaba a los demás, incluido Ram Gopal. Era fácil hacerlo desde donde se hallaba. El interior del banco era pequeño y todos estaban muy juntos. Martin percibió el llanto de una mujer, sollozos ahogados, suaves gemidos.

Su indignación amenazaba con desbordarse. Pero todavía no, todavía no. Se le ocurrió que si la policía tuviera autorización para llevar armas, él podría estar entonces tan acostumbrado a ellas que sabría distinguir si una pistola era auténtica o falsa. El muchacho se había colocado frente a Ram Gopal. Sharon Fraser, una joven y rolliza muchacha, a cuya familia Martin conocía algo —su madre había ido al colegio con la esposa de él— estaba sentada con los puños apretados y sus largas y rojas uñas se le hundían en las palmas. Ram Gopal había empezado a pasar paquetes de billetes por debajo de la barrera de cristal. Casi había terminado. En unos momentos, todo habría acabado y él, Martin, no habría hecho nada.

Contempló al hombre corpulento que retrocedía hacia las puertas. Importaba poco, seguían amenazados por su pistola. Martin deslizó la mano hasta su bolsillo y palpó la enorme arma de Kevin. El hombre lo vio pero no hizo nada. Tenía que abrir aquella puerta, correr los cerrojos, para poder escapar.

Martin se había dado cuenta enseguida de que la pistola de Kevin no era de verdad. Mediante el mismo proceso de reconocimiento y razonamiento, ya que no por experiencia, supo que la pistola de aquel muchacho tampoco era de verdad. El reloj de pared que había sobre los cajeros, tras la cabeza del muchacho, indicaba que eran las nueve y cuarenta y dos. ¡Con qué rapidez había sucedido todo! Sólo media hora antes él se hallaba en aquel garaje. Sólo cuarenta minutos antes había encontrado la reproducción en la cartera de su hijo y la había confiscado.

Se metió la mano en el bolsillo, sacó la pistola de Kevin y gritó:

—¡Tirad las pistolas!

El muchacho volvió la cabeza lentamente y le miró. Una mujer ahogó un sollozo. La pequeña y frágil pistola que empuñaba el muchacho pareció temblar. Martin oyó que la puerta principal golpeaba la pared al abrirse. No oyó marcharse al hombre, al hombre que llevaba la pistola de verdad, pero sabía que se había marchado. Una ráfaga de aire barrió el banco. La puerta de cristal se cerró de golpe. El muchacho se quedó mirando a Martin con ojos extrañamente impenetrables, quizá drogados, sosteniendo su pistola como si en cualquier momento pudiera dejarla caer, como si estuviera realizando una prueba para ver hasta qué punto podía dejarla suspendida de un dedo antes de que cayera.

Alguien entró en el banco. La puerta de cristal se abrió hacia adentro. Martin gritó.

—¡Atrás! ¡Llame a la policía! ¡Enseguida! Se ha producido un atraco.

Dio un paso al frente, hacia el muchacho. Sería fácil, era fácil, el verdadero peligro había pasado. Apuntaba con su pistola al muchacho y éste temblaba. Martin pensó: «¡Lo habré hecho yo, yo solo, Dios mío!».

El muchacho apretó el gatillo y una bala le atravesó el corazón.

Martin cayó. No se dobló, sino que se desplomó en el suelo como si las rodillas le hubieran flaqueado. Le salió sangre por la boca. No emitió ningún ruido más que una débil tos. Su cuerpo se doblegó, como en una película, a cámara lenta; con las manos agarró el aire, pero con movimientos débiles y elegantes, y poco a poco se derrumbó hasta quedar completamente inmóvil, con la vista fija hacia arriba sin ver el techo abovedado del banco.

Por un momento todo quedó en silencio; luego, la gente empezó a gritar y chillar. Se agolparon en torno al hombre agonizante. Brian Prince, el director del banco, salió del despacho de atrás y con él salieron algunos miembros del personal. Ram Gopal ya estaba al teléfono. El bebé prorrumpió en desesperado y desgarrador llanto mientras su madre chillaba y farfullaba y rodeaba con sus brazos al niño. Sharon Fraser, que conocía a Martin, se acercó a él y se arrodilló a su lado, llorando y retorciéndose las manos, pidiendo a gritos justicia.

—Oh Dios, oh Dios, ¿qué le han hecho? ¿Qué le ha sucedido? Que alguien me ayude, que no muera...

Pero Martin ya había muerto.

2

El nombre de pila de Martin apareció en los periódicos. Se anunció aquella tarde en el avance de noticias de la BBC y otra vez a las nueve. El sargento detective Caleb Martin, de treinta y nueve años, casado y padre de un hijo.

—Es curioso —dijo el inspector Burden—, no lo creerás, pero no sabía que se llamaba así. Siempre creí que se llamaba John o Bill, o algo así. Siempre le llamábamos Martin como si éste fuera su nombre de pila. Me pregunto por qué lo hizo. ¿Qué le impulsó a ello?

—El valor —dijo Wexford—. Pobre hombre.

—La temeridad.

Burden lo dijo con aire triste, no con hostilidad.

—Supongo que el valor nunca tiene mucho que ver con la inteligencia, ¿no crees? Ni con el razonamiento o la lógica. Él no le dio a su mente la más mínima posibilidad de funcionar.

Martin había sido uno de ellos, uno como ellos. Además, a un policía le resulta particularmente horrible el asesinato de otro policía. Es como si la culpabilidad se doblara y el peor de todos los crímenes se agravara porque la vida del policía, idealmente, está consagrada a la prevención de semejantes actos.

El inspector jefe Wexford no realizó más esfuerzos para buscar al asesino de Martin de los que habría hecho en la búsqueda de cualquier otro asesino, pero se sentía más implicado emocionalmente que de costumbre. Martin ni siquiera le había gustado de modo particular, le irritaban sus fervorosos esfuerzos carentes de humor. «Perseverante» es un adjetivo, peyorativo y desdeñoso, que a menudo se aplica a los policías, y era el primero que acudía a la mente en el caso de Martin. *The Plod** incluso es un término de argot para referirse a las fuerzas policiales. Pero todo esto quedaba olvidado ahora que Martin había muerto.

—Muchas veces he pensado —dijo Wexford a Burden— qué poca psicología había en aquella frase de Shakespeare que dice que el mal que los hombres hacen vive después de ellos, que el bien se entierra con sus huesos. No es que el pobre Martin fuera malo, pero ya sabes a qué me refiero. Recordamos las cosas buenas de las personas, no las malas. Yo recuerdo lo puntilloso y escrupuloso que era, y lo muy... bueno, obstinado. Me pongo muy sentimental al pensar en él cuando no estoy enfadado. Pero, Dios mío, estoy tan enfadado que apenas veo nada cuando me imagino a aquel muchacho de los granos disparándole a sangre fría.

Habían empezado entrevistando con el máximo cuidado a Brian Prince, el director, y a Sharon Fraser y Ram Gopal, los cajeros. Los clientes que se encontraban en el banco... es decir, los clientes que habían acudido a ellos o a quienes habían podido encontrar fueron los siguientes. Nadie supo decir exactamente cuántas personas había en el banco en el momento de los hechos.

—El pobre Martin habría podido decírnoslo —dijo Burden—. Estoy seguro. Él sabía hacer las cosas, pero está muerto, y si no lo estuviera, nada de todo esto importaría.

Brian Prince no había visto nada. Se enteró de lo que pasaba cuando oyó el disparo que mató a Martin. Ram Gopal, miembro de la escasa población inmigrante india de Kingsmarkham, de la casta de los brahmanes del Punjab,

---

* *The Plod* podría traducirse por «La perseverancia». (*N. de la T.*)

dio a Wexford la descripción mejor y más completa de ambos hombres. Con descripciones como aquélla, comentó Wexford posteriormente, sería un delito no atraparles.

—Les observé con gran detenimiento. Permanecí sentado muy quieto, conservando mis energías, y me concentré en todos los detalles de su aspecto. Sabía que no podía hacer otra cosa, así que hice eso.

Michelle Weaver, que se dirigía a su trabajo en la agencia de viajes que estaba a dos puertas del banco, describió al muchacho como de entre veintidós y veinticinco años, rubio, no muy alto, con mucho acné. La madre del bebé, la señora Wendy Gould, también dijo que el muchacho era rubio pero alto, al menos de metro ochenta. Sharon Fraser creía que era alto y rubio pero se había fijado particularmente en sus ojos, que eran de un brillante azul pálido. Los tres hombres dijeron que el muchacho era bajo o de estatura media, delgado, de unos veintidós o veintitrés años. Wendy Gould dijo que parecía enfermo. Las demás mujeres, la señora Margaret Watkin, dijo que el muchacho era moreno y bajo y tenía los ojos oscuros. Todos coincidían en que tenía la cara llena de granos, pero Margaret Watkin dudaba de si se trataba de acné. Más probablemente era un montón de pequeñas marcas de nacimiento, dijo.

El compañero del muchacho fue descrito invariablemente como mucho mayor que éste, diez años más o, según la señora Watkin, veinte años más. Era moreno, algunos dijeron atezado, y tenía las manos peludas. Sólo Michelle Weaver dijo que tenía un lunar en la mejilla izquierda. Sharon Fraser creía que era muy alto, pero uno de los hombres le describió como «bajito» y otro como «no más alto que un adolescente».

La seguridad y la concentración de Ram Gopal inspiraban confianza a Wexford. Él describió al muchacho como de metro setenta, muy delgado, con los ojos azules, el pelo rubio y granos como de acné. El muchacho vestía tejanos azules, una camiseta oscura o un jersey y una chaqueta negra de cuero. Llevaba guantes, detalle que ningún otro testigo pensó en mencionar.

El hombre no llevaba guantes. Tenía las manos cubiertas de vello oscuro. El pelo de la cabeza también era oscuro, casi negro, pero con grandes entradas, que producían el efecto de una frente enormemente alta. Al menos tenía treinta y cinco años y vestía de manera similar al muchacho excepto en que sus tejanos eran de algún color oscuro, gris o marrón, y vestía una especie de jersey marrón.

El muchacho sólo había hablado una vez, para decir a Sharon Fraser que le entregara el dinero. Sharon Fraser fue incapaz de describir su voz. Ram Gopal expresó su opinión de que el acento no era *cockney* pero tampoco una voz educada, probablemente del sur de Londres. ¿Podía ser el acento local, influenciado por el londinense, debido a la extensión de la capital y a la televisión? Ram Gopal admitió que podía ser. No estaba seguro de los acentos ingleses, cosa que descubrió Wexford al ponerle a prueba y descubrir que definía un acento de Devon como de Yorkshire.

Entonces, ¿cuántas personas estaban en el banco? Ram Gopal dijo que quince incluido el personal y Sharon Fraser dijo dieciséis. Brian Prince no lo sabía. De los clientes, uno dijo doce y otro dieciocho.

Era evidente que, tanto si había muchos como si había pocos, no todos habían acudido a la llamada de la policía. Durante el tiempo transcurrido entre la huida de los atracadores y la llegada de la policía, quizá hasta un máximo de cinco personas habían salido del banco discretamente mientras el resto se ocupaba de Martin.

En cuanto vieron su oportunidad, escaparon. ¿Quién podía reprochárselo, en especial si no habían visto nada de importancia? ¿Quién quiere involucrarse en una investigación policial si no se tiene nada que aportar? ¿Aun cuando se tenga algo que aportar, pero si es de poca importancia y otros testigos más observadores pueden proporcionarlo?

Para disfrutar de paz mental y una vida tranquila es mucho más sencillo escabullirse y proseguir hacia el trabajo, las tiendas o el hogar. La policía de Kingsmarkham se enfrentaba con el hecho de que cuatro o cinco personas no habían dicho ni pío, sabían algo o no sabían nada pero se mantenían calladas y escondidas. Lo único que la policía sabía era que el personal del banco no conocía de vista a ninguna de estas personas, cuatro o cinco o quizá sólo tres. Que ellos pudieran recordar. Ni Brian Prince, ni Ram Gopal ni Sharon Fraser recordaban una cara que reconocieran en aquella cola de la zona delimitada con cordón. Es decir, aparte de los clientes regulares que habían permanecido dentro del banco tras la muerte de Martin.

A Martin por supuesto le conocían, y a Michelle Weaver y Wendy Gould entre otros. Sharon Fraser sólo podía decir esto: tenía la impresión de que todos los clientes del banco que faltaban eran hombres.

El detalle más sensacional proporcionado por los testigos fue el de Michelle Weaver. Dijo que había visto al chico con acné soltar su pistola justo antes de huir del banco. La había arrojado al suelo y se había escapado.

Al principio, a Burden le costó creer que ella esperaba que se tomara en serio su afirmación. Parecía extraño. El acto que la señora Weaver describía, lo había él leído en alguna parte, o se lo habían contado, o lo había sacado de alguna lectura. Era una técnica clásica de la Mafia. Incluso le dijo que debían de haber leído el mismo libro.

Michelle Weaver insistió. Ella había visto el arma resbalar por el suelo. Los otros se habían arremolinado en torno a Martin, pero ella era la última de la hilera de gente a la que el pistolero, había hecho poner contra la pared, o sea que era la que estaba más lejos de Martin, quien se hallaba a la cabeza.

Caleb Martin había soltado el arma con la que hizo su valiente intento. Su hijo Kevin la identificó posteriormente como de su propiedad y contó que aquella mañana su padre se la había quitado en el coche. Era un juguete, una burda copia, con varias inexactitudes de diseño, de un revólver militar y de policía, un Smith and Wesson modelo 10 con un cañón de doce centímetros.

Varios testigos habían visto caer el arma de Martin. Un contratista de obras llamado Peter Kemp se encontraba junto a él y dijo que Martin había soltado el arma en el momento en que recibió el impacto de la bala.

—¿Podía ser el arma del sargento detective Martin lo que vio, señora Weaver?

—¿Cómo dice?

—El sargento detective Martin soltó el arma que sostenía. Ésta resbaló por el suelo entre los pies de la gente. ¿Podría usted estar confundida? ¿Podría ser esa pistola lo que usted vio?

—Vi cómo el chico la arrojaba.

—Ha dicho que la vio resbalar por el suelo. ¿Había dos armas resbalando por el suelo?

—No lo sé. Yo sólo vi una.

—La vio en la mano del muchacho y después la vio resbalar por el suelo. ¿Vio realmente cómo se soltaba de la mano del muchacho?

Ya no estaba segura. Ella creía que lo había visto. Sin duda la había visto en la mano del muchacho y después había visto una pistola en el suelo, deslizándose por el lustroso mármol entre los pies de la gente. Se le ocurrió una idea que la hizo callar por un momento. Miró con firmeza a Burdon.

—No me presentaría ante un tribunal para jurar que lo vi —afirmó.

En los meses que siguieron, la búsqueda de los hombres que habían perpetrado el atraco al banco de Kingsmarkham cobró alcance nacional. Poco a poco, todos los billetes robados aparecieron. Uno de los hombres se compró un coche y pagó en efectivo antes de que se dieran a conocer los números de los billetes que faltaban, y pagó seis mil libras a un vendedor de coches usados que no sospechó nada. Esto lo hizo el hombre mayor, el más moreno. El vendedor de coches proporcionó una detallada descripción de él y también, por supuesto, su nombre. O el nombre que el hombre le había dado. George Brown. A partir de entonces, la policía de Kingsmarkham se refería a él con el nombre de George Brown.

Del dinero restante, poco menos de dos mil libras salieron a la luz envueltos en periódicos en un contenedor de basura de la ciudad. Las seis mil libras que faltaban jamás se hallaron. Probablemente se habían gastado en pequeñas cantidades. Con eso no se corría un gran riesgo. Como dijo Wexford, si le das a la cajera del supermercado dos billetes de diez para pagar, ella no comprueba los números. Lo único que tienes que hacer es ser prudente y no volver allí.

Justo antes de Navidad, Wexford fue al norte a entrevistar a un hombre que se hallaba en prisión preventiva en Lancashire. Fue lo usual. Si cooperaba y ofrecía información útil, las cosas podrían irle mucho mejor en su juicio. En realidad, era probable que le rebajaran siete años.

Se llamaba James Walley y dijo a Wexford que había hecho un trabajo con George Brown, un hombre cuyo nombre real era George Brown. Era uno de sus delitos pasados que tenía intención de pedir que fuera tenido en cuenta. Wexford visitó al auténtico George Brown en su casa de Warrington. Era un hombre bastante mayor, aunque probablemente más joven de lo que parecía, y cojeaba un poco, consecuencia de una caída de un andamio unos años atrás, al intentar penetrar en un bloque de pisos.

A partir de entonces, la policía de Kingsmarkham empezó a hablar del hombre al que buscaban como el conocido por el nombre de George Brown. Del chico con acné no había señales, ni rastro. En los bajos fondos era desconocido, igual podía estar muerto, a juzgar por lo que se oyó decir de él.

El conocido por el nombre de George Brown volvió a

aparecer en enero. Se trataba de George Thomas Lee, arrestado en el transcurso de un atraco en Leeds. Esta vez fue Burden quien le visitó en la cárcel. Era un hombre menudo y estrábico, pelirrojo y con el pelo muy corto. La historia que contó a Burden fue la de un muchacho con granos al que había conocido en un pub de Bradford y que había alardeado de haber matado a un policía en algún lugar del sur. Mencionó un pub, después lo olvidó y mencionó otro, pero conocía el nombre completo del muchacho y su dirección. Seguro ya de que el motivo que se escondía tras todo esto era la venganza por alguna pequeña ofensa, Burden encontró al muchacho. Éste era alto y moreno, un técnico de laboratorio sin empleo con un historial tan inmaculado como su cara. El muchacho no recordaba haberse encontrado con el conocido por el nombre de George Brown en ningún pub, pero sí recordaba haber llamado a la policía cuando halló a un intruso en el último lugar donde había trabajado.

Martin había muerto de un disparo de un revólver Colt Magnum calibre 357 o 38. Era imposible saber cuál, porque aun cuando el cartucho era de calibre 38, el del 357 admite cartuchos de ambos calibres. A veces a Wexford le preocupaba esa arma y en una ocasión soñó que se hallaba en el banco observando dos revólveres que patinaban en círculos por el suelo de mármol mientras los clientes del banco lo contemplaban como espectadores de algún espectáculo. *Magnums on Ice.*

Él mismo fue a hablar con Michelle Weaver. Ésta era muy servicial, siempre estaba dispuesta a hablar, sin dar muestras de impaciencia. Pero habían transcurrido cinco meses y el recuerdo de lo que había visto aquella mañana en que murió Caleb Martin inevitablemente se iba desvaneciendo.

—No pude haber visto que la tiraba, ¿no cree? Quiero decir, debí de imaginármelo. Si la hubiera tirado, habría estado allí, y no estaba, sólo había la que tiró el policía.

—Sin duda sólo había un arma cuando llegó la policía.

—Wexford le hablaba en tono de conversación, como si supieran lo mismo y compartieran información interna—. Lo único que encontramos fue el arma de juguete que el sargento detective Martin quitó a su hijo aquella mañana. No una copia, ni una reproducción, sino un arma de juguete.

—¿Y fue realmente un juguete lo que yo vi? —Estaba maravillada—. Las hacen que parecen de verdad.

Otra entrevista conversacional, esta vez con Barbara Watkin, reveló no mucho más que su obstinación. Se mostró insistente en su descripción del aspecto del muchacho.

—Sé reconocer el acné. Mi hijo mayor padeció un acné terrible. No era lo que tenía ese muchacho. Se lo aseguro, era más como marcas de nacimiento.

—¿Cicatrices de acné, tal vez?

—No era nada de eso. Imagine esas marcas rojas que tiene la gente, sólo que éstas eran del tipo morado, y como una erupción; tenía docenas de ellas.

Wexford preguntó al doctor Crocker y éste dijo que nadie tenía marcas de nacimiento que respondieran a esa descripción, así que aquí se acabó el asunto.

No quedaba mucho más que decir, nada que preguntar. Era finales de febrero cuando habló con Michelle Weaver y principios de marzo cuando Sharon Fraser apareció con algo que había recordado acerca de uno de los hombres que faltaban entre los clientes del banco. Llevaba un fajo de billetes de banco en la mano y eran billetes verdes. No había billetes de banco ingleses de color verde desde que el billete de libra había sido sustituido por una moneda varios años antes. No podía recordar nada más acerca de este hombre, ¿sería útil?

Wexford no podía decir que sí, que mucho. Pero no hay que decepcionar a este tipo de persona animosa.

No ocurrió nada más hasta que se recibió una llamada de emergencia el 11 de marzo.

3

—Están todos muertos. —La voz pertenecía a una mujer y era joven, muy joven. Lo repitió—. Están todos muertos. —Y añadió—: ¡Yo voy a morir desangrada!

La operadora que había atendido la llamada, aunque no era nueva en la tarea, dijo posteriormente que se quedó helada al oír estas palabras. Ya había preguntado si el comunicante quería el servicio de la policía, de los bomberos o una ambulancia.

—¿Dónde estás? —preguntó.

—Ayúdenme. Voy a morir desangrada.

—Dime dónde estás, la dirección...

La voz empezó a dar un número de teléfono.

—La dirección, por favor...

—Tancred House, Cheriton. Ayúdenme, por favor; ayúdenme... Que vengan pronto...

Eran las ocho y veintidós.

El bosque se extiende en una área de algo así como ciento cincuenta y cinco kilómetros cuadrados. Está formado en su mayor parte por coníferas, bosques artificiales de pino escocés y alerce, picea noruega y de vez en cuando algún alto abeto Douglas. Pero al sur de esta plantación queda un vestigio del antiguo bosque de Cheriton, uno de los siete existentes en el condado de Sussex en la Edad Media; los otros son Arundel, St. Leonard's, Worth, Ashdown, Waterdown y Dallington. Con la excepción de Arundel, en otro tiempo todos ellos formaron parte de un único gran bosque de más de nueve mil kilómetros cuadrados que, según la *Crónica Anglosajona*, se extendía desde Kent hasta Hampshire. Los ciervos corrían por él y, en las profundidades, cerdos salvajes.

La pequeña área que queda es bosque de robles, fresnos, castaños de indias y castaños, abedules y viburnos, que cubren, estos últimos, las laderas del sur y los límites de una finca privada. Aquí, donde todo era zona verde hasta principios de los años treinta, el nuevo propietario plantó un nuevo bosque formado por abetos Douglas, cedros y la más rara Wellingtonia, veinte áreas de bosque maduro hecho a medida. Los caminos que conducen a la casa, uno de ellos no mejor que un estrecho sendero, serpentean a través del bosque, en unos lugares entre escarpados terraplenes, en otros a través de bosquecillos de rododendros, pasando ante árboles en la flor de la vida y de vez en cuando recibiendo la sombra espesa de un viejo gigante.

Algunas veces pueden verse gamos entre los árboles. Se han visto ardillas rojas. El gallo lira es una rareza, el mosquitero de Dartford común, y los aguiluchos hembra son visitantes invernales. A finales de primavera, cuando los rododendros florecen, las largas vistas son de un tono rosado bajo una bruma verde de hojas de haya que se abren. El ruiseñor canta. Anteriormente, en marzo, los bosques son oscuros, pero relucen con la vida que va a nacer, y bajo los pies el terreno es de un rico color dorado procedente de los hayucos. Los troncos de las hayas brillan como si su corteza estuviera recubierta de plata. Pero por la noche todo es oscuridad y silencio, una profunda quietud llena los bosques, un silencio imponente.

El terreno no está vallado, pero hay verjas en el seto que señala los límites. Todas son de cedro rojo y con cinco barrotes. La mayoría dan acceso a senderos, infranqueables salvo a pie, pero la verja principal separa el bosque de la carretera que tuerce hacia el norte desde la B 2428, enlazando Kingsmarkham con Cambery Ashes. Hay un cartel, una sencilla tabla clavada a un poste que indica TANCRED HOUSE. CAMINO PARTICULAR. SE RUEGA CERRAR LA VERJA, que queda a la izquierda. Se pide que se cierre la verja, aunque no se necesita ninguna llave, ningún código ni ningún dispositivo para abrirla.

Aquel martes por la noche, a las ocho y cincuenta y uno del 11 de marzo, la verja estaba cerrada. El sargento detective Vine bajó del primer coche y la abrió, aunque era mayor que casi todos los agentes que iban en los dos coches. Había ido a Kingsmarkham para sustituir a Martin. El convoy estaba formado por tres vehículos; el último era una ambulancia. Vine les dejó pasar a todos y después cerró la verja. No se podía conducir muy deprisa, pero una vez dentro, en este terreno particular, Pemberton condujo lo más rápido que pudo.

Más tarde se enterarían de que, como se utilizaba a diario, este camino era siempre denominado el camino principal.

Estaba oscuro; hacía dos horas que se había puesto el sol. El último farol de la calle se encontraba a unos cien metros, en la B 2428, ante la verja. Tenían que iluminarse sólo con los faros de sus coches, faros que dejaban ver la neblina que se deslizaba por el bosque como gallardetes de niebla verdosa. Si había ojos escudriñando desde el bosque las luces no los mostraban. Los troncos de los árboles formaban columnatas de pilares grises, envueltos en bufandas de neblina. En las profundidades, la oscuridad era impenetrable.

Nadie hablaba. La última persona que había hablado había sido Barry Vine cuando dijo que bajaría a abrir la verja. El inspector detective Burden no dijo nada. Estaba pensando en qué se encontrarían en Tancred House y diciéndose a sí mismo que no debía anticiparse, pues especular era inútil. Pemberton no tenía nada que decir y no habría considerado aquél un lugar para iniciar conversación.

En la furgoneta que iba detrás estaban el conductor, Gerry Hinde, un agente que acudía al lugar de los hechos llamado Archbold con un fotógrafo llamado Milsom y una agente, la detective Karen Malahyde. El personal médico que iba en la ambulancia estaba formado por un hombre y una mujer, ésta conducía. Habían tomado la decisión de no exhibir luces azules ni hacer sonar ninguna sirena.

El convoy no hacía ningún ruido salvo el producido por los motores de los tres vehículos. Serpenteaba a través de las avenidas de árboles donde los terraplenes eran altos y donde el camino atravesaba mesetas arenosas. Por qué el camino era tan sinuoso resultaba un misterio, pues la ladera tenía una pendiente poco pronunciada y no había nada especial que evitar excepto quizá los árboles gigantescos aislados, invisibles en la oscuridad.

El capricho del plantador de un bosque, pensó Burden. Trató de recordar si había visto estos bosques en sus días de juventud, pero no conocía bien la región. Naturalmente, sabía a quién pertenecía entonces, todo el mundo en Kingsmarkham lo sabía. Se preguntó si el mensaje dejado para Wexford ya le había llegado, si el inspector jefe estaba incluso ya en camino, en un coche uno o dos kilómetros detrás de ellos.

Vine miraba por la ventanilla, apretando la nariz contra el cristal, como si pudiera ver algo aparte de la oscuridad, la neblina y los márgenes del frente, amarillentos, relucientes y de aspecto mojado a la luz de los faros. Ningún ojo miraba desde las profundidades, ningún punto gemelo verde o dorado, y no se percibía ningún movimiento de ave o animal. Ni siquiera el firmamento era perceptible. Los troncos de los árboles quedaban separados como columnas pero sus ramas superiores parecían formar un techo ininterrumpido.

Burden sabía que había *cottages* en la finca, casas donde se alojaba al personal que mantenía Davina Flory. Se hallarían cerca de Tancred House, a no más de cinco minutos a pie, pero no pasaron por delante de ninguna verja, de ningún sendero que se adentrara en el bosque, no vieron luces distantes, débiles o brillantes, en ninguna parte. Se hallaban a ochenta kilómetros de Londres, pero podía haber sido el norte de Canadá, podía haber sido Siberia. El bosque parecía interminable, hileras y más hileras de árboles, algunos de ellos de más de doce metros de altura, otros a medio crecer pero aun así bastante altos. Cada vez que doblaban un recodo y creían que tras la curva habría un claro, un cambio, que verían la casa por fin, sólo encontraban más árboles, otro pelotón de este ejército de árboles, inmóviles, silenciosos, expectantes.

Se inclinó hacia delante y dijo a Pemberton, con voz que sonó alta en el silencio:

—¿Cuánto hemos recorrido desde la verja?

Pemberton lo comprobó.

Casi cuatro kilómetros, señor.

—Es mucho, ¿no?

—Casi cinco kilómetros según el mapa —dijo Vine.

Éste tenía una señal blancuzca en la nariz, donde la había apretado contra el cristal.

—Parece que tardamos horas —refunfuñó Burden.

Mientras atisbaba en los interminables bosquecillos, la infinita envergadura de las columnas como de catedral, la casa apareció a la vista, destacándose ante los ojos con un efecto de sorpresa.

El bosque se dividió, como si se corriera una cortina, y allí estaba, profusamente iluminada como para una obra de teatro, bañada en una abundancia de luz artificial, verdosa y fría. Era extrañamente dramático. La casa relucía, rielaba en una bahía de luz, destacando en un neblinoso pozo oscuro. La fachada estaba tachonada de luces, pero de color naranja, los cuadrados y rectángulos de ventanas iluminadas.

Burden no había esperado ver luz, sino una oscura desolación. Esta escena era para él como el primer fotograma de una película de personajes de cuento de hadas que vivían en un palacio remoto, una película sobre la Bella Durmiente. Debería haber habido música, una melodía suave pero siniestra, con cuernos y tambores. El silencio le hacía sentir a uno que faltaba algo esencial, que algo había ido desastrosamente mal. El sonido se había ido sin fundir las luces. Vio cerrarse el bosque otra vez cuando la carretera dobló otra curva. La impaciencia se apoderó de él. Quería bajar y correr a la casa, irrumpir en ella para encontrar lo peor, fuera lo que fuese lo peor, y se mantuvo en el asiento con mal humor.

Aquel primer vistazo había sido un breve anticipo, un avance. Esta vez el bosque desapareció, y los faros mostraron que el camino cruzaba un llano herboso en el que se erguían unos cuantos grandes árboles. Los ocupantes de los coches se sintieron muy al descubierto al empezar a cruzar este prado, como si fueran la escolta de una fuerza invasora a punto de realizar una emboscada. La casa que se hallaba al otro lado estaba iluminada con absoluta claridad, una elegante finca rural que parecía georgiana salvo por su tejado embreado y chimeneas únicas. Parecía muy grande y espléndida, y también amenazadora.

Un muro bajo dividía sus alrededores inmediatos del resto de la finca. Formaba ángulo recto con el camino en el que ellos estaban, partiendo el terreno abierto sin árboles. Justo antes de la abertura del muro había un desvío hacia la izquierda. Se podía seguir recto o girar a la izquierda en este camino que parecía conducir al costado y parte posterior de la casa. El muro ocultaba los focos.

—Sigue adelante —indicó Burden.

Cruzaron la abertura, entre postes de piedra con la parte superior curvada. Aquí empezaban las losas, un amplio espacio pavimentado con piedra de Portland. La piedra de un tono gris dorado, agradablemente irregular, demasiado junta para que creciera siquiera musgo entre una losa y otra. En el centro exacto de este patio había un gran estanque circular, y en el centro de éste, en una isla de piedra cargada de flores y plantas de hojas, hechas en mármoles diversos, verdes, rosados y gris bronce, un grupo de estatuas: un hombre, un árbol, una muchacha en mármol gris, que podría o no haber sido una fuente. Si lo era, en la actualidad no funcionaba. El agua estaba estancada, lisa.

En forma de E sin el travesaño central, o como un rectángulo al que le falta uno de los lados largos, la casa se erguía sin ningún adorno más allá de esta gran llanura de piedra. Ni una enredadera suavizaba su liso enlucido ni ningún arbusto crecía cerca que pusiera en peligro sus franjas de piedra rústica. Las lámparas de arco que había en este lado del muro mostraban todas las líneas finas y todos los diminutos surcos de su superficie.

Las luces estaban encendidas en todas partes, en las dos alas laterales, en la parte central y en la tribuna de arriba. Lucían tras cortinas corridas, rosa, naraja o verde según el color de las cortinas, y también brillaban en las ventanas sin cortinas. La luz de las lámparas de arco competían con estos colores más suaves pero no podían apagarlos por completo. Todo estaba inmóvil, no había viento, y daba la impresión de que no sólo el aire sino el propio tiempo se había detenido.

Aunque, como Burden se preguntó después, ¿qué había que pudiera moverse? Aunque hubiera soplado un fuerte viento, allí no había nada que mover. Incluso los árboles habían quedado atrás, y había otros miles tras la casa, perdidos en aquella cueva de oscuridad.

El convoy se acercó a la puerta principal, pasando por la izquierda del estanque y las estatuas. Burden y Vine abrieron sus respectivas portezuelas y Vine llegó primero a la puerta principal. A ésta se accedía mediante dos anchos escalones bajos de piedra. Si alguna vez había habido un porche, para entonces había desaparecido y lo único que quedaba a ambos lados de la puerta era un par de columnas lisas. La puerta principal era de un blanco reluciente, brillante a aquella luz como si la pintura todavía estuviera húmeda. La campana era de las que hay que tirar de una varilla de hierro forjado. Vine tiró de ella. El sonido que hizo cuando tiró de la varilla debió de resonar en toda la casa, pues el personal médico, que salía de su ambulancia a unos veinte metros de distancia, lo oyó claramente.

Hizo sonar la campanilla por tercera vez y luego llamó con la aldaba de latón. Los herrajes de la puerta relucían como el oro en la brillante luz. Recordaron la voz que había hablado por teléfono, la mujer que había pedido ayuda, y aguzaron el oído. No se oía nada. Ni un gemido, ni un susurro. Silencio. Burden hizo sonar la aldaba y sacudió la tapa del buzón. A nadie se le ocurrió pensar en una puerta trasera, en cuántas puertas traseras podía haber. A nadie se le ocurrió que una pudiera estar abierta.

—Tendremos que entrar por la fuerza —dijo Burden.

¿Por dónde? Cuatro anchas ventanas flanqueaban la puerta principal, dos a cada lado. Dentro podía verse una especie de vestíbulo exterior, un invernadero con laureles y azucenas en macetas en el suelo de mármol blanco jaspeado. Las hojas de azucena relucían a la luz de dos candelabros. Lo que había más allá, tras un arco, no se alcanzaba a ver. Parecía un lugar cálido y tranquilo, parecía civilizado, un lugar amable bien amueblado, el hogar de gente rica aficionada al lujo. En el invernadero, adosada a la pared, había una consola de caoba y dorada con una silla colocada de modo negligente a su lado, una silla alta y estrecha con el asiento de terciopelo rojo. De un jarrón chino que había sobre la mesa se derramaban los largos zarcillos de una planta colgante.

Burden se apartó de la puerta principal y echó a andar por la llanura de losas de piedra del amplio patio. La luz era como de la luna pero muy ampliada, como si ésta se reflejara en algún espejo celestial. Luego, dijo a Wexford que

36

la luz empeoraba el efecto. La oscuridad habría sido natural, él se habría movido con más comodidad a oscuras.

Se acercó al ala occidental donde la ventana del final, ligeramente curvada, tenía su base a sólo treinta centímetros del suelo. Las luces estaban encendidas en el interior, reducidas, desde donde él se encontraba, a un suave resplandor verde. Las cortinas estaban corridas, su pálido forro hacia el cristal, pero adivinó que al otro lado debían de ser de terciopelo verde. Más tarde se preguntaría qué instinto le había conducido a aquella ventana, a rechazar las que estaban más cerca y elegir aquélla.

Había tenido la premonición de que tenía que ser aquélla. Allí dentro estaba lo que había que ver, que encontrar. Trató de mirar a través de la rendija de brillante luz que quedaba entre los bordes de las cortinas. No pudo ver más que resplandor. Los otros estaban detrás de él, en silencio pero cerca. Dijo a Pemberton:

—Rompe la ventana.

Pemberton, frío y calmado, preparado para esto, rompió el cristal de una de las ventanas rectangulares con una llave de tuercas de coche. Rompió uno de los cristales del centro de la ventana, metió la mano por el espacio, apartó la cortina y abrió la ventana. Burden entró primero, agachándose, y Vine le siguió. Un material grueso y pesado les envolvió y ellos se lo apartaron de la cara, corriendo la cortina, cuyas anillas tintinearon suavemente al deslizarse por la barra.

Entraron en la habitación y vieron lo que habían ido a ver. Vine inspiró con fuerza. Nadie más hizo ningún ruido. Pemberton penetró por la ventana y con él Karen Malahyde. Burden se hizo a un lado para dejarles sitio, se apartó pero no dio un paso al frente, de momento. No pronunció ninguna exclamación. Miró. Pasó quince segundos mirando. Sus ojos tropezaron con la mirada fija de Vine, incluso volvió la cabeza y observó, como en otro plano, en otro lugar, que las cortinas eran en verdad de terciopelo verde. Después volvió a mirar hacia la mesa del comedor.

Era una mesa grande, de casi tres metros de largo, con mantel, cristalería y cubertería de plata; había comida en ella, y el mantel era rojo. Parecía que la intención era que fuera rojo, un damasco escarlata, excepto que la zona más próxima a la ventana era blanca. La marea de color rojo no había llegado tan lejos.

Al otro lado de la parte más escarlata alguien yacía derrumbado hacia delante, una mujer que había estado sentada a la mesa o de pie junto a ella. Enfrente, echado hacia atrás en una silla, se hallaba desplomado el cuerpo de otra mujer, la cabeza colgando y el largo cabello negro cayendo como una cascada, su vestido rojo como el mantel, como si lo hubiera llevado para hacer juego.

Estas dos mujeres habían estado sentadas una frente a otra en el medio exacto de la mesa. Por los platos y demás enseres, era evidente que había habido alguien sentado a la cabecera y otra persona a los pies, pero entonces no había nadie allí, ni muerto ni vivo. Sólo los dos cuerpos y la extensión de color escarlata entre ellos.

No cabía duda de que las dos mujeres estaban muertas. La de más edad, cuya sangre había teñido el mantel de rojo, tenía una herida de bala en un costado de la cabeza. Se podía ver sin tocarla, y nadie la tocó. Tenía destrozada la mitad de la cabeza y un lado de la cara.

La otra había recibido un disparo en el cuello. Su rostro, curiosamente no lastimado, estaba blanco como la cera. Tenía los ojos abiertos de par en par, fijos en el techo donde una salpicadura de manchas oscuras podía ser una multitud de manchas de sangre. Ésta había salpicado las paredes cubiertas de papel verde oscuro, las pantallas de las lámparas verdes y doradas cuyas bombillas permanecían encendidas, y había manchado la alfombra verde oscuro con máculas negras. Una gota de sangre había ido a parar a un cuadro de la pared, resbalando por el pálido óleo y allí se había secado.

Sobre la mesa había tres fuentes con comida. En dos de ellas todavía estaba la comida, fría y coagulándose pero reconocible. La tercera estaba empapada de sangre, como si la hubieran regado generosamente, como si se hubiera vaciado sobre ella una botella de salsa para alguna comida de horror.

Había sin duda una cuarta fuente. La mujer cuyo cuerpo había caído hacia delante, cuya sangre había chorreado y se había filtrado por todas partes, había hundido su mutilada cabeza en ella, su pelo oscuro, con vetas grises, se había desatado y esparcido entre los restos de la cena, un salero, un vaso tumbado, una servilleta arrugada. Otra servilleta, empapada de sangre, había caído al suelo.

Cerca de donde se hallaba la mujer más joven, la mujer que tenía la cabeza echada hacia atrás, había un carrito con comida. Su sangre había salpicado los mantelitos blancos y los platos blancos, así como una panera. Las gotas de sangre espolvoreaban las rebanadas de pan francés formando unas manchas que parecían pasas. Había una especie de budín en una gran fuente de cristal, pero Burden, que había observado todo sin sentir náuseas, no pudo mirar lo que la sangre le había hecho a aquello.

Hacía mucho tiempo, siglos, que no había sentido auténticas náuseas ante semejantes panoramas. Pero ¿había visto jamás algo igual? Sintió un vacío, una sensación de atontamiento, de que todas las palabras eran inútiles. Y aunque la casa estaba caliente, sintió un repentino frío amargo. Se tomó los dedos de la mano izquierda con los dedos de la mano derecha y notó su frialdad.

Imaginó el ruido que debía de haberse producido, el enorme ruido de un tambor de pistola al vaciarse, ¿una escopeta, un rifle, algo más potente? El ruido que habría rugido a través del silencio, la paz, la calidez. Y aquella gente allí sentada, hablando, en mitad de su comida, perturbados de esta manera terrible e intempestiva... Pero había habido cuatro personas. Una a cada lado, otra en la cabecera y otra en los pies de la mesa. Se volvió e intercambió otra mirada vacía con Barry Vine. Los dos eran conscientes de que la mirada que cada uno ofrecía al otro era de desesperación, de malestar. Estaban aturdidos por lo que veían.

Burden se dio cuenta de que se movía con dificultad. Era como si tuviera plomo en los pies y las manos. La puerta del comedor estaba abierta y la cruzó para entrar en la casa, con un nudo en la garganta. Después, varias horas más tarde, recordó que entonces, durante esos minutos, se había olvidado de la mujer que había telefoneado. La visión de los muertos le había hecho olvidar a los vivos, al posiblemente único superviviente...

Se encontró no en el invernadero sino en un majestuoso vestíbulo, una habitación grande cuyo techo, con una cúpula de cristal en el centro del tejado de la casa, también estaba iluminado por numerosas lámparas, pero menos brillantemente. Había lámparas con base de plata y lámparas con base de cristal y cerámica, sus tonos del color del albaricoque y marfil oscuro. El suelo era de madera pulida, salpicada de alfombras que Burden comprendió eran orientales, alfombras con dibujos en lila, rojo, marrón y dorado. Una escalinata ascendía desde el vestíbulo, dividiéndose en el primer piso, donde la doble escalera salía de una galería, con una balaustrada de columnas jónicas. Al pie de la escalera, con los miembros extendidos sobre los peldaños inferiores, yacía el cuerpo de un hombre.

También a él le habían disparado. En el pecho. La alfombra de la escalera era roja y la sangre que había manado del cuerpo aparecía como oscuras manchas de vino. Burden aspiró hondo y, al darse cuenta de que se había llevado la mano a la boca para cubrírsela, la bajó con decisión. Miró a su alrededor con una lenta mirada y entonces percibió un movimiento en el rincón.

El desapacible estruendo que se oyó de pronto produjo el efecto de desbloquearle la voz. Esta vez exclamó:

—¡Dios mío!

La voz le salió con esfuerzo, como si alguien le apretara la garganta con la mano.

Era un teléfono que había caído al suelo, había sido arrojado al suelo por algún movimiento involuntario que tiró de su cordón. Algo se arrastraba hacia Burden procedente de la parte más oscura, donde no había ninguna lámpara. Emitía un sonido quejumbroso. El cordón del teléfono lo rodeaba y el teléfono se arrastraba detrás, rebotando y resbalando sobre el roble pulido del suelo. Rebotaba y zangoloteaba como un juguete atado a una cuerda tirado por un niño.

Ella no era ningún niño, aunque no parecía mucho mayor, una muchacha joven que se arrastraba hacia él a gatas y se desplomó a sus pies, emitiendo los desconcertados gemidos ininteligibles de un animal herido. Estaba cubierta de sangre, que le apelmazaba el pelo, le manchaba la ropa, le resbalaba por los brazos desnudos. Levantó la cara y ésta estaba sucia de sangre, como si se la hubiera mojado y se hubiera pintado la piel con los dedos.

Burden vio con horror que le brotaba sangre de una herida en la parte superior del pecho, a la izquierda. Se puso de rodillas frente a ella.

La muchacha habló. Le salió un susurro confuso:

—Ayúdeme, ayúdeme...

4

Al cabo de dos minutos la ambulancia había partido, camino del hospital de Stowerton. Esta vez llevaba la luz encendida y la sirena puesta, que sonaba con estridencia a través de los oscuros bosques, los inmóviles bosquecillos.

Iba tan deprisa que el conductor tuvo que frenar y hacerse a un lado para esquivar el coche de Wexford, que entraba por la verja principal procedente de la B 2428; eran las nueve y cinco.

El mensaje le había llegado al lugar donde estaba cenando con su esposa, su hija y el amigo de ésta. Se trataba de un nuevo restaurante italiano de Kingsmarkham llamado La Primavera. Estaba en mitad del plato principal cuando sonó su teléfono y le salvó, de una manera particularmente drástica, como pensó después, de hacer algo que podría haber lamentado. Dio cuatro explicaciones rápidas a Dora, se despidió de una manera bastante superficial de los otros y salió del restaurante inmediatamente, dejando intacta su ternera Marsala.

Tres veces había intentado llamar a Tancred House, y siempre comunicaban. Cuando el coche, conducido por Donaldson, tomó la primera curva del estrecho camino boscoso, volvió a intentarlo y esta vez sonó y Burden respondió.

—El aparato estaba descolgado. Ha caído al suelo. Hay tres personas muertas por disparos. Debes de haberte cruzado con la ambulancia que se llevaba a una chica.

—¿Está muy grave?

—No lo sé. Estaba consciente, pero parecía estar mal.

—¿Has hablado con ella?

—Por supuesto —respondió Burden—. Tenía que hacerlo. Entraron dos en la casa, pero ella sólo vio a uno. Ha dicho que eran las ocho cuando ha sucedido, o poco después, las ocho y uno o dos minutos. No ha podido hablar nada más.

Wexford se guardó el teléfono en el bolsillo. El reloj del salpicadero del coche marcaba las nueve y doce minutos. Cuando le había llegado el mensaje, no estaba tanto de mal humor como preocupado y sintiéndose cada vez más infeliz. Sentado a la mesa en La Primavera ya había empezado a luchar contra estos sentimientos de antipatía, de clara repugnancia. Y cuando entonces revisó, por tercera o cuarta vez, el acre comentario que acudió a sus labios, que había controlado por Sheila, había sonado su teléfono. Ahora apartó el recuerdo de un encuentro doloroso. No habría tiempo para meditar sobre ello; todo debía ceder su lugar a la matanza perpetrada en Tancred House.

La casa iluminada apareció a través de los árboles, fue tragada por la oscuridad y reapareció cuando Donaldson ascendió por el sendero y cruzó la amplia extensión vacía. Vaciló ante la abertura del muro bajo, pero después aceleró y siguió adelante hasta el patio delantero. Una estatua que probablemente representaba la persecución de Dafne por Apolo se reflejaba en las aguas oscuras de un estanque poco profundo. Donaldson condujo hacia la izquierda y avanzó entre los coches.

La puerta principal estaba abierta. Vio que alguien había roto uno de los cristales de una ventana del ala izquierda u occidental de la casa. Tras la puerta principal, desde un invernadero lleno de azucenas, con un biombo en cada extremo en lo que le pareció se llamaba estilo Adam, se abría un arco hasta el gran vestíbulo donde había sangre en el suelo y las alfombras. La sangre formaba un mapa de islas sobre el roble claro. Cuando Barry Vine se acercó a él, vio el cuerpo del hombre al pie de la escalinata.

Wexford se aproximó al cuerpo y lo miró. Era un hombre de unos sesenta años, alto, delgado, con el rostro agraciado, las facciones finamente delineadas y del tipo que suele llamarse sensible. Su rostro estaba entonces amarillento como la cera. Tenía la boca abierta. También sus ojos, azules, estaban abiertos y miraban fijo. La sangre había teñido de rojo su camisa blanca y manchado su chaqueta oscura. Iba vestido de manera formal, con traje y corbata, y le habían disparado dos veces de frente y de muy cerca, en el pecho y en la cabeza. Ésta era una maraña de sangre, con una pegajosidad amarronada que le apelmazaba el espeso cabello blanco.

—¿Sabes quién es?

Vine negó con la cabeza.

—¿Debería saberlo, señor? Presumiblemente se trata del propietario del lugar.

—Es Harvey Copeland, ex miembro del Parlamento por los municipios del sur y esposo de Davina Flory. Claro que hace poco que estás aquí, pero habrás oído hablar de Davina Flory, ¿no?

—Sí, señor. Por supuesto.

Con Vine nunca se sabía si era cierto o no. Mostraba siempre la misma cara inexpresiva, la misma actitud imperturbable, la misma impasibilidad.

Entró en el comedor, preparándose, pero aun así lo que vio le hizo contener el aliento. Nadie, jamás, se endurece por completo. Él jamás conseguiría contemplar escenas semejantes con indiferencia.

Burden se encontraba en la habitación con el fotógrafo. Archbold, como agente encargado del lugar de los hechos, medía y tomaba notas, y habían llegado dos técnicos de la oficina del forense. Archbold se levantó cuando entró Wexford y éste le hizo señas de que prosiguiera.

Cuando hubo dejado descansar su mirada por unos breves momentos en los cuerpos de las dos mujeres, dijo a Burden:

—La muchacha, dime todo lo que ha dicho.

—Que había dos. Eran cerca de las ocho. Llegaron en coche.

—¿De qué otro modo se puede llegar aquí?

—Oyeron ruidos en el piso de arriba. El hombre que está muerto en la escalera fue a investigar.

Wexford dio la vuelta a la mesa y se quedó junto a la mujer muerta cuya cabeza y cabello colgaban sobre el respaldo de la silla. De allí pudo obtener una vista diferente de la mujer que estaba enfrente. Miró lo que quedaba de una cara, cuya mejilla izquierda estaba sobre un plato lleno de sangre, sobre el mantel rojo.

—Ésa es Davina Flory.

—Suponía que lo era —dijo Burden—. Y no cabe duda de que el hombre de la escalera es su esposo.

Wexford asintió. Sintió algo insólito en él, una especie de temor reverente.

—¿Quién es ésta? ¿No tenían una hija?

La otra mujer debía de tener unos cuarenta y cinco años. Tenía el pelo y los ojos oscuros. La piel, blanca y consumida al estar muerta, probablemente había sido muy pálida en vida. La mujer estaba delgada e iba vestida con ropa estilo agitanado, prendas de algodón amplias y estampadas con abalorios y cadenas. Los colores que predominaban eran rojizos, pero no tan rojos como ahora.

—Tiene que haber producido un gran estrépito, todo esto.

—Alguien puede haber oído algo —indicó Wexford—. Tiene que haber otra gente en la finca. Alguien cuidaba de Davina Flory, su esposo y su hija. Estoy seguro de que he oído decir que hay un ama de llaves y quizá un jardinero que viven en casas por aquí cerca, *cottages* que pertenecen a la finca.

—Me he ocupado de eso. Karen y Gerry han salido para intentar localizarles. Se habrá fijado en que no hemos pasado por delante de ninguna casa al venir hacia aquí.

Wexford fue al otro lado de la mesa, vaciló, se acercó más que antes al cuerpo de Davina Flory. Su abundante cabello oscuro, veteado de blanco, se desparramaba como zarcillos manchados de sangre. El hombro de su vestido, de seda roja y ajustado a su delgada figura, tenía una enorme mancha negruzca. Tenía las manos sobre el mantel teñido de sangre en la postura de alguien que está en una sesión de espiritismo. Eran unas manos preternaturalmente largas como raras veces se ven excepto en las mujeres orientales. La edad las había deteriorado poco, o quizá la muerte ya había encogido las venas. Las manos no lucían adornos, sólo un anillo de boda de oro en la izquierda. La otra se había medio cerrado cuando los dedos se contrajeron y aferraron un puñado de damasco ensangrentado.

Con una creciente sensación de temor, Wexford había retrocedido para absorber más plenamente esta escena de horror y destrucción, cuando la puerta se abrió y entró el patólogo. Unos momentos antes Wexford había oído que se detenía un coche frente a la casa, pero había supuesto que se trataba de Gerry Hinde y Karen Malahyde que regresaban. En realidad era el doctor Basil Sumner-Quist, un hombre que era anatema para Wexford. Éste habría preferido mucho más a sir Hilary Tremlett.

—¡Oh, Dios mío, Dios mío —exclamó Sumner Quist—, cuán bajo han caído los poderosos!

El mal gusto, no, peor que eso, una vergonzosa falta de todo gusto caracterizaba al patólogo. En una ocasión, se había referido a una ejecución por agarrotamiento como «una pequeña y sabrosa golosina».

—¿Supongo que ésta es ella?

Dio un golpecito a la espalda de seda manchada de sangre. La prohibición de tocar los cadáveres era aplicable a todo el mundo excepto a él.

—Eso creemos —respondió Wexford, manteniendo al mínimo el matiz desaprobador de su tono de voz. No le cabía duda de que ya había demostrado suficiente desaprobación por una noche—. Con toda probabilidad ésta es Davina Flory, el hombre de la escalera es su esposo, Harvey Copeland, y suponemos que ésta es su hija. No sé cómo se llamaba.

—¿Ha terminado? —preguntó Sumner-Quist a Archbold.

—Puedo volver más tarde, señor.

El fotógrafo tomó una última fotografía y salió de la habitación con Archbold y los hombres de la oficina del forense. Sumner-Quist no se demoró. Levantó la cabeza agarrando la masa de cabello oscuro veteado de gris. El cuerpo del patólogo ocultaba la mitad estropeada de este rostro y apareció un perfil noble, una frente majestuosamente alta, una nariz recta, una boca ancha y curvada, todo ello surcado con mil finas líneas y mellas más profundas.

—Le gustaban jovencitos cuando le pescó, ¿no? Ella debía de tener al menos quince años más.

Wexford bajó la cabeza.

—He estado leyendo su libro, la primera parte de su autobiografía. Una vida llena de incidentes, podría decirse. La segunda parte quedará sin escribirse. De todos modos, hay demasiados libros en el mundo, en mi humilde opinión. —Sumner-Quist soltó su estridente risa—. He oído decir que todas las mujeres, cuando se hacen viejas, se convierten en cabras o monos. Ella era un mono, diría yo, ¿usted no? ni un músculo flojo.

Wexford salió de la habitación. Era consciente de que Burden le seguía pero no se volvió. La rabia que se le había estado formando en el restaurante, que ahora fermentaba por otra causa, amenazaba con explotar.

Dijo con voz fría e inexpresiva:

—Cuando le mate, al menos será el viejo Tremlett quien le haga la autopsia.

—Jenny es una gran admiradora de sus libros —dijo

Burden—, los de antropología o como quiera llamarlos. Bueno, supongo que también son políticos. Era un mujer notable. Le regalé a Jenny la autobiografía por su cumpleaños, la semana pasada.

Karen Malahyde entró en el vestíbulo. Dijo:

—No estaba segura de qué hacer, señor. Sabía que usted querría hablar con los Harrison y Gabittas antes de que fuera demasiado tarde, así que les he contado los hechos. Me ha parecido que les pillaba por sorpresa.

—Has hecho bien —dijo Wexford.

—Les he dicho que probablemente usted iría en una media hora, señor. Las casas son dos, adosadas, y están a unos dos minutos por el camino que sale del jardín trasero.

—Enséñamelo.

Ella le acompañó a la parte del ala oeste, después de la ventana rota, y señaló hacia donde el camino rodeaba el jardín y desaparecía en la oscuridad.

—¿Dos minutos en coche o dos minutos a pie?

—Yo diría que diez minutos a pie, pero le indicaré a Donaldson dónde están.

—Puedes decírmelo a mí, iré a pie.

Donaldson iría después con Barry Vine. Wexford partió por el camino que estaba separado del jardín mediante un alto seto. Al otro lado de éste todo era bosque. Había muy poca niebla allí y brillaba la luna. Fuera del alcance de las lámparas de arco, la luz de la luna bañaba el sendero con una fosforescencia verdosa en la que las coníferas proyectaban negras sombras suaves o plumosas. También negras en contraste con el brillante cielo se veían las siluetas de árboles maravillosos, árboles de muestra plantados décadas atrás, y perceptibles incluso por la noche como fantásticos o extraños por su inmensa altura o las curiosas formaciones de sus hojas o ramas retorcidas. Las sombras que proyectaban eran como letras en hebreo escritas sobre un viejo y manchado pergamino.

Pensó en la muerte y el contraste. Pensó en la fealdad de todas las cosas que sucedían en aquel lugar tan hermoso. De la «completa perfección equivocadamente deshonrada». El recuerdo de aquella sangre salpicando la habitación y la mesa como si se hubiera derramado en ella un bote de pintura le hizo estremecer.

Allí, tan cerca, había otro mundo. El sendero tenía algo de mágico. El bosque era un lugar encantado, no real, un telón de fondo quizá de *La flauta mágica* o un escenario de un cuento de hadas, una ilustración, no un paisaje vivo. El silencio era total. Al caminar pisaba las agujas de los pinos y sus zapatos no hacían ningún ruido. A medida que el sendero se curvaba, aparecían nuevas vistas iluminadas por la luna: alerces sin hojas, araucarias con ramas como reptiles anclados, cipreses con agujas señalando hacia el cielo, pinos escoceses cuyas copas eran concertinos, macrocarpas densas como tapicerías, juníperos esbeltos y frondosos, abetos con las piñas del año anterior tirando de sus copetudas ramas. La luz de la luna, cobrando fuerza, iluminaba el paisaje, rielaba a través de sus senderos, estaba aquí y allí borrada por una densa barrera de ramas o troncos como retorcidas cuerdas.

La naturaleza, que debería haberse levantado y aullado, que debería haber enviado un viento que rugiera entre los bosques e hiciera protestar a las cosas, agitarse y gemir las ramas de los árboles, estaba tranquila, dulce y plácida. La quietud era casi no natural. No se movía ni una rama. Wexford rodeó una curva del sendero, lo vio desaparecer, vio despejarse el bosque ante él y aparecer un claro. Un sendero más estrecho partía de él, penetrando en una pantalla de coníferas de la clase más corriente.

Las luces de las casas relucían al final del sendero.

Barry Vine y Karen Malahyde habían subido al primero y segundo pisos para comprobar que no había más cadáveres. Curioso por saber lo que podía haber allí arriba, Burden no obstante no quiso pasar junto al cadáver de Harvey Copeland hasta que Archbold hubo anotado la posición del cuerpo, lo hubo fotografiado desde todos los ángulos y el patólogo hubo realizado su examen preliminar. Para pasar habría tenido que hacerlo por encima del brazo y mano derechos del hombre muerto. Vine y Karen lo habían hecho, pero una inhibición, una aprensión y un sentido de lo que era correcto detenían a Burden. En lugar de subir, cruzó el vestíbulo y miró en lo que resultó ser el salón.

Bellamente amueblado, exquisitamente ordenado, era como un museo de cosas bonitas y obras de arte. Por alguna razón, no habría imaginado que Davina Flory viviera así, sino de una manera más despreocupada o bohemia. Se la habría imaginado, con vestido o con pantalones, sentada con otros espíritus afines ante alguna mesa de refectorio antiguo y destartalado en un amplio lugar cálido y desordenado, bebiendo vino y hablando hasta altas horas de la noche. Una especie de salón de banquetes era lo que su imaginación había inventado. Davina Flory habitaba en él, vestida como una matriarca de una tragedia griega. Sonrió para sus adentros, avergonzado, volvió a mirar las adornadas ventanas, los retratos en marcos dorados, la jardinera con kalanchoes y helechos, el mobiliario del siglo dieciocho con esbeltas patas, y cerró la puerta.

En la parte posterior de esta ala oeste y detrás del vestíbulo había dos habitaciones que parecían ser los estudios de él y de ella, y otra que se abría a una gran habitación llena de plantas. Uno o más de uno de los muertos había sido un jardinero entusiasta. Se percibía allí un dulce olor de plantas de bulbo en flor, narcisos y jacintos, y esa sensación de suave humedad de las plantas característica de los invernaderos.

Encontró una biblioteca detrás del comedor. Todas estas habitaciones se hallaban tan ordenadas, tan pulcras y bien cuidadas como la primera en la que había mirado. Parecían pertenecer a alguna mansión del Patrimonio Nacional donde algunas habitaciones están abiertas al público. En la biblioteca, todos los libros estaban colocados tras puertas de fino y reluciente cristal con marcos de madera roja oscura. Un solo libro estaba abierto sobre un atril. Desde donde se encontraba Burden pudo ver que la impresión era antigua y se imaginó las grandes eses. Un pasillo conducía hacia la zona de la cocina.

La cocina era grande pero no cavernosa. Hacía poco que la habían reformado y decorado al estilo seudogranjero, pero a Burden le pareció que las puertas de los armarios eran de roble y no de pino. Había allí la mesa de refectorio que había imaginado, relucientemente pulida y con fruta sobre una también pulida fuente de madera en el centro.

Una tos detrás de él le hizo girarse. Archbold había entrado con Chepstow, el hombre de las huellas digitales.

—Disculpe, señor. Las huellas.

Burden tendió la mano derecha para mostrar que llevaba guantes. Chepstow asintió, se puso a trabajar con el pomo de la puerta por el lado de la cocina. La casa era demasiado majestuosa para que la salida de la cocina se denominara «puerta trasera». Burden se acercó con cautela a las puertas abiertas, una de las cuales conducía a un lavadero donde estaban la lavadora, una secadora y los trastos de planchar, y la otra a una especie de sala con estantes, armarios y un perchero con abrigos colgados en él. Aún se tenía que cruzar otra puerta antes de llegar a una salida al exterior.

Burden miró a su alrededor mientras Archbold llegaba. Archbold hizo una seña afirmativa. La puerta tenía cerrojos pero no estaban corridos. En la cerradura había una llave. Burden no tocaría el pomo, con guantes o sin ellos.

—¿Piensa que entraron por aquí?

—Es una posibilidad, señor. ¿Por dónde, sino? Todas las demás puertas exteriores están cerradas con llave.

A menos que alguien les abriera. A menos que llegaran a la puerta principal y alguien les abriera y les invitara a entrar.

Chepstow llegó y efectuó su prueba en el pomo de la puerta, la placa que lo rodeaba y la jamba. Con un guante de algodón en la mano derecha, hizo girar el pomo con cuidado. Éste cedió y la puerta se abrió. Fuera había una fría oscuridad verdosa bañada en la distancia por la luz de la luna. Burden distinguió un alto seto que encerraba un patio pavimentado.

—Alguien ha dejado la puerta sin cerrar con llave. El ama de llaves cuando se ha ido a su casa, quizá. Tal vez siempre la dejaba así y sólo la cerraban con llave antes de irse a la cama.

—Podría ser —afirmó Burden.

—Qué terrible, tener que encerrarse en casa cuando estás en un lugar tan aislado como éste.

—Es evidente que ellos no lo hacían —dijo Burden irritado.

Cruzó el lavadero que conducía, a través de una puerta que estaba abierta, a una especie de vestíbulo trasero con armarios adosados a las paredes. Una escalera, mucho más estrecha que la principal, ascendía entre paredes. Ésta era entonces la «escalera trasera», característica de las grandes casas antiguas de las que Burden había oído hablar a menudo pero raras veces, si es que alguna, había visto. Subió, y se encontró en un pasillo con puertas abiertas en ambos lados.

Los dormitorios parecían innumerables. Si se vivía en una casa de aquel tamaño, se podía perder la cuenta de cuántos dormitorios se tenían. Burden encendía y apagaba las luces a medida que los recorría. El pasillo torcía a la izquierda y supuso que se encontraba en el ala oeste, sobre el comedor. La única puerta que había allí estaba cerrada. La abrió, y oprimió el interruptor que sus dedos palparon en la pared de la izquierda.

La luz inundó la especie de desorden en el que él había imaginado que vivía Davina Flory. Tardó un instante en comprender que aquí era donde habían estado el o los asesinos. Ellos habían producido el desorden. ¿Qué era lo que había dicho Malahyde? «Han registrado su habitación, buscando algo.»

No habían quitado la ropa de la cama, pero habían bajado las sábanas y apartado las almohadas. Los cajones de las dos mesillas de noche estaban abiertos así como dos de los del tocador. Una de las puertas del armario estaba abierta y sobre la alfombra había un zapato. La tapa del diván que había a los pies de la cama estaba levantada y una prenda de seda, con un estampado floral en rosa y dorado, sobresalía sobre un costado.

Era extraña, esa sensación que Burden experimentaba. La imagen que tenía del tipo de vida que suponía llevaba Davina Flory, la clase de persona que había creído que era ella, no dejaba de acudir a su mente. Así es como él habría imaginado su dormitorio, bellamente amueblado, limpiado y ordenado cada día, pero sujeto a un continuo proceso de desorden por parte de su propietaria. No por desprecio a las tareas de una criada, sino porque ella simplemente no se daba cuenta, era indiferente al orden que la rodeaba. No había sido así. Aquello lo había hecho un intruso.

¿Por qué, entonces, encontraba él algo incongruente en ello? El joyero, un estuche de cuero rojo, vacío y volcado sobre la alfombra, expresaba la verdad con suficiente claridad.

Burden meneó la cabeza con aire triste, pues no habría esperado que Davina Flory poseyera joyas o un joyero donde guardarlas.

Cinco personas en la pequeña habitación delantera de la casa de Harrison la convertían en un lugar atestado. Habían ido a buscar a John Gabbitas, el encargado forestal, a la casa de al lado. No había suficientes sillas y hubo que bajar una del piso de arriba. Brenda Harrison había insistido en preparar té, el cual nadie parecía querer pero todos, pensó Wexford, necesitaban aliviarse y reconfortarse.

Ella se mostró fría. Por supuesto, había tenido media hora para sobreponerse al susto antes de que él llegara. No obstante, él encontró desconcertante su energía. Era como si Vine y Malahyde le hubieran hablado de algún desastre sin importancia ocurrido a sus patrones, que un pedazo de tejado se había caído o que había goteras. La mujer se apresuró a preparar las tazas de té y una lata de galletas mientras su esposo permanecía sentado, con aire asombrado, moviendo de vez en cuando la cabeza de lado a lado como si no pudiera creerlo, con los ojos fijos.

Antes de salir para poner a hervir el agua y preparar una bandeja —parecía una mujer hiperactiva—, ella había confirmado la identificación de los cadáveres. El hombre muerto en la escalera era Harvey Copeland, la mujer mayor muerta ante la mesa era Davina Flory. La otra mujer la identificó sin lugar a dudas como la hija de Davina Flory, Naomi. A pesar de su posición elevada, en opinión de cualquiera, al parecer allí todos se llamaban por el nombre de pila, Davina, Harvey, Naomi y Brenda. La mujer incluso tuvo que pensar un momento para recordar el apellido de Naomi. Ah, sí, Jones, ella era la señora Jones, pero la chica se hacía llamar Flory.

—¿La chica?

—Daisy era hija de Naomi y nieta de Davina. También se llamaba Davina, era algo así como Davina Flory la joven, ya me entiende, pero se hacía llamar Daisy.

—No utilice el pasado —dijo Wexford—. No está muerta.

Ella se encogió de hombros. Su tono le había parecido a Wexford un poco indigno, quizá sólo porque se había equivocado.

—Ah. Creía que la mujer policía había dicho que todos lo estaban.

Después de esto fue cuando preparó el té.

Wexford ya sabía que de los tres ella sería su principal informante. Su aparente insensibilidad, una indiferencia casi repulsiva, tenía poca importancia. Debido a ella podría resultar el mejor testigo. En cualquier caso, John Gabittas, un hombre en la veintena, aunque vivía en una de las casas del bosque de Tancred y se ocupaba de los bosques, también trabajaba por su cuenta, como leñador y experto en árboles, y dijo que sólo hacía media hora que había regresado de efectuar un trabajo al otro lado del condado. Ken Harrison apenas había pronunciado una palabra desde que Wexford y Vine habían llegado.

—¿Cuándo les vio por última vez? —preguntó Wexford.

Ella respondió sin vacilar. No era mujer de pensar mucho.

—A las siete y media. Siempre lo hacía, como un reloj. A menos que ella tuviera alguna cena. Cuando sólo estaban ellos cuatro, yo cocinaba lo que fuera, lo colocaba en las fuentes y lo ponía en el carrito calentado y lo entraba en el comedor. Naomi siempre lo servía, o eso supongo. Nunca estuve allí para verlo. A Davina le gustaba sentarse a la mesa a las siete y cuarenta y cinco en punto, cada noche que estaba en casa. Siempre era así.

—¿Y anoche fue así?

—Siempre era igual. Entré el carrito a las siete y media. Sopa y lenguado y albaricoques con yogur. Asomé la cabeza por la puerta del invernadero, todos estaban allí... Dije que me iba y salí por detrás, como siempre.

—¿Cerró la puerta trasera con llave?

—No, claro que no. Nunca lo hacía. Además, quedaba Bib.

—¿Bib?

—Ayuda un poco. Viene en su bicicleta. Algunas mañanas trabaja, o sea que casi siempre viene por las tardes. La dejé allí, terminando de limpiar el congelador, y me dijo que se iría al cabo de cinco minutos. —Se le ocurrió una cosa. Su color cambió, por primera vez—. La gata —dijo—, ¿la gata está bien? ¡Oh, espero que no mataran a la gata!

—No, que yo sepa —dijo Wexford—. Bueno, no, seguro que no.

Antes de que pudiera añadir nada, pues había empezado a hacerlo, ahogando el tono irónico, ella exclamó:

—Sólo las personas. ¡Gracias a Dios!

Wexford le concedió un momento.

—Hacia las ocho, ¿oyó alguna cosa? ¿Un coche? ¿Disparos?

Él sabía que los disparos no se habrían oído desde allí. No disparos realizados dentro de la casa. Ella negó con la cabeza.

—Por aquí delante no pasan coches. El camino termina aquí. Para entrar sólo está el camino principal y el secundario.

—¿El secundario?

Ella respondió con impaciencia. Era de esas personas que esperan que todo el mundo lo sepa todo, como ellas mismas, el funcionamiento, las reglas y la geografía de su pequeño mundo particular.

—Es el que viene desde Pomfret Monachorum.

Gabbitas añadió:

—Por ese camino fui yo a mi casa.

—¿A qué hora fue eso?

—A las ocho y veinte, y media. No vi a nadie, si eso es lo que quiere saber. No me crucé con ningún coche, ni vi ninguno ni nada de eso.

Wexford pensó que eso había salido demasiado pronto. Después habló Ken Harrison. Las palabras le salieron despacio, como si hubiera sufrido una herida en la garganta y aún estuviera aprendiendo a proyectar su voz.

—No oímos nada. No se oía nada. —Añadió, asombrosa e incomprensiblemente—: Nunca se oía nada. —Explicó—: Desde aquí nunca se oye nada de la casa.

Los otros parecían haber registrado y aceptado hacía rato lo que había sucedido. La señora Harrison se había adaptado a ello casi enseguida. Su mundo se había alterado pero ella lucharía. Su esposo reaccionó como si acabaran de darle la noticia.

—¿Todos muertos? ¿Ha dicho usted que todos estaban muertos?

A Wexford le pareció como algo sacado de *Macbeth*, aunque no estaba seguro de que lo fuera. Muchas cosas de aquella noche eran como sacadas de *Macbeth*.

—La joven, la señorita Flory, Daisy, está viva.

Pero, pensó, ¿lo está? ¿Todavía lo está? Entonces Harrison le sorprendió. Creía que era imposible pero Harrison lo hizo.

—Es curioso que no la remataran, ¿no?

Barry Vine tosió.

—Tome otra taza de té, por favor —invitó Brenda Harrison.

—No, gracias. Se está haciendo tarde y nos vamos. Ustedes querrán acostarse.

—Entonces, ¿han terminado con nosotros?

Ken Harrison estaba mirando a Wexford con una especie de velada tristeza.

—¿Terminado? No, en absoluto. Querremos volver a hablar con todos ustedes. Quizá tendrán la amabilidad de darme la dirección de Bib. ¿Cómo se llama de apellido?

Nadie parecía saberlo. Tenían la dirección pero no el apellido. La conocían sólo por Bib.

—Gracias por el té —dijo Vine.

Wexford regresó a la casa en coche. Sumner-Quist se había marchado. Archbold y Milsom estaban trabajando en el piso de arriba. Burden le dijo:

—He olvidado mencionarlo, pero he hecho bloquear todos los caminos de por aquí cuando me ha llegado el mensaje.

—¿Antes de saber lo que había ocurrido?

—Bueno, sabía que sería algo así como una matanza. Ella ha dicho: «Están todos muertos» cuando ha llamado a urgencias. ¿Crees que mc he pasado?

—No —respondió Wexford despacio—, no en absoluto. Creo que has hecho bien, en la medida en que es posible bloquear todos los caminos. Debe de haber docenas de maneras de salir de aquí.

—Realmente no. Lo que ellos llaman el camino secundario va a Pomfret Monachorum y Cheriton. El sendero principal va directamente a la B 2428 hasta la ciudad, y por casualidad había un coche patrulla a menos de un kilómetro. En la otra dirección el camino va a Cambery Ashes, como sabes. Ha sido una suerte para nosotros, o eso parecía. La pareja que iba en el coche patrulla se ha enterado al cabo de tres minutos de haberse recibido la llamada de la chica. Pero no han ido por allí, deben de haber ido por el camino secundario, y no había muchas probabilidades de ver nada. No tenían ninguna descripción, ningún número de matrícula o aproximación, ni idea de qué buscar. Ahora tampoco la tenemos. No podía preguntarle a ella nada más, ¿verdad, Reg? Me ha parecido que se estaba muriendo.

—Claro que no podías. Por supuesto que no.

—Espero que no se muera.

—Yo también —dijo Wexford—. Sólo tiene diecisiete años.

—Bueno, naturalmente, espero por ella que viva, pero estaba pensando en lo que puede contarnos. Todo, ¿no crees?

Wexford se limitó a mirarle.

5

La chica podría contárselo todo. Davina, Jones, llamada Daisy Flory, podría contarles cuándo llegaron los hombres y cómo llegaron, qué aspecto tenían, incluso quizá qué querían y qué se llevaron. Ella les había visto y quizá había hablado con ellos. Tal vez hubiera visto su coche. Wexford creyó que probablemente era inteligente y esperaba que fuera observadora. Deseaba muchísimo que viviera.

Al entrar en su casa a medianoche, pensó en telefonear al hospital para preguntar por ella. ¿De qué serviría saber si vivía o había muerto?

Si le decían que había muerto, no dormiría, porque ella era una chica joven y tenía toda la vida por delante. Y también por la razón de Burden, tenía que ser sincero. Si ella moría, el caso sería mucho más complicado. Pero si le decían que estaba bien, que se recuperaba, él se animaría demasiado ante la perspectiva de hablar con ella y no podría dormir.

De todos modos, a él no le explicarían nada, sino que o le dirían que había muerto o que se mantenía «estable» o que estaba «cómoda». En cualquier caso, la agente de policía Rosemary Mountjoy se encontraba con ella, se sentaría ante la puerta de la habitación hasta la mañana siguiente y sería relevada a las ocho por la agente Anne Lennox.

Subió rápidamente la escalera para ver si Dora todavía

estaba despierta. La luz que entró por la puerta abierta no le dio en la cara sino en una franja amplia sobre el brazo que estaba fuera de las sábanas, la manga de su camisón, la mano más bien pequeña con uñas redondeadas y rosadas. Estaba sumida en un profundo sueño y su respiración era regular y lenta. Podía dormir fácilmente entonces, a pesar de lo que había sucedido aquella noche, a pesar de Sheila y el cuarto miembro de su grupo al que él ya llamaba «ese miserable». Ella le exasperaba de un modo irrazonable. Se retiró y cerró la puerta, volvió a bajar y en la sala de estar buscó en el revistero el *Independent on Sunday* de dos días atrás.

La sección de reseñas todavía estaba allí, entre el *Radio Times* y alguna revista gratuita. Lo que buscaba él era la entrevista de Win Carver y el gran retrato a doble página que él recordaba. En la página once. Se sentó en un sofá y lo encontró. Tenía aquel rostro ante sí, el rostro que había visto una hora antes muerto, cuando Sumner-Quist lo había levantado agarrándole un mechón de pelo como un verdugo que sostuviera una cabeza recién cortada.

El texto comenzaba como una sola columna a la izquierda. Wexford miró la fotografía. El retrato era el de una mujer que sólo toleraría verse a sí misma con aquel aspecto si hubiera tenido un éxito abrumador en campos distantes del triunfo de la juventud y la belleza. No eran arrugas lo que había en aquel rostro sino las profundas mellas del tiempo y los dobleces de la edad. En un nido de arrugas sobresalía la nariz picuda y los labios se curvaban en una media sonrisa irónica y amable a la vez. Los ojos todavía eran jóvenes, oscuros, iris ardientes y blancos claros en la maraña de pliegues.

El titular decía: Davina Flory, el primer volumen de cuya biografía publica St. Giles Press al precio de 16 libras. Volvió la página y vio una fotografía de cuando era joven: una chiquilla con vestido de terciopelo y cuello de encaje, diez años más tarde una muchacha crecida con un jersey de cuello cisne, sonrisa misteriosa, pelo cortado a lo chico y uno de aquellos vestidos sin cintura con un cinturón en la cadera.

Las letras bailaban ante sus ojos. Wexford bostezó ostensiblemente. Estaba demasiado cansado para leer el artículo aquella noche; dejó el periódico abierto sobre la mesa y volvió a subir al piso de arriba. La noche transcurrida parecía inmensamente larga, un corredor de acontecimientos con Sheila y aquel miserable en la abertura del túnel, distantes pero presentes.

Mientras el lector recurría a una revista, el no lector acudía a un libro en busca de ayuda.

Burden entró en su casa al oír a su hijo gritar. Cuando llegó arriba, el ruido había cesado y Mark se consolaba en brazos de su madre. Burden oyó que ella le decía, en ese tono didáctico que tenía ella tan tranquilizador, que el diplodocus, el reptil de dos crestas, hacía dos millones de años que no existía y que, en cualquier caso, no se sabía que nunca hubiera habitado en armarios de juguetes.

Cuando ella entró en su dormitorio Burden se encontraba en la cama, sentado con el ejemplar de *La menor de nueve* que le había regalado a ella por su cumpleaños sobre las rodillas.

Ella le besó, entró en una descripción detallada de la pesadilla de Mark, lo cual le distrajo un rato de la nota biográfica que había estado leyendo en la solapa posterior de la cubierta del libro. En aquel momento decidió no decirle nada de lo que había ocurrido. No se lo contaría hasta la mañana siguiente. Ella había sido una gran admiradora de la mujer muerta, seguía sus viajes y coleccionaba sus obras. La charla que habían mantenido en la cama la noche anterior había sido referente a este libro, la infancia de Davina Flory y las primeras influencias que ayudaron a formar el carácter de esta distinguida antropóloga y «geosocióloga».

—No puedes empezar a leer mi libro hasta que yo no lo haya terminado —dijo ella adormilada, dándose la vuelta y hundiendo la cabeza en las almohadas—. De todos modos, ¿no podemos apagar la luz?

—Dos minutos. Sólo para relajarme un poco. Buenas noches, cariño.

A diferencia de muchos escritores a partir de cierta edad, a Davina Flory no le importaba que apareciera publicada la fecha de su nacimiento. Tenía setenta y ocho años, nació en Oxford y había sido la menor de los nueve hijos de un profesor de griego. Educada en el Lady Margaret Hall, y posteriormente con un doctor en filosofía de Londres, se había casado en 1935 con un compañero de estudios en Oxford, Desmond Cathcarth Flory. Juntos habían emprendido la rehabilitación de los jardines de la casa de él, Tancred House, en Kingsmarkham, y habían iniciado la plantación del famoso bosque.

Burden leyó el resto, apagó la luz, permaneció contemplando la oscuridad y pensando en lo que había leído. Habían matado a Desmond Flory en Francia en 1944, ocho meses antes de que naciera su hija Naomi. Dos años más tarde, Davina Flory comenzó sus viajes por Europa y Oriente Próximo y se volvió a casar en 1951. Burden había olvidado el resto, el nombre del nuevo marido, los títulos de todas sus obras.

Nada de esto importaba. Que Davina Flory hubiera sido quien era no resultaba más importante que si hubiera sido lo que Burden llamaba «una persona corriente». Era posible que los hombres que la habían matado no tuvieran idea de su identidad. Muchos de los que Burden conocía en el ejercicio de su trabajo ni siquiera sabían leer. Para el asesino o los asesinos de Tancred House, ella había sido sólo una mujer que poseía joyas y que vivía en un lugar aislado. Ella, su esposo, su hija y nieta era vulnerable y estaban desprotegidos y eso era suficiente para ellos.

Lo primero que vio Wexford cuando despertó fue el teléfono. Normalmente, lo primero que veía era el despertador Marks & Spencer, en forma de arco que o bien estaba sonando o bien a punto de hacerlo. No podía recordar el número de teléfono del Stowerton Royal Infirmary. La agente Mountjoy habría telefoneado si hubiera sucedido algo.

En el correo, sobre la esterilla, había una postal de Sheila. La había enviado desde Venecia cuatro días antes, mientras se encontraba allí con aquel hombre. La fotografía era de un lúgubre interior barroco, un púlpito y colgaduras sobre él, probablemente mármol pero con intención de que pareciera tela. Sheila había escrito: «Acabamos de visitar los *Gesuiti*, que es la iglesia favorita de broma de Gus en todo el mundo, aunque no hay que confundirla, dice, con los *Gesuati*. La alfombra de piedra produce un poco de frío en los pies y aquí te quedas congelada. Muchos besos, S.»

La hará ser tan pretenciosa como él. Wexford se preguntó qué demonios significaba aquella postal. ¿Qué era una iglesia de broma y, puestos a preguntar, qué era una alfombra de piedra?

Con la sección de reseñas del *Independent on Sunday* en el bolsillo, fue al trabajo en coche. Ya habían empezado a sacar muebles y equipo para montar un centro de coordinación en Tancred House. La investigación se llevaría a cabo desde allí. Hinde le dijo cuando entró que un fabricante de sistemas les ofrecía, sin cargo alguno, como gesto de buena voluntad, ordenadores, procesadores de texto con impresoras láser, accesorios de impresora, estaciones de trabajo, software y máquinas de fax.

—El director general es presidente de los *tories* locales —explicó Hinde—. Un tipo llamado Pagett, Graham Pagett. Ha llamado por teléfono. Dice que es su manera de llevar a cabo la política del gobierno de que luchar contra el crimen es cosa de cada individuo.

Wexford gruñó.

—Nos iría bien ese tipo de apoyo, señor.

—Sí, es muy amable por su parte —dijo Wexford con aire ausente.

No iría allí todavía pero no perdería tiempo, se llevaría a Barry Vine y encontraría a la mujer llamada Bib.

Tenía que ser sencillo, este asunto. Tenía que ser un asesinato para robar o un asesinato en el transcurso de un robo. Dos ladrones en un coche robado iban tras las joyas de Davina Flory. Quizá habían leído el *Independent on Sunday*, pero este periódico no mencionaba las joyas, salvo por el comentario de Win Carver de que Davina llevaba un anillo de casada, y era más probable, de todos modos, que leyeran la revista *People*. Si sabían leer. Dos ladrones sin duda, pero no extraños al lugar. Uno que lo sabía todo al respecto, otro que no, su compañero, su compinche, se habían conocido quizá en la cárcel...

¿Alguien relacionado con aquellos criados, los Harrison? ¿Con esa Bib? Ésta vivía en Pomfret Monachorum, lo que probablemente significaba que se había ido a casa por el camino secundario. Wexford imaginaba que éste había sido utilizado por el asesino y su compañero. Era el camino más probable para huir, en especial dado que uno de ellos debía de conocer el lugar. Casi pudo oír a uno decirle al otro que éste era el camino para eludir a la policía.

El bosque separaba Pomfret Monachorum de Tancred y Kingsmarkham y casi del resto del mundo. Por detrás, el camino conducía a Cheriton y a Pomfret. Los muros estropeados de una abadía seguían en pie; la iglesia era bonita por fuera, interiormente destrozada por Enrique VIII y posteriormente por Cromwell; el resto del lugar consistía en la vicaría, un grupo de *cottages* y una pequeña zona de viviendas de protección oficial. En el camino de Pomfret había una hilera de tres *cottages* de ripias y pizarra.

En una de éstas vivía Bib, aunque ni Wexford ni Vine sabían en cuál. Lo único que los Harrison y Gabbitas sabían era que vivía en la hilera llamada Edith Cottages.

Una placa con este nombre y la fecha de 1882 estaba clavada en las ripias sobre las ventanas superiores del de en medio. Todas las casitas necesitaban una mano de pintura, ninguna tenía aspecto de prosperidad. En el tejado de cada una de ellas había una antena de televisión y la de la izquierda tenía una que sobresalía de la ventana de un dormitorio. Una bicicleta estaba apoyada contra la pared junto a la puerta principal del *cottage* de la derecha y una furgoneta Ford *Transit* estaba aparcada medio en el borde de hierba de fuera de la verja. En el jardín de la casita de en medio había un cubo de basura con ruedas, sobre una pieza de cemento con una tapa con un agujero. En este jardín había narcisos en flor, pero en ninguno de los otros dos había flores de ninguna clase, y el de la bicicleta estaba lleno de malas hierbas.

Como Brenda Harrison le había dicho que Bib iba en bicicleta, Wexford decidió probar en la casa de la derecha. Un hombre joven abrió la puerta. Era bastante alto, pero muy delgado; iba vestido con tejanos y una sudadera de una universidad americana tan ajada, lavada y descolorida, que sólo la U de Universidad y una S y T mayúsculas eran perceptibles en el fondo grisáceo. Tenía un rostro como de muchacha, el rostro de una muchacha poco femenina. Las jóvenes que hacían de heroínas en los dramas del siglo dieciséis debían de tener ese aspecto.

Dijo «Hola», pero de un modo aturdido y bastante lento. Parecía considerablemente sorprendido; miró por detrás de Wexford el coche que estaba fuera, y después con cautela a éste.

—Policía de Kingsmarkham. Buscamos a alguien llamado Bib. ¿Vive aquí?

Él examinó la tarjeta de identificación de Wexford con gran interés. O incluso ansiedad. Una sonrisa perezosa transformó su rostro, haciéndole parecer de pronto más masculino. Se echó atrás el largo mechón de cabello negro que le caía sobre la frente.

—¿Bib? No. No vive aquí. En la puerta de al lado. La de en medio. —Vaciló; preguntó—: ¿Es por el asesinato de Davina Flory?

—¿Cómo lo sabes?

—La televisión, a la hora del desayuno —respondió, y añadió, como si a Wexford le interesara—. Estudiamos uno de sus libros en la universidad. Estudié Literatura Inglesa.

—Entiendo. Bueno, muchas gracias, señor. —La policía de Kingsmarkham llamaba a todo el mundo «señor» o «señora» o por su apellido o título hasta que se les acusaba formalmente. Era por educación, y una de las normas de Wexford—. No le molestaremos más —añadió.

Si el joven americano tenía el aspecto de una muchacha, Bib podía haber sido un hombre, tan pocas concesiones hacía o había hecho la naturaleza a su género. Su edad resultaba igualmente un enigma. Podía tener treinta y cinco o cincuenta y cinco años. Llevaba el pelo, que era oscuro, muy corto; tenía el rostro rubicundo y lustroso como si lo hubiera restregado con jabón y llevaba las uñas cortadas en forma cuadrada. En el lóbulo de una oreja le colgaba un pequeño aro de oro.

Cuando Vine hubo explicado para qué estaban allí, ella sonrió y dijo:

—Lo he visto en la tele. No podía creerlo.

Su voz era bronca, curiosamente inexpresiva.

—¿Podemos entrar?

Ella estimó que esta pregunta no era simple formalidad. Pareció considerarla desde varios ángulos posibles antes de efectuar una lenta seña afirmativa.

Guardaba la bicicleta en la entrada, apoyada en una pared forrada con papel estampado, guisantes dulces que se habían descolorido y eran beige. La sala de estar estaba amueblada como el domicilio de una mujer anciana y tenía ese olor característico, una combinación de alcanfor y ropa no muy limpia cuidadosamente guardada, ventanas cerradas y guisantes hervidos. Wexford esperaba encontrarse con una madre anciana en un sofá, pero la habitación estaba vacía.

—Para empezar, ¿podríamos saber su nombre completo, por favor? —dijo Vine.

Si hubiera estado ante un tribunal acusada de asesinato, hubiera sido llevada hasta allí perentoriamente y sin asesores que la defendieran, Bib no podía haberse comportado con mayor cautela. Cada palabra tenía que ser sopesada. Pronunció su nombre con lenta desgana y vacilando antes de cada palabra.

—Eh... Beryl... eh... Agnes... eh... Mew.

—Beryl Agnes Mew. Creo que usted trabaja por horas en Tancred House y estuvo allí ayer por la tarde, ¿es cierto, señorita Mew?

—Señora. —Miró a Vine y después a Wexford y lo repitió, muy despacio—: Señora Mew.

—Lo siento. ¿Estuvo usted allí ayer por la tarde?

—Sí.

—¿Qué hacía?

Podía ser la sorpresa lo que la afectaba de ese modo. O una desconfianza general hacia la humanidad. Parecía asombrada por la pregunta de Vine y le miró fríamente antes de encogerse de hombros.

—¿Qué hace usted allí, señora Mew?

—Ella volvió a quedarse pensativa. Estaba inmóvil pero sus ojos se movían más que los de la mayoría de gente. Ahora se movían de un modo bastante salvaje. Dijo, incomprensiblemente para Vine:

—Lo llaman lo duro.

—Usted hace el trabajo duro, señora Mew —dijo Wexford—. Sí, entiendo. Fregar los suelos, limpiar pintura y cosas así, ¿no? —Ella asintió con gesto lento—. Creo que estaba limpiando el congelador.

—Los congeladores. Tienen tres. —Meneó la cabeza lentamente de lado a lado—. Lo he visto en la tele. No podía creerlo. Ayer todo estaba en orden.

Como si, pensó Wexford, los habitantes de Tancred House hubieran sucumbido a una visita de la peste. Preguntó:

—¿A qué hora se marchó para venir a su casa?

Si pronunciar su nombre había requerido tanta meditación, de una pregunta como ésta podía esperarse que supusiera varios minutos de reflexión, pero Bib respondió bastante deprisa:

—Habían empezado a cenar.

—¿Quiere decir que el señor y la señora Copeland, la señora Jones y la señorita Jones habían entrado en el comedor?

—Les oía hablar y la puerta estaba cerrada. Me metí detrás del congelador y lo enchufé. Tenía las manos heladas, así que las puse un rato bajo el chorro de agua caliente. —El esfuerzo de hablar tanto la hizo callar un momento. Parecía estar recuperando fuerzas invisibles—. Tomé mi abrigo y después fui a buscar mi bici que estaba en esa parte de los setos, atrás.

Wexford se preguntó si la mujer había hablado alguna vez con el hombre de la casa de al lado, el americano, y si hablaba así, ¿entendería él alguna cosa?

—¿Cerró la puerta con llave cuando se marchó?

—¿Yo? No. No es cosa mía, cerrar las puertas con llave.

—Entonces, eso sería... ¿qué hora? ¿Las ocho menos diez?

Una larga vacilación.

—Calculo que sí.

—¿Cómo vino a casa? —preguntó Vine.

—En mi bicicleta.

Se indignó por su estupidez. Él debería saberlo. Todo el mundo lo sabía.

—¿Qué camino tomó, señora Mew?

—El camino secundario.

—Quiero que lo piense atentamente antes de responder. —Pero ella siempre lo hacía. Por eso tardaba tanto—. ¿Vio algún coche cuando se dirigía hacia su casa? ¿Se encontró con alguien o alguien la adelantó? En el camino secundario. —No se precisaban más explicaciones—. Un coche o una furgoneta o... un vehículo como el de la casa de al lado.

Por un momento Wexford temió que eso le hiciera pensar que su vecino americano pudiera estar involucrado en el asesinato. Ella se levantó y miró por la ventana en dirección a la Ford *Transit*. Su expresión era confusa y se mordió el labio.

Al fin preguntó:

—¿Ése?

—No, no. Cualquier vehículo. ¿Se cruzó con algún vehículo, anoche, cuando regresaba a casa?

Ella se quedó pensativa. Asintió, meneó la cabeza, y por fin dijo:

—No.

—¿Está usted segura?

—Sí.

—¿Cuánto tarda en llegar a casa?

—Venir aquí es bajada.

—Sí. ¿Cuánto tardó anoche?

—Unos veinte minutos.

—¿Y no se cruzó con nadie? ¿Ni siquiera con John Gabbitas con su Land Rover?

El primer destello de cierta vivacidad apareció en ella, en sus ojos inquietos.

—¿Él ha dicho que lo hice?

—No, no. No es probable que lo hiciera si usted se encontraba aquí, en su casa, digamos que a las ocho y cuarto. Muchas gracias, señora Mew. ¿Tendría la bondad de mostrarnos el camino que toma para ir desde aquí hasta el camino secundario?

Hubo una larga pausa y después ella respondió:

—No me importa.

El camino en el que se hallaban los *cottages* era muy empinado por el lado del valle del río. Bib Mew señaló hacia abajo de este camino y dio algunas ambiguas instrucciones, desviando los ojos hacia el Ford *Transit*. Wexford pensó que debía de haberle inculcado en la mente la idea de que se había cruzado con aquella furgoneta la noche anterior. Mientras bajaban la colina en coche, vieron a la mujer apoyada en la verja, siguiendo su avance con ojos inquietos.

Al pie de la colina el arroyo no tenía puente. Una pasarela de madera lo cruzaba para que lo utilizaran los que iban a pie y los ciclistas. Vine metió el coche en el agua, que tenía quizá unos sesenta centímetros de profundidad y fluía rápida sobre piedras planas de color marrón. Al otro lado llegaron a lo que él insistió en llamar una confluencia en forma de T, aunque la extrema rusticidad del lugar, empinadas orillas de seto, árboles con grandes ramas, profundos prados con ganado vislumbrados más allá convertían esa palabra en una denominación impropia. Las instrucciones de Bib, si es que así podía llamárseles, eran girar a la izquierda allí y después tomar el primer camino a la derecha. Éste era la ruta de Pomfret Monachorum al camino secundario.

De pronto apareció un bosque a la vista. Los árboles del seto se separaban y allí estaba, un dosel oscuro, azulado, que colgaba muy alto por encima de ellos. A menos de un kilómetro volvió a aparecer, rápidamente les rodeó, mientras el profundo túnel del camino que discurría entre altos bordes se sumergía en el comienzo del camino secundario, donde un cartel decía: TANCRED HOUSE, TRES KILÓMETROS. CAMINO PARTICULAR.

Wexford dijo:

—Cuando nos parezca que sólo falta un kilómetro y medio, bajaré y haré a pie el resto del camino.

—Bien. Tenían que conocer el lugar si vinieron por aquí, señor.

—Lo conocían. O uno de ellos lo conocía.

Bajó del coche en el momento que le pareció oportuno, cuando vio aparecer el sol. El bosque no empezaría a hacerse verde en otro mes. Ni siquiera había una verde neblina que empañara los árboles que flanqueaban aquel sendero arenoso. Todo era de un marrón brillante, un centelleante color que doraba las ramas y convertía los brotes de las hojas en un reluciente tono de cobre. Hacía frío y el ambiente era seco. A última hora de la noche anterior, cuando el cielo se había despejado, había helado. La escarcha había desaparecido ya, no quedaba ni una veta plateada, pero en el aire transparente y tranquilo flotaba el frío. Sobre las densas o plumosas copas de los árboles, a través de los espacios en los bosquecillos, el cielo era de un delicado tono azul, tan pálido que casi parecía blanco.

La entrevista de Win Carver le había hablado de estos bosques, cuándo habían sido plantados, qué partes databan de los años treinta y cuáles eran más antiguas pero se habían aumentado plantando más desde entonces. Robles antiguos, y de vez en cuando castaños de Indias con ramas en forma de lazo y glutinosos brotes de hoja, sobresalían por encima de hileras de árboles más pequeños, más cuidados, en forma de florero como por un proceso natural del arte de recortar arbustos. Wexford pensó que podrían ser carpes. Entonces observó una placa de metal clavada en el tronco de uno de ellos. Sí, carpe común, *Carpinus bétulus*. Los ejemplares más altos que había un poco más allá eran fresnos de monte, leyó: *Sorbus aucuparia*. Identificar los árboles cuando están desprovistos de hojas debe de constituir toda una prueba para el experto.

Los bosquecillos dieron paso a una plantación de arces de Noruega (*Acer plantanoides*) con troncos como piel de cocodrilo. Aquí no había coníferas, ni un solo pino o abeto que proporcionara una forma verde oscura entre las relucientes ramas sin hojas. Ésta era la parte más bella del bosque de hoja caduca, construido por el hombre, pero copia de la naturaleza, ordenado de manera prístina pero con la nitidez de la propia naturaleza.

Unos troncos caídos habían sido dejados cuando cayeron y estaban cubiertos de brillantes hongos y adornos naturales y tallos protuberantes amarillos o de color bronce. Los árboles muertos todavía constituían, con sus troncos putrefactos plateados, cobijo de lechuzas o alimento para los pájaros carpinteros.

Wexford siguió a pie, esperando que cada curva del estrecho camino hiciera aparecer ante él el ala este de la casa. Pero cada nueva curva sólo le proporcionaba otra vista de árboles en pie y árboles caídos, árboles nuevos y maleza. Una ardilla, marrón azulado y plata, ascendió por el tronco de un roble, saltó de tallo en tallo, dio un salto hasta la rama de un haya próxima. El camino hizo una elipse final, se ensanchó y despejó y allí, ante él, estaba la casa, como un sueño entre los velos de la neblina.

El ala este se elevaba majestuosa. Desde allí podía verse la terraza y los jardines de la parte posterior. En lugar de los narcisos, que llenaban los jardines públicos de Kingsmarkham y los macizos de flores del ayuntamiento, diminutas flores centelleaban como joyas azules agrupadas bajo los árboles. Pero los jardines de Tancred House todavía no habían despertado de su sueño invernal. Bordes herbáceos, rosaledas, senderos, setos, paseos entrecruzados, céspedes, todo tenía aún el aspecto de haber sido recortado y arreglado, y en algunos casos empaquetado, y dejado aparte para la hibernación. Altos setos de tejos y cipreses formaban muros para ocultar a todos los edificios anexos la vista de la casa, oscuras pantallas plantadas con astucia para gozar de una intimidad privilegiada.

Se quedó mirando unos momentos, después siguió el camino hacia donde pudiera ver los vehículos policiales aparcados. El centro de coordinación había sido instalado en lo que aparentemente eran unos establos, aunque unos establos en los que hacía medio siglo que no había vivido ningún caballo. Era demasiado elegante para ello y había persianas en las ventanas. Un reloj de esfera azul y manecillas doradas bajo un frontón central le indicó que eran las once menos veinte.

Su coche estaba aparcado sobre las losas, al igual que el de Burden y dos furgonetas. En el interior de los establos, un técnico estaba montando los ordenadores y Karen Malahyde preparaba un estrado, un atril, micrófono y medio círculo de sillas para la rueda de prensa. Estaba programada para las once.

Wexford se sentó trás el escritorio que habían preparado para él. Le conmovió las molestias que Karen se había tomado; estaba seguro de que era obra de Karen. Había tres bolígrafos nuevos, un abrecartas de latón que no se le ocurrió para qué lo usaría, dos teléfonos, como si él no tuviera su Vodaphone, un ordenador y una impresora que él no tenía ni idea de cómo hacer funcionar, y una maceta de barro azul y marrón con un cactus. El cactus, grande, esférico, gris, cubierto de pelambre, semejaba más un animal que una planta, un animal «mimoso», pero cuando le dio un golpecito se le clavó una afilada espina.

Wexford sacudió el dedo, soltando una maldición en voz baja. Se dio cuenta de que aquello era un honor. Estas cosas al parecer iban por categoría, y aunque había otro cactus en el escritorio que evidentemente estaba destinado a Burden, no tenía ni mucho menos las dimensiones del suyo, ni era tan hirsuto. Lo único que Barry Vine tenía eran unas violetas africanas que ni siquiera estaban en flor.

La agente Lennox había telefoneado poco después de iniciar su turno en el hospital. No había nada para informar. Todo iba bien. ¿Qué significaba eso? ¿Qué le importaba a él si la chica vivía o moría? En todo el mundo morían chicas jóvenes, de hambre, en las guerras e insurrecciones, por crueles prácticas y negligencias médicas. ¿Por qué iba a importarle ésta?

Marcó el número de Anne Lennox en su teléfono.

—Parece estar bien, señor.

Debía de haber oído mal.

—¿Ella qué?

—Parece estar bien... bueno, respira mejor. ¿Quiere hablar con la doctora Leigh, señor?

Se produjo un silencio al otro lado de la línea. Es decir, no se oía ninguna voz. Podía oír ruidos de hospital, pasos y sonidos metálicos y sibilantes. Luego oyó la voz de una mujer.

—¿Es la policía de Kingsmarkham?

—Soy el inspector jefe Wexford.

—Yo soy la doctora Leigh. ¿En qué puedo ayudarle?

La voz le pareció lúgubre. Detectó en ella la gravedad de esas personas que quizá aprendieron había que adoptar durante un tiempo después de haberse producido una tragedia. Una matanza como aquélla debía de afectar a todo el hospital. Él se limitó a dar el nombre, pues sabía que sería suficiente.

—La señorita Flory. Daisy Flory.

De repente toda la tristeza desapareció. Quizá se la había imaginado él.

—¿Daisy? Sí, está bien, se está recuperando.

—¿Qué? ¿Qué ha dicho?

—He dicho que se está recuperando, que está bien.

—¿Está bien? ¿Estamos hablando de la misma persona? ¿La joven que trajeron anoche con heridas de bala?

—Su estado es bastante satisfactorio, inspector. Saldrá de cuidados intensivos hoy mismo. Supongo que querrá verla, ¿no? No hay razón para que no pueda hablar con ella esta tarde. Sólo un rato, por supuesto. Digamos que diez minutos.

—¿A las cuatro será buena hora?

—A las cuatro, sí. Primero pregunte por mí, por favor. Soy la doctora Leigh.

La prensa llegó pronto. Wexford supuso que en realidad debería decirse «los medios de comunicación», ya que al acercarse al estrado vio desde la ventana una furgoneta de la televisión que llegaba con un equipo de cámaras.

6

«Finca» sonaba como cien casas adosadas agrupadas en unas pocas hectáreas. «Terrenos» expresaba sólo tierras, no los edificios que habían en ellas. Burden, insólitamente imaginativo, pensó que «heredad» podría ser la única palabra. Ésta era la heredad de Tancred, un pequeño mundo, o, más realista, una aldehuela: la gran casa, sus establos, cocheras, edificios anexos, moradas para criados pasados y presentes. Sus jardines, céspedes, setos, pinares, plantaciones y bosques.

Todo ello —quizá no los propios bosques— debería registrarse. Necesitaban saber con qué estaban tratando, qué era aquel lugar. Los establos donde se había instalado el centro de coordinación sólo eran una pequeña parte. Desde donde estaba él, la terraza que discurría a lo largo de la parte posterior de la casa, apenas nada de estos edificios anexos podía verse. Los setos plantados con astucia, la cuidadosa provisión de árboles para ocultar lo humilde o lo utilitario, lo escondían todo a la vista salvo la parte superior de un tejado de pizarra, la punta de una veleta. Después de todo, aún era invierno. Las hojas del verano protegerían estos jardines, esta vista, con apretadas pantallas de hojas.

En realidad, el largo césped se extendía entre bordes herbáceos, se convertía en una rosaleda, una esfera de reloj de macizos, se abría de nuevo para bajar hasta el prado, más allá. Quizá. Era una posibilidad, aunque demasiado lejana para verla desde allí. Lo habían arreglado de tal modo que los jardines se mezclaban suavemente con la vista que se extendía a lo lejos, el parque con su ocasional árbol gigantesco, el borde azulado de los bosques. Todo el bosque parecía azul en la suave luz neblinosa de finales de invierno. Excepto el pinar al oeste con sus colores mezclados de amarillo y negro ahumado, verde mármol y verde reptil, pizarra y perla y brillante cobre.

Incluso a la luz del día, incluso desde allí, las dos casas donde vivían los Harrison y Gabbitas eran invisibles. Burden bajó los escalones de piedra, recorrió el sendero y cruzó una verja que había en el seto para ir a la zona de los establos y las cocheras donde había comenzado la investigación. Encontró una hilera de *cottages*, desmoronados y en mal estado, pero no abandonados, que en otro tiempo sin duda habían alojado a algunos de los muchos criados que los victorianos necesitaban para mantener el confort y el orden exteriores.

La puerta delantera de uno de ellos estaba abierta. Dos agentes uniformados estaban dentro, abriendo armarios, investigando un agujero de una trascocina. Burden pensó en la vivienda y en que siempre parecía que no había suficientes casas, y pensó en todas las personas que carecían de hogar, incluso en las calles de Kingsmarkham en aquellos días. Su esposa, que tenía conciencia social, le había enseñado a pensar así. Él jamás lo habría hecho antes de casarse con ella. En realidad, él veía que un exceso de alojamiento en Tancred, en los cientos y cientos de casas como aquélla que debía de haber en toda Inglaterra, no resolvía ningún problema. De hecho, no. No podía creer que se pudiera hacer que todos los Flory y los Copeland de este mundo cedieran la casa no utilizada de sus criados a la mujer vagabunda que dormía en el porche de St. Peter, aunque la vagabunda lo quisiera, así que dejó esa línea de pensamiento y volvió a la parte trasera de la casa, a la zona de la cocina, donde tenía que reunirsc con Brenda Harrison para realizar una inspección.

Archbold y Milsom estaban allí, examinando las áreas de losas sin duda en busca de marcas de neumático. Habían estado trabajando en el amplio espacio de la parte delantera cuando llegaron aquella mañana. Habían tenido una primavera seca, las últimas lluvias habían caído semanas atrás. Podía llegar hasta allí cualquier coche y no dejar rastro de su paso.

En las aguas tranquilas del estanque, cuando él se inclinó para mirarlas, había visto un par de grandes peces de colores, blancos con la cabeza encarnada, nadando serenamente en lentos círculos.

Blanco y encarnado... La sangre seguía allí, aunque el mantel, junto con multitud de otros objetos, había sido metido en una bolsa para ir al laboratorio del forense de Myringham. Más tarde, aquella noche, la habitación había quedado llena de bolsas de plástico selladas que contenían lámparas y ornamentos, cojines y servilletas, fuentes y cubiertos.

Sin escrúpulos por lo que pudiera ver en el vestíbulo, pues unas sábanas cubrían la parte inferior de la escalera y el rincón donde se encontraba el teléfono, había conducido a Brenda de manera que evitara el comedor, cuando ésta dio un paso hacia un lado y abrió la puerta. Se movía con tanta rapidez, que era arriesgado apartar los ojos de ella un instante.

Era una mujer menuda y delgada, con la figura huesuda de una jovencita. Sus pantalones apenas mostraban el contorno de nalgas y muslos. Pero tenía el rostro surcado de profundas líneas, como hechas con un cuchillo, y se mordía constantemente los labios de una manera nerviosa. Su pelo seco y rojizo ya era lo bastante ralo para pensar que era probable que la señora Harrison necesitara una peluca al cabo de diez años. Nunca paraba quieta. Probablemente, se pasaba la noche agitándose en su inquieto sueño.

Fuera de la ventana, mirando boquiabierto, se hallaba su marido. La noche anterior habían sellado el cristal roto, pero no habían corrido las cortinas. Brenda le lanzó una mirada rápida y luego revisó la habitación, girando la cabeza. Sus ojos se detuvieron brevemente en la parte de la pared que estaba más salpicada, un rato más en una franja de alfombra al lado de la silla donde había estado sentada Naomi Jones. Archbold había rascado una parte manchada de sangre del pelo de la alfombra y se había ido al laboratorio con los otros objetos y los cuatro cartuchos que se habían recuperado. Burden pensó que ella haría algún comentario, alguna observación respecto a que la policía había destruido una buena alfombra a la que el tinte habría devuelto su estado original, pero la mujer no dijo nada.

Fue Ken Harrison quien hizo —o formó con los labios, pues dentro de la habitación fue casi inaudible— la esperada censura. Burden abrió la ventana.

—No le he entendido, señor Harrison.

—He dicho que eso era buen material.

—Sin duda puede sustituirse.

—Con un coste.

Burden se encogió de hombros.

—¡Y la puerta trasera ni siquiera estaba cerrada con llave! —exclamó Harrison en el tono que el respetable dueño de una casa utiliza para referirse a un acto de vandalismo.

Brenda, sola para examinar esa habitación por primera vez, se había puesto muy pálida. Aquella mirada paralizada, aquella creciente palidez, podrían ser el preludio de un desvanecimiento. Sus ojos vidriosos se encontraron con los de él.

—Vamos, señora Harrison, no sirve de nada quedarse aquí. ¿Se encuentra bien?

—No voy a desmayarme, si se refiere a eso.

—Pero había existido ese peligro, de eso él estaba seguro, pues la mujer se sentó en una silla del vestíbulo y echó la cabeza hacia adelante, temblorosa. Burden podía oler a sangre. Esperaba que ella no supiera qué era aquel hedor, una mezcla de olor a pescado y a limaduras de hierro, cuando ella se puso en pie de un salto, estaba bien e ¿iban a subir al piso de arriba? Ella saltó con bastante agilidad por encima de la sábana que cubría los escalones donde Harvey Copelan había yacido.

Arriba, la mujer le mostró el último piso, un desván que quizá nunca se utilizaba. En el primer piso estaban las habitaciones que él ya había visto, las de Daisy y Naomi Jones. Cuando habían recorrido unas tres cuartas partes del pasillo que conducía al ala oeste, ella abrió la puerta y anunción que allí era donde dormía Copeland.

Burden se sorprendió. Había supuesto que Davina Flory y su esposo compartían el dormitorio. Aunque no lo dijo, Brenda le adivinó el pensamiento. Le lanzó una mirada en la que la mojigatería se mezclaba curiosamente con la impudicia.

—Ella tenía dieciséis años más que él. Era una mujer muy anciana. Claro que no lo habría dicho, ya sabe lo que quiero decir; era de esas que no parecen tener mucho que ver con la edad. Ella sólo era ella.

Burden sabía a qué se refería. La sensibilidad de aquella mujer le resultaba inesperada. Echó una rápida mirada a la habitación. Allí no había estado nadie, todo se hallaba en orden. Copeland dormía en una cama individual. Los muebles eran de caoba oscura, pero a pesar de su cálido color, la habitación tenía un aspecto austero, con unas feas cortinas de color crema, una alfombra de color crema también y los únicos cuadros que había eran grabados de antiguos mapas del condado.

El estado del dormitorio de Davina Flory pareció perturbar a Brenda más que el comedor. Al menos, estimuló en ella un estallido de emoción.

—¡Qué desorden! ¡Mire la cama! ¡Mire todo eso fuera de los cajones!

Se precipitó dentro de la habitación y empezó a recoger cosas. Burden no hizo nada para detenerla. Las fotografías proporcionarían una imagen permanente de cómo estaba la habitación.

—Quiero que me diga lo que falta, señora Harrison.

—¡Mire su joyero!

—¿Puede recordar las cosas que tenía?

Brenda, ágil como una adolescente e igual de delgada, se sentó en el suelo, acercando a ella todos los objetos desparramados: un broche, unas pinzas para las cejas, una llave de maleta, una botella de perfume vacía.

—Ese broche, por ejemplo, ¿por qué lo dejaron?

Su breve carcajada fue como un ronquido.

—No valía nada. Yo se lo regalé.

—¿Usted?

—Fue un regalo de Navidad. Todos nos hacíamos regalos, así que tuve que darle algo. ¿Qué le compraría a una mujer que lo tiene todo? Ella solía llevarlo, quizá le gustaba, pero sólo valía tres libras.

—¿Qué falta, señora Harrison?

—No tenía muchas cosas. Yo digo «la mujer que lo tiene todo», pero hay cosas que se pueden tener y que no siempre se quieren, ¿verdad? Quiero decir un abrigo de pieles, aunque se pueda comprar. Bueno, es cruel, ¿no? Ella podía haber tenido diamantes en abundancia, pero no era su estilo. —Se había levantado y revolvía los cajones—. Yo diría que ha desaparecido todo, todo lo que había. Tenía algunas perlas buenas. Tenía anillos que su primer marido le había regalado; nunca los llevaba, pero estaban aquí. Su brazalete de oro ha desaparecido. Uno de los anillos tenía unos diamantes enormes, Dios sabe cuánto valía. Pensará usted que lo guardaba en el banco, ¿verdad? Me dijo que pensaba regalárselo a Daisy cuando cumpliera los dieciocho.

—¿Cuándo sería eso?

—Pronto. La semana que viene o la otra.

—¿Sólo «pensaba» en ello?

—Le estoy contando lo que ella decía y eso es lo que decía.

—¿Cree que podría hacerme una lista de las joyas que cree usted que faltan, señora Harrison?

Ella asintió y cerró el cajón con un golpe.

—Es curioso, ayer a esta hora yo estaba aquí limpiando esta habitación. Siempre hacía los dormitorios el martes. Y ella entró, es decir, Davina, y estuvo hablando feliz de ir a Francia con Harvey para hacer algún programa en la televisión francesa, un programa muy importante sobre libros, para su nuevo libro. Claro que ella hablaba francés como una nativa.

—¿Qué cree usted que sucedió aquí anoche?

Ella bajaba delante de él la escalera trasera.

—¿Yo? ¿Cómo quiere que lo sepa?

—Debe de haber imaginado algo. Conoce la casa y conocía a las personas que vivían en ella. Me interesaría saber lo que usted opina.

Al pie de la escalera se encontraron con un gato grande de un color que Burden conocía como «Azul Fuerzas Aéreas», que había salido de la puerta de enfrente y cruzaba el vestíbulo posterior. Cuando les vio se detuvo en seco, abrió los ojos de par en par, bajó las orejas y empezó a hincharse hasta erizar su denso y encrespado pelo color ahumado. Su postura era la de un animal bravo amenazado por los cazadores o algún peligroso depredador.

—No seas tonta, *Queenie* —dijo Brenda con afecto—. No seas tontita. Sabes que él no te hará daño mientras yo esté aquí. —Burden se sintió un poco ofendido—. Hay unos hígados de pollo para ti en los escalones de atrás.

El gato dio media vuelta y se fue corriendo por donde había venido. Brenda Harrison lo siguió a través de una puerta por la que Burden no había entrado la noche anterior, y por un pasillo que daba a la habitación de la mañana. En el invernadero bañado por el sol se estaba caliente como en verano. Había estado allí brevemente la noche anterior.

De día parecía diferente y vio que se trataba del edificio acristalado, de forma clásica y tejado curvado, que sobresalía en el centro de la terraza donde había estado inspeccionando los céspedes y los distantes bosques.

El olor de los jacintos era más fuerte, dulce y empalagoso. La luz del sol había abierto los narcisos y éstos mostraban sus corolas color naranja. Allí dentro el ambiente era húmedo, cálido y perfumado, como uno pensaría que es una selva tropical, el aire casi tangible.

—Ella no me dejaba tener animales domésticos —dijo de pronto Brenda Harrison.

—¿Cómo dice?

—Davina. Como digo, no hacía discriminaciones, todos nosotros éramos iguales... quiero decir, es lo que ella decía, pero no me dejaba tener animales domésticos. Me habría gustado tener un perro. «Ten un hamster, Brenda —decía—, o un periquito.» Pero nunca me gustó esa idea. Es cruel tener pájaros enjaulados, ¿no le parece?

—A mí me gustaría tener uno —dijo Burden.

—Dios sabe qué será de nosotros ahora, de mí y de Ken. No tenemos otro hogar. Tal como están los precios de las casas no tenemos ninguna posibilidad... bueno, es una broma, ¿no? Davina dijo que éste era nuestro hogar para siempre, pero a la hora de la verdad, es un *cottage* que está ligado al puesto de trabajo, ¿no? —Se inclinó y recogió del suelo una hoja muerta. Su expresión se hizo reservada, un poco triste—. No es fácil empezar de nuevo. Sé que no aparento la edad que tengo, todo el mundo lo dice, pero a fin de cuentas no nos hacemos jóvenes, ninguno de nosotros.

—Iba usted a contarme lo que cree que sucedió aquí anoche.

Ella suspiró.

—¿Qué creo que sucedió? Bueno, ¿qué ocurre en estos casos terribles? Quiero decir, no es el primero, ¿verdad? Entraron y subieron al piso de arriba, habían oído hablar de las perlas y quizá de los anillos. En la prensa siempre salía algo referente a Davina. Quiero decir, todo el mundo pensaría que aquí había dinero. Harvey les oyó, subió tras ellos y ellos bajaron y le dispararon. Después tuvieron que disparar a los otros para que no hablaran... quiero decir, para que no dijeran a nadie qué aspecto tenían.

—Es una posibilidad.

—¿Qué más? —dijo ella, como si no hubiera espacio para la duda. Entonces, bruscamente, le asombró diciendo—: Ahora podré tener un perro. Pase lo que pase con nosotros, ya nadie puede impedirme que tenga un perro, ¿verdad?

Burden regresó al vestíbulo y contempló la escalinata. Cuanto más pensaba en ello, menos podía hacer encajar la mecánica con la evidencia.

Faltaban las joyas. Podría tratarse de joyas valiosas, con un valor de hasta cien mil libras, pero ¿matar a tres personas por ellas e intentar matar a una cuarta? Burden se encogió de hombros. Sabía que hombres y mujeres habían sido asesinados por cincuenta peniques, por el precio de una bebida.

Doliéndole un poco el recuerdo de su aparición en televisión, Wexford aún pudo felicitarse por la discreción que había mantenido en el asunto de Daisy Flory. La televisión ya no era un medio misterioso y temible. Estaba empezando a acostumbrarse a él. Ésta era la tercera o cuarta vez que aparecía ante las cámaras, y si no estaba de vuelta de ello, al menos se sentía tranquilo.

Sólo una pregunta le había perturbado. Le había parecido que no tenía nada que ver con los asesinatos de Tancred House, o muy poco. ¿Había más probabilidades de que encontraran a los responsables de éstos que a los culpables del tiroteo del banco? Él había respondido que estaba seguro de que ambos crímenes serían resueltos y atraparían al asesino del sargento Martin igual que a los de Tancred House. Una leve sonrisa apareció en el rostro de quien había hecho la pregunta, de lo que él trató de no hacer caso, manteniéndose sereno.

La pregunta no había sido formulada por el «corresponsal local» de los periódicos nacionales, ni por ninguno de los representantes de los periódicos nacionales que se hallaban allí, sino por un periodista del *Kingsmarkham Courier*. Se trataba de un hombre muy joven, con el pelo oscuro, bastante atractivo y con aspecto engreído. Era una voz de escuela privada sin indicios del acento de Londres ni la fuerte pronunciación local.

—Hace ya casi un año de la matanza del banco, inspector.

—Diez meses —dijo Wexford.

—¿No está probado que las estadísticas demuestran que cuanto más tiempo transcurre, menos probable...

Wexford señaló con la mano a otro periodista para que interviniera y las palabras del representante del *Courier* quedaron acalladas por su pregunta. Ella preguntó la edad de la señorita Flory. Davina o Daisy, ¿no la llamaban así?

Wexford tenía intención de ser discreto en este aspecto. Respondió que se hallaba en cuidados intensivos —posiblemente, a esta hora, aún era cierto— que se encontraba estable pero gravemente enferma. Había perdido mucha sangre. Nadie le había dicho esto, pero seguro que era cierto. La periodista le preguntó si la muchacha se hallaba en la «lista de peligro» y Wexford pudo responderle que ningún hospital tenía ninguna lista de este tipo y, que él supiera, nunca la habían tenido.

Iría solo a verla. No quería que nadie le acompañara en su primer interrogatorio. Gerry Hinde, en su elemento, administraba a su ordenador masas de información cotejada con la que, había anunciado misteriosamente, elaboraría una base de datos que sería distribuida a todos los sistemas del centro de coordinación. Habían traído bocadillos del supermercado de Cheriton High Road. Al abrir su paquete con el abrecartas, comprendiendo lo útil que después de todo resultaba éste, Wexford se preguntó qué hacía el mundo antes de la llegada del envase de plástico para bocadillo en forma de cuña. Merecía figurar entre los inventos benditos, pensó echando una mirada de disgusto a Gerry Hinde, que al menos estaba al nivel de las máquinas teleproductoras de imágenes.

Cuando se iba, llegó Brenda Harrison con una lista de las joyas de Davina Flory que faltaban. Sólo tuvo tiempo de echarle una rápida mirada antes de pasársela a Hinde. Era un buen material para la base de datos, y le daría algo que introducir en sus sistemas.

Para su irritación, el periodista del *Courier* le estaba esperando cuando salió del establo. Estaba sentado en un muro bajo, balanceando las piernas. Wexford tenía la norma de no hablar de los casos con la prensa, excepto en las ruedas de prensa preparadas. Aquel hombre debía de hacer una hora que estaba allí, pensando que él saldría tarde o temprano.

—No. No tengo nada más que decir.

—Eso es injusto. Debería darnos prioridad a nosotros. Apoyar a su autoridad local.

—Eso significa que usted me apoye a mí —dijo Wexford, divertido a su pesar—, no que yo le cuente hechos. ¿Cómo se llama?

—Jason Sherwin Coram Sebright.

—Un poco complicado, ¿no? Demasiado largo para firmar un artículo.

—Todavía no he decidido cómo llamarme con fines profesionales. Empecé la semana pasada en el *Courier*. La cuestión es que tengo una clara ventaja sobre los demás. Yo conozco a Daisy. Va a mi escuela, o a la que yo iba. La conozco muy bien.

Todo esto lo dijo con un descaro y una seguridad poco corrientes, incluso en estos días. Jason Sebright parecía completamente a sus anchas.

—Si va usted a verla, espero que me lleve con usted —dijo—. Espero que me conceda una entrevista en exclusiva.

—Entonces sus esperanzas están condenadas a no verse cumplidas, señor Sebright.

Acompañó a Sebright afuera, y esperó allí hasta que hubo subido a su coche. Donaldson le condujo por el sendero principal, el camino por el que habían venido la noche anterior. El pequeño Fiat de Sebright les seguía de cerca. A unos cuatrocientos metros, en una zona donde había muchos árboles caídos. Pasaron a Gabbitas que utilizaba algo que Wexford pensó podía ser una máquina para cortar madera. El huracán de tres años antes había causado daños allí. Wexford se fijó en las zonas despejadas donde se habían plantado árboles recientemente, los nuevos árboles de sesenta centímetros de altura atados a postes y cubiertos con protecciones contra los animales. También aquí se habían construido cobertizos para proteger las tablas de madera y bajo lonas enceradas había montones de tablas de roble, sicomoro y fresno.

Llegaron a la puerta principal y Donaldson bajó para abrirla. Colgado del poste de la izquierda había un ramo de flores. Wexford bajó la ventanilla para verlo mejor. No se trataba de un arreglo floral corriente, sino un cesto lleno de flores con un lado profundamente curvado para que se viera lo mejor posible. Fresias doradas, *scillas* azul cielo y *stephanotis* derramadas sobre el borde dorado de la cesta. Atada al asa había una tarjeta.

—¿Qué dice?

Donaldson leyó a trompicones, se aclaró la garganta y volvió a empezar: «Ahora, me enorgullezco de ti, en tu posesión está, una muchacha sin igual».

Dejó la puerta abierta para Jason Sebright, quien, según vio Wexford, también bajó del coche para leer lo que ponía la tarjeta. Donaldson giró hacia la B 2428 para dirigirse a Cambery Ashes y Stowerton. Al cabo de diez minutos estaban allí.

La doctora Leigh, una mujer de aspecto cansado de veintitantos años, se reunió con Wexford en el corredor, fuera de la Sala MacAllister.

—Entiendo que es urgente hablar con ella, pero ¿podría limitarse a diez minutos, hoy? Quiero decir, en lo que a mí respecta, y si todo va bien, puede volver mañana, pero al principio creo que debería limitarse a diez minutos. Será suficiente para reunir la información esencial, ¿verdad?

—Si usted lo dice —dijo Wexford.

—Ha perdido mucha sangre —explicó ella, confirmando lo que él había comunicado a la prensa—. Pero la bala no le rompió la clavícula. Y lo que es más importante, no le tocó el pulmón. Un poco milagroso. No es tanto que esté físicamente enferma como que se encuentra muy perturbada. Todavía está muy perturbada.

—No me sorprende.

—¿Me acompaña un momento al despacho?

Wexford la siguió a una pequeña habitación cuya puerta anunciaba «Enfermera de turno». Estaba vacía y llena de humo. ¿Por qué el personal del hospital, que debe de conocer mejor que la mayoría de la gente los peligros del tabaco, fuma más que nadie? Era un misterio que con frecuencia le intrigaba. La doctora Leigh chasqueó la lengua y abrió la ventana.

—Extrajimos una bala de la parte superior del pecho de Daisy. El omóplato le impidió salir. ¿La quiere?

—Claro que sí. ¿Le dispararon una sola vez?

—Sólo una. En la parte superior del pecho izquierdo.

—Sí.

Wexford envolvió el cilindro de plomo en su pañuelo y se lo metió en el bolsillo. El hecho de que hubiera estado en el cuerpo de la muchacha le hizo sentir una ligera e inesperada sensación de náusea.

—Ahora puede entrar. Está en una habitación lateral; la mantenemos sola porque es muy desgraciada. No necesita compañía, por el momento.

La doctora Leigh le acompañó a la sala MacAllister. Las paredes del pasillo de las habitaciones individuales estaban cubiertas de cristal glaseado y cada puerta tenía una parte de cristal transparente. Fuera de la habitación que tenía un 2 impreso en el cristal, Anne Lennox estaba sentada en un taburete de aspecto incómodo, leyendo una novela de Danielle Steel. Se levantó de un salto cuando vio aparecer a Wexford.

—¿Me necesita, señor?

—No, gracias, Anne. Quédate donde estás.

Una enfermera salió de la habitación y sostuvo la puerta abierta. La doctora Leigh dijo que le estaría esperando cuando hubiera terminado y repitió la advertencia referente al límite de tiempo. Wexford entró y cerró la puerta tras de sí.

7

Daisy estaba sentada en una alta cama blanca, apoyada en un montón de almohadas. Llevaba el brazo izquierdo en un cabestrillo y el hombro izquierdo fuertemente vendado. Hacía tanto calor en la sala, que en lugar de un camisón de hospital vestía una blusa blanca sin mangas que le dejaba al descubierto el brazo y hombro derechos. En el brazo derecho tenía un tubo de suero intravenoso.

Acudía a la mente la fotografía del *Independente on Sunday*. Era Davina Flory otra vez, era Davina Flory tal como había sido a los diecisiete años.

En lugar del pelo corto como un chico, Daisy lo llevaba largo. Era un pelo abundante y lacio, muy fino, castaño oscuro, que le caía sobre el hombro herido, casi lo cubría, y sobre el hombro desnudo. Su frente era como la de su abuela, sus ojos grandes y hundidos, no castaños sino de un brillante tono avellana claro con un anillo negro en torno a las pupilas. Tenía la piel blanca para ser una mujer tan morena y los labios más bien finos muy pálidos. La nariz, más bonita que la aguileña de su abuela, era un poco respingona. Wexford recordó las manos muertas de Davina Flory, estrechas y con largos dedos, y vio que las de Daisy eran iguales pero con la piel aún suave e infantil. No llevaba anillos. En los lóbulos rosa pálido de las orejas los agujeros para los pendientes parecían diminutas heridas.

Cuando le vio, la muchacha no habló sino que se echó a llorar. Las lágrimas le resbalaban en silencio por el rostro.

Él sacó un puñado de pañuelos de papel de la caja que había en la mesilla de noche y se los dio. Ella se secó la cara, después bajó la cabeza y entornó los ojos. El llanto ahogado sacudía su cuerpo.

—Lo siento —dijo él—. Lo siento muchísimo.

Ella asintió, aferrando los pañuelos mojados con la mano izquierda. Era algo en lo que no había pensado mucho, que había perdido a su madre en la violencia de la noche anterior. También había perdido a una abuela, a quien quería tanto, y a un hombre que había sido como un abuelo para ella desde que tenía cinco años.

—Señorita Flory...

La voz le salió ahogada mientras se llevaba los pañuelos a la cara.

—Llámeme Daisy.

Wexford comprendió que estaba haciendo un gran esfuerzo; Daisy tragó con dificultad y levantó la cabeza.

—Llámeme Daisy, por favor. No soporto que me llamen «señorita Flory», de todas maneras me llamo Jones. ¡Oh, he de dejar de llorar!

Wexford esperó unos momentos, aunque era consciente del poco tiempo que tenía. Vio que ella estaba intentando apartar imágenes de su mente, tacharlas, borrar la cinta de vídeo, vivir el presente. Respiró hondo.

Él esperó un poco, pero no podía permitirse esperar demasiado. Un minuto sólo para que ella regularizara la respiración, para que se secara las lágrimas de los dedos.

—Daisy —empezó—, ya sabes quién soy, ¿verdad? Soy policía, el inspector jefe Wexford.

Ella asintió rápidamente.

—Hoy sólo me dejan estar diez minutos contigo, pero mañana volveré, si tú me lo permites. Quiero que me respondas a una o dos preguntas ahora y procuraré que no te resulten dolorosas. ¿Te parece bien?

Un lento gesto de asentimiento y un profundo jadeo.

—Tenemos que volver a lo de anoche. No voy a preguntarte exactamente qué ocurrió, todavía no, sólo cuándo les oíste dentro de la casa por primera vez y dónde.

Vaciló tanto rato, que Wexford no pudo evitar mirar su reloj.

—Si pudieras decirme sólo a qué hora les oíste y dónde...

Ella habló de pronto y atropelladamente.

—Estaban arriba. Estábamos cenando, tomábamos el plato principal. Mi madre fue la primera en oírles. Dijo: «¿Qué es eso? Parece como si hubiera alguien arriba».

—Sí. ¿Qué más?

—Davina, mi abuela, dijo que era la gata.

—¿La gata?

—Es una gata grande que se llama *Queenie*, persa. A veces, por la noche, alborota por toda la casa. Es asombroso el ruido que puede meter.

Daisy Flory sonrió. Fue una hermosa y amplia sonrisa, la sonrisa de una joven, y la mantuvo un momento antes de que le temblaran los labios. A Wexford le habría gustado tomarle la mano pero, por supuesto, no podía hacerlo.

—¿Oíste algún coche?

Ella meneó la cabeza.

—Yo no oí nada más que el ruido del piso de arriba. Un ruido como golpes y pasos. Harvey, el marido de mi abuela, salió de la habitación. Oímos un disparo y luego otro. Fue un ruido terrible, realmente terrible. Mi madre chilló. Las tres nos levantamos de un salto. No, yo me levanté de un salto y mi madre también y yo... iba a salir y mi madre gritó: «No, no salgas» y entonces él entró. Entró en la habitación.

—¿Él? ¿Sólo era uno?

—Yo sólo vi a uno. Oí al otro, pero no le vi.

Recordarlo le hizo volver a quedarse callada. Wexford vio que las lágrimas acudían de nuevo a sus ojos. La chica se frotó los ojos con la mano derecha.

—Sólo vi a uno – dijo con voz ahogada—. Tenía una pistola, entró.

—Tranquilízate —dijo Wexford—. Tengo que hacerte preguntas. Pronto habrá terminado todo. Piénsalo así, es algo que debe hacerse. ¿De acuerdo?

—De acuerdo. Él entró... —habló con tono automático—. Davina seguía allí sentada. Ella no se levantó, se quedó sentada pero con la cabeza vuelta hacia la puerta. Él le disparó en la cabeza, creo. Disparó a mi madre. Yo no sabía qué hacía. Era tan terrible, que no es posible imaginarlo: locura, horror, no era real, sólo era... oh, no lo sé... Intenté tirarme al suelo. Oí que el otro ponía un coche en marcha fuera. El que estaba allí dentro, el que iba armado, me disparó y no sé, no recuerdo...

—Daisy, lo estás haciendo muy bien. Muy bien, de veras. No supongo que puedas recordar lo que ocurrió después de que te dispararan. Pero ¿puedes recordar qué aspecto tenía él? ¿Puedes describirle?

Ella negó con la cabeza, se llevó la mano derecha a la cara. Él tuvo la impresión de que no era que la muchacha no supiera describir al hombre de la pistola, sino que de momento era incapaz de reunir las fuerzas necesarias para ello. Daisy murmuró:

—No le oí hablar. No habló. —Aunque no se lo habían preguntado, susurró—: Eran las ocho cuando les oímos y las ocho y diez cuando se fueron. Diez minutos, nada más...

Se abrió la puerta y entró una enfermera.

—Sus diez minutos han terminado. Me temo que es todo por hoy.

Wexford se puso en pie. Aunque no les hubieran interrumpido, no se habría atrevido a proseguir. La capacidad de responder de la chica casi se había agotado.

Con una voz como un susurro, ella dijo:

—No me importa que vuelva mañana. Sé que tengo que hablar de ello. Mañana hablaré un poco más.

Apartó sus ojos de los de él y se quedó mirando fijamente la ventana, levantando despacio los hombros, el que tenía herido y el otro, y se llevó la mano derecha a la boca.

El artículo del *Independent on Sunday* estaba empapado de una especie de hábil malicia. Siempre que era posible ser sarcástico, Win Carver lo era. No dejaba pasar ninguna oportunidad de mostrarse despectiva. Sin embargo, era un buen artículo. Así era la naturaleza humana, admitió Wexford para sus adentros; era mejor su tono irónico y ligeramente malicioso que un artículo más blando.

Un periodista del *Kingsmarkham Courier* habría adoptado un estilo adulatorio al descubrir la repoblación forestal, los estudios de dendrología de Davina Flory, su jardinería y su coleccionismo de ejemplares de árboles raros. Carver trataba el tema como si fuera ligeramente divertido y un caso de leve hipocresía. «Plantar» un bosque, daba a entender, no era una manera muy exacta de referirse a un ejercicio que otros hacían por uno mientras uno lo único que hacía era desembolsar el dinero. La jardinería podía ser una manera muy agradable de pasar el tiempo si sólo se estaba obligado a hacerlo cuando no se tenía nada que hacer o los días de buen tiempo. Los hombres jóvenes y fuertes se ocupaban de cavar.

Davina Flory, proseguía la periodista en la misma línea, había sido una mujer aclamada y de gran éxito, pero no había tenido exactamente que luchar, ¿no? Asistir a Oxford había sido un paso evidente, dado que era inteligente, su padre era profesor y no carecían de dinero. Podía ser una gran jardinera, pero los terrenos y los recursos cayeron en sus manos cuando se casó con Desmond Flory. Quedarse viuda hacia el final de la guerra había sido un hecho triste, pero sin duda el dolor quedó mitigado al heredar de su primer marido muerto una enorme casa de campo y una fortuna inmensa.

También se mostraba un poco mordaz acerca de lo poco que le duró el segundo matrimonio. Sin embargo, al hablar de los viajes y los libros, la singularidad de la comprensión de Davina Flory de la Europa occidental y sus investigaciones políticas y sociológicas al respecto, en una época sumamente difícil y peligrosa, Win Carver no tenía más que alabanzas para ella. Hablaba de los libros «antropológicos» que estos viajes habían producido. Recordaba con una encantadora nostalgia aduladora sus propios días de estudiante unos veinte años atrás y su lectura de las dos únicas novelas de Davina Flory: *Los anfitriones de Midian* y *Un hombre particular en Atenas*. Comparaba su apreciación con el sentimiento de Keats por el Homero de Chapman, incluso decía que había sido silenciada «en una cima de Darien».

Finalmente, pero no brevemente, aludía al primer volumen de la autobiografía: *La menor de nueve*. Wexford, que había supuesto que este título era una cita de *La duodécima noche*, se alegró de ver confirmada su suposición. A continuación se daba un resumen de la infancia y la juventud de Davina Flory, tal como se describía en estas memorias, una referencia de pasada a su encuentro con Harvey Copeland, y la periodista terminaba con unas palabras —muy pocas— acerca de la hija de la señorita Flory, Naomi Jones, que tenía participación en una galería de artesanía de Kingsmarkham, y la nieta y homónima de la señorita Flory.

En las últimas líneas del artículo, Win Carver especulaba acerca de las probabilidades de recibir el título de *Dame Commander of the British Empire* en una futura lista de honores y los juzgaba bastante elevados. Debían pasar sólo uno o dos años, daba a entender, para que la señorita Flory se convirtiera en *Dame* Davina. Casi siempre (escribía Carver), «esperan hasta que ha pasado el octogésimo cumpleaños y así no se vive mucho más».

La vida de Davina Flory no había sido suficientemente prolongada. La muerte le había sobrevenido de una manera no natural y con la máxima violencia. Wexford, que se hallaba quieto en la sala de coordinación, dejó los periódicos a un lado y examinó la lista impresa que Gerry Hinde le había hecho de las joyas que faltaban. No había muchas, pero las que había parecían valiosas. Después cruzó el patio para dirigirse a la casa.

Habían limpiado el vestíbulo. Apestaba al tipo de desinfectante que huele como una combinación de lisol y jugo de lima. Brenda Harrison estaba recolocando los adornos que habían sido situados en lugares incorrectos. Su rostro prematuramente arrugado tenía una expresión de intensa concentración, la causa sin duda de las arrugas. En la escalinata, tres escalones más arriba, donde la alfombra, quizá manchada para siempre, estaba cubierta con una lona, se hallaba sentada la gata persa llamada *Queenie*.

—Se alegrará de saber que Daisy se está recuperando —anunció Wexford.

Ella ya lo sabía.

—Uno de los policías me lo ha dicho —dijo sin entusiasmo.

—¿Cuánto tiempo hace que usted y su esposo trabajan aquí, señora Harrison?

—Va para diez años.

Wexford se sorprendió. Diez años es mucho tiempo. Habría esperado más demostraciones afectivas hacia la familia después de tantos años, más sentimiento.

—¿El señor y la señora Copeland eran buenos amos?

Ella se encogió de hombros. Estaba limpiando el polvo de una lechuza roja y azul del Crown Derby y la volvió a dejar sobre la pulida superficie antes de hablar. Después, dijo de modo pensativo, como si hubiera reflexionado bastante antes de hablar:

—No se mostraban superiores. —Vaciló, y añadió con orgullo—: Al menos, no con nosotros.

La gata se levantó, se estiró y caminó lentamente en dirección a Wexford. Se detuvo enfrente de él, se erizó, le miró ceñudo y, repentinamente, echó a correr escaleras arriba. Al cabo de unos momentos, comenzaron los ruidos. Parecía un caballo en miniatura galopando por el pasillo, con golpes, choques y reverberaciones.

Brenda Harrison encendió una luz, y después otra.

—*Queenie* siempre hace esto a esta hora —explicó.

—¿Causa algún daño?

Una leve sonrisa movió sus facciones, ensanchó sus mejillas unos dos centímetros. Eso le indicó a Wexford que era una de esas personas que se divierten con las travesuras de los animales. Su sentido del humor se limita casi exclusivamente a los chimpancés que toman el té, los perros antropomórficos, los gatitos con gorra. Son los que mantienen los circos con vida.

—Podría subir dentro de media hora —dijo ella— y no notaría que ella ha estado allí.

—¿Y siempre lo hace a esta hora?

Consultó su reloj: eran las seis menos diez.

—Más o menos, sí. —Le miró de reojo, sonriendo un poco—. Es más lista que el hambre, pero no sabe decir la hora.

—Quiero hacerle una pregunta más, señora Harrison. ¿Ha visto a algún extraño en los últimos días o incluso las últimas semanas? ¿Gente poco conocida? ¿Alguien a quien no esperaría ver cerca de la casa o en la finca?

La mujer se quedó pensando. Meneó la cabeza.

—Pregunte a Johnny. Johnny Gabbitas. Él va por el bosque, siempre está fuera.

—¿Cuánto hace que vive aquí?

Su respuesta le sorprendió un poco.

—Quizá un año. No más. Espere un momento, calculo que hará un año en mayo.

—Si se le ocurre algo, algo extraño o insólito que pueda haber sucedido, tenga la bondad de decírnoslo, ¿de acuerdo?

Ya estaba oscureciendo. Cuando dio la vuelta al ala oeste, las luces del muro se encendieron, controladas por un temporizador. Se detuvo y miró atrás, hacia el bosque y el camino que conducía fuera de ellos. La noche anterior dos hombres debían de haber venido por aquel camino o por el camino secundario; no había otra ruta posible.

¿Por qué ninguna de las cuatro personas de la casa había oído un coche? Quizá sí lo habían hecho. Tres de ellas ya no vivían para contarlo. Daisy no lo había oído, eso era lo único que podía saber o sabía. Pero si uno de ellos hubiera oído un coche, no había dicho nada, que Daisy supiera. Por supuesto, el día siguiente Daisy le contaría más cosas.

Los dos hombres del coche habrían visto la casa iluminada frente a ellos. A las ocho las luces del muro hacía dos horas que estaban encendidas y las de dentro desde hacía mucho más. El camino discurría por el patio, pasaba entre la abertura con las columnas de piedra en el muro. Pero suponiendo que el coche no hubiera llegado hasta la casa sino que hubiera girado a la izquierda antes de llegar al muro. Girado a la izquierda y a la derecha hacia el camino donde él se encontraba en aquel momento, el camino que conducía más allá del ala oeste, a veinte metros, se curvaba por delante de la zona de la cocina y la puerta trasera, bordeaba el jardín y su alto seto y penetraba en el pinar, que conducía a la casa de los Harrison y a la de John Gabbitas.

Tomar esa ruta presupondría conocer Tancred House y sus terrenos. Podría presuponer saber que la puerta de atrás no estaba cerrada con llave por la noche. Si el coche en el que llegaron había pasado por allí y aparcado cerca de la puerta de la cocina, era posible, incluso probable, que nadie lo hubiera oído desde el comedor.

Pero Daisy había oído al hombre que no había visto poner en marcha un coche, que tampoco había visto, después de que el hombre al que sí había visto les disparara a ella y a su familia.

Probablemente, el hombre había salido de la casa por la puerta trasera y llevado el coche hasta la parte delantera. Había escapado al oír ruidos arriba. El hombre que disparó a Daisy también oyó ruidos arriba, por eso no había disparado otra bala, la bala que habría matado a la chica. Los ruidos los hacía, por supuesto, la gata *Queenie*, pero los dos hombres no lo sabían. Muy probablemente, ninguno de ellos había estado en el piso de arriba, pero sabían que existía. Sabían que alguien más podía estar arriba.

Esta explicación era enteramente satisfactoria en todos los aspectos excepto uno. Wexford se hallaba de pie junto al camino, mirando hacia atrás, reflexionando sobre esta única excepción, cuando unos faros de coche salieron del bosque en el camino principal. Giraron a la izquierda justo antes de llegar al muro y, a la luz de la casa, Wexford vio que se trataba del Land Rover de Gabbitas.

Gabbitas se detuvo cuando le reconoció. Bajó la ventanilla.

—¿Me buscaba?

—Me gustaría charlar con usted, señor Gabbitas. ¿Puede dedicarme media hora?

Como respuesta, Gabbitas se inclinó y abrió la puerta del pasajero. Wexford subió al coche.

—¿Le importaría ir a los establos?

—Es un poco tarde, ¿no?

—¿Tarde para qué, señor Gabbitas? ¿Investigar un asesinato? Hay tres personas muertas y una gravemente herida. Pero pensándolo bien, creo que su casa sería mejor lugar.

—Ah, muy bien. Si insiste.

Este pequeño intercambio había servido para informar a Wexford de cosas que no había observado en su primer encuentro. Por su acento y su actitud, el leñador se mostró como bastante por encima de los Harrison. También era extremadamente apuesto. Era como un héroe de una *Cold Comfort Farm*. Tenía el aspecto de un actor que algún director de reparto cinematográfico podría elegir para interpretar el papel de protagonista masculino en una adaptación de Hardy o Lawrence. Era byroniano pero también rústico. Tenía el pelo negro y los ojos muy oscuros. Las manos, al volante, eran morenas con vello negro en el dorso y en los largos dedos. La media sonrisa que había ofrecido a Wexford al pedirle que le llevara por el camino secundario había mostrado una dentadura muy blanca y regular. Era un matón y del tipo que se supone más atractivo que otros para las mujeres.

Wexford se sentó en el asiento del pasajero.

—¿Qué hora dijo que era cuando llegó a casa anoche?

—Las ocho y veinte, ocho y veinticinco, es lo más aproximado que puedo calcular. No creo que tengan ninguna razón para que sea exacto en cuanto a la hora. —Su tono de voz mostraba cierta impaciencia—. Sé que estaba en casa cuando el reloj dio la media.

—¿Conoce a la señora Bib Mew, que trabaja en la casa?

Gabbitas pareció divertido.

—Sé a quién se refiere. No sabía que se llamaba así.

—La señora Mew salió de allí en su bicicleta a las ocho menos diez, anoche, y llegó a su casa, en Pomfret Monachorum, hacia las ocho y diez. Si usted llegó a casa a las ocho y veinte, es probable que se cruzara con ella en el camino. Ella también utilizó el camino secundario.

—No me crucé con ella —dijo Gabbitas escueto—. Ya se lo he dicho, no me crucé con nadie, no vi a nadie.

Habían atravesado el pinar y llegado al *cottage* donde él vivía. La actitud de Gabbitas, cuando hizo entrar a Wexford, se había vuelto ligeramente más amable. Wexford le preguntó dónde había estado el día anterior.

—Podando árboles cerca de Midhurst. ¿Por qué?

Era una casa de soltero, ordenada, funcional, de aspecto un poco pobre. La sala de estar en la que hizo entrar a Wexford estaba dominada por objetos que la convertían en una oficina, un escritorio con un ordenador, archivador metálico gris, montones de ficheros. Unas estanterías llenas de enciclopedias casi cubrían una pared. Gabbitas apartó de una silla un montón de carpetas y libros de ejercicios y se la ofreció a Wexford. Éste insistió:

—¿Y vino a casa por el camino secundario?

—Ya se lo he dicho.

—Señor Gabbitas —dijo Wexford bastante malhumorado—, debe de haber visto suficiente televisión, si no lo sabe por ninguna otra fuente, para comprender que la finalidad de un policía al preguntarle dos veces lo mismo es, francamente, eliminarle como sospechoso.

—Lo siento —dijo Gabbitas—. De acuerdo, lo sé. Sólo es que... bueno, a una persona que cumple con la ley no le gusta mucho que se piense que ha hecho algo malo. Espero que se me crea.

—Sí, es posible. Eso es muy idealista en el mundo en que vivimos. Me pregunto si ha estado pensando mucho en este asunto, hoy. Mientras permanecía en la soledad del bosque cerca de Midhurst, por ejemplo. Sería natural pensar en ello.

Gabbitas dijo escuetamente:

—Sí, he estado pensando en ello. ¿Quién puede evitar pensar en ello?

—Acerca del coche en el que llegaron los que perpetraron esta... esta matanza, por ejemplo. ¿Dónde estaba aparcado mientras ellos se hallaban en la casa? ¿Dónde estaba cuando usted regresó a casa? No huía por el camino secundario, pues usted se habría cruzado con él. Daisy Flory efectuó su llamada al 999 a las ocho y veintidós, unos minutos después de que ellos se marcharan. Se arrastró tan deprisa como pudo porque tenía miedo de morir desangrada —Wexford observaba el rostro del hombre mientras hablaba. Estaba impasible pero tensó un poco los labios—. O sea que el coche no pudo huir por el camino secundario o usted lo habría visto.

—Es evidente que debieron irse por el camino principal.

—Da la casualidad de que había un coche patrulla en la B 2428 a esa hora y se le avisó que bloqueara el camino y observara todos los vehículos a partir de las ocho y veinticinco. Según los agentes que iban en ese coche, ningún vehículo de ninguna clase pasó hasta las ocho y cuarenta y ocho, cuando llegó nuestro convoy con la ambulancia. También se puso un control en la B 2428 en la dirección de Cambery Ashes. Quizá esto se hizo demasiado tarde. Hay algo que tal vez pueda usted decirme: ¿existe alguna otra salida?

—¿Por el bosque quiere decir? Un jeep quizá podría salir si el conductor conociera el bosque. Si lo conociera como la palma de su mano. —El tono de Gabbitas era de extrema duda—. No estoy seguro de que yo pudiera hacerlo.

—Pero usted no hace tanto tiempo que vive aquí, ¿verdad?

Como si le pareciera que se le pedía una explicación y no una respuesta, Gabbitas dijo:

—Doy clases un día a la semana en el Sewingbury Agricultural College. Acepto trabajos particulares. Soy arboricultor, entre otras cosas.

—¿Cuándo llegó aquí?

—El pasado mayo. —Gabbitas se llevó la mano a la boca, se frotó los labios—. ¿Cómo está Daisy?

—Está bien —respondió Wexford—. Se pondrá bien... físicamente. Su estado psicológico es otra cosa. ¿Quién vivía aquí antes de que viniera usted?

—Unos que se llamaban Griffin. —Gabbitas lo deletreó—. Una pareja y su hijo.

—¿Su trabajo se limitaba a la finca o realizaban trabajos externos como usted?

—El hijo era mayor. Tenía un empleo, no sé de qué. En Pomfret o Kingsmarkham, creo. Griffin, creo que su nombre de pila era Gerry, o quizá Terry, sí, Terry, se ocupaba de los bosques. Su esposa se dedicaba a sus labores. Creo que a veces trabajaba en la casa.

—¿Por qué se fueron? No era sólo un trabajo lo que abandonaban, también era una casa.

—Él se estaba haciendo viejo. No tenía sesenta y cinco

años pero estaba envejeciendo. Creo que el trabajo era demasiado para él; se jubiló antes de tiempo. Tenían una casa adonde ir, un sitio que habían comprado. Es todo lo que sé de los Griffin. Sólo les vi una vez, cuando me dieron este trabajo y me enseñaron la casa.

—Supongo que los Harrison sabrán más cosas.

Por primera vez, Gabbitas sonrió realmente. Tenía el rostro atractivo y amistoso cuando sonreía y sus dientes eran espectaculares.

—No se hablaban.

—¿Quién? ¿Los Harrison y los Griffin?

—Brenda Harrison me dijo que no se hablaban desde que Griffin la había insultado unos meses antes. No sé lo que le dijo o hizo, ella no me contó nada más.

—¿Cuál fue el verdadero motivo de que se fueran?

—No lo sé.

—¿Sabe dónde está la casa a la que se mudaron? ¿Dejaron alguna dirección?

—A mí no. Creo que dijeron por Myringham. No muy lejos. Recuerdo claramente Myringham. ¿Quiere un café? ¿Un té o algo?

Wexford declinó la invitación. También declinó la oferta de Gabbitas de llevarle en coche hasta donde estaba el suyo, aparcado frente a la sala de coordinación.

—Es de noche. Será mejor que lleve una linterna. —Añadió—: Ése era su sitio, de Daisy. Esos establos, eran como una especie de santuario privado para ella. Su abuela los hizo construir para ella. —Gabbitas era como un genio de las noticias bomba, pequeñas revelaciones—. Daisy pasaba horas allí sola. Haciendo sus cosas, lo que fuera.

Se habían adueñado de su santuario sin siquiera pedirle permiso. O, si habían pedido permiso y se lo habían concedido, no había sido cosa de la propietaria de los establos. Wexford anduvo por el sinuoso sendero que atravesaba el pinar, ayudado por la linterna que Gabbitas le había prestado. Se le ocurrió cuando apareció a la vista el bulto oscuro, la parte posterior no iluminada, de Tancred House que todo aquello probablemente pertenecía a Daisy Flory. A menos que hubiera otros senderos, pero si los había, los artículos periodísticos y las necrologías no los habían mencionado.

Todo aquello había ido a parar a ella por los pelos. Si la bala hubiera entrado unos centímetros más abajo, la muerte le habría arrebatado su herencia. Wexford se preguntó por qué estaba tan seguro de que su herencia sería una desventaja para ella, que cuando se enterara de lo que algunos llamarían su buena suerte, retrocedería.

Hinde había comprobado los artículos reseñados en la lista que había hecho Brenda Harrison con la compañía de seguros de Davina Flory. Un collar de azabache, un collar de perlas que, a pesar de lo que Brenda pudiera imaginar, probablemente no eran auténticas, un par de anillos de plata, un brazalete de plata y un broche de plata y ónice no estaban asegurados.

En ambas listas figuraba un brazalete de oro valorado en tres mil quinientas libras, un anillo de rubíes con diamantes valorado en cinco mil libras, otro juego con perlas y zafiros valorado en dos mil libras, y un anillo descrito como agrupación de diamantes, una joya magnífica, valorada en mil novecientas libras.

En total parecían valer más de treinta mil libras. También se habían llevado joyas de menos valor, por supuesto, sin saberlo. Quizá habían sido aún más ignorantes y habían supuesto que su botín valía mucho más de lo que valía en realidad.

Wexford dio unos golpecitos al peludo cactus gris con el dedo índice. Su color y textura le recordaban a *Queenie*, la gata. Sin duda ella también tenía púas ocultas entre el sedoso pelaje. Cerró la puerta con llave y se dirigió hacia su coche.

8

Para los asesinatos de Tancred House se habían utilizado cinco cartuchos.

Los cartuchos, según el experto en balística que los había examinado, procedían de un revólver Colt Magnum calibre 38. El tambor de todas las pistolas está grabado por dentro con líneas y surcos claros que a su vez dejan su huella en la bala cuando ésta sale del arma. El interior de cada tambor contiene marcas únicas, como las huellas digitales. Las marcas que había en los cartuchos del calibre 38 hallados en Tancred House —todos habían traspasado los cuerpos de Davina Flory, Naomi Jones y Harvey Copeland— coincidían y por tanto podía sacarse la conclusión de que procedían del mismo revólver.

Wexford dijo:

—Al menos sabemos que sólo se utilizó un arma. Sabemos que era un Colt Magnum calibre 38. El hombre al que Daisy vio efectuó todos los disparos. ¿No se repartieron el trabajo, disparó sólo él? ¿Eso es extraño?

—Sólo tenían un arma —dijo Burden—. O sólo un arma de verdad. El otro día leí en no recuerdo que sitio que en una ciudad de Estados Unidos, donde había un asesino suelto, permitían a todos los estudiantes universitarios salir para comprarse armas para protegerse. Debían de ser muchachos de diecinueve o veinte años. Imagina. Gracias a

Dios, en este país todavía es difícil hacerse con un arma.

—Eso dijimos cuando mataron al pobre Martin, ¿lo recuerdas?

—Aquello también fue con un Colt calibre 38 o calibre 357.

—Ya lo había observado —dijo Wexford con sequedad—. Pero los cartuchos utilizados en los dos casos, el asesinato de Martin y éste, no coinciden.

—Por desgracia. Si coincidieran, tendríamos algo. ¿Un cartucho utilizado y cinco abandonados? La historia de Michelle Weaver no parecería más fantástica.

—¿Se te ha ocurrido que es extraño que utilizaran revólver?

—¿Si se me ha ocurrido? Me sorprendió desde el primer momento. La mayoría utilizan una escopeta recortada.

—Sí. La gran respuesta británica a Dan Wesson. Te diré otra cosa que resulta extraña, Mike. Digamos que había seis cartuchos en el cilindro, estaba lleno. Había cuatro personas en la casa pero el asesino no disparó cuatro veces, disparó cinco. Harvey Copeland fue el primero en recibir el disparo; sin embargo, sabiendo que sólo disponía de seis cartuchos le disparó dos veces. ¿Por qué? Quizá no sabía que había otras tres personas en el comedor, quizá tuvo miedo. Entra en el comedor y dispara a Davina Flory, después a Naomi Jones, un cartucho a cada una, y después a Daisy. Queda un cartucho en el cilindro pero no dispara dos veces a Daisy para «rematarla», como diría Ken Harrison. ¿Por qué no lo hace?

—Al oír el gato en el piso de arriba se asustó. ¿Oyó el ruido y se marchó corriendo?

—Sí. Tal vez. O no había seis cartuchos en el cilindro, sólo cinco. Uno ya lo había utilizado antes de llegar a Tancred.

—Pero no con el pobre Martin —dijo Burden al instante—. ¿Sumner-Quist ha dicho algo ya?

Wexford meneó la cabeza.

—Supongo que es de esperar que se produzcan retrasos. He ordenado a Barry que compruebe dónde se encontraba John Gabbitas el martes, a qué hora se marchó y todo eso. Y después me gustaría que te lo llevaras a buscar a unos Griffin, un tal Terry Griffin y su esposa, que viven en la zona de Myringham. Eran los predecesores de Gabbitas en Tancred. Buscamos a alguien que conozca este lugar y a las personas que vivían aquí. Es posible que alguien les guardara rencor.

—¿Un ex empleado?

—Quizás. Alguien que lo sabía todo de ellos y lo que poseían, sus costumbres y todo eso. Alguien que es una incógnita.

Cuando Burden se hubo ido, Wexford se sentó a mirar las fotografías del lugar del crimen. Fotogramas de una película de horror, pensó, de esas películas que nadie salvo él vería jamás, los resultados de la violencia real, de un crimen auténtico. Aquellas grandes manchas oscuras eran sangre de verdad. ¿Era él un ser privilegiado por poder verlas, o un ser desgraciado? ¿Llegaría un día en que los periódicos mostrarían fotografías como aquéllas? Era posible. Al fin y al cabo, no hacía tanto tiempo que ninguna publicación mostraba fotografías de los muertos.

Realizó el ajuste mental que le hacía pasar de ser un hombre sensible con sentimientos humanos a ser una máquina que funcionaba deprisa, un ojo que analizaba, una impresora de interrogantes. Así se sentía mientras miraba las fotografías. Por trágica, asombrosa y monstruosa que pudiera ser la escena del comedor, no había nada incongruente en ella. Así es como habrían caído las mujeres si una de ellas hubiera estado sentada a la mesa frente a la puerta, la otra enfrente de ella, de pie y mirando detrás de ella. La sangre del suelo del rincón vacío, cerca del pie de la mesa, era sangre de Daisy.

Wexford vio lo que había visto aquella noche. La servilleta ensangrentada en el suelo y la servilleta manchada de sangre en la mano de Davina Flory, agarrada por sus dedos contraídos, moribundos. Su rostro yacía sumergido en un plato de sangre, y la cabeza terriblemente destrozada... Naomi estaba recostada en su silla como desmayada, su largo cabello caído sobre la espalda desnuda hasta casi tocar el suelo. Lentejuelas de sangre en las pantallas de las lámparas, las paredes, negras manchas en la alfombra, oscuras salpicaduras en el pan, y el mantel, oscuro donde la sangre se había filtrado formando una densa y suave marea.

Por segunda vez en este caso —y posteriormente iba a experimentarlo otras veces—, percibió un orden reinante destruido, una belleza ultrajada, un caos. Sin pruebas para creerlo, pensó que detectaba en este asesino una alegre pasión por la destrucción. Pero no había nada incongruente en aquellas fotografías. Dados los terribles acontecimientos, es lo que cabía esperar. Por otra parte, las fotografías de Harvey Copeland, que le mostraban despatarrado de espaldas al pie de la escalinata, con los pies hacia el vestíbulo y la puerta, presentaba un problema. Un problema que quizá el testimonio de Daisy resolvería.

Si el hombre hubiera bajado la escalera y se hubiera encontrado con él, que subía a ver qué pasaba, ¿por qué cuando el asesino le disparó no cayó de espaldas por la escalera?

Las cuatro era la hora en la que pensaba; a las cuatro la había ido a ver el día anterior, aunque entonces no había mencionado ninguna hora concreta. El tráfico no era denso y llegó al hospital bastante pronto. Eran las cuatro menos diez cuando bajó del ascensor y recorrió el corredor hacia la Sala MacAlister.

Esta vez no le esperaba la doctora Leigh para verle. Wexford había indicado a Anne Lennox que abandonara su vigilancia. Al parecer no había nadie por allí. Quizá el personal se estaba tomando un descanso en la sala de las enfermeras. Llegó en silencio a la habitación de Daisy. A través de los cristales de vidrio glaseado vio que había alguien con ella, un hombre sentado en una silla a la izquierda de la cama.

Una visita. Al menos, no era Jason Sebright.

El cristal de la puerta aclaró la imagen del hombre. Era joven, de unos veintiséis años, más bien corpulento, y tenía un aspecto tal, que Wexford pudo situarle inmediatamente, o adivinarlo. La visita de Daisy pertenecía a la clase media superior, había asistido a una escuela pública distinguida pero probablemente no a la universidad, era «algo en la ciudad» donde trabajaba todos los días con un ordenador y un teléfono. Para este trabajo estaría —como Ken Harrison probablemente habría dicho— acabado antes de los treinta, así que estaba acumulando el máximo posible antes de llegar a esa edad. La ropa que llevaba era adecuada para un hombre que le doblara en edad: *blazer* azul marino, pantalones de franela gris oscuro, camisa blanca y corbata. La concesión que hacía a las ideas ambiguas de la moda y de lo adecuado era que llevaba el pelo bastante más largo de lo que la camisa y el *blazer* requerían. Era un pelo bastante rizado y por la manera en que lo llevaba peinado y la manera en que se le rizaba en torno a los lóbulos de las orejas, Wexford supuso que estaba orgulloso de él.

En cuanto a Daisy, estaba incorporada en la cama, los ojos puestos en su visitante, su expresión inescrutable. No sonreía; tampoco parecía particularmente triste. A Wexford le resultaba imposible saber si había empezado a recuperarse de la impresión que había recibido. El joven le había llevado flores, una docena de rosas rojas, y éstas estaban sobre la cama, entre los dos. La mano derecha de ella, la mano buena, descansaba entre los tallos y sobre el papel con dibujos rosa y dorados en el que estaban envueltas.

Wexford esperó unos segundos; luego, llamó a la puerta levemente, la abrió y entró en la habitación.

El joven se volvió, ofreciendo a Wexford precisamente la mirada que éste había esperado. En ciertas escuelas, a menudo había pensado, les enseñaban a mirar así, con con-

fianza, desdén, un poco de indignación, igual que les enseñaban a hablar con una ciruela en la boca.

Daisy no sonrió. Logró mostrarse educada y cordial sin
sonreír, algo raro.

—Ah, hola —dijo. Su voz aquel día era baja pero mesu-
rada, el tono de histeria había desaparecido—. Nicholas, éste
es el inspector... el inspector jefe Wexford. Señor Wexford,
le presento a Nicholas Virson, un amigo de mi familia.

Lo dijo con calma, sin la más mínima vacilación, aunque no le quedaba familia.

Los dos hombres se saludaron con un movimiento de
cabeza. Wexford dijo:

—Buenas tardes.

Virson sólo hizo un segundo gesto de asentimiento. En
su idea de una jerarquía, su gran Cadena del Ser, los policías ocupaban el último rango.

—Espero que te encuentres mejor.

Daisy bajó la mirada.

—Estoy bien.

—¿Te encuentras lo bastante bien para que hablemos un
poco? ¿Para profundizar un poco en algunas cosas?

—Tengo que hacerlo —respondió ella. Se rascó el cuello, levantó la barbilla—. Usted lo dijo todo ayer, cuando
dijo que teníamos que hacerlo, que no podíamos elegir.

La vio cerrar los dedos en torno al papel que envolvía
las rosas, la vio apretar con fuerza los tallos, y tuvo la extraña idea de que lo hacía para que la mano le sangrara. Pero
quizá no tenían espinas.

—Tendrás que irte, Nicholas. —Los hombres que se llaman así casi siempre son conocidos por uno de sus dimi-
nutivos, Nick o Nicky, pero ella le llamó Nicholas—. Has
sido muy amable al venir. Adoro las flores —dijo ella, apretando los tallos sin mirarlas.

Wexford sabía que Virson lo diría, eso o algo parecido,
sólo era cuestión de tiempo.

—Bueno, espero que no someta a Daisy a ningún interrogatorio. Quiero decir, al fin y al cabo, ¿qué puede decirle ella en realidad? ¿Qué puede recordar? Está muy confusa, ¿verdad, cariño?

—No estoy confusa. —Hablaba en un sereno tono bajo y sin inflexión, dando a cada palabra el mismo peso—. No estoy nada confusa.

—Ahora me lo decía. —Virson logró soltar una sana carcajada. Se levantó, se quedó de pie, sin estar seguro, de repente, de sí mismo. Por encima del hombro lanzó a Wexford—: Es posible que Daisy pueda darle una descripción del criminal al que vio, pero ni siquiera vislumbró el vehículo.

¿Por qué lo dijo? ¿Era sencillamente que necesitaba decir algo para llenar el tiempo mientras consideraba la posibilidad de intentar darle un beso? Daisy levantó la cara hacia él, algo que Wexford no había esperado, y Virson, inclinándose rápidamente, le puso los labios sobre la mejilla. El beso le estimuló a utilizar una palabra cariñosa.

—¿Puedo hacer algo por ti, cariño?

—Una cosa —dijo ella—. Cuando salgas, ¿puedes buscar un jarrón y poner estas flores en él?

Esto, evidentemente, no era a lo que Virson se refería. No le quedó más remedio que acceder.

—Encontrarás uno en un sitio que ellos llaman la esclusa. No sé dónde está, a la izquierda, en algún sitio. Las pobres enfermeras están siempre tan ocupadas...

Virson se marchó, con las rosas que le había llevado a Daisy.

Aquel día Daisy llevaba un camisón de hospital atado con cintas en la espalda. Le cubría el brazo izquierdo vendado y el cabestrillo. Todavía llevaba la aguja para el suero. Ella le siguió la mirada.

—Es más fácil para inyectar los medicamentos. Por eso no me lo han quitado. Hoy me lo quitarán. Ya estoy mejor.

—¿Y no estás confusa?

Utilizó la frase de ella.

—En absoluto. —Por un momento habló como alguien mucho mayor—. He estado pensando en ello —dijo—. La gente me dice que no piense en ello pero tengo que hacerlo. ¿Qué otra cosa me queda? Sabía que tendría que contárselo todo a usted lo mejor posible, así que he estado pensando en ello para aclararme. ¿No dijo algún escritor que la muerte violenta concentra la mente de una manera maravillosa?

Wexford se sorprendió pero no lo demostró.

—Samuel Johnson, pero era sabiendo que uno iba a ser colgado al día siguiente.

Ella esbozó una leve sonrisa, muy leve, y dijo:

—No se parece usted mucho a la idea que tengo de un policía.

—Me atrevería a decir que no has conocido a muchos.

De pronto pensó que se parecía a Sheila. Se parece a mi hija. Ella era morena y Sheila rubia, pero no eran esas cosas, dijera lo que dijera la gente, lo que hacía que una persona se pareciera a otra. Era la similitud de las facciones, de la forma del rostro. A él le molestaba un poco que la gente dijera que Sheila era como él porque tenían el mismo pelo. O lo habían tenido, antes de que el suyo se volviera gris y la mitad se le cayera. Sheila era guapa. Daisy era guapa y sus facciones eran como las de Sheila. Ella le miraba con una tristeza cercana a la desesperación.

—Has dicho que has estado pensando en ello, Daisy. Dime lo que has pensado.

Ella asintió, sin cambiar de expresión. Alargó el brazo para agarrar un vaso de algo que tenía en la mesilla de noche —zumo de limón, agua de cebada— y bebió un poco.

—Le diré lo que sucedió, todo lo que recuerdo. Es lo que quiere, ¿no?

—Sí, sí, por favor.

—Interrúmpame si algo no queda suficientemente claro. Lo hará, ¿eh?

Su tono, de pronto, era el de alguien acostumbrado a

decir a los criados, y no sólo a los criados, lo que quería, y a que le obedecieran. Estaba acostumbrada, pensó Wexford, a decir a alguien «Ven» y que viniera, a otro «Vete» y que se fuera y a un tercero «Haz esto» y que lo hiciera. Wexford ahogó una sonrisa.

—Por supuesto.

—Es difícil saber por dónde empezar. Davina solía decir eso cuando escribía un libro. ¿Dónde empezar? Se podía empezar por lo que uno creía que era el principio y después darse cuenta de que empezaba mucho antes. Pero en este caso... ¿empiezo por la tarde?

Él asintió.

—Yo había estado en clase. Estudio de día en Crelands. En realidad, me habría encantado estar interna pero Davina no me dejaba. —Pareció recordar algo, quizá sólo que su abuela estaba muerta. *De mortuis...*—. Bueno, en realidad habría sido una tontería. Creland sólo está al otro lado de Myfleet, como supongo que sabe.

Él lo sabía. Al parecer también era el *alma mater* de Sebright. Una escuela privada menor que, no obstante, pertenecía a la Headmaster's Conference, como Eton y Harrow. Los honorarios eran similares. Cuando fue fundada por Alberto el Bueno* en 1856 era exclusivamente un colegio masculino, pero había abierto sus puertas a las muchachas unos siete u ocho años atrás.

—La escuela termina a las cuatro. Llegué a las cuatro y media.

—¿Alguien te fue a recoger en coche?

Ella le miró auténticamente asombrada.

—Yo conduzco.

La gran revolución británica del automóvil no le había pasado por alto a Wexford, pero aún podía recordar con claridad los días en que una familia con tres o cuatro co-

* Alberto de Sajonia-Coburgo (1819-1861), marido de la reina Victoria. (*N. de la T.*)

ches era algo que él consideraba una anomalía norteamericana, cuando una gran cantidad de mujeres no sabían conducir, cuando pocas personas poseían un coche hasta que
se casaban. Su propia madre se habría quedado atónita, sos-
pechando que se burlaban de ella, si le hubieran preguntado si sabía conducir. Daisy se dio cuenta de su leve sorpresa.

—Davina me regaló el coche por mi cumpleaños cuando cumplí diecisiete. Al día siguiente aprobé el examen. Fue
un gran alivio, se lo aseguro, no tener que depender de nadie ni que Ken tuviera que acompañarme. Bueno, como decía, llegué a casa hacia las cuatro y media y me fui a mi santuario. Probablemente lo ha visto. Yo lo llamo así. Antes eran
los establos. Allí aparco mi coche y es una habitación mía,
privada.

—Daisy, tengo que confesarte una cosa. Estamos utilizando tu santuario como sala de coordinación. Pareció lo
más cómodo. Tenemos que estar allí. Alguien debería ha-
bértelo pedido y lamento haberlo pasado por alto.

—¿Quiere decir que hay muchos policías y ordenadores y mesas y... una pizarra? —Debía de haber visto algo
parecido en televisión—. ¿Están investigando el caso desde allí?

—Me temo que sí.

—Oh, no se preocupe. No me importa. ¿Por qué iba a
importarme? Está usted invitado. Ya no me importa nada.
—Apartó la mirada, arrugó un poco la cara y dijo en el mismo tono frío—: ¿Por qué iba a preocuparme por una cosa
sin importancia como ésa cuando no tengo nada por lo que
vivir?

—Daisy... —empezó él.

—No, no lo diga, por favor. No diga que soy joven y
que tengo toda la vida por delante y que esto pasará. No
me diga que el tiempo lo cura todo y que el año que viene
en esta época todo esto pertenecerá al pasado. No lo diga.

Alguien le había dicho esas cosas. ¿Un médico? ¿Algún
psicólogo del hospital? ¿Nicholas Virson?

—Está bien. No lo haré. Dime lo que ocurrió cuando llegaste a casa.

Ella esperó un poco; respiró hondo.

—Tengo mi propio teléfono, supongo que se habrá dado cuenta. Espero que lo utilice. Brenda telefoneó para preguntarme si quería té y después me lo trajo. Té y galletas. Yo estaba leyendo, me preparo a fondo. En mayo tengo los exámenes... o iba a tenerlos.

Wexford no hizo ningún comentario.

—No soy ninguna intelectual. Davina creía que lo era porque soy... bueno, bastante brillante. Ella no soportaba pensar que yo podía parecerme a mi madre. Lo siento, esto no debe de interesarle. De todos modos, ya no importa.

»Davina esperaba que nos cambiáramos para la cena. No que nos vistiéramos bien exactamente, pero que nos cambiáramos. Mi... mi madre llegó a casa en su coche. Trabaja en una galería de artesanía; bueno, es socia de una galería de artesanía con una mujer llamada Joanne Garland. La galería se llama Garlands. Espero que piense usted que eso es asqueroso, pero la mujer se llama así y supongo que está bien. Llegó a casa en su coche. Creo que Davina y Harvey pasaron toda la tarde en casa, pero no lo sé. Brenda lo debe de saber.

»Fui a mi habitación y me puse un vestido. Davina solía decir que los vaqueros eran un uniforme y debían ser utilizados como tal, para trabajar. Los demás estaban todos en el *serre* tomando una copa.

—¿En el qué?

—El *serre*. Es invernadero en francés, siempre lo hemos llamado así.

Wexford pensó que parecía pretencioso pero no dijo nada.

—Siempre tomábamos una copa allí o en el salón. Sólo jerez, zumo de naranja o gaseosa. Yo siempre tomaba gaseosa, y mi madre también. Davina hablaba de ir a Glyndebourne; es... era... un miembro, una amiga o lo que sea y siempre iba tres veces al año. Siempre asistía a cosas así, Aldeburgh, el festival de Edimburgo, Salzburgo. De todas maneras, habían llegado sus entradas. Le estaba preguntando a Harvey qué debería encargar para la cena. Has de encargar la cena con mucha antelación si no quieres hacer un *pic-nic*. Nosotros nunca hacíamos un *pic-nic*; qué horror si llovía.

»Seguían hablando de eso cuando Brenda asomó la cabeza por la puerta y anunció que la cena estaba en el comedor y que ella se marchaba. Yo empecé a hablar a Davina de ir a Francia al cabo de unos quince días; ella iba a París para aparecer en un programa de televisión sobre libros y quería que yo fuera con ella, y también Harvey. Habrían sido unas vacaciones de Pascua para mí, pero a mí no me apetecía mucho ir y le decía que no y... pero todo esto usted no querrá saberlo.

Daisy se llevó la mano a los labios. Le estaba mirando, miraba a través de él. Wexford dijo:

—Es muy difícil darse cuenta, lo sé, aunque estuvieras allí, aunque lo vieras. Tardarás tiempo en aceptar lo que sucedió.

—No —replicó ella distante—, no es difícil de aceptar. No tengo dudas. Cuando esta mañana he despertado, no he tardado ni un instante en recordar. Sabes —se encogió de hombros— que ese momento está siempre ahí, y después todo vuelve. No es eso. Todo está presente todo el rato. Siempre lo estará. Lo que ha dicho Nicholas de que estoy confusa... no lo estoy en absoluto. Está bien, no importa, continuaré, me estoy desviando demasiado.

»Mi madre solía servir la cena. Brenda lo dejaba todo preparado en el carrito. No tomábamos vino excepto los fines de semana. Había una botella de Badoit y una jarra de zumo de manzana. Tomamos... déjeme pensar... sopa, de patata y puerro, una especie de *vichyssoise*, pero caliente. Tomamos eso y pan, por supuesto, y después mi madre retiró los platos y sirvió el plato principal. Era pescado, lenguado o algo así. ¿Se llama lenguado *bonne femme* cuando va con salsa y patatas a la crema?

—No lo sé —respondió Wexford, divertido a pesar de todo—. No importa. Me imagino la escena.

—Bueno, era eso con zanahorias y judías verdes. Nos había servido a todos y se sentó, y empezamos a comer. Mi madre todavía no había comenzado siquiera. Dijo: «¿Qué es eso? Parece que hay alguien arriba».

—¿Y no habíais oído ningún coche? ¿Nadie había oído ningún coche?

—Ellos podrían decirlo. Esperábamos un coche. Bueno, no entonces, no hasta las ocho y cuarto, pero ella siempre llega temprano. Es una de esas personas tan pesadas como las que no son puntuales, siempre llega al menos cinco minutos antes.

—¿Quién es? ¿De quién estás hablando, Daisy?

—De Joanne Garland. Venía a ver a mamá. Era martes, y Joanne y mamá siempre hacían los números de la galería el martes. Joanne no podía hacerlos sola, es un desastre para la aritmética, incluso con calculadora. Siempre traía los libros y ella y mamá trabajaban en ellos, el IVA y todo eso.

—Entiendo. Sigue, por favor.

—Mamá dijo que había oído ruidos arriba y Davina respondió que debía de ser la gata. Después se oyó mucho ruido, más del que *Queenie* suele hacer. Fue como si algo se cayera al suelo. He estado pensando en ello desde entonces y creo que tal vez fuera un cajón del tocador de Davina al ser abierto. Harvey se levantó y dijo que iría a mirar.

»Seguimos comiendo. No estábamos preocupadas, entonces no. Recuerdo que mi madre miró el reloj y dijo algo respecto a que le gustaría que Joanne llegara media hora más tarde los martes porque tenía que cenar demasiado deprisa. Entonces oímos un disparo y después otro. Fue un ruido terrible.

»Nos levantamos de un salto. Mi madre y yo; Davina siguió sentada donde estaba. Mi madre soltó un grito. Davina no dijo nada ni se movió... bueno, agarró la servilleta con la mano. Se aferró a su servilleta. Mamá se quedó mirando fijamente hacia la puerta y yo aparté mi silla y me precipité a la puerta —o creo que lo hice, quise hacerlo— quizá sólo me quedé allí de pie. Mamá dijo: "No, no" o algo así. Me detuve, estaba allí de pie, paralizada. Davina volvió la cabeza hacia la puerta. Y entonces él entró.

»Harvey había dejado la puerta medio abierta, bueno, un poco abierta. El hombre la acabó de abrir de una patada y entró. He intentado recordar si alguien gritó pero no lo recuerdo, no lo sé. Debimos de hacerlo. Él... disparó a Davina en la cabeza. Sostenía el arma con las dos manos, como hacen. Quiero decir, como hacen en las películas. Después disparó a mamá.

»No recuerdo con claridad lo que ocurrió a continuación. Me he esforzado por recordarlo, pero algo me lo impide; supongo que es normal cuando has vivido algo así, pero me gustaría poder recordar.

»Tengo la impresión de que caí al suelo. Me agazapé en el suelo. Sé que oí que se ponía en marcha un coche. Ése, el otro, había estado en el piso de arriba, creo que era el que oímos. El que me disparó estuvo abajo todo el rato, y cuando nos disparó, el otro salió deprisa y puso el coche en marcha. Eso es lo que creo.

—¿Puedes describir al que te disparó?

Wexford contenía el aliento, esperando que ella dijera, temiendo que ella dijera que no podía recordarlo, que también esto había sido absorbido y destruido por la impresión. Su rostro se había contraído, casi deformado, con el esfuerzo por concentrarse, el recuerdo de sucesos casi intolerablemente dolorosos. Pareció desaparecer, como si se hubiera aliviado un poco. El alivio la calmó, como cuando se suspira.

—Puedo describirle, Puedo hacerlo. Me he obligado a mí misma a hacerlo. Lo que pude ver de él. Era... bueno, no demasiado alto pero corpulento, de complexión fuerte, muy rubio. Quiero decir que tenía el pelo rubio. No pude verle la cara, llevaba una máscara.

—¿Una máscara? ¿Te refieres a una capucha? ¿Una media en la cabeza?

—No sé. No sé. He intentado recordarlo porque sabía que me lo preguntaría pero no lo sé. Pude verle el pelo. Sé que lo tenía rubio, corto y espeso, pelo rubio bastante espeso. Pero no habría podido verle el pelo si hubiera llevado una capucha, ¿no? ¿Sabe cuál es la impresión que tengo?

Él negó con la cabeza.

—Que era una máscara como la que la gente lleva cuando hay contaminación. O incluso una de esas máscaras que llevan los leñadores cuando están utilizando una sierra de cadena. Pude verle el pelo y la barbilla. Pude verle las orejas, pero eran orejas corrientes, ni grandes ni de soplillo ni nada parecido. Y su barbilla también era corriente, tal vez tuviera un hoyuelo en ella, una especie de pequeño hoyuelo.

—Daisy, hiciste muy bien. Hiciste muy bien fijándote en todo esto antes de que te disparara.

Al oír estas palabras la muchacha cerró los ojos y contrajo el rostro. Wexford comprendió que era demasiado pronto para hablar del disparo, del ataque a ella. Comprendió el terror que debía de evocar en ella, que ella también habría podido morir en aquella habitación de muerte.

Una enfermera asomó la cabeza por la puerta.

—Estoy bien —dijo Daisy—. No estoy cansada, no me estoy excediendo. De veras.

La cabeza se retiró. Daisy tomó otro sorbo del vaso de la mesilla de noche.

—Vamos a hacer un retrato del hombre basándonos en lo que has podido decirme —dijo Wexford—. Y cuando estés mejor y hayas salido de aquí, te pediré si quieres volver a contar todo esto en forma de declaración. También, con tu permiso, lo grabaremos en cinta. Sé que será duro para ti, pero no digas que no ahora, piénsalo.

—No tengo que pensar —replicó ella—. Haré la declaración, por supuesto.

—Entretanto, me gustaría volver y hablar contigo otra vez mañana. Pero antes, me gustaría que me dijeras una cosa. ¿Joanne Garland llegó a ir a tu casa?

Daisy pareció reflexionar. Se quedó muy quieta.

—No lo sé —respondió por fin—. Quiero decir, no la oí llamar a la puerta ni nada. Pero después de que me dispararan pudieron ocurrir toda clase de cosas sin que yo me enterara. Estaba sangrando, quería llegar al teléfono, me concentré en la tarea de arrastrarme hasta el teléfono y llamarles a ustedes, la policía, a una ambulancia, antes de morir desangrada; realmente pensé que iba a morir desangrada.

—Sí —dijo él—, sí.

—Ella pudo haber ido después de que ellos, los hombres, se marcharan. No lo sé, es inútil que me pregunte a mí porque no lo sé. —Vaciló, y luego dijo con voz baja—: ¿Señor Wexford?

—¿Sí?

Por un momento Daisy no dijo nada. Bajó la cabeza y el abundante cabello castaño oscuro cayó hacia delante, cubriéndole la cara, el cuello y los hombros como un velo. Levantó la mano derecha, aquella mano delgada, blanca y de largos dedos, y se peinó el pelo, tomó un mechón y lo apartó. Alzó la mirada hacia Wexford, con expresión tensa, intensa, el labio superior curvado de dolor o incredulidad.

—¿Qué será de mí? —le preguntó—. ¿Adónde iré? ¿Qué haré? Lo he perdido todo, todo ha desaparecido. Todo lo que importa.

No era el momento de recordarle que sería rica, que no todo había desaparecido. Lo que para muchos significa que la vida vale la pena le quedaba en abundancia. Jamás había visto a nadie creer ciegamente en el adagio que dice que el dinero no hace la felicidad. Pero permaneció callado.

—Debería haber muerto. Habría sido mejor para mí morirme. Tenía un miedo horrible a morirme. Creí que moría

cuando la sangre me salía a borbotones y estaba aterrada...
oh, estaba tan asustada... Lo curioso es que no me dolía.
Me duele más ahora que entonces. Se diría que algo que
te entra en la carne tiene que doler terriblemente, sin embargo no sentía ningún dolor. Pero habría sido mejor que
me muriera, ahora lo sé.

Él dijo:

—Sé que me arriesgo a que me consideres de esos que
reparten los viejos placebos. Pero no te sentirás así siempre. Pasará.

Ella le miró fijamente, y dijo con voz bastante imperiosa:

—Entonces, le veré mañana.

—Sí.

Ella le tendió la mano y él se la estrechó. Sus dedos estaban fríos y muy secos.

9

Wexford se fue pronto a casa. Tenía la sensación de que ésa podía ser la última vez que llegara a casa a las seis en mucho tiempo.

Dora estaba en el vestíbulo, colgando el teléfono, cuando él entró. Ella dijo:

—Era Sheila. Si hubieras llegado un segundo antes habrías podido hablar con ella.

Una réplica sardónica acudió a sus labios pero se contuvo. No había motivo para mostrarse desagradable con su esposa. Ella no tenía la culpa de nada. En realidad, en aquella cena del martes, ella había hecho todo lo posible para facilitar las cosas, para apagar el tono de rencor y suavizar el sarcasmo.

—Van a venir —dijo Dora en tono neutro.

—¿Quién va a venir?

—Sheila y... y Gus. A pasar el fin de semana. Ya sabes que el martes Sheila dijo que quizá vendrían.

—Desde el martes han pasado muchas cosas.

En cualquier caso, probablemente él no estaría mucho tiempo en casa durante el fin de semana. Pero el día siguiente era el fin de semana, el día siguiente era viernes, y ellos llegarían a última hora de la tarde. Se sirvió una cerveza, una Adnam que una tienda de licores local había empezado a vender, y sirvió un jerez seco para Dora. Ella posó una mano en el brazo de él, lo movió para introducir su mano. A él le recordó el helado roce de Daisy. Pero el de Dora era cálido.

Explotó:

—¿Tengo que tener aquí a ese sinvergüenza todo el fin de semana?

—Reg, no empieces así. Sólo le hemos visto dos veces.

—La primera vez que le trajo —dijo Wexford—, se quedó de pie en esta habitación, frente a mis libros, y los fue sacando uno por uno. Los miró con una sonrisa un poco desdeñosa. Sacó el Trollope y lo miró así. Sacó las narraciones cortas de M. R. James y sacudió la cabeza. Todavía puedo verle, allí de pie con James en la mano y meneando la cabeza despacio, muy despacio de lado a lado. Pensé que iba a bajar los pulgares. Pensé que haría lo que hacía la Primera Vestal cuando el gladiador tenía a su contrincante a su merced en la arena. Muerte. Ése es el veredicto del juez supremo, muerte.

—Tiene derecho a tener su opinión.

—No tiene derecho a despreciar la mía y demostrar que la desprecia. Además, Dora, eso no es lo único y tú lo sabes. ¿Has conocido alguna vez a un hombre con una actitud más arrogante? ¿Alguna vez... bueno, en tu círculo familiar o entre gente que conoces bien... alguna vez te has tropezado con alguien que te haga sentir tan claramente que te desprecia? A ti y a mí. Todo lo que decía estaba pensado para demostrar su altura, su talento, su ingenio. ¿Qué ve Sheila en él? ¿Qué ve en él? Es bajito y delgado, es feo, es miope, no puede ver más allá de sus narices...

—¿Sabes una cosa, querido? A las mujeres nos gustan los hombres bajitos. Los encontramos atractivos. Sé que los que son altos como tú no lo creen, pero es cierto.

—Burke decía...

—Sé lo que decía Burke. Ya me lo has dicho. La belleza de un hombre reside enteramente en su altura, o algo así. Burke no era mujer. De todas maneras, espero que Sheila le valore por su mente. Es un hombre muy inteligente, Reg. Quizás es un genio.

—Que Dios nos ayude si vas a llamar genio a todo el que estaba preseleccionado para el premio Booker.

—Creo que deberíamos hacer concesiones al orgullo de un hombre joven por sus propios logros. Augustine Casey sólo tiene treinta años y ya es considerado uno de los principales novelistas de este país. O eso dicen los periódicos. Sus libros merecen reseñas de media página en la sección de libros de *The Times*. Su primera novela ganó el premio Somerset Maugham.

—El éxito debería volver a la gente humilde, modesta y amable, como dijo en algún sitio el que concede ese premio.

—Raras veces ocurre así. Trata de ser indulgente con él, Reg. Intenta escucharle con... con la sabiduría de un hombre mayor cuando él da sus opiniones.

—¿Y puedes decir esto después de lo que te dijo de tus perlas? Eres una mujer magnánima, Dora. —Wexford soltó una especie de gruñido—. Si a ella no le gustara realmente. Si pudiera ver lo que yo veo. —Se tomó la cerveza, hizo una mueca como si el gusto después de todo no le resultara agradable—. ¿No crees... —se volvió a su esposa, aterrado— no crees que se casará con él, verdad?

—Creo que podría vivir con él, iniciar una... ¿cómo lo diría?, una relación duradera con él. Eso es lo que creo, Reg, de veras. Tienes que afrontarlo. Me ha dicho... oh, Reg, no pongas esa cara. Tengo que decírtelo.

—¿Decirme qué?

—Dice que está enamorada de él y que no cree que nunca antes haya estado enamorada.

—Oh, Dios mío.

—Si me dice eso, ella que nunca me cuenta nada... bueno, tiene que ser importante.

Wexford le respondió melodramáticamente. Sabía que era muy melodramático antes de pronunciar las palabras, pero no pudo detenerse. La comedia le consoló un poco.

—Mc quitará a mi hija. Si él y ella están juntos, Sheila y yo hemos acabado. Dejará de ser mi hija. Es cierto. Lo veo. ¿De qué sirve fingir otra cosa? ¿De qué sirve fingir?

Había bloqueado la cena de aquel martes. O los acontecimientos de Tancred House y sus consecuencias la habían bloqueado por él, pero ahora abrió su mente, la segunda cerveza que se sirvió abrió su mente, y vio a aquel hombre entrar en el pequeño restaurante provinciano, mirando lo que le rodeaba, susurrando algo a Sheila. Ella había preguntado cómo le gustaría a su padre, su anfitrión, que se sentaran a la mesa, pero Augustine Casey, antes de que Wexford tuviera oportunidad de hablar, había elegido su sitio. Era la silla que quedaba en el rincón de la sala.

—Me sentaré aquí, donde pueda ver el circo —dijo con una pequeña sonrisa particular, una sonrisa que era sólo para sí mismo, que excluía incluso a Sheila.

Wexford había entendido que se refería a que quería observar el comportamiento de los otros comensales. Quizás era prerrogativa de los novelistas, aunque apenas si lo era de un post-moderno extremo como Casey. Ya había escrito al menos una obra de ficción sin personajes. Wexford había tratado de hablar con él, hacerle hablar de algo, aunque el tema fuera él mismo. En casa había hablado, había expresado algunas oscuras opiniones sobre la poesía en Europa oriental, cada frase que utilizaba conscientemente hábil, pero una vez en el restaurante se quedó callado, como aburrido. Se limitó a responder brevemente a las preguntas necesarias.

Una de las cosas que había enfurecido a Wexford era su negativa a utilizar una frase corriente o emplear buenas maneras. Cuando se le decía «Hola, ¿cómo estás?», respondía que no estaba bien pero que era inútil preguntárselo porque raras veces lo estaba. Si se le preguntaba qué bebería, pedía una insólita agua mineral galesa que iba en botellas de color azul oscuro. Si no la tenían, bebía brandy.

El primer plato lo dejó después de dar un bocado. A media cena rompió su silencio para hablar de perlas. El panorama de que disfrutaba desde donde estaba sentado le proporcionaba la vista de no menos de ocho mujeres con perlas en torno al cuello o en las orejas. Después de utilizar la palabra una vez no la repitió sino que se refirió a «concreciones» o «formaciones quitinosas». Citó a Plinio el Viejo que decía que las perlas era «el artículo más soberano de todo el mundo», citó la literatura védica india y describió joyas etruscas, pronunció unas mil palabras más o menos sobre las perlas de Omán y Qatar que proceden de aguas a treinta y siete metros de profundidad. Sheila le escuchaba atenta. ¿De qué servía engañarse a sí mismo? Ella le escuchaba, mirándole fijamente, con adoración.

Casey se mostró elocuente en el tema de la perla barroca de Hope que pesaba trescientos once gramos y en *La Reine des Perles*, que se encontraba entre las joyas de la corona de Francia robadas en 1792. Después habló de las supersticiones asociadas con las «concreciones», y con los ojos puestos en el modesto collar que llevaba Dora, habló de la locura de las mujeres de edad que creían que estos collares les devolverían la juventud perdida.

Wexford entonces decidió hablar, censurarle, pero sonó su teléfono y se marchó sin decir una palabra. O sin decir una palabra de represión. Naturalmente, se despidió. Sheila le dio un beso y Casey dijo, como si se tratara de alguna despedida de rigor:

—Ya nos veremos.

La ira le había fulminado, hervía de rabia cuando cruzó la oscuridad, el frío bosque. La enorme tragedia la neutralizó. Pero la tragedia de Tancred no era suya, y ésta sí lo era, o podría serlo. Las imágenes seguían acudiendo a su mente, los escenarios futuros imaginados, su hogar. Pensó en cómo sería cuando telefoneara a su hija y respondiera aquel hombre. ¿Qué mensaje de ingenio arcano habría grabado aquel hombre en el contestador automático suyo y de Sheila? ¿Cómo sería cuando, por algún viaje necesario a Londres, el padre de Sheila la visitara, como tanto le gustaba hacer, y aquel hombre estuviera allí?

Su mente estaba llena de estas escenas y cuando se fue a la cama esperaba que la consecuencia natural sería soñar con Casey. Pero la pesadilla que tuvo, hacia el amanecer, estaba relacionada con la matanza de Tancred. Él se hallaba en aquella habitación, a aquella mesa, con Daisy y Naomi Jones y Davina Flory; Copeland había ido a investigar los ruidos del piso de arriba. Él no oía ningún ruido, examinaba el mantel rojo, preguntaba a Davina Flory por qué tenía aquel color tan vivo, por qué era rojo. Y ella, riendo, le decía que estaba confundido, quizá era daltónico, muchos hombres lo eran. El mantel era blanco, blanco como la nieve.

¿A ella no le importaba emplear una expresión trillada como aquélla?, le preguntaba él. No, no, respondía ella y sonreía, le tocaba la mano con la suya, clichés como esos que a veces son la mejor manera de describir algo. Se podía ser demasiado listo.

Se oía el disparo y entraba el asesino en la habitación. Wexford se deslizaba fuera, escapaba sin ser visto, la ventana con sus cristales curvados se fundía para permitirle el paso, de modo que pudiera ver el coche que huía por el patio, conducido por el otro hombre. El otro hombre era Ken Harrison.

Por la mañana, en los establos —había dejado de llamarlos sala de coordinación: eran los establos—, le mostraron el dibujo realizado según la descripción de Daisy. Aparecería en las noticias de televisión aquella noche, en todas las cadenas.

¡Había podido decirle tan pocas cosas! La cara dibujada era más suave y más inexpresiva de lo que puede ser ninguna cara real. Aquellas facciones que ella había podido describir, el artista parecía haberlas acentuado, quizá de manera inconsciente. Al fin y al cabo, eran lo único que tenían para trabajar. Así que el hombre que miraba a Wexford desde el papel tenía los ojos inexpresivos muy separados y una nariz recta, los labios ni gruesos ni finos, una fuerte barbilla con un hoyuelo en el centro, grandes orejas y abundante cabello claro.

Echó un vistazo a los informes de la autopsia de Sumner-Quist; después, se hizo conducir a Kingsmarkham para aparecer en la investigación preliminar. Como esperaba, se inició, se oyeron las pruebas presentadas por el patólogo y se levantó la sesión. Wexford cruzó High Street, enfiló York Street y entró en el Kingsbrook Centre para encontrar Garlands, la galería de artesanía.

Aunque una nota en el interior de la puerta de cristal informaba a los posibles clientes de que la galería estaría abierta cinco días a la semana de las 10 de la mañana a las 5,30 de la tarde, los miércoles de 10 de la mañana a una de la tarde y cerrada los sábados, estaba cerrada. Los escaparates a ambos lados de esta puerta contenían un conocido surtido de alfarería, arreglos con flores secas, cestería, marcos de mármol para fotografías, cuadros hechos con conchas, casitas de cerámica, joyas de plata, cajas de madera taraceada, chucherías de cristal, animales en miniatura tallados, tejidos, moldeados, de cristal soplado y cosidos, así como una gran cantidad de ropa para la casa con pájaros, peces, flores y árboles estampados.

Pero ninguna luz iluminaba esta plétora de inutilidad. Una semioscuridad, que se convertía en oscuridad completa en las profundidades de la galería, sólo permitía a Wexford identificar los artículos más grandes que colgaban de falsas vigas antiguas, quizá vestidos, chales o blusas, y una caja registradora colocada entre una pirámide de lo que parecían grotescos animales de fieltro, que no invitaban a abrazarlos, y un expositor que mostraba, tras un turbio cristal, máscaras de terracota y jarrones de porcelana.

Era viernes y Garlands estaba cerrado. La posibilidad de que la señora Garland hubiera cerrado su galería para el resto de la semana por respeto a la memoria de Naomi Jones, su socia, que había muerto de un modo tan terrible, no se le escapó. O tal vez no había abierto porque simplemente estaba demasiado trastornada. Todavía no conocía el grado de amistad de la señora Garland con la madre de Daisy. Pero el propósito de la visita de Wexford era preguntar por la visita que ella podía haber hecho o no a Tancred House la noche del martes.

Si había estado allí, ¿por qué no lo había comunicado? La publicidad que se había dado al asunto era enorme. Se había apelado a todo el que hubiera tenido la más mínima relación con Tancred House. Si ella no había estado allí, ¿por qué no les había dicho el porqué?

¿Dónde vivía? Daisy no se lo había dicho, pero era sencillo averiguarlo. No en la galería, de todos modos. Las tres plantas del centro estaban enteramente dedicadas a detallistas, *boutiques*, peluquerías, un gran supermercado, una tienda de bricolaje, dos restaurantes de comida rápida, un centro de jardinería y un gimnasio. Podía llamar a la sala de coordinación y conseguir la dirección en cuestión de minutos, pero la principal oficina de Correos de Kingsmarkham se hallaba al otro lado de la calle. Wexford entró y, evitando la cola para comprar sellos y cobrar pensiones, que serpenteaba a lo largo de un camino señalado con cuerdas, pidió ver el registro electoral. Era lo que habría hecho mucho antes, cuando no existía tanta tecnología. A veces, a modo de desafío, le gustaba hacer estas cosas anticuadas.

La lista de votantes estaba ordenada por calles, no por apellidos. Era tarea para un subordinado, pero ya que él estaba allí, había empezado. De todos modos, quería saber, y lo antes posible, por qué Joanne Garland había cerrado la tienda y, presumiblemente, la había tenido cerrada durante tres días.

Por fin la encontró; sólo estaba a un par de calles de dónde él vivía. La casa de Joanne Garland se hallaba en Broom Vale, un edificio algo más espacioso y superior que el suyo. Vivía sola. El registro se lo indicó. Por supuesto, no le indicaba si vivía con ella alguien menor de dieciocho años, pero era improbable. Wexford regresó al patio donde estaba su coche. En la ciudad no podía aparcar mal. Wexford imaginaba el artículo en el *Kingsmarkham Courier*, algún brillante periodista joven —¿quizá el propio Jason Sebright?— identificando el coche del inspector jefe Wexford en la doble línea amarilla, atrapado en las fauces del cepo.

No había nadie en casa. En la casa de al lado, a ambos lados, tampoco había nadie.

Cuando era joven, se solía encontrar a una mujer en casa. Las cosas habían cambiado. Por alguna razón, esto le recordó a Sheila e intentó apartar ese pensamiento. Echó un vistazo a la casa, la cual nunca se había molestado en examinar, aunque había pasado por delante de ella cientos de veces. Era bastante corriente, independiente, con su jardín bien cuidado, recién pintada, probablemente con cuatro dormitorios, dos baños, con una antena de televisión que sobresalía de una ventana del piso superior. Un almendro florecía en el jardín delantero.

Wexford pensó unos momentos; después, fue a la parte trasera. La casa parecía cerrada a cal y canto. Pero en aquella época del año, principios de primavera, tenía que parecer cerrada a cal y canto, las ventanas no estarían abiertas. Miró a través de la ventana de la cocina. El interior estaba ordenado, aunque había platos en la escurridera, lavados y apoyados uno contra otro para que se secaran.

Volvió a la parte delantera de la casa y atisbó por el ojo de la cerradura de la puerta del garaje. Dentro había un coche pero no pudo identificar de qué tipo. Una mirada a través de la pequeña ventana que había a la derecha de la puerta le mostró periódicos en el suelo y un par de cartas. ¿Quizá sólo los periódicos de aquella mañana? Pero no; alcanzó a ver un *Daily Mail* en el borde de la esterilla y otro medio oculto por un sobre marrón. Wexford torció la cabeza, esforzándose por descifrar el nombre del tercer periódico del que sólo podía ver una esquina y un trozo de una fotografía. La fotografía era de cuerpo entero de la princesa de Gales.

Al regresar a Tancred House, hizo detener el coche ante un quiosco. Como suponía, la fotografía de la princesa de Gales aparecía en el *Mail* de aquel día. Por tanto, habían llegado tres periódicos para Joanne Garland desde que ella había estado en casa por última vez. Por lo tanto, no había estado allí desde el martes por la noche.

Barry Vine dijo, con su hablar lento y relajado:
—Gabbitas tal vez estuvo en ese bosque el martes por la tarde, señor, y tal vez no. Los testigos de dónde estaba él son lo que usted llamaría escasos. O de donde él dice que estaba. El bosque está en un terreno que pertenece a un hombre que posee más de dos mil hectáreas. Él llama cultivo orgánico a lo que hace en una zona de allí. Ha plantado nuevo arbolado y se ha quedado algo de eso que se deja aparte y el gobierno te paga para que no cultives nada.

»La cuestión es que el bosque donde Gabbitas dice que estaba se encuentra a kilómetros de ningún sitio. Vas por ese sendero más de tres kilómetros, es como el fin del mundo, no se ve ni un tejado, ni siquiera un cobertizo. Bueno, yo he vivido toda la vida en el campo, pero no creía que hubiera nada como eso cerca de Londres.

»Ellos lo llaman recortar, lo que él estaba haciendo. Sería podar si se tratara de rosas y no de árboles. Lo ha hecho, de eso no cabe duda, y se ve que ha estado allí; hemos comprobado las huellas con su Land Rover. Pero lo que queda por saber es si estuvo allí el martes.

Wexford hizo un gesto de asentimiento.
—Barry, quiero que vayas a Kingsmarkham y encuentres a la señora Garland, Joanne Garland. Si no la encuentras, y no creo que la encuentres, mira a ver si puedes descubrir adónde ha ido; de hecho, sus movimientos desde el martes por la tarde. Llévate a alguien, a Karen. Vive en Broom

Vale, en el número quince, y tiene una de esas tiendas de cursilerías en el Centro. Averigua si ha desaparecido su coche, habla con los vecinos.

—¿Señor?

Wexford alzó las cejas.

—¿Qué es una tienda de cursilerías? —Vine recalcó la segunda palabra—. Estoy seguro de que debería saberlo, pero no me viene a la cabeza.

Por alguna razón, esto recordó a Wexford los días lejanos en que su abuelo, que tenía una quincallería en Stowerton, ordenaba a un aprendiz perezoso que saliera a comprar una libra de grasa para codos* y el muchacho obedecía e iba. Pero Vine no era ni perezoso ni estúpido; Vine —aunque no hay que hablar mal de los muertos— era muy superior a Martin. En lugar de contarle esta historia, Wexford le explicó la palabra que había utilizado.

Wexford encontró a Burden almorzando en su escritorio. Éste se hallaba tras unos biombos donde los muebles de Daisy, librerías, sillas, cojines, estaban cuidadosamente cubiertos con sábanas. Burden comía pizza y ensalada de col, comidas ambas que no figuraban entre las favoritas de Wexford, ni separadas ni juntas, pero de todos modos le preguntó de dónde lo había sacado.

—Nuestro camión de suministros. Está fuera y lo estará cada día de doce y media a dos. ¿No lo encargaste tú?

—Es la primera noticia que tengo —dijo Wexford.

—Dile a Karen que vaya a buscarte algo. Tienen un buen surtido.

Wexford dijo que Karen Malahyde había ido a Kingsmarkham con Barry Vine, pero le pediría a Davidson que fuera a buscarle su almuerzo. Davidson sabía lo que le gustaba. Se sentó frente a Burden con un café del color del barro procedente de la máquina.

* *Elbow grease* en inglés; literalmente significa «grasa para codos», pero en sentido figurado se utiliza para indicar «energía». (*N. de la T.*)

—¿Qué hay de esos Griffin?

—El hijo está sin empleo, vive del paro… bueno, no, de la Ayuda Familiar, hace demasiado tiempo que está sin empleo para cobrar del paro. Vive en casa con sus padres. Se llama Andrew o Andy. Los padres son Terry y Margaret, mayores tirando a ancianos.

—Como yo —dijo Wexford—. Qué frases tan eficaces utilizas, Mike.

Burden no le hizo caso.

—Son gente retirada que no tienen suficientes cosas que hacer; me pareció que no tenían nada que hacer. Y también son paranoicos totales. Todo está mal y todo el mundo está contra ellos. Cuando llegamos allí estaban esperando que los de la telefónica les arreglaran el teléfono; pensaron que éramos ellos y los dos nos metieron una bronca antes de darnos oportunidad de explicarnos. Entonces, en cuanto se mencionó el nombre de Tancred, empezaron a quejarse de que habían dedicado a ese lugar los mejores años de su vida y a contar las iniquidades de Davina Flory como dueña, ya puedes imaginar. Lo curioso fue que aunque debían de saber, quiero decir, era evidente que sabían, lo que había sucedido el martes por la noche —incluso tenían el periódico de ayer con las fotos—, no dijeron una sola palabra al respecto hasta que nosotros lo hicimos. Quiero decir, ni siquiera hicieron un comentario referente a lo terrible que era. Sólo intercambiaron una mirada cuando yo dije que creía que ellos habían trabajado allí, y Griffin dijo un poco ceñudo que sí habían trabajado allí, nunca lo olvidarían, y después se fueron, los dos, hasta que tuvimos que… bueno, frenar la marea.

Wexford citó:

—«Se ha producido un acontecimiento del que es difícil hablar e imposible permanecer callado.» —Recibió a cambio una mirada suspicaz—. ¿Los de teléfonos llegaron?

—Sí, al final sí. Yo estaba que me subía por las paredes, porque la mujer iba a la puerta delantera cada cinco minutos a mirar arriba y abajo la calle a ver si venía. Por cierto, Andy Griffin no estaba, llegó más tarde. Su madre dijo que había ido a hacer *jogging*.

Davidson les interrumpió; apareció tras los biombos con un envase de papel encerado que contenía pollo, arroz pilaf y salsa de mango para Wexford.

—Ojalá yo hubiera tomado eso —dijo Burden.

—Ahora es demasiado tarde. No te lo cambio, detesto la pizza. ¿Averiguaste por qué se pelearon con los Harrison?

Burden pareció sorprendido.

—No lo pregunté.

—No, pero si son tan paranoicos podían haber ofrecido esa información sin que se les preguntara.

—No mencionaron a los Harrison. Quizá eso es importante. Margaret Griffin siguió hablando del estado inmaculado en que había dejado el *cottage* y que una vez que se encontraron con Gabbitas él llevaba alquitrán en las botas y se lo limpió en la alfombra. Pronto convertiría aquel lugar en un vertedero, estaba segura.

»Llegó Andy Griffin. Supongo que podía haber estado haciendo *jogging*. Tiene exceso de peso, por no decir que está gordo. Llevaba chandal pero no todo el mundo que lleva chandal corre. Tiene aspecto de no poder correr tras un autobús que vaya a ocho kilómetros por hora. Es más bien bajo y rubio, pero no hay manera de que encaje con la descripción que hizo Daisy Flory.

—No habría sido necesario que le describiera. Le habría conocido —dijo Wexford—. Le habría conocido aunque hubiera llevado una máscara.

—Cierto. El martes por la noche estaba fuera, dice que con unos amigos, y sus padres confirman que salió hacia las seis. Lo estoy comprobando con sus amigos. Se supone que fueron de *pubs* en Myringham y a tomar comida china en un lugar llamado *Panda Cottage*.

—¡Qué nombres! Suena a guarida de especies en peligro. ¿Vive del paro?

—Más o menos. Hay algo curioso en él, Reg, aunque no sé decirte qué. Sé que no sirve de ayuda, pero lo que realmente estoy diciendo es que no hemos de perder de vista a Andrew Griffin. Sus padres dan la impresión de sentir desagrado por todo el mundo y han acumulado mucho resentimiento por alguna razón, o por ninguna, contra Harvey Copeland y Davina Flory, pero Andy... Andy les odia. Su actitud y su voz cambian cuando habla de ellos. Incluso dijo que se alegraba de que hubieran muerto... «Escoria» y «mierda» son palabras que utiliza al hablar de ellos.

—El Príncipe Azul.

—Sabremos algo más cuando averigüemos si realmente estuvo de *pubs* y en este *Panda Cottage* el martes.

Wexford consultó su reloj.

—Es hora de que vaya al hospital. ¿Te apetece venir? Podrías hacer tú mismo algunas preguntas sobre Griffin a Daisy.

En cuanto hubo dicho estas palabras lo lamentó. Daisy se había acostumbrado a él, pero casi seguro que no querría que otro policía llegara con él y que lo hiciera sin habérselo anunciado. Pero no tenía que preocuparse. Burden no tenía intención de ir. Burden tenía una cita para efectuar otra entrevista a Brenda Harrison.

—Resistirá —dijo de Daisy—. Se sentirá mejor para hablar cuando haya salido de allí. Por cierto, ¿adónde irá cuando salga de allí?

—No lo sé —respondió Wexford despacio—. Realmente no lo sé. No se me había ocurrido.

—Bueno, no puede ir a casa, ¿no? Si es que es su casa; supongo que lo es. No puede volver al lugar donde ocurrió todo. Quizá algún día, pero no ahora.

—Volveré —dijo Wexford cuando se iba— para ver lo que las cadenas de televisión hacen por nosotros. Llegaré a tiempo para ver las noticias de las cinco cuarenta.

Una vez más, en el hospital, no se anunció sino que entró discretamente, casi en secreto. La doctora Leigh no estaba ni había ninguna enfermera. Llamó a la puerta de la habitación de Daisy, sin poder ver mucho a través del cristal esmerilado, sólo la forma de la cama, suficiente para saber que no tenía visitas.

Nadie respondió a su llamada. Claro que llegaba más temprano que en las ocasiones anteriores. Solo, sin acompañantes, no le gustaba abrir la puerta. Volvió a llamar, ahora seguro, sin ninguna prueba para ello, de que la habitación estaba vacía. Debía de haber una sala de estar y tal vez Daisy estuviera en ella. Se volvió y se tropezó con un hombre que llevaba una bata corta blanca. ¿El enfermero de turno?

—Estoy buscando a la señorita Flory.

—Daisy se ha ido a casa hoy.

—¿Se ha ido a casa?

—¿Es usted el inspector jefe Wexford? Ha dejado el recado de que le había telefoneado. Sus amigos han venido a por ella. Puedo darle el nombre, lo tengo en algún sitio.

Daisy había ido a casa de Nicholas Virson y su madre en Myfleet. Ésa era, entonces, la respuesta a la pregunta de Burden. Había ido a casa de sus amigos, quizá sus amigos más íntimos. Wexford se preguntó por qué no se lo había dicho el día anterior, pero quizá no lo sabía. Sin duda, habían estado en contacto con ella, la habían invitado y ella había accedido para escapar. Casi todos los pacientes desean escapar del hospital.

—Seguirá en observación —dijo el enfermero de turno—. Tiene que venir a hacerse un reconocimiento el lunes.

De nuevo en los establos, Wexford miró la televisión, las noticias de una cadena tras las de otra. Apareció en la pantalla la impresión que el artista había sacado del aspecto que tenía el asesino de Tancred. Al verlo de aquel modo, ampliado, de alguna manera más convincente que un dibujo en un papel, Wexford se dio cuenta de a quién le recordaba.

A Nicholas Virson.

El rostro que aparecía en la pantalla era exactamente tal como él recordaba el rostro de Virson junto a la cama de Daisy. ¿Coincidencia, casualidad y algo fortuito por parte del artista? ¿O alguna deformación inconsciente por parte de Daisy? Eso restaba valor al dibujo, que ahora había desaparecido de la pantalla para dejar paso a la boda de una estrella de cine ¡La máscara que el asesino llevaba había servido para su propósito si el resultado era que hacía que se pareciera al amigo de la testigo!

Wexford estaba sentado frente al televisor, sin ver nada. Eran casi las seis y media, la hora en que Sheila y Augustine Casey habían dicho que llegarían. No tenía ganas de ir a casa.

Volvió a su escritorio, donde le esperaban una docena de mensajes. El de encima le indicó lo que ya sabía, que Daisy Flory podía ser localizada en casa de la señora Joyce Virson en Thatched House, Castle Lane, Myfleet. Esto también le indicó algo que no sabía, un número de teléfono. Wexford se sacó su teléfono portátil del bolsillo y marcó el número.

Respondió una voz de mujer, superior, arrolladora, imperiosa.

—¿Diga?

Wexford dijo quién era y que le gustaría hablar con la señorita Flory el día siguiente, por la tarde, hacia las cuatro.

—¡Pero si es sábado!

Él dijo que ya lo sabía. No se podía negar.

—Bueno, supongo que sí. Si es necesario. ¿Sabrá encontrar esta casa? ¿Cómo vendrá? No se puede fiar del servicio de autobuses...

Él dijo que estaría allí a las cuatro y oprimió el botón de colgar. La puerta se abrió, una fuerte corriente de frío aire del atardecer barrió la habitación y apareció Barry Vine.

—¿De dónde sales? —preguntó Wexford un poco agrio.

—Parece ridículo, pero ha desaparecido. La señora Garland. Joanne Garland. Ha desaparecido.

—¿Qué significa que ha desaparecido? ¿Quieres decir que no está allí? No es lo mismo.

—Ha desaparecido. No dijo a nadie que se iba, no dejó ningún mensaje ni instrucciones a nadie. Nadie sabe adónde ha ido. No ha estado en su domicilio ni en la tienda desde el martes por la tarde.

10

Los viejos estaban mirando la televisión. Habían terminado su última comida del día; la habían servido a las cinco, y para ellos ya era la noche, pues no faltaba mucho para la hora de acostarse, que era a las ocho y media.

Sofás y sillas de ruedas estaban colocados formando un semicírculo frente al aparato. Los ancianos telespectadores se vieron ante una cara de bruto, la idea que tenía del asesino de Tancred el que había hecho el retrato-robot. Era el tipo de rostro que en otro tiempo, mucho tiempo atrás, se definía con la frase «una bestia rubia». Y ésta es la expresión que uno de ellos, una mujer, utilizó para describirle, pronunciándolo con un alto susurro al hombre que tenía a su lado:

—¡Mírale, una auténtica bestia rubia!

Ella parecía una de las residentes más animadas de la Residencia de Jubilados de Caenbrook, y Burden sintió alivio cuando fue a su silla hacia donde les acompañó, a él y al sargento Vine, la delgada muchacha de aspecto preocupado que les había recibido. La mujer se volvió, sonrió, y la sorpresa pronto dio lugar a un auténtico placer cuando comprendió que las visitas, quienesquiera que fueran, eran para ella.

—Edie, alguien quiere verte. Son policías.

La sonrisa prosiguió. Se ensanchó.

—Eh, Edie —dijo el anciano a quien ella había hablado en susurros—, ¿qué has estado haciendo?

—¿Yo? Ojalá hubiera tenido oportunidad de hacer algo.

—Señora Chowney, soy el inspector Burden y éste es el sargento detective Vine. Me pregunto si podríamos hablar con usted. Deseamos conocer el paradero de su hija.

—¿Cuál? Tengo seis.

Como Burden dijo a Wexford más tarde, eso casi le sorprendió. Sin duda le dejó mudo, aunque brevemente. Edie Chowney arregló la situación anunciando con orgullo —a un público que, evidentemente, lo había oído ya muchas veces— que también tenía cinco hijos. Todos vivos, todos se ganaban la vida, todos vivían en aquel país. A Burden le pareció espantoso, algo que en otras muchas sociedades sería incomprensible, que de esos once hijos ninguno se hubiera llevado a su madre a vivir con él, bajo su ala. En realidad, para evitarlo, habían preferido reunir el dinero, entre todos, probablemente, para mantenerla en este sin duda costoso callejón sin salida para los viejos a quienes nadie quería.

Mientras recorrían el corredor para ir a la habitación de la señora Chowney, plan propuesto por la delgada cuidadora, lo que provocó más obscenidades por parte del anciano, Burden reflexionó que uno de esos diez hermanos de Joanne Garland habría podido ser una mejor fuente para la información que buscaba. Pero en eso se equivocaba, pues Edie Chowney, al caminar hacia su habitación sin ayuda, acompañándoles y quejándose a la cuidadora de que la calefacción no era ni mucho menos adecuada, demostró tener perfecto dominio de sus facultades mentales y una manera de hablar como de alguien treinta años más joven.

Parecía estar llegando a los ochenta, ser una mujer animada, delgada pero ancha. Era un cuerpo fuerte que había dado a luz a muchos hijos. Llevaba su fino pelo teñido castaño oscuro. Sólo sus manos, como raíces de árboles y con los nudillos protuberantes, revelaban que una artritis debía de haberla traicionado y enviado a Caenbrook.

La habitación contenía el mobiliario básico y las posesiones de Edie Chowney. La mayoría, fotografías enmarcadas. Éstas llenaban el antepecho de la ventana y la mesa, la mesilla de noche y la pequeña librería, gente retratada con su propia posteridad, sus esposas, sus perros, sus hogares al fondo, todos ellos entre cuarenta y cincuenta y cinco años. Uno probablemente era Joanne Garland, pero no había manera de saber cuál.

—Tengo veintiún nietos —dijo la señora Chowney cuando le vio que miraba—. Tengo cuatro biznietos y con un poco de suerte, si el mayor de Maureen lo consigue, tendré un tataranieto un día de éstos. ¿Qué quieren saber de Joanne?

—Adónde ha ido, señora Chowney —dijo Barry Vine—. Nos gustaría conocer la dirección de donde está. Sus vecinos no lo saben.

—Joanne no tuvo hijos. Se casó dos veces pero no tuvo hijos. Las mujeres de mi familia no son estériles, así que imagino que fue por elección. En mi época no podíamos elegir mucho, pero los tiempos cambian. Joanne es demasiado egoísta, no habría soportado el ruido y el alboroto que arman los niños. Siempre hay alboroto cuando hay niños. Yo lo sé, he tenido once. Hay que tener en cuenta que ella era la mayor de las chicas, así que lo sabía.

—Se ha ido, señora Chowney. ¿Puede usted decirnos adónde?

—Su primer esposo era un gran trabajador, pero nunca prosperó. Ella se divorció. A mí no me gustó eso, dije, eres la primera persona de nuestra familia que acude ante un tribunal de divorcios, Joanne. Pat se divorció más adelante y también Trev, pero Joanne fue la primera. De todas maneras, conoció a este hombre rico. ¿Saben lo que él solía decir? Decía: Sólo soy un pobre millonario, Edie. Bueno, ellos se corrían grandes juergas; gastar, gastar, gastar, pero todo fracasó. Él tuvo que pagar... oooh, ella le hizo pagar gusto y ganas. Así es como consiguió esa casa e inició ese negocio que tiene y se compró ese gran coche y todo. Ella me paga esto. Cuesta tanto estar aquí como en un hotel elegante de Londres, lo cual resulta un misterio cuando uno mira alrededor. Pero ella paga, los otros no podrían.

Burden tuvo que detener la marea. Edie Chowney sólo había parado para tomar aliento. Él había oído hablar de la verborrea de la gente solitaria cuando por fin encuentran compañía, pero esto (como se dijo a sí mismo) era ridículo.

—Señora Chowney...

Ella dijo, con más aspereza:

—Está bien. Ya lo sé. Hablo demasiado. No es la edad, es que soy así, siempre he sido charlatana, mi esposo solía reñirme. ¿Qué querían saber de Joanne?

—¿Dónde está?

—En casa, por supuesto, o en la tienda. ¿Dónde, si no, podría estar?

—¿Cuándo la vio por última vez, señora Chowney?

La mujer hizo algo curioso. Fue como si estuviera recordando sobre qué hijo en particular le estaban preguntando. Miró la colección de fotografías que había junto a la cama, hizo una pausa para calcular, seleccionó una en color que estaba en un marco de plata y la miró, asintiendo con la cabeza.

—Sería el martes por la noche. Sí, eso es, el martes, porque fue el día que viene el callista y siempre viene los martes. Joanne vino mientras tomábamos el té. Hacia las cinco. Quizá las cinco y cuarto. Dije, llegas pronto, ¿y la tienda?, y ella dijo, la galería, madre, siempre dices eso, no pasa nada, Naomi está en la galería hasta la media. ¿Sabe a quién se refería? Naomi es una de las que asesinaron, no, masacrado, como dicen en la tele, masacrado en Tancred House. ¿No les parece que fue terrible? Supongo que han oído hablar de ello; bueno, claro que sí, si son policías.

—Mientras su hija estaba con usted, ¿le dijo algo de ir a Tancred House aquella noche?

La señora Chowney entregó a Burden la fotografía.

—Ella siempre iba allí el martes por la noche. Ella y esa pobre Naomi, la que masacraron, hacían las cuentas de la tienda. Ésa es Joanne, se la hicieron hace cinco años, pero no ha cambiado mucho.

La mujer parecía ir excesivamente bien vestida con un traje rosa brillante con botones dorados. Una gran cantidad de bisutería dorada le rodeaba el cuello y le colgaba de las orejas. Era alta y poseía buena figura. Llevaba el pelo, rubio, peinado de un modo bastante rígido y complicado y parecía ir muy maquillada, aunque esto era difícil de saber.

—¿No le dijo que se iba de vacaciones?

—No se iba —dijo Edie Chowney con aspereza—. No se iba a ir a ninguna parte. Me lo habría dicho. ¿Qué les hace pensar que se ha marchado?

A Burden no le gustaba responder a esa pregunta.

—¿Cuándo espera que vuelva a visitarla?

Su voz denotó amargura.

—Tres semanas. Unas buenas tres semanas. No será antes. Joanne nunca viene más de una vez cada tres semanas y a veces pasa un mes. Ella paga y cree que ya ha cumplido con su deber. Viene cada tres semanas, se queda diez minutos y cree que es una buena hija.

—¿Y sus otros hijos?

Se lo preguntó Vine. Burden había decidido no hacerlo.

—Pam viene. Quiero decir, sólo vive a dos calles de aquí, así que venir cada día no la mataría. No viene cada día. Pauline está en Bristol, o sea que no puedo esperar que lo haga, y Trev trabaja en una torre de perforación de petróleo. Doug está en Telford, esté donde esté eso. Shirley tiene cuatro hijos y ésa es su excusa, aunque Dios sabe que todos son ya adolescentes. John pasa por aquí cuando le va bien, lo cual no es a menudo, y el resto aparecen hacia las fiestas navideñas. Ah, todos vienen juntos en Navidad, un verdadero ejército. ¿De qué me sirve eso? Se lo dije la última Navidad, ¿de qué me sirve que vengáis todos a la vez? Siete de ellos

147

en Nochebuena, juntos, Tev y Doug y Janet y Audrey y...

—Señora Chowney —interrumpió Burden—, ¿puede darnos la dirección de... —vaciló, sin saber cómo expresarlo— uno o dos de sus hijos que vivan más cerca? ¿Quién vive cerca de aquí y podría saber adónde ha ido su hija Joanne?

Eran las ocho cuando Wexford por fin se fue a su casa. Cuando el coche llegó a la verja principal y Donaldson bajó para abrirla, observó algo atado a cada poste. Había demasiada oscuridad bajo los árboles para distinguir algo más que unos bultos informes.

Encendió la luz, bajó del coche y fue a mirar. Más ramos de flores, más tributos a los muertos. Esta vez, dos, uno en cada poste de la verja. Eran ramos sencillos pero arreglados de un modo exquisito: uno un ramillete victoriano de violetas y primaveras y el otro una gavilla de narcisos blancos e hiedra verde oscuro. Wexford leyó una tarjeta: «Con todo mi pesar por la gran tragedia del 11 de marzo». El otro decía: «Estas muertes violentas tienen finales violentos y en su triunfo mueren». Regresó al coche y Donaldson cruzó la verja. El mensaje del primer ramo de flores dejado en el poste parecía inofensivo, una cita bastante apta sacada de *Antonio y Cleopatra*; bueno, apta si uno había admirado de modo extravagante a Davina Flory. El segundo tenía un matiz ligeramente siniestro. Era probable que también se tratara de Shakespeare, pero no pudo situarlo.

Tenía cosas más importantes en que pensar. El resultado de las llamadas telefónicas a John Chowney y Pamela Burns, Chowney de soltera, había sido sólo que no tenían idea de dónde se encontraba su hermana y no sabían que tuviera intención de marcharse. No había comunicado a su vecino que se ausentaría. Su vendedor de periódicos no había sido avisado. Joanne Garland no tenía costumbre de que le llevaran la leche a casa. El director de la tienda de postales, al lado de la galería del Kingsbrook Centre, había espe-

148

rado que abriera la galería el jueves por la mañana, concediéndole un día de cierre por respeto a Naomi Jones.

John Chowney mencionó a dos mujeres a quienes llamó amigas íntimas de su hermana. Ninguna fue capaz de decirle a Burden nada de su paradero. Las dos se sorprendieron al enterarse de su ausencia. No la habían visto desde la cinco y cuarenta del martes, cuando salió de la Residencia de Jubilados de Caenbrook y la cuidadora de turno la vio entrar en su coche, que había aparcado enfrente. Joanne Garland había desaparecido.

En circunstancias diferentes, la policía ni se habría enterado. Una mujer que se marcha unos días sin decírselo a sus amigas o parientes no es una mujer desaparecida. Aquella cita en Tancred House a las ocho y cuarto el martes por la noche alteraba las cosas. Si Wexford estaba seguro de algo era de que había estado allí, había cumplido su promesa. ¿Su desaparición se debía a lo que había visto en Tancred House o a lo que había hecho?

Wexford entró en su casa e inmediatamente oyó risas procedentes del comedor, risas de Sheila. Su abrigo estaba colgado en el recibidor, tenía que ser suyo... ¿quién si no ella llevaría un abrigo de piel de onza sintética con un cuello de falso zorro color azul gasolina?

En el comedor habían tomado la sopa y estaban en el segundo plato. Pollo asado, no lenguado *bonne femme*. ¿Por qué había pensado en ello? Era una casa completamente diferente, toda ella se habría perdido en Tancred House, eran gente muy distinta. Se disculpó ante Dora por llegar tarde, le dio un beso, besó a Sheila y le tendió la mano a Augustine Casey aunque éste le hizo caso omiso.

—Gus nos ha estado hablando de Davina Flory, papá —dijo Sheila.

—¿La conocías?

—Mis editores —dijo Casey— no están entre los que tienen la política de fingir ante un autor que no tienen a otros en su lista.

Wexford no sabía que él y la mujer fallecida compartían editor. No dijo nada, sino que se fue al recibidor y se quitó el sombrero y el abrigo. Se lavó las manos, diciéndose para sus adentros que fuera tolerante, que fuera magnánimo, que hiciera concesiones, que se mostrara amable. Cuando volvió al comedor y se sentó, Sheila hizo repetir a Casey todo lo que había dicho hasta entonces de los libros de Davina Flory, gran parte de ello más bien indecoroso en opinión de Wexford, y repetir también una increíble historia de que el editor de Davina Flory había enviado el manuscrito de su autobiografía a Casey para que diera su opinión antes de hacerle una oferta por ella.

—No suelo ser injusto —dijo Casey—, no lo soy, ¿verdad, cariño?

Wexford, preguntándose qué sucedería a continuación, dio un brinco al oír ese «cariño». La respuesta de Sheila casi le hizo encogerse, estaba tan llena de admiración y al mismo tiempo era tan espantosa que cualquiera, incluso el propio interesado, podría sugerir con desaprobación que no era ningún genio.

—No suelo ser injusto —repitió Casey, presumiblemente esperando un coro de negación incrédula—, pero en realidad no tenía idea de todo eso que sucedió y de que usted... —volvió sus pequeños ojos claros a Wexford—, quiero decir, el padre de Sheila, estaba... cuál es la palabra, tiene que haber una palabra... ah, sí, encargado del caso. No sé nada de estas cosas, menos que nada, pero Scotland Yard todavía existe, ¿no? Quiero decir, ¿no hay allí algo llamado Brigada de Asesinatos? ¿Por qué usted?

—Cuéntame tus impresiones de Davina Flory —pidió Wexford en tono amable, tragando la rabia que le llenaba la boca con ardiente acritud y le colocaba pantallas rojas ante sus ojos—. Me interesaría oírla de alguien que la conocía profesionalmente.

—¿Profesionalmente? No soy antropólogo. No soy explorador. La conocí en una fiesta de un editor. Y no, muchas gracias, no creo que le cuente a usted mis impresiones, no creo que sea sensato. No diré ni pío. Hacerlo sólo me recordaría la época en que me pillaron por conducir con imprudencia y el policía que me persiguió en su moto me leyó ante el tribunal todo lo que le dije, todo ello por supuesto deformado por el proceso de filtrado del semianalfabetismo.

—Toma un poco de vino, cariño —le ofreció Dora con suavidad—. Te gustará; Sheila lo ha traído especialmente.

—No les has puesto en la misma habitación, ¿verdad?

—Reg, ese comentario debería hacerlo yo, no tú. Se supone que tú eres el liberal. Claro que les he puesto en la misma habitación. No dirijo un asilo de ancianos victorianos.

Wexford tuvo que sonreír a su pesar.

—Es la insensatez típica, ¿no? No me importa que mi hija duerma bajo mi techo con un hombre que me guste, pero me desagrada la idea cuando se trata de un mierda como él.

—¡Nunca te había oído utilizar esa palabra!

—Tiene que haber una primera vez para todo. Que yo eche a alguien de mi casa, por ejemplo.

—Pero no lo harás.

—No, estoy seguro de que no lo haré.

La mañana siguiente, Sheila anunció que a ella y a Gus les gustaría llevarles a cenar al Cheriton Forest Hotel aquella noche. Hacía poco que había cambiado de dueño y era famoso por su buena comida a elevados precios. Había encargado una mesa para cuatro. Augustine Casey observó que sería divertido ver aquello directamente. Tenía un amigo que escribía acerca de lugares así para un periódico dominical, de hecho acerca de las manifestaciones del gusto de la década de los noventa. La serie se titulaba *Más dinero que talento*, título que era obra del cerebro de Casey. A él le interesaba no sólo la comida y el ambiente, sino el tipo de personas que lo frecuentaban.

Incapaz de resistirse, Wexford comentó irónico:

—Creía que habías dicho anoche que no eras antropólogo.

Casey esbozó una de sus misteriosas sonrisas.

—¿Qué pone usted en su pasaporte? Agente de policía, supongo. Yo siempre pongo «estudiante». Hace diez años que dejé la universidad, pero todavía pongo «estudiante» en mi pasaporte y supongo que siempre lo pondré.

Wexford se iba. Iba a reunirse con Burden para tomar una copa en el Olive and Dove. Una norma, creada para ser quebrantada, era que nunca lo hacían en sábado. Tenía que salir de casa a ratos, aunque sabía que estaba mal. Sheila le pilló en el recibidor.

—Querido papá, ¿todo va bien? ¿Estás bien?

—Sí. Este caso Flory me preocupa un poco. ¿Qué vas a hacer hoy?

—Gus y yo pensábamos ir a Brighton. Él tiene amigos allí. Llegaremos a tiempo para la cena. Tú podrás ser puntual, ¿verdad?

Él asintió.

—Haré todo lo posible.

Ella parecía un poco alicaída.

—Gus es maravilloso, ¿no? Jamás he conocido a nadie como él. —Su rostro se iluminó; era un rostro adorable, perfecto como el de la Garbo, dulce como el de Marilyn Monroe, trascendentalmente hermoso como el de Hedy Lamarr. Al menos, a los ojos de su padre. Eso creía él. ¿De dónde salieron los genes para crear aquello? Ella dijo—: Es tan inteligente. La mitad del tiempo no puedo seguirle. Lo último es que será escritor residente en una universidad de Nevada. Están construyendo una biblioteca con sus manuscritos; se llama el Archivo Augustine Casey. Realmente le aprecian.

Wexford apenas si había oído el final de esto. Se quedó atascado —y felizmente— en mitad de sus comentarios.

—¿Se va a vivir a Nevada?

—Sí; bueno, un año. En un lugar que se llama Heights.

—¿En Estados Unidos?

—Tiene intención de escribir su próxima novela mientras esté allí —dijo Sheila—. Será su obra maestra.

Wexford le dio un beso. Ella le rodeó el cuello con sus brazos. Caminando por la calle, Wexford habría podido ponerse a cantar. Todo iba bien, mejor que bien; se iban a pasar el día a Brighton y Augustine Casey se iba a América por un año, prácticamente emigraba. Oh, ¿por qué no se lo había dicho anoche y así él habría podido dormir bien? Era inútil preocuparse por eso entonces. Se alegraba de haber decidido ir al Olive a pie, podría tomarse una buena copa y celebrarlo.

Burden ya estaba allí. Dijo que había venido de Broom Vale donde, con un mandamiento judicial emitido dos horas antes, estaban registrando la casa de Joanne Garland. Su coche estaba en el garaje, un BMW gris oscuro. No tenía animales domésticos a los que alimentar o sacar a pasear. No había plantas que regar, ni flores marchitándose en jarrones. El televisor estaba desenchufado, pero algunas personas lo hacían cada noche antes de acostarse. Parecía que había abandonado la casa por voluntad propia.

Una agenda de sobremesa, con citas meticulosamente anotadas, sólo indicó a Burden que Joanne Garland había ido a una fiesta el sábado anterior y a almorzar el domingo con su hermana Pamela. Su visita a su madre estaba anotada para el martes 11 de marzo, y eso era todo. Los siguientes espacios permanecían en blanco. Tenía una letra pequeña, pulcra y muy recta, y había logrado hacer caber una gran cantidad de información en el espacio de dos centímetros y medio por siete y medio que había para cada anotación.

—Esto ya nos ha sucedido otras veces —dijo Wexford—, alguien que aparentemente desaparece y resulta que ha estado de vacaciones. Pero en ninguno de esos casos las personas desaparecidas han tenido una multitud de parientes y amigos, gente a quienes en ocasiones anteriores la persona desaparecida les ha comunicado que se iba. El hecho es que Joanne iba a Tancred House a las ocho y cuarto el martes por la noche. Era una persona superpuntual, nos dijo Daisy Flory; en realidad, por regla general llegaba demasiado temprano a las citas, así que podemos suponer que llegó a la casa poco después de las ocho.

—Si es que fue allí. ¿Qué vas a tomar?

Wexford no iba a decirle nada de sus celebraciones.

—Estaba pensando en un escocés, pero será mejor que me lo vuelva a pensar. La media cerveza amarga de costumbre.

Cuando regresó con las bebidas, Burden dijo:

—No tenemos ninguna razón para creer que fue a su cita.

—Sólo el hecho de que siempre lo hacía los martes —replicó Wexford—. Sólo el hecho de que la esperaban. Si no hubiera tenido que ir, ¿no habría telefoneado? Aquella noche no se recibió ninguna llamada telefónica en Tancred House.

—Pero Reg, ¿qué dices? No tiene sentido. Se trata de delincuentes corrientes, ¿no? Delincuentes dispuestos a disparar, que iban tras las joyas. Uno de ellos un extraño, el otro posiblemente con un conocimiento especial de la casa y sus ocupantes. Esto es, supuestamente, el porqué la bestia rubia, como le llama la señora Chowney, se dejó ver por los tres a los que mató y a la que intentó matar. El otro, el rostro conocido, se mantuvo fuera de la vista.

»Pero son ladrones típicos; no son de los que se llevan por la fuerza a un posible testigo y se deshacen de él en otro sitio, ¿no? ¿Entiendes lo que quiero decir con lo de que no tiene sentido? Si ella llegó a la puerta, ¿por qué no matarla a ella también?

—Porque la recámara del Magnum estaba vacía —respondió Wexford sin vacilar.

—Está bien. Si lo estaba. Hay otros medios para matar. Había matado a tres personas y no le importaría matar a una cuarta. Pero no, él y su compinche se la llevan. No como rehén, no por la información que ella puede poseer, sólo para deshacerse de ella en otra parte. ¿Por qué? No tiene sentido.

—Está bien. Lo has dicho tres veces, está claro. Si la mataron en Tancred House, ¿qué pasó con el coche de ella? ¿Ellos lo llevaron a su casa y lo aparcaron en su garaje?

—Supongo que podría estar implicada. Ella podría ser la otra persona. Sólo suponemos que era un hombre. Pero, Reg, ¿vale la pena siquiera considerarlo? Joanne Garland es una mujer de más de cincuenta años, una mujer de negocios con dinero y éxito, porque, Dios sabe cómo y por qué, esa galería es un éxito, funciona. Ella gana lo suficiente para ser independiente, por lo menos. Su coche es un BMW del año pasado, tiene un armario lleno de ropa de la que yo no sé nada pero Karen dice que son grandes diseñadores, Valentino, Krizia y Donna Karan. ¿Alguna vez has oído hablar de ellos?

Wexford asintió.

—Leo los periódicos.

—Tiene toda clase de equipamiento que puedas imaginar. Una de las habitaciones es un gimnasio lleno de aparatos. Evidentemente es rica. ¿Por qué querría el dinero que algún perista pudiera darle por los anillos de Davina Flory?

—Mike, he pensado en algo. ¿Tiene contestador automático? ¿Cuál es su número de teléfono? Puede que haya algún mensaje grabado.

—No sé el número —respondió Burden—. ¿Puedes llamar a Información con ese aparato tuyo?

—Claro.

Wexford pidió el número y enseguida se lo dieron. En su mesa, situada en un oscuro rincón del salón del Olive, marcó el número de Joanne Garland. Sonó tres veces, después se oyó un suave clic y una voz que no era como ellos esperaban. No era una voz fuerte y agresiva, segura y estridente, sino suave, incluso tímida: «Habla Joanne Garland. En estos momentos no puedo hablar contigo, pero si quieres dejar un mensaje, te llamaré lo antes posible. Por favor, habla después de oír la señal».

La frase rutinaria recomendada por la mayor parte de literatura de los contestadores automáticos.

—Comprobaremos qué mensajes han dejado, si es que hay alguno. Voy a intentarlo otra vez y espero que esta vez se den cuenta y respondan ellos. ¿Está Gerry allí?

—Hinde —dijo Burden— está ocupado trabajando, pero en otro sitio. Ha construido lo que él llama una tremenda base de datos de todos los crímenes cometidos en esta zona en los últimos doce meses y está cotejándolos para encontrar coincidencias. Karen está allí y también Archbold y Davidson. Supongo que uno de ellos tendrá la sensatez de responder.

Wexford volvió a marcar el número. Sonó tres veces y el mensaje empezó a repetirse. La siguiente vez, Karen Malahyde tomó el auricular después del segundo timbrazo.

—Ya era hora —dijo Wexford—. ¿Sabes quién soy? ¿Sí? Bien. Escucha los mensajes del contestador. Si no sabes cómo funcionan estas cosas, tienes que buscar un botón que dice PLAY. Hazlo sólo una vez, anota lo que esté grabado y saca la cinta. Probablemente es de los que sólo reproducen lo mismo dos veces. ¿De acuerdo? Llámame a mi número personal —dijo a Burden—. No creo que esté involucrada en los asesinatos del martes por la noche, claro que no, pero creo que los vio. Mike, me pregunto si en lugar de registrar su casa no deberíamos estar buscando su cuerpo en Tancred.

—No está en los alrededores de la casa. No está en los edificios anexos. Sabes que lo hemos registrado.

—No hemos registrado los bosques.

Burden emitió una especie de gruñido.

—¿Quieres la otra media?

—Yo iré por ellas.

Wexford se acercó a la barra con los vasos vacíos. Sheila y Augustine Casey ya estarían camino de Brighton. Con satisfacción —porque pronto terminaría, porque pronto sólo podrían oírle en Nevada—, imaginó la conversación que se produciría en el coche, más bien el monólogo, al dar Casey rienda suelta a torrentes de ingenio y talento, anécdotas maliciosas e historias de autobombo, mientras Sheila le escuchaba con arrebato.

Burden levantó la mirada.

—Tal vez se la llevaron con ellos porque les vio o presenció los asesinatos. Pero ¿llevársela dónde y matarla cómo? ¿Y cómo devolvieron su coche al garaje?

El teléfono de Wexford sonó.

—¿Karen?

—He sacado la cinta como me ha ordenado, señor. ¿Qué quiere que haga con ella?

—Que saquen una copia, me telefoneas y me dejas escuchar la cinta; después me la traes. A mi casa. La cinta y la copia. ¿Qué mensajes había?

—Hay tres. El primero es de una mujer que se llama Pam y creo que es hermana de Joanne. Lo he anotado. Dice que la telefonee para lo del sábado, sea lo que sea lo que eso significa. La segunda es de un hombre, parece un vendedor. Se llama Steve, no da su apellido. Dice que ha llamado a la tienda pero como no contestaban la ha telefoneado a casa. Es para hablar de los adornos de Pascua, dice, y la llamará a casa. La tercera es de Naomi Jones.

—¿Sí?

—Literalmente, dice: «Jo, soy Naomi. Me gustaría que alguna vez contestaras tú y no siempre esa máquina. ¿Puedes venir esta noche a las ocho y media y no antes? A mamá no le gusta que le interrumpan la cena. Lo siento, pero ya lo entiendes. Hasta luego».

Almuerzo en casa, los dos solos. No podía creerlo.

—Será escritor residente en el Salvaje Oeste —dijo Wexford.

—No deberías alegrarte cuando a ella la hace tan infeliz.

—¿De veras? Yo no veo ningún signo de infelicidad. Más probable es que se le esté cayendo la venda de los ojos y vea qué buena que será su ausencia.

Lo que Dora pudo haber dicho como respuesta a estas observaciones se perdió al sonar el teléfono. Karen dijo:

—Aquí lo tiene, señor. Me ha pedido que le ponga la cinta.

Como el murmullo de un fantasma, la voz de la mujer muerta le habló. «...A mamá no le gusta que le interrumpan la cena. Lo siento, pero ya lo entiendes. Hasta luego.»

Se estremeció. A mamá le habían interrumpido la cena. Una hora o dos después de ese mensaje habían interrumpido su vida para siempre. Wexford volvió a ver la tela roja, la mancha que se había esparcido, la cabeza que yacía sobre la mesa, la cabeza echada hacia atrás colgando sobre el respaldo de una silla. Vio a Harvey Copeland despatarrado en la escalinata y a Daisy arrastrándose junto a los cuerpos de sus muertos, arrastrándose hasta el teléfono para salvar su propia vida.

—No es necesario que me la traigas; gracias, Karen. Puede esperar.

A las tres y media partió para Myfleet y la casa donde Daisy Flory había encontrado refugio.

11

Lo primero que acudió a su mente fue que ella se hallaba en la postura de su abuela muerta. Daisy no le había oído entrar, no había oído nada, y estaba desplomada sobre la mesa con un brazo estirado y la cabeza al lado. Así había caído Davina Flory sobre una mesa cuando el revólver encontró su objetivo.

Daisy estaba abandonada a su dolor, su cuerpo temblaba aunque no hacía ningún ruido. La madre de Nicholas Virson le había indicado a Wexford dónde estaba Daisy, pero no le había acompañado hasta la puerta. Él la cerró tras de sí y dio unos pasos en lo que Joyce Virson había llamado «estudio pequeño». ¡Qué nombres daban esa gente a partes de sus casas que otros habrían denominado «invernadero» o «sala de estar»!

Era una casa con tejado de paja, una rareza en el vecindario. Una especie de esnobismo autodesaprobatorio podría hacer que sus propietarios lo llamaran un *cottage*, pero de hecho era una casa bastante grande, de tamaño medio o muy pequeñas, y varias asomaban bajo aguilones como párpados cerca del tejado. Éste era una formidable construcción de cañas, realizada con adornos y con un diseño tejido alrededor de las sobresalientes chimeneas.

Su popularidad en los calendarios había hecho vagamente absurdas las casas con tejados de paja, el blanco de cierta clase de ingenio. Pero si uno apartaba de la mente las imágenes de caja de bombones, esta casa podía parecer lo que era: una hermosa antigüedad inglesa, su jardín bello con las flores primaverales balanceadas por el viento, sus céspedes de un verde brillante resultado de un clima húmedo.

En el interior, cierta pobreza, un aire de «aprovechar y reparar», hizo dudar a Wexford de la primera evaluación que había hecho de los éxitos de Nicholas Virson en la ciudad. El pequeño estudio donde Daisy estaba desplomada sobre la mesa tenía una alfombra ajada y fundas de nailon en las sillas. Una aburrida planta de interior en el antepecho de la ventana tenía flores artificiales clavadas en la tierra a su alrededor para animarla.

Daisy emitió un leve sonido, un gemido, un reconocimiento quizá de la presencia de él.

—Daisy —dijo Wexford.

El hombro que no estaba vendado se movió un poco. Aparte de esto, no dio muestras de haberle oído.

—Daisy, por favor, deja de llorar.

Ella levantó la cabeza lentamente. Esta vez no hubo disculpa, no hubo explicación. Su rostro era como el de una niña, hinchado de tanto llorar. Él se sentó en la silla que había frente a ella. Era una mesa pequeña, como podría utilizarse en una habitación como aquella para escribir, jugar a las cartas, cenar dos personas. Ella le miró, desesperada.

—¿Quieres que vuelva mañana? Tengo que hablar contigo pero no es necesario que sea ahora.

El llanto la había vuelto ronca. Con una voz que él apenas reconoció dijo:

—Da lo mismo ahora que cualquier otro momento.

—¿Cómo tienes el hombro?

—Ah, muy bien. No me duele, sólo está inflamado. —Entonces dijo algo que, si hubiera procedido de alguien mayor o de otra persona, él habría encontrado ridícula—: Lo que me duele es el corazón.

Fue como si hubiera oído sus propias palabras, las hubiera digerido y hubiera comprendido cómo sonaban, pues soltó una carcajada nada natural.

—¡Qué estúpido parece! Pero es cierto... ¿por qué decir lo que es cierto suena a falso?

—Quizá —respondió él con suavidad— porque no es real. Lo has leído en alguna parte. A la gente realmente no le duele el corazón a menos que sufra un infarto, y en ese caso creo que suele doler el brazo.

—Ojalá fuera mayor como usted y sabio.

No podía tomarse esto en serio.

—¿Te quedarás una temporada aquí, Daisy? —le preguntó.

—No lo sé. Supongo. Ahora estoy aquí, es un lugar como otro cualquiera. Hice que me sacaran del hospital. Allí estaba mal. Me sentía mal porque estaba sola y peor porque estaba con extraños. —Se estremeció—. Los Virson son muy amables. Preferiría estar sola, pero también tengo miedo de estar sola... ¿sabe lo que quiero decir?

—Creo que sí. Es mejor para ti que estés con tus amigos, con gente que te dejará sola cuando quieras estarlo.

—Sí.

—¿Te sientes con ánimos de responder a unas cuantas preguntas referentes a la señora Garland?

—¿Joanne?

Esto no era lo que había esperado. Se secó los ojos con los dedos, le miró parpadeando.

Wexford decidió no contarle sus temores. Ella podía saber que Joanne Garland se había marchado a algún destino desconocido pero no que era una «persona desaparecida», ni que ya suponían su muerte. Cuidando lo que decía, explicó que no la encontraban.

—No la conozco muy bien —dijo Daisy—. A Davina no le gustaba mucho. No la consideraba buena para nosotros.

Al recordar algo de lo que Brenda Harrison había dicho, Wexford se sorprendió y su asombro debió de asomar a su rostro, pues Daisy añadió:

—No quiero decir de una manera esnob. Con Davina no era una cuestión de clases. Quiero decir —bajó la voz—, tampoco le gustaban mucho... —señaló con el pulgar hacia la puerta— ellos. No tenía tiempo para la gente que consideraba sosa u ordinaria. La gente tenía que tener carácter, vitalidad, algo individual. Ella no conocía a gente corriente... bueno, excepto a los que trabajaban para ella, y tampoco quería que yo lo hiciera. Solía decir que quería que me rodeara de los mejores. Con mamá había fallado, pero tampoco le gustaba Joanne, nunca le había gustado. Recuerdo una frase que ella empleaba; decía que Joanne arrastraba a mamá a un «lodazal de ordinariez».

—¿Pero tu madre no le hacía caso? —Wexford había observado que Daisy podía hablar de su madre y su abuela sin que se le quebrara la voz, sin caer en la desesperación. Su pena se calmaba mientras hablaba del pasado—. ¿No le importaba?

—Ha de comprender que la pobre mamá era realmente una de esas personas ordinarias que no gustaban a Davina. No sé por qué lo era, supongo que tenía algo que ver con los genes. —La voz de Daisy se iba fortaleciendo a medida que hablaba, la aspereza conquistada por el interés que todavía podía sentir por este tema. Podía distraerse de su tristeza por esas personas hablando de ellas—. Ella era como si fuera hija de gente ordinaria, no de alguien como Davina. Pero lo extraño era que Harvey también era un poco así. Davina solía hablar mucho de sus otros esposos, el número uno y el número dos, diciendo lo divertidos e interesantes que eran, y yo me maravillaba. Harvey nunca hablaba mucho, era un hombre muy callado. No, no tan callado como pasivo. Indolente, lo llamaba mi abuela. Hacía lo que Davina le decía. —Wexford creyó ver una chispa en sus ojos—. O lo intentaba. Era soso, creo que siempre lo he sabido.

—¿Tu madre seguía siendo amiga de Joanne Garland a pesar de que tu abuela lo desaprobaba?

—Oh, Davina había desaprobado a mamá toda su vida y ella se burlaba. Sabía que no podía hacer nada que fuera correcto, así que hacía lo que le gustaba. Incluso dejó de enfadarse cuando Davina la ridiculizaba. Trabajar en esa tienda le iba bien. Probablemente usted no lo sabe, ¿cómo iba a saberlo?, pero mamá intentó ser pintora durante muchos años. Cuando yo era pequeña, recuerdo que ella pintaba y Davina entraba en este estudio que construyeron para ella y... bueno, la criticaba. Recuerdo una cosa que decía; en aquella época no sabía lo que significaba. Decía: «Bueno, Naomi, no sé a qué escuela perteneces, pero creo que podríamos llamarte cubista prerrafaelita».

»Davina quería que yo fuera todo lo que mamá no era. Quizá quería que fuera también lo que ella no era. Pero usted no quiere saber nada de esto. A mamá le encantaba la galería y ganar su propio dinero y ser... bueno, lo que ella llamaba "mi propia dueña".

De momento, las lágrimas de Daisy habían cesado. Hablar le iba bien. Él dudaba que tuviera razón al decir que lo mejor para ella era estar sola.

—¿Cuánto tiempo trabajaron juntas?

—¿Mamá y Joanne? Unos cuatro años. Pero eran amigas de siempre, desde antes de nacer yo. Joanne tenía una tienda en Queen Street, y allí fue donde mamá empezó con ella; después compraron ese local para la galería cuando construyeron el Centro. ¿Ha dicho usted que se ha ido? No tenía intención de irse. Recuerdo que mamá dijo... bueno, el día, así es como yo pienso en ello, el día... mamá dijo que quería tomarse el viernes libre para algo, pero Joanne no se lo permitió porque tenía que ir el inspector del IVA y tenía que revisar los libros con él, quiero decir Joanne. Eso llevaba horas y horas y mamá debía atender a los clientes.

—Tu madre la telefonéo y le dejó un mensaje en el contestador para que no llegara antes de las ocho y media.

Daisy dijo con indiferencia.

—Supongo que lo hizo. Lo hacía a menudo, pero no parecía hacer mucho efecto.

—¿Joanne no telefoneó durante la velada?

—No telefoneó nadie. Joanne no telefonearía para decir que iría más tarde. No creo que pudiera haber llegado más tarde aunque lo hubiera intentado. Esas personas extrapuntuales no pueden, no pueden evitarlo.

Él la observó. Le había subido un poco de color a la cara. Era una muchacha perspicaz, le interesaba la gente, sus obligaciones, cómo se comportaba. Se preguntó de qué hablaban, ella y estos Virson, cuando estaban solos, en las comidas, por la noche. ¿Qué tenía en común con ellos? Como si leyera su mente, Daisy dijo:

—Joyce, la señora Virson, se está ocupando del funeral. Hoy han venido algunos agentes funerarios. Ella hablará con usted, supongo. Quiero decir, podemos celebrar un funeral, ¿verdad?

—Sí, sí. Por supuesto.

—No lo sabía. Creía que podría ser distinto con las personas asesinadas. No había pensado en ello hasta que Joyce lo dijo. Eso nos da tema de conversación. No es fácil hablar cuando sólo hay una cosa en tu vida de la que hablar y es la única que tienes que evitar.

—Es una suerte que puedas hacerlo conmigo.

—Sí.

Ella trató de sonreír.

—No me queda familia. Harvey no tenía parientes, excepto un hermano que murió hace cuatro años. Davina era «la menor de nueve» y casi todos los demás están muertos. Alguien tiene que organizar las cosas y yo sola no sabría hacerlo. Pero diré cómo quiero que sea el servicio y asistiré al funeral. Eso lo haré.

—Nadie esperará que lo hagas.

—Creo que en eso se equivoca —dijo pensativa, y añadió—: ¿Han encontrado ya a alguien? Quiero decir, ¿tienen alguna pista de quién fue el que... lo hizo?

—Quiero preguntarte si estás segura de la descripción que me diste del hombre al que viste.

La indignación le hizo fruncir el ceño, unir sus oscuras cejas.

—¿Qué le hace preguntarme eso? Claro que estoy segura. Se lo repetiré, si quiere.

—No, no será necesario, Daisy. Ahora voy a dejarte, pero me temo que no es probable que sea la última vez que quiera hablar contigo.

Ella se apartó de él, torciendo su cuerpo como un niño que se vuelve por timidez.

—Me gustaría —dijo—, me gustaría tener a alguien, sólo una persona, a quien pudiera abrir mi corazón. Estoy tan sola. Ah, si pudiera abrirme a alguien...

Wexford resistió la tentación de decir: «Ábrete a mí». Sabía que era mejor no hacerlo. Ella le había llamado viejo y había dado a entender que era sabio. Dijo, quizá demasiado a la ligera:

—Hoy hablas mucho de corazones, Daisy.

—Porque —le miró— él intentó matarme disparándome al corazón. Apuntó a mi corazón, ¿no?

—No debes pensar en eso. Necesitas que alguien te ayude a no hacerlo —dijo—. Yo no soy quién para aconsejarte, no soy competente en ello, pero ¿no crees que necesitas que alguien te aconseje? ¿Pensarás en ello?

—¡No lo necesito! —Lo dijo con desdén, una firme negativa. A él le recordó a un psicoterapeuta, al que había conocido en una ocasión en el curso de una investigación, que le dijo que decir que no se necesita ayuda es una manera segura de considerar que sí—. Necesito que alguien... me quiera, y no tengo a nadie.

—Adiós. —Le tendió la mano. Tenía a Virson para que la amara. Wexford estaba seguro de que así era. La idea era descorazonadora. Ella le estrechó la mano con fuerza, como un hombre fuerte. Él sintió en ella la fuerza de su necesidad, su grito pidiendo ayuda—. Adiós, de momento.

—Siento ser tan pesada —dijo ella con calma.

Joyce Virson no estaba exactamente rondando por el pasillo, aunque él supuso que lo había estado. Salió de lo que probablemente era una sala de estar a la que no fue invitado a entrar. Ella era una mujer alta y robusta, de unos sesenta años o un poco menos. Lo notable en ella era que parecía tener un físico en mayor escala que la mayoría de las mujeres: era más alta, más ancha, con una cara más grande, una nariz y boca más grandes, una masa de espeso cabello gris y rizado, manos de hombre. A todo esto se unía una voz estridente y afectada típica de la clase alta.

—Simplemente quería preguntarle, lo lamento pero es una pregunta bastante delicada... ¿podemos tirar adelante el... bueno, el funeral?

—Claro que sí. No hay ningún problema.

—Ah, bien. Estas cosas hay que hacerlas, ¿no? En medio de la vida nos hallamos en la muerte. La pobrecita Daisy tiene algunas ideas descabelladas pero no puede hacer nada, por supuesto, y nadie espera que lo haga. En realidad, he estado en contacto con la señora Harrison, esa persona que se ocupa de Tancred House, para hablar de este tema. Me pareció una delicadeza incluirla a ella, ¿no le parece? Yo pensaba hacerlo el próximo miércoles o jueves.

Wexford dijo que le parecía sensato. Se preguntó cuál sería la situación de Daisy. ¿Necesitaría un tutor hasta que tuviera dieciocho años? ¿Cuándo cumplirá los dieciocho?

La señora Virson le cerró la puerta de la calle con cierta brusquedad, como si se tratara de alguien que a su modo de ver en otros tiempos, en una época mejor, se hubiera esperado que entrara y saliera por la puerta de servicio. Mientras se dirigía hacia su coche, un MG antiguo pero elegante entró por la verja abierta y Nicholas Virson bajó de él.

Saludó: «Buenas noches», lo que hizo que Wexford consultara su reloj alarmado, pero sólo eran las seis menos veinte. Nicholas entró en la casa sin mirar atrás.

Augustine Casey bajó la escalera vestido de esmoquin.

Si hubiera tenido algún temor acerca de cómo podría vestirse el amigo de Sheila para cenar en el Cheriton Forest, Wexford habría supuesto que lo haría con vaqueros y camiseta. No es que le hubiera importado. Habría sido problema de Casey, ponerse la corbata que el hotel le habría proporcionado o negarse y marcharse todos a casa. A Wexford no le habría importado ninguna de las dos cosas. Pero el esmoquin parecía invitar al comentario, aunque sólo fuera para compararlo con su traje gris no muy elegante. No se le ocurría nada que decir aparte de ofrecerle una copa a Casey.

Sheila apareció con un minifalda azul pavo real y una blusa también azul pavo real y esmeralda con lentejuelas. A Wexford no le gustó la manera en que Casey la miró de arriba abajo mientras ella le decía lo maravilloso que estaba.

Lo inquietante fue que todo salió bien durante media velada, la primera mitad. Casey habló. Wexford aprendió que las cosas solían ir bien mientras Casey hablaba, es decir, mientras hablaba de un tema elegido por él mismo, haciendo pausas para permitir que su público formulara preguntas inteligentes y educadas. Sheila, advirtió Wexford, era adicta a estas preguntas y parecía conocer los puntos precisos en los que interponerlas. Ella había intentado hablarles de un nuevo papel que le habían ofrecido, una magnífica oportunidad para ella, la protagonista de *La señorita Julia* de Strindberg, pero Casey tuvo poca paciencia con ello.

En el salón, habló de postmodernismo. Sheila pidió, humildemente, resignada a que no se prestara más interés a su carrera:

—¿Podrías darnos algunos ejemplos, Gus?

Y Casey dio un gran número de ejemplos. Entraron en uno de los varios comedores del hotel. Estaba lleno y ninguno de los hombres que estaban sentados a las mesas llevaba esmoquin. Casey, que ya se había tomado dos brandies, pidió otro e inmediatamente se fue al servicio.

Sheila siempre había parecido a su padre una mujer inteligente. A él le desagradaba tener que revisar esta opinión pero ¿qué otra cosa podía hacer cuando decía tamañas barbaridades?

—Gus es tan brillante que me pregunto qué ve en alguien como yo. Realmente me siento inferior cuando estoy con él.

—Qué base tan espantosa para una relación —dijo él, a lo que Dora respondió dándole una patada por debajo del mantel y Sheila pareció dolida.

Casey regresó riendo, algo que Wexford no le había visto hacer a menudo. Un comensal le había tomado por un camarero, le había pedido dos martinis secos y Casey había respondido con acento italiano que enseguida se los servía, señor. Esto hizo reír a Sheila de un modo desmesurado. Casey se tomó el brandy, montó un número encargando un vino especial. Estaba extremadamente jovial y empezó a hablar de Davina Flory.

Todo aquello de «no decir ni pío» y los policías al parecer estaba olvidado. Casey había visto a Davina en varias ocasiones, la primera en un almuerzo celebrado por el libro de otro; después, cuando ella entró en la oficina del editor de Casey y se encontraron en el «atrio», palabra que utilizó en lugar de «vestíbulo» y que ocasionó una disquisición por parte de Casey sobre las palabras elegantes y las importaciones inútiles de lenguas muertas. La interrupción de Wexford fue recibida como oportuna.

—¿No sabía usted que publiqué en St. Giles Press? No es así, tiene razón. Pero ahora estamos todos bajo el mismo paraguas, o sombrilla tal vez sería la palabra más adecuada. Carlylon, St. Giles Press, Sheridan y Quick, ahora todos estamos en Carlyon Quick.

Wexford pensó en su amigo y cuñado de Burden, Amyas Ireland, editor de Carlyon-Brent. Todavía estaba allí, que él supiera. La absorción no le había afectado. ¿Serviría de algo telefonear a Amyas para obtener información acerca de Davina Flory?

Los recuerdos que tenía Casey no parecían ser gran cosa. Su tercer encuentro con Davina se había producido en una fiesta dada por Carlyon Quick en sus nuevos locales de Battersea, o «el quinto pino», como Casey lo llamó. Su esposo estaba con ella, un viejo «encanto», demasiado amable y cortés que en otro tiempo había sido el diputado de un distrito electoral en el que vivían los padres de Casey. Un amigo de Casey había recibido clases de él unos quince años antes en la facultad de Económicas de Londres. Casey le llamaba un «hombre encantador de cartón». Parte de este encanto había sido ejercido sobre las hordas de chicas de publicidad y secretarias que siempre asistían a estas fiestas, mientras la pobre Davina tenía que hablar con aburridos editores en jefe y directores de marketing. No es que ella hubiera pasado a un segundo plano, pero había dado sus opiniones con su voz de Oxford de los años veinte, aburriendo a todo el mundo con la política europea y detalles de algún viaje que ella y uno de sus esposos había realizado a La Meca en los años cincuenta. Wexford sonrió interiormente ante este ejemplo de proyección.

A Casey, personalmente, no le gustaba ninguno de los libros de Davina, con la posible excepción de *Los anfitriones de Midian* (Win Carver había descrito esta novela como la de menos éxito o la peor recibida por los críticos) y la definición que de ella hizo Casey fue la del lector sin discernimiento de Rebecca West. ¿Qué demonios le hacía pensar que podía escribir novelas? Era demasiado mandona y didáctica. No tenía imaginación. Estaba seguro de que ella era la única persona de la fiesta que no había leído su novela preseleccionada en el Booker, o al menos no quería tomarse la molestia de fingir que lo había hecho.

Casey se rió de su propio comentario. Probó el vino. Entonces fue cuando las cosas empezaron a ir mal. Probó el vino, hizo una mueca y utilizó su segunda copa de vino como escupidera para recibir el ofensivo bocado. Después entregó ambas copas al camarero.

—Este vino peleón es asqueroso. Lléveselo y tráigame otra botella.

Hablando de ello después con Dora, Wexford dijo que era curioso que nada de aquello hubiera sucedido el martes anterior en La Primavera. Allí Casey no era el anfitrión, dijo Dora. Y, después de todo, si se prueba el vino y éste es realmente desagradable, ¿dónde se supone que se ha de escupir? ¿En la servilleta? Ella siempre encontraba excusas para Casey, aunque esta vez le resultó difícil. Por ejemplo, no tuvo mucho que decir en su defensa cuando, después de haber rechazado los entremeses, con tres camareros y el director del restaurante agrupados en torno a la mesa, él dijo al jefe de camareros que tenía tanta idea de *nouvelle cuisine* como una encargada de cocina de escuela.

Wexford y Dora no eran los anfitriones, pero el restaurante era de su barrio, y en cierto sentido eran responsables de ello. A Wexford le parecía también que Casey no era sincero en lo que hacía, todo era para producir un efecto, o incluso lo que en su juventud los ancianos llamaban «diablura». La comida transcurrió en un desdichado silencio, quebrado por Casey, después de haber rechazado su plato principal, diciendo en voz muy alta que, para empezar, no permitía que aquellos bastardos le amargaran. Volvió al tema de Davina Flory y empezó a hacer observaciones groseras acerca de su historia sexual.

Entre ellas estaba la sugerencia de que Davina todavía era virgen ocho años después de su primera boda. Desmond, dijo él con voz alta y ronca, nunca había sido capaz de que «se le levantara», o al menos no con ella, y ¿a quién le extrañaba? Naomi, por supuesto, no era hija suya. Casey dijo que él no se atrevería a decir quién podía haber sido su padre y después procedió a aventurar algunos. Había localizado a un hombre mayor en una mesa distante, un hombre que no era, aunque se parecía muchísimo a él, un distinguido científico y director de un colegio de Oxford. Casey empezó a especular respecto a las posibilidades de que el *doppelgänger* de este hombre fuera el primer amante de Davina Flory.

Wexford se puso de pie y anunció que se iba. Pidió a Dora que se fuera con él y dijo que ellos dos podían hacer lo que quisieran. Sheila pidió:

—Por favor, papá.

Casey preguntó en nombre de Cristo qué pasaba. Para su pesar, Sheila logró persuadir a Wexford de que se quedara. Después deseó haberse mantenido en sus trece cuando llegó la hora de pagar la factura. Casey se negó a pagarla.

Siguió una escena espantosa. Casey había consumido una gran cantidad de brandy y, aunque no estaba ebrio, se mostró atrevido. Gritó e insultó al personal del restaurante. Wexford había decidido que, pasara lo que pasara, incluso aunque enviaran a buscar a la policía, él no pagaría aquella factura. Al final la pagó Sheila. Con rostro impenetrable, Wexford se quedó sentado y la dejó hacer. Después dijo a Dora que debían de haber existido ocasiones en su vida en que se había sentido más desdichado, pero no podía recordarlas.

Aquella noche no pudo dormir.

El cristal que faltaba en la ventana del comedor había sido sustituido por una lámina de madera. Servía a su propósito de impedir que entrara el frío.

—Me he tomado la libertad de enviar a comprar un cristal —dijo serio Ken Harrison a Burden—. No sé cuánto tardarán en traerlo. Meses, no me sorprendería. Estos criminales, los que hacen estas cosas, no piensan en las molestias que causan a la gente como usted y como yo.

A Burden no le gustó mucho verse incluido en aquella categoría pero no dijo nada. Pasearon por los jardines posteriores, hacia el pinar. Era una apacible mañana soleada y fría, la escarcha todavía plateaba la hierba y los setos de boj.

En el bosque, entre los oscuros árboles sin hojas, los endrinos empezaban a florecer, una blanca salpicadura en la red de oscuros tallos como nieve rociada. Harrison había podado las rosas durante el fin de semana, a fondo, casi hasta el suelo.

—Puede que aquí hayamos terminado —dijo—, pero hay que seguir adelante, ¿no? Hay que seguir con normalidad, así es la vida.

—¿Qué hay de esos Griffin, señor Harrison? ¿Qué puede usted decirme de ellos?

—Le diré una cosa. Terry Griffin se llevó un cedro joven de aquí como árbol de Navidad. Hace un par de años. Le pillé arrancándolo. Nadie lo echará de menos, dijo. Me atreví a decírselo a Harvey, o sea, al señor Copeland.

—¿Ésa fue la causa de que rompieran con los Griffin?

Harrison le miró de reojo, una mirada truculenta y suspicaz.

—Ellos nunca supieron que fui yo quien les delaté. Harvey dijo que lo había descubierto él mismo, no quiso implicarme.

Pasaron entre los árboles hasta el pinar, donde el sol penetraba sólo en vetas y franjas de luz entre las ramas de las coníferas. Hacía frío. El suelo estaba seco y bastante resbaladizo, una alfombra de agujas de pino.

Burden recogio una piña de aspecto curioso, de un color marrón lustroso y en forma de ananás como si hubiera sido tallada en madera por una mano maestra. Preguntó.

—¿Sabe si Gabbitas está en casa o si está en el bosque?

—Sale a las ocho, pero está a unos cuatrocientos metros más allá, talando un alerce muerto. ¿No oye la sierra?

El gemido de la sierra que entonces llegó fue lo primero que Burden oía. De los árboles más allá llegaba el áspero grito de un arrendajo.

—Entonces, ¿por qué discutieron ustedes y los Griffin, señor Harrison?

—Esto es privado —respondió Harrison malhumorado—. Un asunto privado entre Brenda y yo. Ella estaría acabada si eso se supiera, así que no voy a decir más.

—En un caso de asesinato —dijo Burden con la engañosa suavidad que había aprendido de Wexford—, como ya le he dicho a su esposa, no existe la intimidad para los que están implicados en la investigación.

—¡Nosotros no estamos implicados en ninguna investigación!

—Me temo que sí. Me gustaría que pensara en este asunto, señor Harrison, y decidiera si le gustaría hablarnos de ello, o su esposa, o los dos juntos. Si le gustaría contármelo a mí o al sargento detective Vine y si tiene que ser aquí o en la comisaría, porque nos lo dirá y no hay más remedio. Hasta luego.

Se marchó por el sendero a través del pinar, dejando a Harrison de pie y mirándole marchar. Harrison gritó algo pero Burden no lo oyó y no miró atrás. Hizo rodar la piña entre las palmas de las manos y descubrió que la sensación que le producía le gustaba. Cuando vio el Land Rover al frente y a Gabbitas haciendo funcionar la sierra de cadena, se metió la piña en el bolsillo.

John Gabbitas iba vestido con la ropa protectora, pantalones repelentes de la hoja, guantes y botas, máscara y gafas, que los leñadores jóvenes sensatos se ponían antes de utilizar una sierra de cadena. Después del huracán de 1987, las salas quirúrgicas de los hospitales locales, recordó Burden, habían estado llenas de taladores de árboles aficionados que se amputaban los pies y las manos. La descripción que Daisy había hecho del asesino acudió a su mente. Ella había descrito la máscara que llevaba «como la de un leñador». Cuando vio a Burden, Gabbitas paró la sierra y se acercó a él. Se bajó la visera y se levantó la máscara y las gafas.

—Todavía estamos interesados en cualquiera que usted pudiera ver cuando regresaba a casa el pasado martes.

—Les dije que no vi a nadie.

Burden se sentó sobre un tronco, dio unas palmaditas

en la superficie lisa y seca de la corteza a su lado. Gabbitas se acercó de mala gana y se sentó. Escuchó, con expresión levemente indignada, mientras Burden le contaba lo de la visita de Joanne Garland.

—No la vi, no la conozco. Quiero decir, no me crucé con ningún coche ni vi a nadie. ¿Por qué no se lo preguntan a ella?

—No la encontramos. Ha desaparecido —dijo, aunque era inusual en él anunciar los movimientos a los posibles sospechosos—. De hecho, hoy hemos empezado a buscar en estos bosques. —Miró con dureza a Gabbitas—. Su cuerpo.

—Llegué a casa a las ocho y veinte —dijo Gabbitas tenazmente—. No puedo demostrarlo porque estaba solo, no vi a nadie. Vine por la carretera de Pomfret Monachorum y no me crucé con ningún coche ni vi a nadie. No había ningún coche frente a Tancred House y no había ningún coche en el lateral o fuera de las cocinas. Eso lo sé, le digo la verdad.

Burden pensó: «Me resulta difícil creer que llegando a esa hora no vieras los dos coches. Que no vieras ninguno, me resulta imposible creerlo. Estás mintiendo y tu único motivo para mentir debe de ser muy serio en verdad». Pero el coche de Joanne Garland estaba en su garaje. ¿Había ido ella en algún otro vehículo? Y si era así, ¿dónde estaba éste? ¿Podía haber ido en taxi?

—¿Qué hizo antes de venir aquí?

Esta pregunta pareció sorprender a Gabbitas.

—¿Por qué lo pregunta?

—Es una de las preguntas —respondió Burden con paciencia— que se hacen cuando se investiga un asesinato. Por ejemplo, ¿cómo consiguió este trabajo?

Gabbitas se echó atrás. Después de pensar durante y largo y silencioso momento, respondió a la primera pregunta de Burden.

—Tengo un título de silvicultura. Ya le dije que doy clases. El huracán, como lo llaman, la tormenta de 1987, eso fue realmente lo que me empujó. Como consecuencia de aquello había más trabajo del que todos los leñadores del condado podían realizar. Incluso gané un poco de dinero, para variar. Trabajaba cerca de Midhurst. —Levantó la vista, disimuladamente, le pareció a Burden—. En ese lugar, en realidad, es donde estaba la noche en que sucedió todo.

—Donde estaba recortando y nadie le vio.

Gabbitas hizo un gesto de impaciencia. Utilizaba mucho sus manos para expresar sus sentimientos.

—Ya se lo he dicho, mi trabajo es solitario. No tienes a nadie vigilándote todo el rato. El invierno pasado, quiero decir el invierno anterior al pasado, se estaba terminando el trabajo y vi el anuncio de este empleo.

—¿En una revista? ¿En el periódico local?

—En *The Times* —respondió Gabbitas, con una leve sonrisa—. La propia Davina Flory me entrevistó. Me entregó una copia de su libro de árboles pero no puedo decir que lo leyera. —Volvió a mover las manos—. Lo que me atrajo fue la casa.

Lo dijo deprisa, para todo el mundo, pensó Burden, como para prever si lo que le había atraído había sido la chica.

—Y ahora me disculpará, me gustaría acabar de talar este árbol antes de que se caiga y cause un daño innecesario.

Burden se marchó por el bosque y el pinar, cruzando esta vez el jardín y encaminándose a la amplia zona de grava después de la cual se hallaban los establos. Allí estaba el coche de Wexford, dos furgonetas de la policía y el Vauxhall de Vine, así como su propio coche. Entró.

Encontró a Wexford en una actitud poco característica, frente a una pantalla de ordenador, contemplándola. La pantalla del ordenador de Gerry Hinde. El inspector jefe levantó la mirada y Burden se asombró al verle el rostro, aquella mirada gris, aquellas arrugas seguramente nuevas de envejecimiento, algo como tristeza en los ojos. Era como si Wexford, por un momento, hubiera perdido el control de su rostro, pero entonces pareció efectuar algún ajuste interno y su expresión volvió a la normalidad, o casi. Hinde se sentó ante el teclado del ordenador, después de haber hecho aparecer en la pantalla una larga, y para Burden impenetrable, lista.

A Wexford, recordando los sentimientos de Daisy Flory, le habría gustado tener a alguien en quien confiarse libremente. Dora en este aspecto no le entendía. Le habría gustado tener a alguien con quien poder hablar de la confesión de Sheila de que él, su padre, tenía prejuicios contra Augustine Casey y estaba decidido a odiarle. Que ella estaba tan enamorada de Casey como para ser capaz de decir, por extraño que pueda parecer, que estaba descubriendo por primera vez lo que eso significaba. Que si tenía que elegir —y esto era lo peor— ella se «adheriría» (la curiosa palabra que ella utilizaba) a Casey y daría la espalda a sus padres.

Todo esto, expresado en una conversación íntima dando un lamentable paseo, estando Casey en cama recuperándose del brandy, le había herido en lo vivo, en el corazón. Como Daisy lo expresaría. Si quedaba algún consuelo era el saber que Sheila tenía la oferta de un papel que no podía rechazar y Casey estaría en Nevada.

Su aflicción se reflejaba en su cara, lo sabía, y hacía todo lo que podía para que no fuera así. Burden se dio cuenta del esfuerzo que hacía.

—Han empezado a registrar el bosque, Reg.

Wexford se apartó.

—Es una zona muy grande. ¿Podemos reunir a gente de aquí para que nos ayude?

—Sólo les interesan los niños desaparecidos. No salen de casa para buscar cadáveres por amor o dinero.

—Y nosotros no ofrecemos ninguna de las dos cosas —dijo Wexford.

12

—Está fuera —dijo desabridamente Margaret Griffin.

—¿Fuera, dónde?

—Es un hombre adulto, ¿no? No le pregunto adónde va y cuándo regresará, eso es todo. Vive en casa pero es adulto, puede hacer lo que le plazca.

A media mañana, los Griffin habían estado bebiendo café y mirando la televisión. A Burden y a Barry Vine no les ofrecieron café. Barry dijo después a Burden que Terry y Margaret Griffin parecían mucho mayores de lo que eran, ya viejos, encasillados en una rutina, que era aparente si no explícita, de mirar la televisión, ir de compras, tomar comidas ligeras a horas regulares, estar juntos en soledad y acostarse temprano. Respondieron a las preguntas de Burden con resignada truculencia que amenazaba, en cualquier momento, con conducir a la paranoia.

—¿Andy se va a menudo?

Ella era una mujer menuda con el pelo blanco y ojos azules saltones.

—Aquí no le retiene nada, ¿no? Quiero decir, no conseguirá trabajo, ¿verdad? No con otros doscientos despedidos de Myringham Electrics la semana pasada.

—¿Es electricista?

—Trabaja en lo que hace falta, Andy —terció Terry Griffin—, si tiene oportunidad. No es uno de esos trabajadores sin cualificar. Ha sido ayudante personal de un hombre de negocios muy importante.

—Un caballero norteamericano. Tenía mucha confianza en Andy. Solía ir de un lado a otro por el extranjero y lo dejaba todo en manos de Andy.

—Andy se ocupaba de su casa, tenía sus llaves, conducía su coche.

Aceptando esto, Burden preguntó:

—¿Va lejos a buscar trabajo, entonces?

—Ya se lo he dicho, no lo sé y no pregunto.

Barry dijo:

—Creo que debería saber, señor Griffin, que aunque nos dijo usted que Andy salió a las seis el martes pasado, según los amigos con los que él dijo que estaba, nadie le vio aquella noche. No fue de pubs con ellos y no se reunió con ellos en el restaurante chino.

—¿Con qué amigos dijo que estaba? No nos contó que hubiera estado con amigos. Él fue a otros pubs, ¿verdad?

—Eso todavía está por ver, señor Griffin —dijo Burden—. Andy debe de conocer muy bien la finca Tancred. Pasó su infancia allí, ¿no es cierto?

—Yo no sé nada de «fincas» —dijo la señora Griffin—. «Finca» quiere decir muchas casas, ¿no? Allí sólo hay las dos casas y el gran palacio donde ellos viven. Vivían, debería decir.

Heredad, pensó Burden. ¿Cómo sería si hubiera dicho eso? Toda una vida de trabajo policial le había enseñado a no explicarse nunca si podía evitarlo.

—El bosque, los terrenos, ¿Andy los conoce bien?

—Claro que sí. Era un chiquillo de cuatro años cuando fuimos allí por primera vez y esa chica, la nieta, era un bebé. Ahora bien, se diría que lo normal hubiera sido que jugaran juntos, ¿no? A Andy le habría gustado; solía preguntar: «¿Por qué no puedo tener una hermana pequeña, mamá?». Y yo tenía que responder: «Dios no nos enviará más bebés, cariño», pero ¿dejarla jugar con él? Oh, no, él no era suficiente, no para la señorita Preciosa. Sólo estaban estos dos niños y no les permitían jugar juntos.

—Y él llamándose diputado laborista —intervino Terry Griffin. Soltó una leve carcajada—. No me extraña que le echaran en las últimas elecciones.

—¿Así que Andy nunca iba a la casa?

—Yo no diría eso. —Margaret Griffin de pronto se mostró ofendida—. No diría eso en absoluto. ¿Por qué lo dice? Él me acompañaba a veces cuando iba a ayudar. Tenían un ama de llaves que vivía en la casa de al lado sola antes de que llegaran los Harrison, pero ella no podía hacerlo todo, al menos cuando tenían invitados. Y Andy entonces me acompañaba, iba por toda la casa conmigo, dijeran ellos lo que dijeran. La verdad es que no calculo que lo hiciera después de tener... bueno, unos diez años.

Era la primera vez que mencionaba a Ken y Brenda Harrison, la primera indicación que uno de los dos había dado de la existencia de sus antiguos vecinos.

—Cuando se marcha, señora Griffin —intervino Barry—, ¿cuánto tiempo suele estar fuera?

—Quizá un par de días, quizá una semana.

—Creo que cuando ustedes se marcharon de allí no se hablaban con el señor y la señora Harrison...

Burden fue interrumpido por el cacareo que emitió Margaret Griffin. Fue como la expresión sin palabras de alguien que interrumpe una reunión. O, como Karen dijo después, el abucheo de un niño ante un compañero de juego que se equivoca, un reiterado «¡Aah, aah, aah!».

—¡Lo sabía! Tú lo dijiste, ¿verdad, Terry?, dijiste que hablarían de eso. Ahora saldrá, dijiste, a pesar de todas las promesas del «laborista» señor Harvey Copeland. Lo utilizarán para calumniar al pobre Andy después de todo este tiempo.

Con sabiduría, Burden no traicionó mediante el movimiento de un músculo o un leve parpadeo que no tenía la más remota idea de a qué se refería. Mantuvo una seria mirada omnisciente mientras ella hablaba.

La tasación de las joyas de Davina Flory se unió al resto de datos del ordenador de Gerry Hinde.

Barry Vine lo habló con Wexford.

—Muchos criminales considerarían que vale la pena matar a tres personas por treinta mil libras, señor.

—Sabiendo que conseguirían quizá la mitad por ello en los mercados en que se mueven. Bueno, sí, quizá. No tenemos ningún otro motivo.

—La venganza es un motivo. Algún daño real o imaginario perpetrado por Davina o Harvey Copeland. Daisy Flory tenía un motivo. Que sepamos, ella es la única que hereda. Es la única que queda. Sé que es un poco improbable, señor, pero si hablamos de motivos...

—¿Ella disparó a toda su familia y se hirió a sí misma? ¿O lo hizo un cómplice? ¿Como su amante Andy Griffin?

—Está bien. Lo sé.

—No creo que el lugar le interese mucho, Barry. Todavía no se ha dado cuenta de qué clase de dinero y bienes ha recibido.

Vine estaba sentado ante la pantalla del ordenador y se volvió.

—He estado hablando con Brenda Harrison, señor. Dice que ella y los Griffin se pelearon porque a ella no le gustaba que la señora Griffin colgara la colada en el jardín el domingo.

—¿Tú te crees eso?

—Pienso que demuestra que Brenda tiene más imaginación de la que yo creía.

Wexford se rió, y se puso serio al instante.

—Podemos estar seguros de una cosa, Barry. Este crimen fue cometido por alguien que no conocía este lugar ni a esta gente y por alguien más que conocía a ambos muy bien.

—¿Uno que sabía y otro que recibía instrucciones de él?

—Yo mismo no podía expresarlo mejor, sargento —dijo Wexford.

Estaba satisfecho con el sargento Burden. No hay que decir, ni siquiera decírselo a sí mismo, cuando alguien ha sufrido una muerte heroica, o cualquier clase de muerte, que su sustituto fue una mejora positiva o que la tragedia fue una bendición disfrazada. Pero eso era lo que sentía, o sólo el ineludible alivio de que el sucesor de Martin era muy prometedor.

Barry Vine era un hombre fuerte y musculoso de altura media. Si se hubiera mantenido menos bien, se le habría podido llamar bajo. No exactamente en secreto pero sin duda sí en privado, iba a levantar pesas. Tenía el pelo rojizo, corto y espeso, del que disminuye pero nunca cae del todo, y un pequeño bigote que era oscuro, no rojo. Algunas personas siempre tienen el mismo aspecto y se reconocen al instante. Sus caras pueden ser evocadas por la memoria y visionadas por el ojo interior. Barry no era así. Había algo versátil en él, de manera que según la luz y el ángulo podía definírsele como un hombre de facciones afiladas y mandíbula fuerte, mientras que en otras ocasiones su nariz y su boca parecían casi femeninas. Pero sus ojos nunca variaban. Eran bastante pequeños, de un azul muy oscuro sin manchas, que se clavaban en el amigo y el sospechoso por igual con una mirada fija e invariable.

Wexford, a quien su mujer llamaba liberal, trataba de ser tolerable e indulgente, y a menudo lograba (o eso creía él) ser simplemente irascible. Hasta su segundo matrimonio nunca se le había ocurrido a Burden —o no había escuchado cuando se le habían indicado estas cosas— que podía existir sabiduría o virtud en el hecho de sostener opiniones diferentes de las de un conservador inflexible. No habría encontrado nada discutible en la noción de la fuerza policial como Partido Conservador con casco y porra.

Barry Vine pensaba poco en política. Era el inglés fundamental, más inglés de un modo curioso que cualquiera de sus superiores. Votaba por el partido que había hecho más por él y su círculo inmediato en el pasado reciente. Importaba muy poco que se llamaran a sí mismos de derechas o de izquierdas. «Más para él» significaba, para él, más en el aspecto de las finanzas, ahorrándole dinero, reduciendo los impuestos y los precios y haciéndole la vida más cómoda.

Mientras Burden creía que el mundo sería un lugar mejor si los demás se comportaran más como él, y Wexford que las cosas mejorarían si la gente aprendiera a pensar, Vine no hacía ninguna incursión ni siquiera en esta primitiva metafísica. Para él existía una gran población (aunque no lo bastante grande) de gente decente y que respetaba la ley, que trabajaba y poseía casas y creaba familias con diversos grados de prosperidad, y un enjambre de otros, reconocibles por él al instante aunque, todavía, no hubieran cometido ningún delito. Lo interesante era que no se trataba de una cuestión de clase, como podría ser el caso de Burden. Podía identificar, decía él, a un criminal en potencia aunque esta persona poseyera un título, un Porsche y varios millones en el banco; un acento como un profesor de historia del arte en Cambridge o la entonación del peón caminero. Vine no era ningún esnob y a menudo sentía de entrada una propensión hacia el peón caminero. Su identificación de delincuentes se basaba en otros indicadores, algo intuitivos quizá, aunque Vine los llamaba sentido común.

Por lo tanto, cuando se encontró en el pub de Myringham llamado El Caracol y la Lechuga, tras haber descubierto que ahí era donde se reunían los amigos de Andy Griffin la mayoría de noches, sus antenas se pusieron a trabajar rápidamente para evaluar el potencial criminal de los cuatro hombres a los que había invitado a medias pintas de Abbot.

Dos de ellos se encontraban sin empleo. Eso no había inhibido su asistencia regular a El Caracol y la Lechuga, lo que Wexford habría excusado diciendo que los seres humanos necesitan circos igual que pan, lo que Burden habría llamado irresponsabilidad pero que Vine consideraba característico de los hombres que buscan maneras lucrativas de quebrantar la ley. De los otros, uno era electricista, que se quejaba de la disminución de trabajo debido a la recesión; el cuarto era mensajero de una empresa de entregas rápidas que se describió a sí mismo como un «correo móvil».

Una frase particularmente ofensiva a los oídos de Vine era eso tan a menudo oído en los tribunales, pronunciado por los acusados o incluso testigos: «Podría haberlo hecho». ¿Qué significaba? Nada. Menos que nada. Cualquiera, al fin y al cabo, podría haber estado casi en cualquier parte o hecho casi cualquier cosa.

Así que cuando el hombre sin empleo llamado Tony Smith dijo que Andy Griffin «podría haber estado» en El Caracol y la Lechuga la noche del 11 de marzo, Vine no le hizo caso. Los otros ya le habían dicho, días atrás, que aquella noche no le habían visto. Kevin Lesis, Roy Walker y Leslie Sedlar se mostraron inflexibles en que Andy no había estado con ellos, ni después en el Panda Cottage. Estaban menos seguros de su paradero actual.

Tony Smith dijo que podría haber estado en El Caracol el domingo por la noche. Los otros no sabían decirlo. Aquella noche ellos no fueron al pub.

—Él va al norte —declaró Leslie Sedlar.

—¿Eso es lo que os dice a vosotros, o lo sabéis?

A todos les resultó difícil efectuar esta decisión. Tony Smith insistió en que él lo sabía.

—Va al norte con el camión. Normalmente va al norte, ¿verdad?

—No tiene trabajo —dijo Vine—. Hace un año que no tiene trabajo.

—Cuando tenía ese empleo de conductor iba al norte normalmente.

—¿Y ahora?

Él decía que iba al norte, así que iba. Ellos le creían. La

verdad era que no les interesaba mucho adónde iba Andy. ¿Por qué iba a interesarles? Vine preguntó a Kevin Lewis, a quien había valorado como el más sensato y probablemente el que más respetaba la ley, dónde creía él que se encontraba Andy.

—Por ahí con su moto —respondió Lewis.

—¿Dónde? ¿Manchester? ¿Liverpool?

Dieron muestras de apenas saber dónde estaban estos lugares. A Kevin Lewis, Liverpool le hizo recordar a su «viejo» hablando de algo popular en su juventud llamado el Sonido Mersey.

—Entonces, va al norte. Supongamos que yo dijera que no lo hace, ¿haraganea por aquí?

Roy Walker meneó la cabeza.

—No. Andy no. Andy estaría en el viejo Caracol.

Vine sabía cuándo estaba derrotado.

—¿De dónde saca el dinero?

—Cobra el paro, supongo —dijo Lewis.

—¿Y nada más? —Hazlo sencillo. Es inútil preguntar por «fuentes adicionales de ingresos»—. ¿No cobra ningún otro dinero?

Respondió Tony Smith:

—Podría haberlo hecho.

Quedaron todos en silencio. No tenían nada más que decir. Sus imaginaciones habían soportado una enorme tensión y el resultado era que estaban exhaustos. Mas Abbot podría servir de ayuda —«¡podría servir!»— pero a Vine le pareció que no valía la pena.

La voz de la señora Virson era fuerte, expansiva, el producto de algún caro pensionado femenino al que había asistido unos cuarenta y cinco años atrás. Abrió la puerta principal de The Thatched House para él y le dio la bienvenida con una especie de gran amabilidad. El vestido estampado a flores que llevaba la recubría como una voluminosa funda de silla. Había ido a la peluquería aquel día. Los rizos y ondulaciones parecían fijados como si hubieran sido tallados. Era improbable que todo aquello fuera por él, pero algo había sucedido que había cambiado su actitud hacia él desde su visita anterior; ¿la insistencia de Daisy en que quería verle y hablar con él?

—Daisy está durmiendo, señor Wexford. Todavía está profundamente impresionada, y yo insisto en que descanse mucho.

Él asintió, pues no tenía nada que comentar.

—Se despertará a tiempo para el té. Estas jóvenes tienen un apetito muy sano, según he observado, por mucho que hayan sufrido. ¿Entramos ahí y la esperamos? Supongo que habrá cosas de las que usted querrá charlar conmigo, ¿no?

No era él hombre que dejara pasar una oportunidad semejante. Si Joyce Virson tenía algo que decirle, lo cual debía de ser lo que significaba «charlar», él escucharía y esperaría lo mejor. Pero cuando se hallaron en la sala de estar de la señora Virson, sentados en sillas con fundas de cretona descolorida y uno frente a otro ante una mesita baja estilo Arts and Crafts,* ella pareció no sentirse inclinada a entablar conversación. No se mostró turbada ni incómoda o ni siquiera tímida. Simplemente estaba pensativa y quizá no sabía por dónde empezar. Él se guardó mucho de ayudarla. En su situación, cualquier ayuda habría parecido un interrogatorio.

De pronto, ella dijo:

—Por supuesto, lo que sucedió en Tancred House fue una cosa terrible. Después de enterarme me pasé dos noches enteras sin dormir. Es lo más espantoso que he conocido en toda mi vida.

Wexford esperó el «pero». La gente que empezaba así, admitiendo cuánto comprendían la tragedia o la desgracia

* Estilo decorativo creado por William Morris, precursor del modernismo. (*N. del E.*)

extrema, solían proseguir reduciéndola. La empatía inicial era una excusa para el posterior ataque.

No hubo ningún «pero». Ella le sorprendió con su franqueza.

—Mi hijo quiere que Daisy se comprometa con él.

—¿De veras?

—A la señora Copeland no le gustaba la idea. Supongo que debería llamarla Davina Flory o señorita Flory o algo así, pero los viejos hábitos son difíciles de erradicar. Lo siento, supongo que estoy chapada a la antigua, pero para mí, una mujer casada siempre será «señora» y llevará apellido de su esposo. —Esperó a que Wexford dijera algo y cuando vio que no lo hacía, prosiguió—. No, no le gustaba la idea. Claro que no me refiero a que tuviera nada contra Nicholas. Sólo era una idea tonta, lo siento, pero me parecía tonta, de que Daisy tenía que vivir su vida antes de asentarse. Yo podía haberle dicho que cuando ella tenía la edad de Daisy las chicas se casaban lo más jóvenes que podían.

—¿Lo hizo?

—¿Si hice qué?

—Ha dicho que podía haberle dicho esto a ella. ¿Se lo dijo de verdad?

Una arruga de cautela atravesó la cara de la señora Virson. Pasó. Ella sonrió.

—No era asunto mío interferir.

—¿Qué pensaba la madre de Daisy?

—Oh, en realidad, lo que Naomi pensara no habría importado. Naomi no tenía opiniones. Verá, la señora Copeland era mucho más como una madre que como una abuela para Daisy. Ella tomaba todas las decisiones. Quiero decir, a qué colegio iba y todo eso. Ah, ella tenía grandes ideas para Daisy, o Davina, como ella insistía en llamarla, para gran confusión. Tenía todo su futuro trazado: primero la universidad, Oxford, naturalmente, y después la pobre pequeña Daisy tenía que viajar un año. No a algún sitio al que una chica joven querría ir, quiero decir no las Bermudas o el sur de Francia o algún sitio bonito, sino lugares de Europa con galerías de arte e historia, Roma y Florencia y sitios así. Y después tenía que hacer algo en otra universidad, otro título o como lo llamen. Lo siento, pero no veo el objetivo de toda esta educación para una chica joven y guapa. La idea de la señora Copeland era que se enterrara en alguna universidad, quería que fuera... ¿cómo se llama?

—¿Académica?

—Sí, eso es. La pobrecita Daisy tenía que haber llegado a ello para cuando tuviera veinticinco años y entonces se esperaba que escribiera su primer libro. Lo siento, pero me parece ridículo.

—¿Y Daisy? ¿Qué le parecía a ella?

—¿Qué sabe una chica de esa edad? No sabe nada de la vida, ¿no? Ah, si no paran de hablarte de Oxford y te lo pintan como un lugar espléndido y después te dicen lo maravillosa que es Italia y ver este cuadro y esa estatua, y cuánto se pueden apreciar las cosas si se ha sido educada de esta manera... bueno, naturalmente, esto produce algún efecto. A esa edad se es impresionable, no se es más que una niña.

—Casarse —dijo Wexford— pondría fin a todo eso.

—La señora Copeland se casó tres veces, pero no creo que fuera muy aficionada al matrimonio, a pesar de ello. —Se inclinó hacia él en actitud confidencial, bajando la voz y mirando brevemente por encima del hombro como si hubiera alguien en el otro extremo de la habitación—. Esto no lo sé, quiero decir que no lo sé realmente, es pura conjetura, pero creo que está bastante bien fundado... Estoy segura de que la señora Copeland no se habría inmutado si Nicholas y Daisy hubieran querido vivir juntos sin casarse. Estaba obsesionada con el sexo. ¡A su edad! Probablemente se habría alegrado de que hubiera tenido alguna relación, quería que Daisy tuviera experiencia.

—¿Qué clase de experiencia? —preguntó él, curioso.

—Oh, no me interprete mal, señor Wexford. Quiero decir, ella solía decir que quería que la chica viviera. Ella realmente había vivido, solía decir, y supongo que así era, con todos sus esposos y tantos viajes. Pero el matrimonio, no, no le gustaba esa idea.

—¿A usted le gustaría que su hijo se casara con Daisy?

—Oh, sí, me gustaría. Es una chica encantadora. Y lista, por supuesto, y guapa. Lo siento, pero no me gustaría que mi hijo se casara con una chica fea. No espero que crea que esto está bien, pero me parece un desperdicio, un hombre guapo con una chica fea. —Joyce Virson se pavoneó un poquito. No había otra palabra para describir aquel pequeño estiramiento del cuello, la manera en que se pasó un grueso dedo por la mandíbula—. Somos una familia apuesta por ambas partes. —La sonrisa que ofreció a Wexford era pícara, casi coqueta—. Claro que la pobrecita está locamente enamorada de él. Sólo hay que ver cómo le sigue con los ojos. Le adora.

Wexford creyó que la señora Virson iba a preludiar sus siguientes comentarios con su acostumbrada expresión de tristeza por una opinión que evidentemente no lamentaba en lo más mínimo, pero sólo dio más explicaciones de las aptitudes de Daisy para una unión con un miembro de la familia Virson. Daisy le tenía tanto cariño a ella, tenía unos modales tan agradables, un temperamento tan apacible y tan afable...

—Y es muy rica —dijo Wexford.

La señora Virson prácticamente saltó. Dio un respingo tan violento como alguien en las primeras fases de un ataque de apoplejía. Su voz aumentó veinte o treinta decibelios.

—Eso no tiene nada que ver. Si mira el tamaño de esta casa y el nivel de la comunidad, no se puede pensar que aquí falte dinero. Mi hijo tiene unos ingresos importantes, es perfectamente capaz de mantener a una esposa con el...

Wexford pensó que iba a añadir algo acerca del estilo de vida al que Daisy estaba acostumbrada, pero la señora Virson se controló y le miró con furia. Harto de su hipocresía y afectación, Wexford había decidido que era hora de darle un golpe bajo. Había surtido más efecto del que esperaba. Sonrió para sus adentros.

—¿No le preocupa el que pueda ser demasiado joven? —dijo. Ahora también sonrió exteriormente, una sonrisa amplia y conciliadora—. Usted misma acaba de decir que es una niña.

Joyce Virson se ahorró la respuesta porque Daisy entró en la habitación. Él había oído sus pasos en el vestíbulo cuando pronunciaba la palabra «niña». Daisy le sonrió con aire triste. Todavía llevaba el brazo vendado pero menos abultado y el cabestrillo era más ligero. Wexford se dio cuenta de que era la primera vez que la veía de pie, moviéndose. Era más delgada de lo que le había parecido, más frágil de aspecto.

—¿Para qué soy demasiado joven? —preguntó—. Hoy es mi cumpleaños: cumplo dieciocho.

La señora Virson dio un grito.

—Daisy, eres terrible, ¿por qué no nos lo habías dicho? No tenía la menor idea, no habías dicho una palabra.

Intentó reír con asombro pero Wexford captó que estaba muy disgustada. La revelación de Daisy indicaba que no era cierto que conociera bien a la joven que se alojaba en su casa.

—Supongo que sólo se lo insinuaste a Nicholas para que pudiera prepararte una sorpresa.

—Que yo sepa, él tampoco lo sabe. No lo recordará. Ahora no tengo a nadie en el mundo que recuerde mi cumpleaños. —Miró a Wexford, dijo sin pensarlo, un poco teatral—: ¡Dios mío, qué triste!

—Que cumplas muchos más —le deseó él.

—Ah, tiene usted tacto, va con cuidado. No podía decir «Feliz cumpleaños», ¿verdad? A mí no. Sería espantoso, sería un insulto. ¿Cree que recordará mi cumpleaños el año que viene? ¿Se dirá a sí mismo la víspera: Mañana es el cumpleaños de Daisy? Tal vez sea el único que lo haga.

—Qué tontería, querida. Nicholas sin duda lo recordará. Será tarea tuya írselo recordando. Lo siento, pero los hombres necesitan alguna insinuación, y a veces un pequeño pellizco en el brazo. —La expresión de Joyce Virson era ferozmente pícara.

Daisy dejó que sus ojos se fijaran en los de Wexford un breve instante y apartó la mirada. Sin mirarle, dijo:

—¿Vamos a la otra habitación?

—Oh, ¿por qué no os quedáis aquí, querida? Se está bien y no escucharé lo que digáis. Estaré demasiado absorta en mi libro. No oiré ni una palabra.

Decidido a no hablar con Daisy en presencia de la señora Virson, antes de plantearlo esperó a oír lo que Daisy diría. Ella tenía un aspecto tan abstraído, tan remotamente triste, que suponía que oiría una apática aceptación, pero en cambio Daisy habló con firmeza.

—No, es mejor que sea en privado. No vamos a echarte de tu habitación, Joyce.

Él la siguió al «estudio pequeño», la habitación donde habían estado el sábado. Allí ella comentó:

—Tiene buenas intenciones. —Wexford se maravilló de lo joven que ella podía ser... y de lo madura—. Sí, hoy cumplo dieciocho. Después del funeral creo que iré a casa. Poco después. Ahora que tengo dieciocho años puedo hacer lo que quiera, ¿no? ¿Absolutamente lo que quiera?

—Como todos nosotros, sí. Aparte de quebrantar la ley con impunidad, puedes hacer lo que te plazca.

Ella suspiró fuerte.

—No quiero quebrantar la ley. No sé lo que quiero hacer, pero creo que estaría mejor en casa.

Como aviso, él le dijo:

—Quizá no te das perfecta cuenta de cómo te sentirás cuando vuelvas a casa. Después de lo que sucedió allí. Te recordará aquella noche y te resultará muy doloroso.

—Aquella noche está siempre conmigo —replicó ella—. No puede estar presente con más fuerza de la que lo está cada vez que cierro los ojos. Entonces veo aquellas imágenes. Cuando cierro los ojos. Veo aquella mesa... antes y después. Me pregunto si alguna vez podré soportar volver a sentarme ante una mesa de comedor. Aquí ella me da la comida en una bandeja. Yo se lo pedí. —Se quedó callada; de pronto sonrió y le miró. Él vio un extraño brillo en sus ojos oscuros—. Siempre hablamos de mí. Cuénteme algo de usted. ¿Dónde vive? ¿Está casado? ¿Tiene hijos? ¿Tiene a alguien que se acuerde de su cumpleaños?

Él le dijo dónde vivía, que estaba casado, que tenía dos hijas y tres nietos. Sí, ellos se acordaban de su cumpleaños, más o menos.

—Ojalá yo tuviera padre.

¿Por qué él había omitido preguntarle esto?

—Claro que lo tienes. ¿Le ves alguna vez?

—Nunca le he visto. Que yo recuerde. Mamá y él se divorciaron cuando yo era un bebé. Vive en Londres, pero nunca ha dado muestras de querer verme. No me refiero a que me gustaría tenerle a él, me gustaría tener «un» padre.

—Sí, supongo que tu... bueno, el esposo de tu abuela ocupaba el lugar de un padre en tu vida.

Era inconfundible, la incredulidad en la mirada que ella le lanzó. Emitió un sonido entre un ronquido y una tos.

—¿Ha aparecido Joanne?

—No, Daisy. Estamos preocupados por ella.

—Oh, no le habrá pasado nada. ¿Qué le podría haber sucedido?

Su serena inocencia sólo sirvió para exacerbar la preocupación de Wexford.

—Cuando iba a ver a tu madre los martes —dijo—, ¿siempre iba en coche?

—Claro. —Pareció sorprendida—. Ah, ¿quiere decir si iba a pie? Serían unos buenos ocho kilómetros. De todos modos, Joanne nunca iba a pie a ningún sitio. No sé por qué vivía aquí, detestaba las cosas del campo, todo lo relacionado con el campo. Supongo que lo hacía por su anciana madre. Le diré una cosa: a veces iba en taxi. No porque se le hubiera estropeado el coche. Le gustaba tomar alguna copa, y después tenía miedo de conducir.

—¿Qué me puedes decir de unos que se llaman Griffin?

—Trabajaban para nosotros.

—El hijo, Andy, ¿le has visto desde que se marcharon?

Ella le miró de un modo curioso. Era como si se maravillara de que él hubiera atinado en algo inesperado o secreto.

—Una vez. Qué curioso que lo pregunte. Yo estaba en el bosque. Iba paseando por el bosque y le vi. Probablemente usted no conoce nuestro bosque, pero fue cerca del camino secundario, ese caminito que va hacia el este, fue cerca de donde están los nogales. Él quizá me vio, no lo sé; debería haberle dicho algo, haberle preguntado qué hacía, pero no lo hice, no sé por qué. Me asustó, verle así. No se lo dije a nadie. Había entrado sin derecho en la finca; a Davina le habría desagradado, pero no se lo dije.

—¿Cuándo sucedió esto?

—El pasado otoño. En octubre, creo.

—¿Cómo debió de llegar allí?

—Antes tenía moto. Supongo que todavía la tiene.

—Su padre dice que tuvo un empleo con un hombre de negocios norteamericano. Tuve la corazonada, no fue más que eso, de que podían haber entrado en contacto a través de su familia.

Ella se quedó pensativa.

—Davina jamás le habría recomendado. Supongo que podría ser Preston Littlebury. Pero si Andy trabajó para él sólo habría sido... bueno...

—¿Como chófer, quizá?

—Ni siquiera eso. Tal vez para lavarle el coche.

—Bien. Probablemente no es importante. Una última pregunta. El otro hombre, el hombre al que no viste salir de la casa y poner el coche en marcha... ¿podía ser Andy Griffin? Piensa con atención antes de responder. Míralo como una posibilidad y después piensa si había algo, alguna cosa, que pudiera identificarle como Andy Griffin.

Daisy quedó en silencio. No parecía ni sorprendida ni incrédula. Era evidente que obedecía las instrucciones de Wexford y reflexionaba. Al fin dijo:

—Podía serlo. ¿Puedo decir que no había nada que me hiciera estar segura de que no lo era? Es todo lo que puedo decir.

Entonces él se marchó, diciéndole que asistiría al funeral el jueves por la mañana.

—Te diré cuál es mi idea de lo que sucedió, si quieres —dijo Burden. Estaban en su casa, su hijo Mark en pijama sobre su regazo; Jenny se hallaba en su clase nocturna de alemán avanzado—. Te traeré otra cerveza y te lo diré. No, ve tú por la cerveza y así no tendré que mover al niño.

Wexford regresó con dos latas y dos jarras.

—Esas jarras, fíjate, son idénticas. Hay otra en el estante. Es una lección bastante interesante de economía. La que tienes tú... déjame verla de cerca... sí, ésa la compramos Jean y yo en nuestra luna de miel en Innsbruck por cinco chelines. Antes de que la moneda pasara al sistema decimal, mucho antes. La que tengo yo, en realidad es un poquito más pequeña, la compré hace diez años, cuando llevamos allí a los niños. La misma diferencia y costó cuatro libras. La que está en el estante es mucho más pequeña y en mi opinión no tan buena. Jenny y yo la compramos en Kitzbühel cuando estuvimos allí de vacaciones el verano pasado. Diez libras con cincuenta. ¿Qué indica esto?

—Que el coste de la vida ha subido. Yo no necesito tres jarras de cerveza para saberlo. ¿Podríamos hablar de tu guión sobre lo de Tancred en lugar de hacer estas disquisiciones sobre cerámica comparada?

Burden sonrió. Dijo a su hijo con aire sentencioso:

—No, no puedes tomar la cerveza de papá, Mark, igual que papá no puede tomar tus Ribena.

—Pobrecito papá. Apuesto a que es un auténtico sacrificio. ¿Qué ocurrió, entonces, el martes por la noche?

—El pistolero del banco, el que tenía acné, le llamaré X.

—Realmente original, Mike.

Burden hizo caso omiso de la interrupción.

—El otro hombre era Andy Griffin. Andy era el hombre que sabía, X tenía la pistola.

—Pistola —repitió Mark.

Burden le dejó en el suelo. El niño recogió un silbato de plástico del montón de juguetes, apuntó con él a Wexford y gritó:

—¡Pum, pum!

—Oh, vaya, a Jenny no le gusta que juegue con armas. De hecho no tiene ninguna.

—Ahora tiene una.

—¿Crees que estaría bien que le dejara ver la televisión media hora antes de acostarle?

—Por el amor de Dios, Mike, tú tienes más niños que yo, deberías saberlo. —Como Burden seguía con aire dubitativo, dijo con impaciencia—. Mientras no haya más sangre que en lo que vas a contarme... y es poco probable que la haya.

Burden encendió el televisor.

—X y Andy partieron para Tancred House en el jeep de X.

—¿En el qué?

—Tiene que ser un vehículo que pueda circular por terreno accidentado.

—¿Dónde se conocieron estos dos, X y Andy?

—En un pub. Quizá en El Caracol y la Lechuga. Andy habla a X de las joyas de Davina y trazan su plan. Andy conoce los hábitos de Brenda Harrison. Sabe que anuncia la cena cada noche a las siete y media y se va a casa, dejando la puerta de atrás sin cerrar con llave.

Wexford asintió.

—Un buen punto en favor de la implicación de Griffin.

Con aire complacido, Burden prosiguió:

—Suben por el camino principal y cruzan la verja desde la B 2428, pero toman el camino de la izquierda justo antes de llegar a la pared y el patio. Brenda se ha ido a casa, Davina Flory, Harvey Copeland, Naomi Jones y Daisy Flory están en ese invernadero. Así que nadie oye llegar al vehículo ni ve sus luces, como Andy ha calculado que sucederá. Son las ocho menos veinticinco.

—Un momento. Supongamos que Brenda sale cinco minutos más tarde o que los otros entran cinco minutos antes en el comedor.

—No lo hicieron —dijo Burden simplemente. Prosiguió—: X y Andy entran en la casa por la puerta trasera y suben la escalera posterior.

—No pudieron hacerlo. Bib Mew estaba allí.

—Se puede llegar a la escalera posterior sin pasar por la cocina principal. Allí es donde estaba ella, trabajando en el congelador. En la habitación de Davina buscan y encuentran sus joyas y también registran los dormitorios de las otras mujeres.

—Tenían que hacerlo para tardar veinticinco minutos. Por cierto, ¿por qué dejaron los dormitorios de las otras mujeres ordenados y el de Davina hecho un desastre si los registraron todos?

—A eso voy. Volvieron a la habitación de Davina porque Andy creía que había alguna pieza más valiosa que se les había pasado por alto. Mientras estaban revolviendo por allí los de abajo les oyeron y Harvey Copeland fue a investigar. Debieron de suponer que éste subía por la escalera principal, así que se fueron por la trasera...

—Y salieron por la puerta de atrás con su botín para escapar sin haber causado ningún daño, aparte de que Davina perdiera algunas joyas fuertemente aseguradas que de todos modos no le importaban mucho.

—Sabemos que no fue así —dijo Burden muy serio—. Cruzaron la casa y fueron al vestíbulo. No sé por qué. Quizá tenían alguna razón para temer el regreso de Brenda o creyeron que Harvey estaba arriba, con intención de recorrer la galería y bajar por la escalera trasera. Fuera lo que fuese, bajaron al vestíbulo y se encontraron con Harvey, que estaba a medio subir la escalera. Él se volvió y les vio, reconociendo de inmediato a Andy Griffin. Bajó un par de escalones, gritó alguna amenaza a Andy o gritó a las mujeres que llamaran a la policía...

—Si lo hizo, Daisy no le oyó.

—Lo ha olvidado. Ha admitido que no puede recordar detalles de lo que ocurrió. Lo dice en la cinta que grabamos: «Me he esforzado por recordar, pero algo me bloquea y me lo impide». Harvey amenazó a Andy y X le disparó. Cayó de espaldas al pie de la escalera. Andy estaba, evidentemente, aterrorizado, más aterrorizado, por si le reconocían. Oyó a una mujer gritar en el comedor. Mientras X abría de una patada la puerta del comedor, Andy corrió a la puerta principal y salió.

»X disparó a las dos mujeres, disparó a Daisy. Oyó ruidos arriba. Era el gato, pero él no lo sabía. Daisy estaba en el suelo, él creía que estaba muerta, salió por la puerta principal ante la cual le esperaba el jeep, que Andy había llevado hasta allí desde donde estaba aparcado, en la parte posterior...

—No funciona, Mike. A esa hora Bib Mew se iba. Se iba en su bicicleta por la parte posterior de la casa. Daisy oyó que se ponía en marcha un coche, no que lo llevaban desde la parte de atrás.

—Eso es un detalle sin importancia. ¿Ella lo juraría, Reg? Su madre y su abuela habían muerto a tiros ante sus ojos, a ella le habían disparado, estaba en el suelo, herida y sangrando... imagina el ruido que el Magnum haría, para empezar... ¿y puede diferenciar entre un coche que se pone en marcha y uno que es conducido?

Apartando los ojos de un documental sobre matanza de leones y destripamiento de fieras salvajes, Mark dijo feliz:

—Herida y sangrando.

Hizo un gesto afirmativo y señaló a su padre con el silbato.

—Oh, Dios, tengo que acostarle. Déjame terminar esto, Mark. Mientras Andy está en la parte de atrás para recoger el coche e X está realizando una matanza en el comedor, Joanne Garland llega en taxi. Una vez más tiene miedo de conducir porque ha tomado una o dos copas...

—¿Dónde? ¿Con quién?

—Eso está por ver. Hay que descubrirlo. Pagó al taxista y éste se fue. La intención de Joanne era telefonear a otro taxi cuando hubiera terminado de mirar los libros de cuentas con Naomi. Son las ocho y diez. No se la espera allí hasta las ocho y media, pero sabemos que era una de esas personas superpuntuales que siempre llegan temprano.

»La puerta delantera está abierta. Ella entra, quizá llama a Naomi. Ve el cuerpo de Harvey despatarrado en la escalera, quizá oye el último disparo. ¿Se da la vuelta y echa a correr? Quizá. Andy ya ha aparecido con el jeep. Baja de éste de un salto y agarra a Joanne. X sale, mata a Joanne, con el sexto y último cartucho de la recámara, y meten su cuerpo en la parte de atrás.

»Temiendo encontrarse con alguien en la carretera, Gabbitas, nosotros, algún visitante, se van por el bosque, utilizando caminos por los que puede circular un jeep pero no un coche corriente. —Burden levantó a su hijo del suelo y apagó el televisor. El niño seguía aferrando su silbato—. Con algunas rectificaciones secundarias, sugiero que es la única manera en que pudo ocurrir.

Wexford dijo:

—¿Por qué discutieron los Harrison y los Griffin?

La indignación había deformado brevemente el rostro de Burden. ¿Eso era todo? ¿Era la única reacción que provocaba su análisis? Se encogió de hombros.

—Andy intentó violarla.

—¿Qué?

—Eso es lo que ella dice. Los Griffin afirman que ella

se le insinuaba. Al parecer, él intentó hacer una especie de chantaje en ese sentido y Brenda se lo contó a Davina Flory. Por tanto, los Griffin tuvieron que marcharse.

—Será mejor que le encontremos, Mike.

—Le encontraremos —dijo Burden, y se llevó a su hijo a la cama.

Mientras subía la escalera, Mark disparaba con el silbato por encima de su hombro y gritaba sin parar:

—Herida y sangrando, herida y sangrando.

13

¿No tenían más amigos que los Virson y Joanne Garland, esta familia rica y distinguida, cuyo núcleo era una famosa escritora y un economista y ex diputado? ¿Dónde estaban las amigas del colegio de Daisy? ¿Los conocidos locales?

Estas cuestiones habían interesado a Wexford desde el principio. Pero la naturaleza del crimen era tal, que excluía hasta entonces el que los miembros del público que cumplían con la ley resultaran implicados, y la investigación usual en un caso de asesinato de todos los conocidos de las víctimas no se había llevado a cabo. Simplemente se le había ocurrido, mientras hablaba con Daisy, y en menor grado con los Harrison y Gabbitas, que parecía existir una ausencia de amigos de la familia Flory.

El funeral le demostró cuánta razón tenía... y qué equivocado estaba. A pesar de la fama de una de las fallecidas y la distinción, por asociación con ella, de los demás, él había supuesto que los que lloraban a Davina Flory y a su familia esperaban para asistir al funeral. Daisy, así como Joyce Virson, había dicho que se celebraría un servicio. Se había sugerido St. James, Piccadilly, antes de dos meses. El servicio celebrado en la iglesia parroquial de Kingsmarkham seguramente reuniría a una pequeña congregación, unas cuantas personas que sólo irían hasta el distante cementerio. Resultó que había cola.

Jason Sebright, del *Kingsmarkham Courier,* tomaba nombres ante las puertas de la iglesia cuando él llegó. Wexford percibió rápidamente que la cola era la prensa y se abrió paso entre ellos mostrando su placa. La iglesia de St. Peter era muy grande, una de esas iglesias inglesas que en cualquier otra parte se llamaría catedral, con una nave enorme, diez capillas laterales y un coro y presbiterio grande como una iglesia de pueblo. Estaba casi llena.

Sólo los bancos delanteros del lado derecho esperaban a sus ocupantes, y unos cuantos asientos repartidos entre la congregación. Wexford se dirigió hacia uno de estos, un espacio vacío junto al pasillo, a la izquierda. La última vez que había estado allí había sido para entregar a Sheila en matrimonio a Andrew Thorverton, la última vez que se había sentado así, en el centro de la iglesia, había sido para oír sus amonestaciones. Un matrimonio que había acabado mal, una o dos aventuras amorosas y ahora Augustine Casey... Apartó este pensamiento de su mente y observó a la congregación. Un voluntario tocaba el órgano, probablemente una pieza de Bach.

La primera persona a la que reconoció fue alguien a quien había conocido en la presentación de un libro, a la que había asistido llevado por Amyas Ireland. El libro, recordaba, era una saga familiar con un policía en cada generación desde los tiempos victorianos, y el editor del autor era este hombre que se hallaba tres filas más adelante. Todos los demás del banco le parecieron editores, aunque no habría sabido decir por qué. Identificó (asimismo sin mucho fundamento) a una mujer rolliza con el pelo amarillo y un gran sombrero negro como la agente de Davina Flory.

La preponderancia de mujeres de edad, algunas de ellas de aspecto erudito, en grupos o sentadas solas, le hizo creer que se trataba de antiguas compañeras de Davina, quizá de los lejanos días de Oxford. Por las fotografías que había visto en los periódicos, reconoció a una distinguida novelista setentona. ¿No era el ministro de Cultura el que estaba en el banco junto a ella? Su nombre escapaba a Wexford en aquel momento, pero era él. Un hombre con una rosa roja en el ojal —¿de gusto cuestionable?— que había visto en la televisión estaba en los bancos de la Oposición. ¿Un viejo amigo parlamentario de Harvey Copeland? Joyce Virson había conseguido un sitio muy adelante. No había señales de su hijo. Y no se veía ni una sola chica joven.

En el momento en que se preguntaba quién ocuparía el asiento vacío que había a su lado, Jason Sebright se apresuró a sentarse en él.

—Hay hordas de literatos —dijo alegre, incapaz de ocultar que estaba disfrutando de la ocasión—. Voy a escribir un artículo titulado «Los amigos de una gran mujer». Aunque reciba nueve negativas de cada diez, conseguiré al menos cuatro entrevistas en exclusiva.

—Prefiero mi trabajo al tuyo —dijo Wexford.

—He aprendido mi técnica de la televisión norteamericana. Soy medio americano; paso las vacaciones allí, visitando a mi padre. —Esto lo dijo con una horrible parodia de acento del medio oeste—. Tenemos mucho que aprender en este país. En el *Courier* siempre van con pies de plomo, hay que tratar a todo el mundo con guantes de seda y lo que yo...

—Chsss. Va a empezar.

La música había cesado. Se hizo el silencio. No se oía ni un susurro. Fue como si la congregación hubiera cesado de respirar. Sebright se encogió de hombros y se llevó un dedo a los labios. El silencio era de un tipo que sólo se produce en una iglesia: opresivo, frío, pero para algunos trascendente. Todos esperaban, expectantes y cada vez más sobrecogidos.

Los primeros acordes del órgano rompieron el silencio con una fuerte y terrible multiplicación de decibelios. Wexford apenas podía creer lo que oía. No la Marcha fúnebre de Saúl, ya no se oía la Marcha fúnebre de Saúl. Pero lo era. Dum-dum-di-bum-dum-di-dum-di-dum-dum-bum, murmuró en voz baja. Los tres ataúdes eran llevados por el pasillo con inefable lentitud al compás de aquella maravillosa y terrible música. Los hombres que los portaban sobre los hombros avanzaban con los pasos de una majestuosa pavana. Alguien con un gran sentido del dramatismo se había ocupado de aquello, alguien joven, ardiente e impregnado de tragedia.

Daisy.

Ella seguía a los tres ataúdes e iba sola. O, más bien, Wexford creyó que iba sola hasta que vio a Nicholas Virson, quien debía de haberla acompañado al entrar, buscando un asiento vacío. Ella iba de luto riguroso, o quizá sólo llevaba la ropa que todas las chicas de su edad tenían en abundancia en su armario ropero, prendas de funeral vestidas habitualmente para ir a fiestas y discotecas. El vestido de Daisy era un estrecho tubo negro que le llegaba hasta los tobillos cubiertos por unas botas negras. Unas ambiguas colgaduras negras la cubrían, entre ellas algo que casi podía distinguirse como un abrigo con una forma que apenas se habría dicho de abrigo. Tenía la cara blanca como el papel, la boca pintada de rojo, y miraba al frente; al fin llegó, sola, a aquel primer banco vacío.

—Yo soy la resurrección y la vida, dijo el Señor...

El sentido que tenía Daisy de lo dramático —¿y de lo pertinente?— la había impulsado también a asegurarse de que se leyera el Libro de Oraciones de 1662. ¿Estaba Wexford atribuyéndole demasiadas cosas a ella y aquello era obra de la señora Virson o incluso del buen gusto del clérigo? Ella era una chica notable. Wexford percibió una sensación de aviso, de alarma, cuya fuente no pudo distinguir.

—Señor, haz que conozca mi fin y el número de mis días, que pueda saber cuánto tengo que vivir...

El viento no se había notado en la ciudad. Quizá, por otra parte, sólo se había levantado media hora antes. Wexford recordaba alguna clase de aviso de vientos fuertes en la previsión meteorológica de la noche anterior. El viento era cortante como un cuchillo mientras silbaba en aquel cementerio que unos años antes había sido un prado en la ladera de la montaña.

¿Por qué entierro y no incineración? Más ideas dramáticas de Daisy, quizá, o un deseo expresado en los testamentos. No habría lectura de testamento después, le había dicho el abogado, nada, ninguna de esas reuniones para tomar un jerez y pastel.

—Dadas las circunstancias —dijo el abogado—, sería completamente inadecuado.

Nada de flores. Daisy, al parecer, había pedido en cambio donaciones para diversas causas, ninguna de ellas con probabilidades de recibir una respuesta comprensiva por parte de muchas de aquellas personas, caridades para Bangladesh, un fondo para paliar el hambre en Etiopía, para el Partido Laborista y la Liga Protectora de los gatos.

Se había preparado una tumba única para la pareja casada. La de al lado era para Naomi Jones. Cada una estaba revestida de láminas de césped de un verde más pálido que la hierba. Descendieron los ataúdes y uno de aquellos eruditos ancianos dio un paso al frente y arrojó un puñado de tierra sobre el de Davina Flory.

—Venid, hijos benditos de mi Padre, entrad en el reino preparado para vosotros desde el principio del mundo...

Había terminado, el drama había pasado. Lo más importante entonces para todos era el azote del viento. La gente se subió el cuello del abrigo o la chaqueta, cruzó los brazos con el cuerpo tembloroso bajo la ropa inadecuada. Sin inmutarse, Jason Sebright iba de una persona a otra haciendo preguntas. En lugar del bloc de los tiempos antiguos, llevaba una grabadora. A Wexford no le sorprendió ver cuántas personas respondían favorablemente. Algunas era muy probable que pensaran que sus palabras se emitían en directo por la radio.

No había hablado con Daisy. Observó a los asistentes

acercarse uno tras otro a ella y vio sus labios moverse con una respuesta monosilábica. Una mujer anciana le dio un beso en la blanca mejilla.

—Oh, querida, y la pobre Davina ni siquiera era creyente, ¿verdad?

Otra dijo:

—Un servicio encantador, producía escalofríos.

Un hombre de edad, hablando en lo que Wexford llamaba voz de la *Ivy League*,* la abrazó y, con gesto impulsivo, aparentemente como expresión de una emoción repentina, le apretó el rostro contra su cuello. Cuando ella levantó la cabeza, Wexford vio que sus labios habían dejado una huella roja en el cuello blanco del hombre. Éste era alto, extremadamente delgado, con un pequeño bigote gris y corbata de lazo. ¿Preston Littlebury, el antiguo jefe de Andy Griffin?

—Lo lamento profundamente, querida, lo sabes.

Wexford vio que se había equivocado respecto a las chicas jóvenes. Una al menos había desafiado al frío y el mal tiempo, una adolescente pálida y delgada con pantalones negros e impermeable. La mujer de edad que iba con ella dijo:

—Soy Ishbel Macsamphire, querida. El año pasado en Edimburgo, ¿lo recuerdas? Con la pobre Davina. Y después te encontré con tu joven amigo. Ésta es mi nieta...

Daisy se comportaba magníficamente con todos. Su tristeza le proporcionaba una enorme dignidad. Logró la difícil proeza que él le había visto realizar anteriormente de responder con cortesía aunque sin una sonrisa. Uno a uno se alejaron de ella y por un momento se quedó sola. Permaneció quieta, observando a la gente dirigirse hacia sus respectivos coches, como si buscara a alguien, con los ojos bien abiertos, los labios un poco separados. Era como si

---

* *Ivy League*: grupo de ocho universidades privadas de Nueva Inglaterra, de gran prestigio: Yale, Harvard, Princeton, Columbia, Dartmouth, Cornell, Pennsilvanya y Brown. (*N. de la T.*)

estuviera buscando a alguien cuya presencia había esperado pero que le había fallado. El viento le levantaba la larga bufanda negra que llevaba formando con ella una ondulante serpentina. Daisy se estremeció, se encorvó un momento antes de acercarse a Wexford.

—Ya se ha terminado. Gracias a Dios. Creía que me echaría a llorar, o que me desmayaría, pero no lo he hecho.

—Tú no. ¿Buscabas a alguien que no ha venido?

—Oh, no. ¿Qué le ha hecho pensar eso?

Nicholas Virson se aproximaba a ellos. A pesar de que ella lo había negado, debía de ser a él a quien buscaba, a su «joven amigo», pues bajó un poco la cabeza como si se inclinara ante cierta necesidad, como resignada. Daisy le tomó del brazo y se dejó conducir hasta su coche. Su madre ya estaba sentada en él, atisbando por el cristal empañado.

Wexford pensó, como en algunas ocasiones había pensado de Sheila años atrás, con exacta previsión, que era una actriz extraordinaria. Bueno, Sheila se había hecho actriz, pero Daisy no estaba actuando, Daisy era sincera. Era simplemente una de estas personas que no pueden evitar hacer un drama de sus tragedias personales. ¿No había dicho Graham Greene en algún sitio que cada novelista tiene una astilla de hielo en su corazón? Quizá ella seguiría los pasos de su abuela también en esto.

Los pasos de su abuela. Wexford sonrió para sí al pensar en el juego al que jugaban los niños, que se acercaban de puntillas para ver cuánto podían acercarse antes de que el de delante, de espaldas, se volviera, y entonces echaban a correr gritando...

—Hemos encontrado dos juegos de llaves dentro, señor —dijo Karen—. Hemos encontrado su talonario de cheques, pero ni dinero en efectivo ni tarjetas de crédito.

La casa estaba amueblada con elegancia, la cocina lujosamente equipada. En el cuarto de baño, que estaba dentro del dormitorio de la señora Garland, había un bidé y una ducha, y un secador de pelo colgado en la pared.

—Como en los mejores hoteles —dijo Karen ahogando una risita.

—Sí, pero yo creía que sólo lo hacían para impedir que los huéspedes los robaran. Esto es una casa particular.

Karen pareció incrédula.

—Bueno, así no puedes perderlo, ¿no? No has de preguntarte dónde lo·dejaste la última vez que te lavaste el pelo.

A Wexford le parecía más como si Joanne Garland hubiera gastado dinero por el simple hecho de gastarlo. No sabía en qué gastarse sus ingresos. ¿Una prensa eléctrica para pantalones? ¿Por qué no? Aunque el armario ropero sólo mostró un par de pantalones. ¿Un teléfono supletorio en el cuarto de baño? Se acabó el correr goteando hasta el dormitorio, envuelta en una toalla. El gimnasio disponía de una bicicleta para ejercicio, un aparato para remar, un artilugio que a Wexford le recordó las fotografías que había visto de la guillotina de Nuremberg, y algo que podría haber sido una rueda de andar.

—Lo utilizaban para que los pobres diablos de los asilos anduvieran arriba y abajo —explicó Wexford—. Ella lo tiene por diversión.

—Bueno, para estar en forma, señor.

—¿Y todo eso es para estar en forma?

Volvían a estar en el dormitorio, donde se encontraron frente a la más amplia colección de cosméticos y productos de belleza que él jamás había visto en los grandes almacenes. Estos artículos no se hallaban en los cajones de un tocador o en un estante, sino metidos en un gran armario, que estaba allí exclusivamente para ellos.

—Hay otro montón en el cuarto de baño —dijo Karen.

—Esto podría levantar a un muerto —dijo Wexford, sosteniendo una botella marrón con un tapón dorado y cuentagotas. Destapó un frasco y olió su contenido, una crema amarilla con un fuerte aroma dulzón—. Ésta te la podrías comer. No sirven para nada, ¿verdad?

—Supongo que da esperanzas a las pobres viejas —dijo Karen con la arrogante indiferencia de los veintitrés años—. Se cree lo que se lee, ¿no le parece, señor? Se cree lo que se lee en las etiquetas. La mayoría de la gente lo hace.

—Supongo que sí.

Lo que más le sorprendió fue lo ordenado que estaba el lugar. Como si su propietaria se hubiera ido y hubiera sabido de antemano que se iba. Pero nadie se marcha sin avisárselo a nadie. Una mujer con una familia tan numerosa como Joanne Garland no se marcha sin decir una palabra a su madre, a sus hermanos. Su mente regresó a aquella noche y la historia de Burden. No era una historia satisfactoria, pero tenía sus puntos positivos.

—¿Cómo va lo de comprobar todas las compañías de taxis del distrito?

—Hay muchas, señor, pero estamos terminando.

Wexford intentó pensar en las posibles razones por las que una mujer soltera, de edad madura, de repente se va de viaje en marzo sin decírselo a su familia, a sus vecinos o a su socia. ¿Algún amante del pasado que había aparecido y la había raptado? Poco probable en el caso de una mujer de negocios de cincuenta y cuatro años de carácter práctico. ¿Una llamada desde el otro lado del mundo comunicándole que alguien íntimo estaba muriendo? En este caso, lo habría dicho a su familia.

—Karen, ¿su pasaporte estaba en la casa?

—No, señor. Pero es posible que no lo tuviera. Podríamos preguntar a sus hermanas si alguna vez había ido al extranjero.

—Podríamos. Lo haremos.

De nuevo en los establos de Tancred House, le pasaron una llamada. No era nadie conocido y ni siquiera había oído hablar de él: el director suplente de la prisión de Royal Oak, en las afueras de Crewe, en Cheshire. Claro que lo sabía todo de Royal Oak, la famosa cárcel de alta seguridad, una cárcel de categoría B que se llevaba como comunidad terapéutica y aun así, años después de que estas teorías dejaran de estar de moda, se atenía al principio de que los criminales pueden ser «curados» mediante terapia. Aunque con el mismo índice de reincidencia que en cualquier otra prisión británica, al menos parecía que no hacía peores a sus internos.

El director suplente dijo que tenía un prisionero que quería ver a Wexford, que había pedido por él por su nombre. El prisionero cumplía una larga sentencia por intento de asesinato y robo con violencia y en la actualidad se hallaba en el hospital de la prisión.

—Él cree que va a morir.

—¿Y es cierto?

—No lo sé. Se llama Hocking, James. Se le conoce como Jem Hocking.

—Nunca he oído ese nombre.

—Él ha oído hablar de usted. Kingsmarkham, ¿no? Conoce Kingsmarkham. ¿No mataron allí a un agente de policía hace un año?

—Ah, sí —respondió Wexford—. Así es.

George Brown. ¿Era Jem Hocking el hombre que había comprado un coche a nombre de George Brown?

La señora Griffin les dijo que Andy todavía no había regresado.

—Pero recibimos una llamada telefónica, ¿verdad, Terry? Nos llamó anoche desde el norte. ¿Dónde dijo que estaba, Terry? ¿Manchester?

—Llamó desde Manchester —afirmó Terry Griffin—. No quería que nos preocupáramos, quería que supiéramos que estaba bien.

—¿Estaban ustedes preocupados?

—No es cuestión de si nosotros estábamos preocupados o no. Es una cuestión de que Andy pensara que podíamos estar preocupados. Pensamos que era muy considerado por su parte. No todos los hijos llaman a su mamá y a su papá para decirles que están bien cuando sólo llevan dos días fuera. Te preocupas cuando va con esa moto. Yo no elegiría una moto, pero ¿qué se ha de comprar un chico joven con el precio que tienen los coches? Fue muy considerado y atento llamándonos.

—Típico de Andy —dijo su madre complacida—. Siempre ha sido un chico muy considerado.

—¿Dijo cuándo iba a regresar?

—No se lo pregunté. No espero que nos cuente todos sus movimientos.

—¿Y no saben su dirección en Manchester?

La señora Griffin se había vuelto a mostrar demasiado susceptible y la relación era demasiado tensa para que se arriesgara a perturbarla formulando preguntas claras de esa naturaleza.

La mujer llamada Bib hizo entrar a Wexford en la casa. Llevaba un chándal rojo con un delantal por encima. Cuando Wexford dijo que la señora Harrison le esperaba, ella soltó una especie de gruñido e hizo un gesto de asentimiento pero no dijo una palabra. Caminó delante de él con un paso alegre como alguien que ha estado demasiado tiempo a bordo de un barco.

Brenda Harrison se encontraba en el invernadero. Éste estaba caliente, ligeramente húmedo y se percibía un olor dulce. El perfume procedía de un par de limoneros que estaban en macetas de loza azul y blanca. Estaban floridos y tenían frutos, las flores blancas y cerosas. La mujer había estado ocupada con la regadera, abono para las plantas de interior y trapos para sacar brillo a las hojas.

—Para quién es todo esto estoy segura de que no lo sé.

Las cortinas estampadas en blanco y azul estaban recogidas en volantes arriba, en el techo de cristal. *Queenie*, la gata persa, estaba sentada en uno de los antepechos, sus ojos fijos en un pájaro que estaba sobre una rama. El pájaro cantaba en la lluvia y sus cadencias hacían castañetear los dientes al gato.

Brenda estaba de rodillas y se levantó, se secó las manos en el delantal y se hundió en una silla de mimbre.

—Me gustaría oír su versión, la de los Griffin. Realmente me gustaría oír lo que le contaron.

En esto Wexford se negó a complacerla. No dijo nada.

—Claro que estaba decidida a no decir una palabra. No a ustedes, quiero decir. No era justo para Ken. Bueno, así es como yo lo veía. No me parecía agradable para Ken. Y cuando uno lo piensa, si Andy Griffin se encaprichó conmigo por alguna razón e intentó todo aquel curioso asunto, ¿qué tiene eso que ver con los criminales que dispararon a Davina, Harvey y Naomi? Bueno, nada, ¿no?

—Hábleme de ello, señora Harrison, por favor.

—Supongo que debo hacerlo. Es muy desagradable. Sé que parezco mucho más joven de lo que soy, bueno, la gente siempre me lo dice, así que quizá no debería haberme sorprendido que Andy se portara como un fresco conmigo.

Era una expresión que Wexford hacía años que no oía. Se maravilló de la vanidad de la señora Harrison, la ilusión que hacía que esta mujer arrugada y marchita imaginara que no aparentaba sus cincuenta y tantos años. Y además, ¿por qué resultaba tan agradable y digno de orgullo el parecer más joven de lo que uno era? Eso siempre le había asombrado. Como si hubiera alguna virtud particular en el hecho de aparentar cuarenta y cinco cuando se tenían cincuenta. ¿Y qué aspecto se tenía, de todos modos, a los cincuenta?

Ella le miraba fijamente, buscando las palabras con las que revelarlo o quizá ofuscarlo.

—Me tocó. ¡Vaya susto que me dio! —Como anticipando la pregunta, se llevó la mano al pecho izquierdo, apartando la mirada—. Fue en mi propia casa. Él entró en la cocina; yo estaba tomando una taza de té, así que, como es natural, le ofrecí una. No es que él me gustara, no.

»Es malo. Ah, sí, no exagero. No es simplemente extraño, es malo. Sólo hay que mirarle a los ojos. No era más que un niño cuando llegó aquí, pero no era como los otros niños, no era normal. Su madre... ella quería que le dejaran jugar con Daisy; bueno, ¿puede usted imaginárselo? Incluso Naomi dijo que no, no sólo Davina. Solía tener rabietas, gritaba tanto que se le oía a través de las paredes; duraban horas. No podían hacer nada con él.

»No debía de tener ni un día más de catorce años cuando le pillé allí, fisgando por la ventana del cuarto de baño. Yo llevaba toda la ropa puesta, gracias a Dios, pero él no lo sabía cuando empezó a mirar, ¿no? De eso se trataba, de pillarme sin ropa.

—¿El cuarto de baño? —preguntó Wexford—. ¿Qué hizo, trepó a un árbol?

—Los cuartos de baño están abajo, en estas casas. No me pregunte por qué. Fueron construidas así, con los cuartos de baño abajo. Él sólo tuvo que venir de su casa a través del seto y rondar fuera. No mucho después su madre me dijo que una señora de Pomfret se había quejado de él por lo mismo. Le llamó mirón. Claro que ella dijo que era mentira y la mujer había engañado a su pobre Andy, pero yo sabía lo que sabía.

—¿Qué sucedió en la cocina?

—¿Cuando me tocó, quiere decir? Bien, no quiero entrar en detalles y no lo haré. Cuando lo hubo hecho, después de que se fuera, me dije para mis adentros, sólo es porque le atraes locamente y no puede contenerse. Pero podía contenerse cuando volvió al día siguiente a pedir dinero, ¿no?

Queenie dio un golpe con la pata en el cristal. El pájaro se alejó volando. De pronto empezó a llover con fuerza, golpeando el agua los cristales. El gato bajó y se dirigió hacia la puerta. En lugar de levantarse para ayudarla, lo que habría esperado Wexford de una persona que amaba a los animales, Brenda se quedó sentada observando con atención. Pronto se hizo evidente a qué esperaba. *Queenie* se levantó sobre las patas traseras, dio un golpe al tirador de la puerta con la pata derecha y lo hizo bajar. Se abrió la puerta y la gata la cruzó, con la cola tiesa.

—No me dirá que no son más inteligentes que cualquier ser humano —dijo Brenda Harrison satisfecha.

—Me gustaría que me hablara de ese intento de violación, señora Harrison.

A ella no le importó la palabra. Un profundo sonrojo coloreó su ajado rostro.

—No estoy segura de por qué le interesan tanto todos estos detalles. —Dando a entender que el interés de Wexford por el asunto era de tipo lascivo, bajó la vista, torciendo el cuello, y empezó a retorcer una esquina de su delantal—. Me tocó, como le he dicho. Le dije no lo hagas. Él dijo ¿por qué no? ¿No te gusto? No es cuestión de gustar o no gustar, le dije, soy una mujer casada. Entonces me agarró por los hombros y me empujó contra el fregadero y empezó a frotarse contra mí. Bueno, usted ha dicho que quería detalles. No me produce ningún placer hablar de ello.

»Yo forcejeé pero él era mucho más fuerte que yo, como es lógico. Le dije que me soltara o que iría directa a contárselo a su padre. Él preguntó que si llevaba algo debajo de la falda. Entonces le di una patada. Había un cuchillo en la escurridera, sólo un cuchillo pequeño que utilizo para limpiar las verduras, pero lo agarré y dije que se lo clavaría si no me soltaba. Bueno, entonces me soltó y me insultó. Me llamó pe, u, te, a, y dijo que la culpa era mía por llevar faldas ceñidas.

—¿Se lo contó usted a su padre? ¿Se lo contó a alguien?

—Pensé que si lo mantenía en secreto pasaría al olvido. Ken es un hombre muy celoso, supongo que es natural. Quiero decir, sé que ha hecho una escena porque un tipo me ha mirado en un autobús. Bueno, el día siguiente Andy volvió. Llamó a la puerta principal y yo esperaba al hombre que tenía que reparar la secadora así que, naturalmente, abrí. Él se metió dentro. Le dije ya está bien, esta vez has ido demasiado lejos, Andy Griffin, voy a decírselo a tu padre y al señor Copeland.

»No me tocó. Se limitó a reírse. Dijo que tenía que darle

cinco libras o le diría a Ken que yo le había pedido a él que...
bueno, que fuera conmigo. Se lo diría a su madre y a su
padre y se lo diría a Ken. Y los viejos le creerían, dijo, ya
que yo era mayor que él. «Mucho mayor» fue lo que dijo,
si quiere usted saberlo.

—¿Usted le entregó dinero?

—Yo no. ¿Cree que soy boba? No nací ayer. —Brenda
Harrison no comprendió la ironía de esta última observación, y prosiguió con serenidad—. Dije, ¡corre y maldito
seas! Eso lo leí en un libro y siempre lo he recordado, no
sé por qué. Corre y maldito seas, dije, vete, haz lo que quieras. Él quería cinco libras entonces y cinco libras a la semana hasta nuevo aviso. Eso es lo que dijo: «hasta nuevo aviso».

»En cuanto Ken llegó, se lo conté todo. Él dijo, vamos,
iremos a la casa a aclararlo todo con esos Griffin. Eso será
el fin de su relación con Davina, dijo. Sé que es desagradable para ti, dijo, pero pronto todo habrá terminado y te sentirás mejor porque sabrás que has hecho lo que tenías que
hacer. Así que fuimos a la casa de los Griffin y se lo conta-
mos todo. Tranquilamente, sin excitarme, les conté lo que
él había hecho y lo de espiarme también. Por supuesto, la
señora Griffin se puso histérica, gritando que su precio-
so Andy no haría eso, él, tan limpio y puro y que no sabía para qué servía una chica y todo eso. Ken dijo voy a
ir a ver al señor y la señora Copeland, nosotros nunca les
llamábamos por los nombres de pila cuando hablábamos
con los Griffin, claro, no habría sido adecuado, voy a ir a
ver al señor y la señora Copeland, dijo, y lo hizo y yo fui
con él.

»Bueno, el resultado de ello fue que Davina dijo que
Andy tenía que marcharse. Ellos podían quedarse pero él
tenía que irse. La alternativa, eso es lo que ella dijo, la alternativa, era llamar a la policía y ella no quería hacerlo si podía evitarlo. La señora Griffin no lo aceptó, no quería sepa-
rarse de su Andy, así que dijeron que se irían todos, el señor
Griffin tomaría la jubilación anticipada, aunque lo que que-

ría decir con «anticipada» no lo sé. A mí me parece que debe de tener setenta años.

»Claro que tuvimos que aguantarles de vecinos durante semanas y semanas después de eso, meses. Andy entonces tenía trabajo, un trabajo de obrero para un amigo americano de Harvey que le proporcionó porque era bueno de corazón, así que no le veíamos mucho. Yo le decía a Ken, pase lo que pase, yo decía, no les diré ni una palabra a ninguno de ellos. Les miraré de arriba abajo si por casualidad nos encontramos fuera, y eso es lo que hacía, y al final se marcharon como tenían que hacer y vino Johnny Gabbitas.

Wexford permaneció callado unos momentos. Observaba la lluvia. Bancos de crocus formaban manchas color púrpura en el verde césped. La forsitia había florecido, un amarillo brillante como el sol en aquel día oscuro y húmedo.

Preguntó a Brenda Harrison:

—¿Cuándo vio por última vez a la señora Garland?

Ella pareció sorprendida ante este aparente cambio de tema. Wexford sospechó que ahora que el asunto había salido a la luz, no le desagradaba hablar de los celos de su esposo y de sus propios irresistibles atractivos. Le respondió bastante malhumorada.

—Hace meses, años. Sé que venía aquí casi todos los martes por la noche pero nunca la veía. Siempre me había ido a casa.

—¿La señora Jones le decía que iba?

—No recuerdo que nunca lo mencionara —dijo Brenda con indiferencia—. ¿Por qué debería hacerlo?

—¿Entonces...?

—¿Cómo lo sabía yo? Ah, entiendo a lo que se refiere. Ella utilizaba los coches del hermano de Ken. —La evidente perplejidad de Wexford requería una explicación por su parte—. Entre usted y yo, a ella le gustaba beber, a Joanne Garland. Y a veces dos o tres. Bueno, ya lo entiende, ¿no? Después de pasar el día en aquella tienda. Me sorprende que vendieran algo alguna vez. Realmente me sorprende que esos sitios se mantengan. Bueno, a veces, cuando había tomado una copa de más, quiero decir cuando a ella le parecía que estaba en el límite, no conducía su coche, llamaba al hermano de Ken. Bueno, para que la llevara allí y a donde ella quisiera ir. Está forrada de dinero, por supuesto, nunca se lo pensaba dos veces lo de llamar a un taxi.

—¿Su cuñado tiene un servicio de taxis?

La señora Harrison mostró una expresión de refinamiento, enrarecida, ligeramente agria.

—Yo no lo expresaría así. Él no se anuncia, tiene clientela privada, algunos clientes seleccionados muy especiales. —Se alarmó—. Todo legal, no ponga esa cara. Le diré su nombre, no tenemos nada que esconder, le daré todos los detalles que quiera. Estoy segura de que le recibirán bien.

En el pasado, de vez en cuando, cuando publicaba un libro que creía que podría interesar a su amigo, Amyas Ireland regalaba un ejemplar a Wexford. Siempre era un placer, al llegar a casa por la noche, encontrar el paquete dirigido a él, el sobre acolchado con el nombre y el logotipo de la editorial en la etiqueta. Pero desde la absorción de Carlyon-Brent no había recibido nada, así que fue una sorpresa encontrar un paquete más grande de lo usual que le esperaba. Esta vez el logotipo era el león de St. Giles Press con flores en la boca pero dentro, entre los libros, había una carta con una explicación de Amyas.

Dadas las circunstancias, le había parecido que a Wexford le podrían interesar los tres libros de Davina Flory, que se estaban reeditando en un nuevo formato: *La ciudad santa, El otro lado del muro* y *Los anfitriones de Midian*. Si Reg quería un ejemplar del primer —y ahora, tristemente, único— volumen de la autobiografía, solo tenía que pedirlo. Lamentaba no haberse puesto en contacto antes. Reg sabía que habían sido absorbidos, pero quizá no estaba enterado de la posterior agitación que se produjo y el temor de Amyas por su puesto. Había sido un período lleno de ansiedad. Sin embargo, todo parecía ya normalizado, Carlyon Quick, como se les conocía entonces, tenía una magnífica lista de otoño en perspectiva. Estaban especialmente encantados por haberse asegurado los derechos de la nueva novela de Augustine Clasey: *El látigo*.

Esto estuvo a punto de estropear el placer de Wexford por los libros de Davina Flory. El teléfono sonó cuando estaba hojeando el primero de ellos. Era Sheila. Siempre llamaba los jueves por la noche. Él escuchó a Dora hablar con ella, complaciéndose en un pasatiempo que le gustaba, que consistía en tratar de adivinar lo que ella decía por las respuestas asombradas, encantadoras o simplemente interesadas de su esposa.

Esa noche las palabras de Dora no entraban en ninguna de esas categorías. Wexford oyó su expresión decepcionada: «Oh, cariño», y un pesar más intenso: «¿Es buena idea? ¿Estás segura de lo que haces?». Wexford experimentó una sensación como si el corazón se le hiciera pesado, una tensión en el pecho. Se incorporó, volvió a sentarse, escuchó.

Dora dijo con el tono frío y rígido que él detestaba cuando iba dirigido a él:

—Supongo que querrás hablar con tu padre.

Wexford tomó el auricular. Antes de que ella hablara, se concentró pensando: «Tiene la voz más hermosa que jamás he oído de boca de una mujer».

La hermosa voz dijo:

—Mamá está enfadada conmigo. Supongo que tú también te enfadarás. He rechazado aquel papel.

Una gloriosa ligereza, un espléndido alivio. ¿Eso era todo?

—¿El de la *La señorita Julia*? Espero que sepas lo que haces.

—Dios sabe que sí. La cuestión es que me voy a Nevada con Gus. Lo he rechazado para irme a Nevada con Gus.

14

En la estación de Kingsmarkham, unas letras digitales iluminadas anunciaban que funcionaba un sistema experimental de hacer cola. En otras palabras, en lugar de esperar cómodamente, dos o tres en cada ventanilla de venta de billetes, se hacía cola entre cuerdas. Iba tan mal como en Euston. En el vestíbulo, cerca del andén del que partiría el tren de Manchester, había un cartel que indicaba a los viajes: «Formar cola aquí».

Nada relacionado con el tren, ninguna frase de bienvenida, nada que indicara cuándo saldría, sólo el supuesto de que allí habría una cola. Era peor que en época de guerra. Wexford pudo recordar la época de guerra, pero entonces, aunque podían dar por supuesto que se formaría cola, al menos no ponían ningún sello oficial.

Quizá debería haber permitido que Donaldson le llevara en coche. No lo había hecho por miedo a las autopistas y sus atascos. Los trenes eran más rápidos, los trenes no quedaban atascados con otros trenes, y los fines de semana las vías de los trenes no eran reparadas constantemente como las carreteras. A menos que hubiera nieve o un huracán, los trenes corrían. Se había comprado un periódico en Kingsmarkham y lo había leído en el viaje a la estación Victoria. Podría comprarse otro allí, algo para apartarse a Sheila de la cabeza y lo que había sucedido la noche anterior. Pero de todos modos, *The Times* no le había impedido pensar en ello, así que ¿por qué comprar el *Independent*?

La cola se retorcía elegante alrededor del amplio vestíbulo. Nadie protestaba, sólo se colocaba al final de la cola, sin quejarse. Se había formado un semicírculo, como si estos viajeros estuvieran a punto de unir sus manos y ponerse a cantar *Aul Lang Syne*. Después, la barrera se abrió y todo el mundo entró, no exactamente en tropel sino empujando un poco, impacientes por llegar al tren.

Un tren moderno, bonito y bastante nuevo. Wexford tenía un asiento reservado. Lo encontró, se sentó, miró la primera página de su periódico y pensó en Sheila, oyó la voz de Sheila. Su tono le hizo temblar.

—¡Decidiste odiarle antes de conocerle siquiera!

¡Cuánto sabía reprochar! Como Shrew de Petruchio, un papel que extrañamente no se había convertido en éxito.

—No seas ridícula, Sheila. Yo no decido odiar a nadie antes de conocerle.

—Siempre existe una primera vez. Oh, ya sé por qué. Estabas celoso, sabías que tenías un motivo real. Sabías que ninguno de los otros significaba nada para mí, ni siquiera Andrew. Estaba enamorada por primera vez en mi vida y viste la luz roja, viste el peligro, estabas decidido a odiar a cualquiera a quien yo amara. ¿Y por qué? Porque tenías miedo de que le quisiera más que a ti.

Antes se habían peleado a menudo. Eran de esas personas que discutían acaloradamente, perdían los estribos, explotaban y olvidaban la causa de la discusión al cabo de unos minutos. Esta vez fue diferente.

—No estamos hablando de amor —había dicho él—. Estamos hablando de sentido común y conducta razonable. Renunciarías quizá al mejor papel que jamás te han ofrecido para irte a un desierto sólo para estar con ese...

—¡No lo digas! ¡No le insultes!

—No podría insultarle. ¿Qué sería un insulto para un sinvergüenza como él? ¿Para ese payaso malhablado y borracho? Los peores insultos que encontrara le adularían.

—Dios mío, sea lo que sea lo que he heredado de ti, me alegro de que no sea tu lengua. Escúchame, padre...

Él se echó a reír.

—¿Padre? ¿Desde cuándo me llamas padre?

—Está bien, no te llamaré nada. Escúchame, por favor. Le amo con todas mis fuerzas. ¡Jamás le abandonaré!

—Ahora no estás en un escenario —dijo Wexford desagradable. Oyó que ella contenía el aliento—. Y si sigues así, francamente, dudo que jamás vuelvas a estarlo.

—Me pregunto —replicó ella distante... ¡Oh, había heredado muchas cosas de él!—. Me pregunto si alguna vez se te ha ocurrido pensar en lo inusual que es para una hija estar tan cerca de sus padres como he estado contigo y con madre; os llamo dos veces a la semana, siempre voy a visitaros. ¿Alguna vez os habéis preguntado por qué?

—No. Sé por qué. Es porque siempre nos hemos mostrado agradables, amables y cariñosos contigo, porque te hemos mimado muchísimo y nos hemos dejado pisar por ti, y ahora que he reunido fuerzas para enfrentarme a ti y decirte algunas verdades acerca de ti y ese horrible pseudo...

No terminó la frase. No llegó a decir lo que iba a citar como consecuencia de sus «fuerzas», y ahora había olvidado lo que era. Antes de poder decir una sola palabra más, ella le había colgado.

Sabía que no debería haberle hablado de aquella manera. Su madre, mucho tiempo atrás, utilizaba una frase de arrepentimiento que quizá era frecuente en su juventud. «¡Que vuelva todo lo que he dicho!» ¡Si fuera posible que volviera todo lo que uno ha dicho! Pronunciando esas palabras de su madre, para anular el insulto y el sarcasmo, para hacer desaparecer cinco minutos. Pero no era posible, y nadie sabía mejor que él que ninguna palabra pronunciada podía perderse nunca, sólo, un día, al igual que todo lo demás que ha sucedido jamás en la existencia humana, podría ser olvidada.

Llevaba el teléfono en el bolsillo. El tren, como era usual aquellos días, estaba lleno de gente que utilizaba teléfono, la mayoría hombres que efectuaban llamadas de negocios. Hacía poco tiempo que todavía resultaba una novedad, pero ahora era corriente. Podía telefonearle, tal vez estuviera en casa. Quizá le colgaría cuando oyera su voz. A Wexford, que normalmente no se preocupaba de la opinión de los demás, le desagradaba la idea de que los demás pasajeros presenciaran el efecto que esto produciría en él.

Pasaron un carrito con café y esos bocadillos omnipresentes, de los que le gustaban y que iban en cajas de plástico tridimensionales. En este mundo hay dos clases de personas —es decir, entre los que se alimentan—, los que cuando están preocupados comen para consolarse y a los que la ansiedad les mata el apetito. Wexford pertenecía a la primera categoría. Había desayunado y, presumiblemente, almorzaría, pero aun así se compró un bocadillo de tocino y huevo. Comió con atención, esperando que el encuentro en Royal Oak hasta cierto punto apartara a Sheila de su mente.

En Crew tomó un taxi. El taxista conocía bien la prisión, dónde estaba y qué clase de institución era. Wexford se preguntó quiénes serían habitualmente los pasajeros que llevaba allí. Quizá visitas, personas buenas y esposas. Uno o dos años atrás se había producido un movimiento para permitir las visitas conyugales en privado, pero éstas habían sido hábilmente vetadas. El sexo evidentemente se encontraba entre las primeras amenidades que no debían tolerarse.

La prisión resultó estar adentrada en el campo, en, según el taxista, el valle del río Wheelock. Royal Oak, explicó a Wexford en un tono practicado como de guía, procedía de un antiguo árbol, desaparecido mucho tiempo atrás, en el que el rey Carlos se había escondido de sus enemigos. No dijo qué rey Carlos y Wexford se preguntó cuántos árboles como aquél proliferaban en Inglaterra, tantos como camas en las que había dormido Isabel I, seguro. Sin duda había uno en Cheriton Forest, un lugar favorito para hacer *pic-nic*. Carlos debió de pasar años de su vida trepando a ellos.

Enorme, extenso, horrible. Seguramente era el muro más alto y más largo de las Midlands. No había árboles. Era tan árida en realidad la llanura en la que el grupo de edificios de ladrillo rojo se erguía, que su nombre resultaba absurdo: «La prisión de Su Majestad: Royal Oak»*. Había llegado.

¿Volvería el taxi a por él? El taxista le ofreció la tarjeta de la empresa de taxis. Podía telefonear. El taxi desapareció bastante rápido, como si, a menos que se efectuara una salida rápida, pudiera tener problemas para marcharse.

Uno de los directores, un hombre llamado David Cairns, le ofreció una taza de café en una agradable habitación con alfombra en el suelo y carteles enmarcados en las paredes. El resto del lugar se parecía a las demás cárceles, pero olía mejor. Mientras Wexford se tomaba su café, Cairns dijo que suponía que conocía lo de Royal Oak y su supervivencia a pesar de la desconfianza oficial y el desagrado del ministro del Interior. Wexford dijo que creía conocerlo, pero Cairns procedió de todos modos a describirle el sistema. Era evidente que estaba orgulloso del lugar; era un idealista con ojos brillantes.

Paradójicamente, eran los prisioneros más violentos y recalcitrantes los que eran enviados a Royal Oak. Por supuesto, ellos también querían ir. Había tantos que querían ir, que a la sazón existía una lista de espera de más de un centenar. Personal e internos se llamaban por el nombre de pila. La terapia de grupo y el asesoramiento mutuo estaban a la orden del día. Los prisioneros se mezclaban, puesto que, de manera única, no existía la segregación de la Regla 43 ni la jerarquía de asesinos y delincuentes violentos arriba y delincuentes sexuales abajo.

Todos los internos llegaban a Royal Oak por un motivo

---

* *Royal Oak* significa «roble real». (*N. de la T.*)

especial, normalmente recomendados por un oficial médico superior de la cárcel. Esto le recordó que a su propio oficial médico superior, Sam Rosenberg, le gustaría verle antes de que fuera a ver a Jem Hocking. Como le había dicho, todos se llamaban por el nombre de pila. Nadie era «señor Tal» o «doctor Cual».

Un miembro del personal acompañó a Wexford al hospital, que formaba otra ala. Se cruzaron con hombres que caminaban libremente —libremente hasta cierto punto— vestidos con chándal o pantalones y camiseta. No pudo resistirse a mirar por una ventana donde se estaba realizando una sesión de terapia de grupo. Los hombres estaban sentados formando círculo. Estaban abriendo sus corazones y desnudando su alma, dijeron los miembros del personal, aprendiendo a sacar a la superficie todas sus confusiones internas. Wexford pensó que parecían tan miserables y tenían tanta cara de pocos amigos como la mayoría de encarcelados.

Se percibía un olor como en el hospital de Stowerton; jugo de lima, lisol y sudor. Todos los hospitales olían igual, excepto los privados, que olían a dinero. El doctor Rosenberg se hallaba en su despacho que se parecía a la sala de la enfermera encargada de Stowerton. Sólo faltaba el humo del cigarrillo. Dominaba una vista de la verde llanura vacía y una hilera de postes de electricidad.

Acababa de llegar el almuerzo. Había suficiente para dos, montones nada estimulantes de algo marrón sobre arroz hervido, probablemente pollo al curry. Tartas de fruta «individuales» para después y un cartón de leche descremada. Pero Wexford comía para consolarse y aceptó sin vacilar la invitación de Sam Rosenberg de unirse a él mientras hablaban de Jem Hocking.

El oficial médico era un hombre bajo y grueso de cuarenta años, con el rostro redondo como el de un niño y un mechón de pelo prematuramente gris. Vestía como los prisioneros, un chándal y zapatillas de deporte.

—¿Qué opina? —preguntó, señalando con una mano la puerta y el techo—. De este lugar, quiero decir. Un poco distinto del «Sistema», ¿no?

Wexford comprendió que al decir el «Sistema» se refería al resto del servicio de prisiones y coincidió en que sí.

—Por supuesto, no parece que funcione. Si por «funcionar» entendemos evitar que vuelvan a hacerlo. Por otra parte, es bastante difícil decirlo porque la mayoría de ellos apenas si tienen la posibilidad de hacer nada otra vez. Son condenados a cadena perpetua. —Sam Rosenberg rebañó el plato de los restos de su curry con un pedazo de pan. Parecía disfrutar de su almuerzo—. Jem Hocking pidió venir aquí. Le condenaron en septiembre, fue enviado a Scrubs o quizá fue a Wandsworth, y empezó a destrozar el lugar. Fue enviado aquí justo antes de Navidad y encajó en lo que hacemos, más o menos un «hablar» continuamente, y se halla en su elemento.

—¿Qué hizo?

—¿Por qué le condenaron? Fue a una casa donde se suponía que la propietaria guardaba los ingresos de su tienda durante el fin de semana, encontró quinientas libras o algo así en un bolso y casi mató a palos a la mujer que vivía allí. Tenía setenta y dos años. Utilizó un martillo de tres kilos.

—¿Ningún arma?

—Ninguna, que yo sepa. Tómese una de estas tartas, por favor. Son de frambuesa y grosella roja, no están mal. Tomamos la leche descremada porque temo un poco al colesterol. Quiero decir, me da miedo, creo en la lucha contra él. Actualmente Jem está enfermo. Él cree que se está muriendo, pero no es así. Esta vez no.

Wexford alzó una ceja.

—No es un problema de colesterol, estoy seguro.

—Bueno, no. En realidad, nunca le hemos hecho pruebas de colesterol. —Resenberg vaciló—. Muchos de la bofia... lo siento, no quería insultar... muchos policías todavía tienen prejuicios contra los gays. Quiero decir, se oye a los polis bromear acerca de los maricas y mariquitas y hablan con remilgos. ¿Usted es uno de ellos? No, ya veo que no. Pero puede que aún piense que los homosexuales son todos peluqueros y bailarines. No hombres auténticos. ¿Ha leído algo de Genet?

—Algunas cosas. Hace mucho tiempo. —Wexford trató de recordar títulos y se acordó de uno—. *Nuestra Señora de las Flores*.

—Estaba pensando en *La querella de Brest*. Genet, más que nadie, le hace comprender a uno que los hombres gay pueden ser tan duros y despiadados como los heterosexuales. Más duros, más despiadados. Pueden ser asesinos, ladrones y criminales brutales, igual que diseñadores de moda.

—¿Me está diciendo que Jem Hocking es uno de éstos?

—Jem no sabe de secretos, tenerlos o revelarlos, pero una de las razones por las que quería venir aquí era hablar abiertamente a otros hombres acerca de su homosexualidad. Hablar de ello día a día, libremente, en grupos. El mundo en el que vivía quizás es el mundo que tiene más prejuicios. Y después se puso enfermo.

—Se refiere a que tiene sida, ¿no?

Sam Rosenberg le miró fijamente.

—¿Lo ve? Lo asocia con la comunidad gay. Le diré una cosa: será igual de frecuente entre los heterosexuales dentro de uno o dos años. No es una enfermedad de homosexuales. ¿De acuerdo?

—¿Pero Jem Hocking lo tiene?

—Jem Hocking es seropositivo. Ha tenido una gripe muy fuerte. Hemos sufrido una epidemia de gripe en Royal Oak y él la tuvo peor que los otros, lo suficiente para estar aquí una semana. Con suerte, volverá a estar en la comunidad a finales de esta semana. Pero él insiste en que es una neumonía relacionada con el sida y cree que yo me niego a decirle la verdad. Por tanto, cree que se está muriendo y quiere verle a usted.

—¿Por qué?

—Eso no lo sé. No lo he preguntado y si se lo preguntara no me lo diría. Él quiere decírselo a usted. ¿Café?

Era un hombre de la edad del médico pero moreno, barba de una semana en las mejillas y barbilla. Consciente de las tendencias modernas del hospital, Wexford esperaba verle levantado, con batín, sentado en una silla, pero Jem Hocking estaba en la cama. Parecía mucho más enfermo de lo que había parecido Daisy. Las manos, que descansaban en la roja manta, estaban llenas de tatuajes.

—¿Cómo está? —preguntó Wexford.

Hocking no respondió de inmediato. Se llevó un dedo azulado a la boca y se la frotó. Luego dijo:

—No muy bien.

—¿Va a decirme cuándo estuvo en Kingsmarkham? ¿Se trata de eso?

—El pasado mayo. Eso le suena, ¿no? Pero supongo que ya se lo imaginaba.

Wexford asintió.

—Algo, sí.

—Me muero. ¿Sabía eso?

—Según el médico, no.

La broma deformó el rostro de Jem Hocking. Sonrió con sarcasmo.

—No dicen la verdad. Ni siquiera aquí. Nadie dice nunca la verdad, ni aquí ni en ningún sitio. No pueden. No es posible hacerlo. Habría que entrar en demasiados detalles, habría que investigar el alma. Se insultaría a todo el mundo y cada palabra demostraría lo hijo de puta que se es. ¿Ha tenido suficiente?

—Sí —respondió Wexford.

Fuera lo que fuese lo que Hocking esperaba, no era una escueta afirmación. Hizo una pausa, dijo:

—La mayor parte del tiempo dirías: «Os odio, os odio» una y otra vez. Ésa sería la verdad. Y: «Quiero morir pero me da miedo». —Respiró hondo—. Sé que me estoy muriendo. Tendré otro ataque de lo que he tenido pero un poco peor y después un tercero y ése se me llevará. Podría ser más rápido. Fue mucho más rápido para Dane.

—¿Quién es Dane?

—Contaba con decírselo antes de morir. Da lo mismo. ¿Qué puedo perder? Lo he perdido todo excepto mi vida y ésta se está acabando. —El rostro de Hocking se contrajo y sus ojos parecieron juntarse. De pronto pareció uno de los tipos más desagradables con que Wexford se había tropezado jamás—. ¿Quiere saber algo? Es el último placer que me queda, hablar a la gente de que me estoy muriendo. Les avergüenza, y yo disfruto con ello, al ver que no saben qué decir.

—A mí no me avergüenza.

—Bueno, jodido guripa, ¿qué se puede esperar?

Entró un enfermero, un hombre con tejanos y una bata corta blanca. Oyó las últimas palabras y dijo a Jem que no fuera grosero, que no servía de nada injuriar a los demás, y era hora de tomarse los antibióticos.

—Jodida inutilidad —dijo Hocking—. La neumonía es un virus, ¿no? Aquí todos sois idiotas.

Wexford esperó con paciencia mientras Hocking se tomaba las pastillas con débiles protestas. Realmente parecía muy enfermo. Se podía creer que se hallaba en el umbral de la muerte. Esperó hasta que el enfermero se hubo marchado, ladeó la cabeza y contempló los dibujos de las manos de Hocking.

—¿Quién es Dane?, pregunta. Se lo diré. Dane era mi compañero. Dane Bishop. Dane Gavin David Bishop, si lo quiere saber todo. Sólo tenía veinticuatro años. —Quedó flotando en el aire la frase «Le amaba», pero él no era sentimental, en especial con los asesinos, en especial con los que golpeaban con un martillo a las ancianas. Así que ¿qué? ¿Amar a alguien redime a un hombre? ¿Amar a alguien le hace a uno bueno?—. Hicimos juntos el trabajo de Kingsmarkham. Pero eso usted ya lo sabe. Lo sabía antes de venir o no habría venido.

—Más o menos —dijo Wexford.

—Dane quería dinero para comprar esta droga. Es americana pero se puede conseguir aquí. Sus iniciales no importan.

—AZT.

—No, de hecho no, policía listo. Se llama DDI, de Dideoxi-inosina. Inasequible en la jodida Seguridad Social, huelga decirlo.

No me pidas disculpas, se dijo Wexford para sus adentros. Deberías saberlo. Pensó en el sargento Martin, necio y temerario pero a veces bastante brillante, un buen hombre, un buen hombre serio y con buenas intenciones, la sal de la tierra.

—Este tal Dane Bishop, entonces, ¿ha muerto?

Jem Hocking se limitó a mirarle. Era una mirada llena de odio y de dolor. Wexford pensó que el odio se debía al hecho de que el hombre no podía hacerle sentir avergonzado. Quizá el único propósito del ejercicio, esta «confesión», tenía como fin avergonzarle con lo que Hocking había esperado disfrutar.

—Murió de sida, supongo —aventuró Wexford—, y no mucho después.

—Murió antes de que pudiéramos conseguir la droga. Su final fue rápido. Vimos la descripción que publicaron, granos en la cara, todo eso. No era maldito acné, era Sarcoma de Kaposi.

Wexford dijo:

—Utilizó una pistola. ¿De dónde la sacó?

Hocking se encogió de hombros en gesto de indiferencia.

—¿Me lo pregunta? Lo sabe tan bien como yo, es fácil conseguir una pistola si se quiere una. Nunca me lo dijo. Simplemente la tenía. Era una Magnum. —Volvió a mirarle de reojo con malicia—. La tiró al salir del banco.

—Ah —exclamó Wexford casi en silencio, casi para sí mismo.

—Tenía miedo de que le encontraran con ella. Entonces estaba enfermo; eso te hace débil, débil como un viejo. Sólo tenía veinticuatro años, pero era débil como el agua. Por eso disparó a aquel idiota, era demasiado débil para soportar la presión. Yo huí enseguida, ni siquiera estaba allí cuando él disparó.

—Estabas preocupado por él. Sabías que tenía una pistola.

—¿Lo estoy negando?

—¿Compraste un coche a nombre de George Brown? Hocking asintió.

—Compramos un vehículo, compramos muchas cosas con dinero efectivo, calculamos que podríamos volver a vender el vehículo porque no nos atrevíamos a guardar los billetes. Yo los envolví en papel de periódico y los metí en un cubo de basura. Vendimos el vehículo... no fue una mala manera de llevar el tema, ¿no?

—Eso se llama blanquear dinero —aclaró Wexford con frialdad—. O al menos, cuando se hace en mayor escala.

—Murió antes de conseguir la droga.

—Ya me lo has dicho.

Jem Hocking se incorporó en la cama.

—Es usted un maldito hijo de puta. Si estuviéramos en cualquier otro sitio del sistema, no le habrían dejado a solas conmigo.

Wexford se levantó.

—¿Qué podrías hacer, Jem? Soy tres veces más corpulento que tú. No estoy avergonzado ni impresionado.

—Impotente, maldita sea —dijo Hocking—. El mundo es impotente contra un hombre moribundo.

—Yo no diría eso. No hay nada en la ley que diga que un hombre moribundo no puede ser acusado de asesinato y atraco.

—¡Usted no lo haría!

—Claro que lo haré —dijo Wexford, y se marchó.

El tren le llevó de regreso a Euston bajo una lluvia torrencial. Llovió todo el rato desde la estación Victoria hasta Kingsmarkham. En cuanto llegó intentó telefonear a Sheila y oyó su voz de Lady Macbeth, la que decía: «Dame la daga», pidiendo a quien llamaba que dejara un mensaje.

15

Era una tarea que Barry Vine habría podido hacer, o incluso Karen Malahyde, pero la hizo él mismo. Su rango no pareció asustar a Fred Harrison, un hombre nervioso que parecía una versión mayor y más baja de su hermano. Wexford le preguntó cuándo había llevado a Joanne Garland a Tancred House por última vez; Harrison consultó su libreta y mencionó una fecha cuatro martes atrás.

—No la habría querido ni ver de lejos de haber sabido que iba a causarme problemas —dijo Fred Harrison.

A pesar de sí mismo y sus sentimientos de infelicidad, a Wexford esto le divirtió.

—Dudo que le cause problemas a usted, señor Harrison. ¿Vio a la señora Garland o tuvo noticias de ella el martes 11 de marzo?

—Nada, ni pío desde cuando he dicho, el 26 de febrero.

—Y aquella noche, ¿qué sucedió? ¿Ella le telefoneó a usted y le pidió que la llevara a Tancred House a... qué hora? ¿Las ocho? ¿Las ocho y cuarto?

—No la hubiera llevado a ninguna parte si hubiera sabido que iba a causarme problemas. Créame. Me telefoneó como siempre hacia las siete, dijo que tenía que estar en Tancred a las ocho y media. Le dije como siempre que la recogería unos minutos después de las ocho, había tiempo de sobra, pero ella dijo que no, no quería llegar tarde, y que fuera a las ocho menos diez. Bueno, llegamos a Tancred a las ocho y diez, ocho y cuarto. Yendo por el camino más corto, era de prever, pero ella nunca escuchaba, siempre tenía miedo de llegar tarde. Eso sucedía siempre. A veces la esperaba, me pedía que esperara, estaba una hora, y yo aprovechaba para ir a ver a mi hermano.

A Wexford esto no le interesaba. Insistió:

—¿Está seguro de que no le telefoneó el 11 de marzo?

—Créame, hablaría con franqueza. Lo último que quiero es tener problemas.

—¿Cree que alguna vez utilizó otro servicio de taxis?

—¿Por qué iba a hacerlo? No tenía ninguna queja de mí. Más de una vez me había dicho: «No sé lo que haría sin usted, Fred, que viene en mi rescate». Y después decía que yo era el único de por aquí en quien confiaba para que la llevara en coche.

Parecía que no había nada más que sacarle al nervioso Fred Harrison. Wexford le dejó para volver a Tancred. Conducía él mismo y tomó el camino de Pomfret Monachorum. Era sólo la segunda vez que iba por allí. Después de la lluvia del día anterior, el tiempo era bonancible y el bosque estaba lleno de vida, la vida callada y fresca de principios de primavera. El camino ascendía la colina boscosa que conducía a Tancred. Era demasiado pronto para que los árboles mostraran hojas excepto los espinos, que ya estaban cubiertos de verde. Las flores colgaban en las ciruelas silvestres como blancos velos manchados.

Conducía despacio. En cuanto su mente se vació de Fred Harrison y sus ansiedades, Sheila acudió para llenarla. Estuvo a punto de gruñir en voz alta. Cada palabra de enojo que había sido pronunciada durante aquel espantoso intercambio estaba fresco en su memoria, se repetía insistentemente.

«... estabas decidido a odiar a cualquiera a quien yo amara. ¿Y por qué? Porque tenías miedo de que le quisiera más que a ti.»

Conduciendo a través del bosque donde crecían los acónitos en anillos amarillos como pedazos de brillante luz del sol, abrió la ventanilla para sentir el aire fresco en el rostro, el aire equinoccial del primer día, o quizá el segundo, de primavera. La noche anterior, con la lluvia que golpeaba las ventanas, había intentado hablar con ella por teléfono y Dora también lo había intentado. Quería disculparse y pedirle que le perdonara. Pero el teléfono sonaba y sonaba y nadie respondía, y cuando volvió a probarlo, desesperado, a las nueve y otra vez a las nueve y media, sólo oyó la voz del contestador automático. No uno de sus mensajes característicos: «Si es alguien que me ofrece un papel femenino en una obra escocesa o que quiere llevarme a cenar a Le Caprice...». «Cariño —el "cariño" universal de la actriz que servía para él o para Casey o para la mujer de la limpieza—, Cariño, Sheila ha tenido que salir...» No era nada de esto sino: «Sheila Wexford. Estoy fuera. Deja un mensaje y es probable que te llame». Él no había dejado ningún mensaje, sino que al final se había acostado, harto.

Pensó que la había perdido. No tenía mucho que ver con el hecho de que ella se marchara a casi diez mil kilómetros de distancia. Casey se la habría arrebatado igualmente si ambos hubieran decidido comprar una casa y establecerse en Pomfret Monachorum. La había perdido y las cosas jamás volverían a ser iguales para ellos.

El sendero efectuó su último giro, llegando a la recta y al terreno llano. A ambos lados se extendían kilómetros de árboles jóvenes, plantados quizá veinte años atrás, sus ramas delgadas que buscaban la luz de un brillante color rojizo, el espino y el endrino entre ellos ramilletes de verde brumoso y blanco como la nieve. El espacio de terreno que quedaba entre ellos, sembrado de hojas secas de color marrón, estaba moteado de luz del sol.

A lo lejos vislumbró un movimiento. Alguien se aproximaba a él, por el sendero, muy adelante, alguien joven, una chica joven. A medida que se acercaban la veía mejor. Era

Daisy. Por improbable que pareciera que estuviera allí, en aquel lugar, a aquella hora, se trataba sin duda de Daisy.

Ella se detuvo al ver el coche. Por supuesto, desde aquella distancia, no podía tener idea de quién era el conductor. Llevaba tejanos y una chaqueta Barbour, la manga izquierda vacía, una bufanda de color rojo vivo arrollada dos veces al cuello. Él supo el momento preciso en que le reconoció por cómo abrió desmesuradamente los ojos. No sonrió.

Él se detuvo y bajó la ventanilla. Ella no esperó la pregunta.

—He venido a casa. Sabía que me lo impedirían y por eso he esperado a que Nicholas se fuera a trabajar, y entonces he anunciado me voy a casa ahora, Joyce, gracias por acogerme, y eso es todo. Ella ha dicho que no podía hacerlo, no podía yo sola. Ya sabe cómo habla: «Lo siento, querida, pero no puedes hacerlo. ¿Y tu equipaje? ¿Quién cuidará de ti?». Le he dicho que ya había llamado a un taxi y que yo cuidaría de mí misma.

Se le ocurrió a Wexford que jamás lo había hecho y que, igual que en el pasado, Brenda Harrison cuidaría de ella. Pero Daisy sólo tenía el tipo de ilusiones que tienen todos los jóvenes.

—¿Y estás dando un paseo por tu propiedad?

—Hace rato que he salido. Ahora regreso. Me canso pronto. —Volvía a tener la expresión triste, los ojos afligidos—. ¿Me deja subir?

Él alargó el brazo y abrió la puerta del pasajero.

—Ya tengo dieciocho años —dijo ella, aunque sin entusiasmo—. Puedo hacer lo que quiera. ¿Cómo se abrocha este cinturón de seguridad? El cabestrillo y todo este vendaje me estorban.

—No es necesario que te lo pongas si no quieres. No es obligatorio en una propiedad privada.

—¿De veras? No lo sabía. Usted lleva el suyo puesto.

—La fuerza de la costumbre. Daisy, ¿tienes intención de quedarte aquí sola? ¿Vivir aquí?

—Esto es mío. —Su voz era tan inexorable como era posible. Se volvió amarga—. Todo esto es mío. ¿Por qué no voy a vivir en lo que es mío?

Él no respondió. No servía de nada decirle cosas que ella ya sabía, que era demasiado joven, era mujer e indefensa, y cosas de las que tal vez ella no se había dado cuenta, que podría muy bien haber alguien interesado en acabar el trabajo que había empezado dos semanas atrás. Si pensaba en eso en serio tendría que poner a un agente día y noche en Tancred, pero no quiso alarmar a Daisy con sus temores.

En cambio, pasó a un tema del que habían hablado cuando se vieron en casa de los Virson la última vez.

—Supongo que no has tenido noticias de tu padre.

—¿Mi padre?

—Él es tu padre, Daisy. Tiene que saber esto. Nadie en este país podría no haberlo visto en televisión o en los periódicos. Y a menos que me equivoque mucho, con el funeral de hoy todo aquello revivirá en las noticias. Creo que deberías esperar que se ponga en contacto contigo.

—Si tuviera alguna intención de hacerlo, ¿no lo habría hecho ya?

—No sabría dónde vivías. Que sepamos, ha estado llamando a Tancred House cada día.

De pronto se preguntó si era este hombre al que ella había buscado en vano en el funeral. Ese padre en las sombras del que nadie hablaba, pero que debía existir.

Aparcó el coche junto al estanque. Daisy bajó y contempló el agua. Quizá porque el sol brillaba, algunos peces habían subido a la superficie, blancos, o más bien incoloros, con la cabeza roja. Ella levantó la cara hacia las estatuas, la muchacha metamorfoseada en árbol, envolviendo sus miembros una vaina hecha de corteza, el hombre cerrándose sobre ella con el rostro anhelante levantado, los brazos extendidos.

—Dafne y Apolo —anunció ella—. Es una copia de Bernini. Se supone que es buena. Yo no lo sé, realmente no me gustan estas cosas. —Hizo una mueca—. A Davina le encantaba. Supongo que el dios iba a violar a Dafne, ¿no cree? Quiero decir, lo dicen con palabras bonitas, para que suene romántico, pero eso es lo que iba a hacer.

Sin decir nada, Wexford se preguntó qué acontecimiento en el pasado la había incitado a este repentino salvajismo.

—No iba a cortejarla, ¿verdad? Llevarla a cenar y comprarle un anillo de compromiso. ¡Que idiota es la gente! —Cambió de tema mientras se volvía de espaldas al estanque y levantaba un poco la cabeza—. Cuando era pequeña, solía preguntarle a mamá por mi padre. Ya sabe cómo son los niños, quieren saber todo eso. Mi madre era así, si había algo de lo que no le gustaba hablar, me decía que le preguntara a Davina. Siempre me decía: «Pregúntaselo a tu abuela, ella te lo dirá». Así que le pregunté a Davina y ella dijo (no lo creerá, pero esto es lo que dijo): «Tu madre era seguidora del fútbol, querida, y solía ir a verle jugar. Así se conocieron». Y entonces añadió: «Hablando sin rodeos, él tenía poco clase». Le gustaban ese tipo de expresiones, «seguidora del fútbol» y «poca clase». «Olvídale, cariño», me dijo. «Imagínate que naciste por partenogénesis como las algas», y entonces me explicó todo en una lección. Pero no me hizo exactamente sentir mucho amor o respeto por mi padre.

—¿Sabes dónde vive?

—En algún lugar del norte de Londres. Vuelve a estar casado. Venga a la casa, si quiere, y podríamos averiguar dónde vive.

La puerta delantera y la puerta interior no estaban cerradas con llave. Wexford entró detrás de Daisy. Al cerrar la puerta tras de ellos, los candelabros temblaron y tintinearon. Los lirios del invernadero tenían un olor artificial, como el departamento de perfumería de unos grandes almacenes. En aquel vestíbulo ella se había arrastrado hasta el teléfono, dejando una estela de sangre sobre aquel reluciente suelo, se había arrastrado al lado del cuerpo de Harvey Copeland, despatarrado en la escalera. Él la vio mirar la escalinata donde una gran zona de la alfombra había sido cortada y mostraba la madera desnuda de debajo. Daisy fue hasta la puerta del fondo que conducía al estudio de Davina Flory.

Él no había entrado nunca allí. Todas las paredes estaban forradas con libros. Su única ventana daba a la terraza, de la cual el *serre* formaba una pared. Wexford había esperado esto, pero no el elegante globo terráqueo de cristal verde oscuro sobre la mesa, no el jardín de bonsais en una jardinera de terracota bajo la ventana, no la ausencia de un procesador de textos, una máquina de escribir, equipo electrónico de alguna clase. Sobre el escritorio, al lado de un recado de escribir, había una pluma estilográfica Mont Blanc. En una jarra, hecha quizá de malaquita, había bolígrafos, lápices y un cortaplumas con mango de hueso.

—Lo escribía todo a mano —explicó Daisy—. No sabía escribir a máquina, nunca quiso aprender. —Rebuscaba en el cajón superior del escritorio—. Aquí está. Ella lo llamaba su agenda de direcciones «no amistosa». La tenía para la gente que no le gustaba o que no... bueno, que no le beneficiaba conocerla.

Había una número incómodamente grande de nombres en la agenda. Wexford pasó a la J. El único Jones tenía las iniciales G. G. Y una dirección en Londres N5. Ningún número de teléfono.

—No lo entiendo, Daisy. ¿Por qué tu abuela tenía la dirección de tu padre y no tu madre? ¿O tu madre también la tenía? ¿Por qué «G. G.»? ¿Por qué no su nombre? Al fin y al cabo, había sido su yerno.

—Realmente no lo entiende. —Logró esbozar una fugaz sonrisa—. A Davina le gustaba poner etiquetas a la gente. Quería saber dónde estaba él y qué hacía, aunque no tuviera que volver a verle en toda su vida. —Se mordió el labio, pero prosiguió—: Ella era muy manipuladora. Muy organizadora. Quería saber exactamente dónde estaba él, por muy a menudo que se mudara. Puede estar seguro de que esta dirección es la correcta. Supongo que esperaba que algún día aparecería y... bueno, le pediría dinero. Ella solía decir que la mayoría de gente de su pasado aparecían tarde o temprano; ella lo llamaba «salir de la carpintería». En cuanto a mamá, dudo que ni siquiera tuviera una agenda de direcciones.

—Daisy, estoy intentando encontrar una manera amable y diplomática de preguntarte esto y no estoy seguro de si ésta lo es. Acerca de tu madre. —Vaciló—. Los amigos de tu madre...

—¿Se refiere a si tenía novios? ¿Amantes?

Una vez más, su intuición sorprendió a Wexford. Asintió afirmativamente.

—Puede que a usted no le pareciera joven, pero sólo tenía cuarenta y cinco años. Además, no creo que la edad tenga mucha importancia en este aspecto, a pesar de lo que dice la gente. La gente tiene amigos del sexo opuesto, amigos en el sentido romántico, a cualquier edad.

»Como Davina habría hecho. —De pronto Daisy sonrió—. Si Harvey hubiera caído de su trono. —Se dio cuenta de lo que había dicho, la torpeza del comentario. Se tapó la boca con la mano y emitió un jadeo—. ¡Oh, Dios mío! Olvide lo que he dicho. No lo he dicho. ¿Por qué decimos estas cosas?

En lugar de responder, porque no podía hacerlo «Que vuelva todo lo que he dicho», le recordó amablemente que le estaba hablando de su madre.

Ella suspiró.

—Nunca me enteré de que saliera con nadie. Nunca le oí mencionar a ningún hombre. No creo que le interesara. Davina solía decirle que se buscara un hombre, que eso «la sacaría de sí misma», e incluso Harvey lo intentaba. Recuerdo que Harvey llevaba a algún tipo a casa, algún político, y Davina preguntaba si no le iría bien a mamá. Quiero decir, no creo que ellos creyeran que yo entendía a qué se referían, pero sí lo entendía.

»Cuando estuvimos en Edimburgo el año pasado, (ya sabe que fuimos al festival, Davina hacía algo en el festival), mamá tuvo la gripe, se pasó las dos semanas enteras en cama, y Davina se quejaba de que era una vergüenza porque había conocido al hijo de una amiga que le habría convenido a mamá. Eso es lo que dijo a Harvey, que le habría convenido a mamá.

»Mamá estaba muy bien tal como estaba. Le gustaba su vida, le gustaba pasar el tiempo en aquella galería y mirar la televisión y no tener ninguna responsabilidad, pintar un poco y hacerse sus vestidos y todo eso. No podía preocuparse por los hombres. —De pronto asomó a su rostro una expresión de extrema desesperación. Era como la pena inconsolable de un niño. Se inclinó hacia delante sobre la mesa donde estaba el globo terráqueo de cristal verde y se apretó la frente con el puño. Se pasó los dedos por el pelo. Él esperó una súbita explosión de ira contra la vida y por cómo eran las cosas, un grito de protesta por lo que había sucedido a su sencilla, inocente y feliz madre, pero en lugar de ello levantó la cabeza y dijo con bastante frialdad—: Joanne es igual, que yo sepa. Joanne gasta muchísimo en ropa, arreglándose la cara y el pelo, dándose masajes y todo eso, pero no está hecha para los hombres. No sé para qué está hecha. Para sí misma, quizá. Davina siempre hablaba del amor y los hombres, ella lo llamaba tener una vida plena, creía que era muy moderna, ésta era su palabra, pero en realidad, a las mujeres ya no les interesan los hombres, ¿no cree? Les satisface igual ser vistas con amigas. No es necesario tener a un hombre para ser una auténtica mujer, actualmente no.

Era como si estuviera justificando algo de su propia vida, haciéndola parecer correcta. Wexford dijo:

—La señora Virson dice que tu abuela quería que fueras como ella, que hicieras las mismas cosas.

—Pero sin cometer sus errores, sí. Ya le he dicho que era manipuladora. A mí no me preguntaron si quería ir a la universidad y viajar y escribir libros y... tener relaciones sexuales con muchas personas distintas. —Daisy apartó la mirada—. Se daba por supuesto que lo haría. De hecho, no lo hago. Ni siquiera quiero ir a Oxford y... y, bueno, si ni siquiera paso los exámenes de nivel avanzado no puedo hacerlo. Quiero ser yo misma, no la creación de otra persona.

Así que el tiempo había empezado a cumplir con su tarea, pensó él. Funcionaba. Y lo que dijo ella a continuación le hizo corregirse.

—Si es que quiero hacer algo. Siempre que me importe lo que ocurra.

Él no hizo ningún comentario.

—Hay una cosa que tal vez te gustaría hacer. ¿Quieres venir a ver cómo hemos convertido tu santuario en una comisaría de policía?

—Ahora no. Me gustaría estar sola. Sólo yo y *Queenie*. Ha estado muy contenta de verme; me ha saltado al hombro desde la barandilla tal como hacía antes, ronroneando como un león rugiendo. Voy a recorrer toda la casa y limitarme a mirarlo todo, volver a familiarizarme con ello. Para mí ha cambiado. Es lo mismo pero también es muy diferente. No entraré en el comedor. Ya le he pedido a Ken que selle la puerta. Sólo por un tiempo. La sellará y así no podré abrirla si... si lo olvido.

Es raro ver estremecerse a la gente. Wexford, que la observaba, no vio este movimiento galvánico del cuerpo, sólo las señales externas del estremecimiento interno, la pérdida de color de su cara, la carne de gallina en el cuello. Pensó en explicarle lo que tenía previsto para su protección, pero creyó mejor no hacerlo. Decididamente, lo más sensato sería presentarle un *fait accompli*.

Ella había cerrado los ojos. Cuando los abrió, él vio que había hecho esfuerzos para no llorar. Tenía los párpados hinchados. Pensó que cuando él se marchara, Daisy se dejaría arrastrar por la pena, pero cuando iba a marcharse, sonó el teléfono.

Daisy vaciló, levantó el auricular y él la oyó decir:

—Oh, Joyce. Gracias por llamar, pero estoy bien. Estaré bien...

Karen Malahyde pasaría la noche en Tancred House con Daisy, Anne Lennox lo haría la noche siguiente, Rosemary Mountjoy la siguiente y así sucesivamente. Quería montar una guardia adicional en los establos, dos hombres de turno las veinticuatro horas del día, pero desfalleció al pensar en la respuesta del subjefe de Policía a ello. Estaban escasos de personal, como solían estar. La chica no tenía por qué estar allí sola, tenía amigos con los que vivir; Wexford podía oír a Freeborn decirlo: ellos no tenían porque gastar dinero público para la protección de una mujer joven que había decicido por capricho regresar a aquel lugar grande y solitario.

Pero Karen, Anne y Rosemary estuvieron encantadas. Ninguna de ellas había dormido nunca bajo un techo que cubría más de un bloque de pisos de tres dormitorios. La decisión de que Karen se lo dijera a Daisy la tomó de improviso. La estaba protegiendo a ella, pero esto era para protegerse a sí mismo. Siempre que pudiera evitarlo, no debía verla. En resumen, pensó que comprendía el significado de esa sensación de alarma que había experimentado en St. Peter.

Le horrorizó. Durante diez minutos, sentado ante su escritorio en los establos, mirando fijamente el cactus estilo gato persa pero sin verlo, creyó que estaba enamorado de ella. Lo vio como una enfermedad terminal sobre la que el doctor Crocker podría haberle ilustrado, algún temible infortunio; lo veía como Jem Hocking veía el destino que sin duda le esperaba.

Claro que habían existido casos en el pasado. Hacía más de treinta años que estaba casado con Dora, así que por supuesto habían existido casos. Aquella joven holandesa, la bonita Nancy Lake, otras ajenas a su trabajo. Pero él amaba a Dora, su matrimonio era feliz. Y esto era tan ridículo, ella y esta niña. ¡Pero cómo se le iluminaba el día cuando la veía, cuando veía su triste rostro! ¡Qué feliz era cuando ella le hablaba, cuando se sentaban juntos a hablar! ¡Qué guapa era, y lista, y buena!

Lo puso a prueba, la única prueba. Intentó imaginar que hacía el amor con ella, sus desnudez y el deseo de hacer el amor con ella, y el concepto resultó grotesco. No era eso lo que quería, no lo era en absoluto. Una revulsión positiva le hizo dar un respingo. No podía contemplar tocarla ni con la punta de los dedos, ni siquiera en alguna secreta fantasía. No, él sabía lo que era lo que sentía. En lugar de gruñir, lo que había tenido ganas de hacer diez minutos antes, soltó una repentina risotada, un bramido de risa.

Barry Vine, anteriormente pegado a un informe que estaba leyendo, se giró en redondo para mirarle. Wexford dejó de reír y se puso serio. Creyó que Vine iba a decir algo, formular alguna pregunta idiota como habría podido hacer el pobre Martin, pero constantemente subestimaba al sargento detective Vine. El hombre volvía a estar absorto en su informe y Wexford divirtiéndose al haber comprendido lo que había sucedido. No era sexo, no estaba «enamorado», gracias a Dios. Simplemente, su mente había sustituido a la Sheila perdida por Daisy. Había perdido a una hija y encontrado a otra. ¡Qué cosa tan extraña era la psique humana!

Al pensar en ello, vio que esto era exactamente lo que había sucedido. Él la veía como a una hija, pues era un hombre que necesitaba hijas. Se sintió un poco culpable por no haberse volcado en la otra, en Sylvia, su hija mayor. ¿Por qué perseguir a extrañas diosas cuando tenía a la suya propia cerca? Porque los sentimientos y las necesidades aparecen sin pensar, sin considerar lo que es conveniente y lo que es adecuado. Pero decidió ver pronto a Sylvia, quizá llevarle un regalo. Ella se mudaba de casa, se trasladaba a un antigua rectoría en el campo. Iría y le preguntaría por el traslado, cómo podía él ayudarle. Y entretanto, podría cumplir con su decisión de ver menos a Daisy, para que el amor menos peligroso no se convirtiera en otro más temible.

Suspiró, y esta vez Barry Vine no se giró. Se habían llevado allí los listines telefónicos de Londres cuando se trasladaron y Wexford consultó el que solía ser de color de rosa, E-K, y en cuya tapa el rosa seguía predominando en el dibujo. Por supuesto, había cientos de Jones, pero no demasiados G. G. Jones. Daisy había tenido razón al decir que Davina tendría la dirección correcta de su padre. Allí estaba: Jones, G. G., 11 Nineveh Road, N5, y un número de teléfono de la centralita 832. En el código postal 071, sin duda, en el centro de Londres. Pero Wexford no tomó el teléfono. Se quedó sentado preguntándose qué significaban aquellas iniciales, y preguntándose también por qué se había producido una brecha tan absoluta entre Jones y su hija.

También pensó en la herencia y en las diferentes consecuencias que se habrían podido producir si, por ejemplo, Davina hubiera sido la que no había muerto, o lo hubiera sido Naomi. Y qué significado tenía, si es que lo tenía, el hecho de que ni a Naomi ni a su amiga Joanne Garland les interesaran los hombres, de que aparentemente prefirieran su compañía mutua.

Un informe frente a él expresaba la opinión de un experto en armas cortas. Tranquilizada su mente, lo volvió a leer y con más atención. La primera vez, cuando temía hallarse en las garras de la más abrumadora obsesión, no lo había comprendido. El experto decía que aunque los cartuchos utilizados en el asesinato de Martin parecían diferentes de los utilizados en Tancred House, podrían de hecho no serlo. Era posible, si se sabía hacer, forzar el cañón de una pistola y grabar en su interior líneas que quedarían grabadas a su vez en el cartucho que pasara a través de él. En su opinión, esto podría muy bien haberse hecho en el presente caso...

Dijo:

—Barry, era cierto lo que Michelle Weaver dijo. Bishop tiró el arma. Resbaló por el suelo del banco. Por extraño que parezca, había dos armas deslizándose por aquel suelo después de que dispararan a Martin.

Vine se acercó, se sentó en el borde del escritorio.

—Hocking me dijo que Bishop arrojó el arma, él Colt Magnum. Era un Colt Magnum calibre 357 o calibre 38, no hay manera de saberlo. Alguien que estaba en el banco recogió esa arma. Una de las personas que no esperó a que llegáramos. Uno de los hombres. Sharon Fraser tenía la impresión de que los que se habían ido eran todos hombres.

—Sólo se recoge un arma con malas intenciones —dijo Vine.

—Sí. Pero quizá no con malas intenciones concretas. Una simple tendencia general hacia la transgresión de la ley.

—¿Por si pudiera ser útil algún día, señor?

—Algo así. Igual que mi padre solía recoger todos los clavos que veía en el suelo. Por si un día servían.

Sonó su teléfono. Dora o la comisaría de policía. Cualquiera que quisiera hablar con ellos de algo relacionado con los asesinatos de Tancred seguramente llamaría al número gratuito que cada día aparecía en las pantallas de televisión. Era Burden, que aquel día no había ido a los establos. Dijo:

—Reg, se acaba de recibir una llamada. No una 999. Un hombre con acento americano. Llamaba en nombre de Bib Mew. Vive al lado de su casa, no tiene teléfono, dice que ha encontrado un cuerpo en el bosque.

—Sé a quién te refieres. He hablado con él.

—La mujer ha encontrado un cuerpo —prosiguió Burden— colgado de un árbol.

16

Les dejó entrar pero no dijo nada. A Wexford le miró con la misma expresión vacía y sin esperanza que podía haber ofrecido a un alguacil que fuera a hacerle inventario de sus bienes. Esto tipificó su actitud desde el principio. Estaba aturdida, desesperada, era incapaz de luchar contra estas aguas que se habían cerrado sobre su cabeza.

Aunque pareciera mentira, tenía un aspecto más masculino que nunca con pantalones de pana, camisa a cuadros y jersey con cuello en pico; aquel día no llevaba pendiente. «Estaría dispuesto a desacreditar mi vestimenta masculina y llorar como una mujer», pensó Wexford. Pero Bib Mew no estaba llorando y de todos modos ¿no era eso una falacia, lo de que las mujeres lloraban y los hombres no?

—Cuéntenos lo que ha ocurrido, señora Mew —pidió Burden.

Ella le acompañó al pequeño y sofocante salón al que para su autenticidad romántica sólo le faltaba una anciana con chal en un sofá. Allí, sin decirles una palabra, se dejó caer en un viejo sofá de crin. Sus ojos no abandonaban el rostro de Wexford. Éste pensó: «Tenía que haber traído a una agente de policía, pero no lo he comprendido hasta ahora. Bib Mew no es simplemente excéntrica, lenta o estúpida, si el término no es demasiado duro. Es retrasada mental. Sintió piedad. Para estas personas, los sustos eran

peores, penetraban y de alguna manera trastornaban su inocencia».

Burden había repetido su pregunta. Wexford dijo:

—Señora Mew, me parece que le iría bien tomar algo
caliente. ¿Podemos preparárselo?

¡Oh, Karen o Anne! Pero su oferta desbloqueó la voz
de Bib.

—Él me dio esto. El de al lado.

Era inútil esperar lo que Burden esperaba. Esta mujer
no sería capaz de hacerles un relato objetivo de lo que había encontrado.

—Usted estaba en el bosque —empezó Wexford. Miró
la hora—. ¿Camino de su trabajo?

El gesto de asentimiento que hizo mostraba más que
miedo. Era el movimiento aterrorizado de una criatura aco-
rralada. Burden dejó la habitación sin hacer ruido, en busca, supuso Wexford, de la cocina. Ahora venía la parte difícil, la que podría hacer que la mujer se echase a gritar.

—¿Vio algo, a alguien? ¿Vio algo colgando de un árbol?

Otro gesto de asentimiento. La mujer había empezado
a retorcerse las manos, una serie de movimientos rápidos.
Cuando habló, Wexford se sorprendió:

—Una persona muerta.

Oh, Dios mío, pensó, a menos que se lo haya imaginado ella, y no creo que sea así, se trata de Joanne Garland.

—¿Un hombre o una mujer, señora Mew?

Ella repitió lo que había dicho.

—Una persona muerta —y después—, ahorcada.

—Sí. ¿La vio desde el camino secundario?

Meneó con fuerza la cabeza y entonces entró Burden
con té en un tazón que tenía grabadas las caras del duque
y la duquesa de York. En el tazón había una cucharilla y
Wexford supuso que Burden había puesto azúcar suficiente para que la cucharilla se sostuviera sola.

—He telefoneado —dijo—. He dicho a Anne que venga
—añadió—: Y Barry.

Bib Mew sostuvo el tazón cerca de su pecho y lo envolvió con sus manos. De modo incongruente, Wexford recordó que alguien le había dicho que la gente de Cachemira lleva tarros de carbón encendido debajo de la ropa para calentarse. Pensó que si ellos no hubieran estado allí, la mujer se habría puesto el tazón debajo del jersey. Parecía que el té le producía más alivio para calentarse que como bebida.

—He ido a los árboles —dijo—. Tenía que ir.

Wexford tardó unos momentos en comprender a qué se refería. Ante el tribunal todavía se denominaba «con un propósito natural». Burden pareció desconcertado. Sólo podía haber estado a diez minutos de su casa, pero claro que era posible que se pudiera «tener una urgencia», que se tuviera algún problema en ese sentido. ¿O se temiera utilizar los cuartos de baño de Tancred House?

—¿Dejó su bicicleta —dijo él con amabilidad— y fue entre los árboles y entonces lo vio?

Ella se echó a temblar.

Él tuvo que insistir.

—¿No siguió hasta Tancred, dio la vuelta?

—Miedo, miedo, miedo. Tenía miedo. —Señaló con un dedo hacia la pared—. Se lo he dicho.

—Sí —dijo Burden—. ¿Podría decirnos dónde?

Ella no gritó. El sonido que emitió era una especie de farfulleo y su cuerpo se estremeció. El té se balanceó en la taza y se derramó un poco. Wexford le retiró el tazón suavemente. Dijo, con su voz más calmada, más tranquilizadora que pudo:

—No importa. No se preocupe por ello. ¿Se lo ha contado al señor Hogarth? —Ella le miró como si no comprendiera. A Wexford le pareció que a la mujer le habían empezado a castañetear los dientes—. ¿El hombre de la casa de al lado?

Un gesto afirmativo. Sus manos volvieron al tazón de té, lo agarraron. Wexford oyó el coche, hizo una seña con la cabeza a Burden para que les dejara entrar. Barry Vine y Anne Lennox habían tardado exactamente once minutos en llegar allí.

Wexford les dejó con ella y se fue a la casa de al lado. La bicicleta del joven americano descansaba apoyada contra la pared. No había timbre ni aldaba, así que utilizó la tapa del buzón, abriéndola y cerrándola con violencia. El hombre que estaba dentro tardó mucho en llegar y cuando lo hizo no pareció muy complacido de ver a Wexford. Sin duda le desagradaba estar implicado.

—Ah, hola —dijo con bastante frialdad; y después, con resignación—: Ya nos conocemos. Entre.

Era una voz agradable. Educada, supuso Wexford, aunque no de la categoría del nivel inmaculado de la Ivy League del señor Littlebury. El muchacho le hizo entrar en una sucia sala de estar, lo que cabe esperar de alguien de su edad —veintitrés o veinticuatro— que vive solo. Había muchos libros en estanterías hechas con tablones colocados sobre montones de ladrillos, un elegante televisor, un viejo sofá verde, una mesa de alas abatibles cargada de libros, papeles, máquina de escribir, instrumentos de metal indefinibles de tipo abrazaderas y llaves inglesas, platos, tazas y un vaso medio vacío de algo rojo. Un montón de periódicos ocupaba el otro único lugar previsto para sentarse, una silla reclinable Windsor. El joven americano los quitó y los dejó en el suelo; quitó también del respaldo, donde colgaban, una camiseta blanca sucia y un par de turbios calcetines.

—¿Puedo saber su nombre completo?

—Supongo que sí. —Pero no se lo dijo—. ¿Puedo saber por qué? Quiero decir, yo no estoy implicado en todo esto.

—Cuestión de rutina. No tiene por qué preocuparse. Bueno, me gustaría saber su nombre completo.

—Está bien, si así lo quiere. Jonathan Steel Hogarth. —Su actitud cambió y se volvió expansiva—. Me llaman Thanny. Bueno, yo me llamo Thanny, así que ahora todo el mundo lo hace. No todos hemos de ser Jon, ¿no? Imaginé que si una chica llamada Patricia puede ser Tricia, yo puedo ser Thanny.

—¿Es ciudadano estadounidense?

—Sí. ¿Debería llamar a mi cónsul?

Wexford sonrió.

—Dudo que sea necesario. ¿Lleva mucho tiempo aquí?

—Estoy en Europa desde el pasado verano. Desde finales de mayo. Supongo que estoy haciendo lo que ellos llaman el Gran Viaje. Llevo viviendo aquí tal vez un mes. Soy estudiante. Bueno, he sido estudiante y espero volver a serlo. En la USM en otoño. Así que encontré este lugar, ¿cómo lo llamarían ustedes? ¿Una cabaña? No, un *cottage*, y me instalé y a continuación se produce esta matanza en la propiedad de ahí arriba, y la señora de la casa de al lado encuentra a un pobre tipo colgado de un árbol.

—¿Un tipo? ¿Era un hombre?

—Es curioso, no lo sé. Creo que lo di por supuesto.

Ofreció a Wexford una sonrisa triste. Era un rostro delicado, no tanto guapo como fino, con los rasgos como de muchacha, grandes ojos azul oscuro y largas espesas pestañas, la nariz corta y recta, piel sonrosada... y la barba del hombre moreno que hace dos días que no se afeita. El contraste era extrañamente llamativo.

—¿Quiere que le cuente lo que sucedió? Supongo que fue una suerte que yo estuviera allí. Acababa de regresar de la USM...

Wexford le interrumpió.

—Antes ha mencionado eso de la USM. ¿Qué es la USM?

Hogarth le miró como si fuera un mentecato y Wexford enseguida comprendió por qué.

—Iré allí a estudiar. Universidad del Sur, Myringham: USM. ¿Cómo lo llaman ustedes? Hacen un curso de escritura creativa para postgraduados y yo he solicitado plaza. Sólo estudié Literatura Inglesa como asignatura secundaria, la Historia Militar fue la que elegí como principal, así que pensé que necesitaba más educación si voy a dedicarme a escribir novelas. Había llenado la solicitud y la había llevado. —Sonrió—. No es que no confíe en el correo británico; quería echar un vistazo al recinto. Bueno, como le decía, había entregado mi solicitud y regresado aquí... ¿cuándo? Calculo que hacia las dos, las dos y diez. Oí que aporreaban mi puerta y el resto ya lo sabe.

—No del todo, señor Hogarth.

Thanny Hogarth alzó sus delicadas cejas oscuras. Había recuperado el control de sí mismo, algo notable en alguien tan joven.

—¿No se lo puede contar ella misma?

—No —respondió Wexford pensativo—. No, al parecer no puede. ¿Qué le ha dicho exactamente? —Se le había ocurrido algo no tan inverosímil: que Bib había visto fantasmas, espíritus, duendes, que quizá esto ya lo había hecho en otras ocasiones. No había ningún cuerpo, o lo que colgaba de aquel árbol era una hoja de plástico, un saco movido por el viento. El campo inglés, después del viento y la lluvia, a veces quedaba adornado con restos de politeno grisáceo...—. ¿Qué le ha dicho, exactamente?

—¿Sus palabras exactas? Es difícil recordarlas. Ha dicho que había un cuerpo, colgado... Me ha dicho dónde y después ha empezado a reír y a llorar al mismo tiempo. —Se le ocurrió una idea, al parecer con agrado. De repente quería ayudar—. Podría mostrárselo. Creo que sabría encontrar dónde ha dicho que estaba y enseñárselo.

El viento se había calmado y el bosque estaba silencioso y tranquilo. Se oía algún apagado canto de pájaro, pero los pájaros cantores raras veces viven en los bosques y un sonido más usual era el chillido de algún arrendajo y el distante perforar del pájaro carpintero. Dejaron el coche en el punto donde el camino lateral giraba hacia el sur. Era una parte antigua del bosque de Tancred, con viejos árboles plantados y muchos caídos.

Gabbitas o sus antecesores habían estado allí talando árboles pero habían dejado algunos troncos, llenos ahora de zarzas, como hábitats para los animales. Penetraba tanta luz que zonas enteras del suelo del bosque estaban cubiertas de brillante hierba primaveral, pero más adentro, donde los troncos se apiñaban, un denso mantillo recubría el terreno, crujiente en la superficie por las hojas marrones de los robles.

Allí era adonde Bib Mew había ido, según Thanny Hogarth. Éste les mostró dónde calculaba que ella había dejado su bicicleta. La recatada e inhibida Bib debía de haberse adentrado mucho entre los árboles antes de encontrar un lugar satisfactorio para su intimidad. Tanto, de hecho, que Wexford volvió a pensar lo que había pensado antes: que no encontrarían nada, o nada más que una bolsa de plástico oscilando colgada de una rama.

El silencio que todos mantenían, la seria mudez, parecería una tontería, una reacción exagerada sin motivo, cuando se encontrara el objeto que colgaba, el andrajo oscilante, el saco vacío. Estaba pensando esto, empezando a pensar como si todo hubiera terminado, como si hubieran visto el fantasma de Bib tal como era, como si dejaran el tema con una exclamación exasperada... cuando lo vio. Todos lo vieron.

Había acebos, una pared de acebos. Formaban pantalla ante un claro y en éste, de una de las ramas inferiores de un gran árbol, un fresno o quizá un tilo, colgaba cogido del cuello. Un bulto, atado en el cuello, pero no un andrajo ni un saco. Tenía peso, el peso de carne y huesos, que lo dejaba suspendido con gran ponderosidad. Aquello alguna vez había sido humano.

Los policías no hicieron ningún ruido. Thanny Hogarth exclamó:

—¡Vaya!

En el claro brillaba el sol. Éste iluminaba el cuerpo ahorcado con un suave resplandor dorado. Más que oscilar como un péndulo, rotaba hasta quizá un cuarto de círculo como un peso de metal podría hacerlo en el extremo de una plomada. Era un lugar hermoso, un pequeño valle silvestre con árboles que empezaban a brotar y las pequeñas florecitas blancas y amarillas de la primavera bajo los pies. El cuerpo en aquel escenario era obsceno. Un pensamiento anterior acudió a Wexford, que el hombre o los hombres que hicieron esto disfrutaron con la destrucción, se complacieron en el expolio.

Tras detenerse un momento para contemplar aquello, se aproximaron. Los policías se quedaron cerca, pero Thanny Hogarth se mantuvo atrás. Su cara estaba impasible pero se regazó y bajó los ojos. De hecho, no era el excitante descubrimiento que había previsto, alegre y ansioso en su casa, pensó Wexford. Al menos, no iba a vomitar.

Se hallaban a un metro del bulto. Un cuerpo con pantalones, chándal, en otro tiempo gordo, el cuello estirado horriblemente por el nudo corredizo, y Wexford vio que se había equivocado.

—Es Andy Griffin —dijo Burden.

—No es posible. Sus padres recibieron una llamada telefónica suya el miércoles por la noche. Estaba en el norte de Inglaterra, en algún lugar, y telefoneó a sus padres el miércoles por la noche.

Sumner-Quist no parecía impresionado.

—Este hombre lleva muerto al menos desde el martes por la tarde y muy probablemente más tiempo.

Para más información, tendrían que esperar su dictamen. Burden estaba indignado. No se puede reprochar directamente a los afligidos padres que le hayan contado a uno una mentira acerca de su hijo muerto. Por mucho que deseara hacerlo, tendría que desistir. A Freeborn le gustaba que sus agentes mantuvieran lo que él llamaba unas relaciones «civilizadas y sensibles» con el público.

En cualquier caso, Burden podía adivinar sin temor a equivocarse lo que había sucedido. Terry y Margaret Griffin querían retrasar todo lo posible el interrogatorio de Andy.

Si podían mantener la ficción de que se hallaba muy lejos —y ¿hasta qué punto, de hecho, era ficción?— si podían, cuando apareciera, persuadirle de que volviera a esconderse, cuando su reaparición fuera inevitable el caso quizá habría concluido y se habría echado tierra al asunto.

—¿Dónde estuvo estos tres días, Reg? Esto del «norte» es una pantalla, ¿no? ¿Dónde estuvo entre el domingo por la mañana y el martes por la tarde? ¿Estuvo con alguien?

—Será mejor que hagas que Barry vuelva a su mesón favorito, El Caracol y la Lechuga y vea qué pueden sugerir los compañeros de Andy. —Wexford reflexionó—. Es una manera horrible de matar a alguien —comentó—, pero no hay maneras «agradables». Cualquier asesinato es horrible. Si podemos hablar de ello sin apasionamiento, el ahorcamiento tiene muchas ventajas para el que lo comete. Para empezar, no hay sangre. Es barato. Es seguro. Si puedes inmovilizar a tu víctima, es fácil.

—¿Cómo fue inmovilizado Andy?

—Lo descubriremos cuando tengamos alguna información definitiva de Sumner-Quist. Pudieron administrarle antes alguna bebida con alguna sustancia narcotizante, pero eso sería problemático. ¿Andy era el segundo hombre? ¿El que Daisy no vio?

—Oh, creo que sí, ¿tú no?

Wexford no respondió.

—Hogarth se mostró claramente molesto cuando llamé a su puerta. Eso puede ser natural, no querer involucrarse. Se animó cuando él mismo se ofreció a hacernos de guía. Probablemente sólo es que le gusta ser el centro de atención. Aparenta diecisiete años, aunque es probable que tenga veintitrés. En Estados Unidos van a la universidad cuatro años. Dice que vino aquí a finales de mayo, así que sería después de graduarse, allí lo hacen en mayo, y tendría veintidós años. Hacer el Gran Viaje, lo llamó él. Supongo que tiene un padre rico.

—¿Hemos investigado sus antecedentes?

—Me ha parecido prudente —respondió Wexford con austeridad.

Le habló a Burden de una llamada que había hecho en privado a un viejo amigo, el vicecanciller de la universidad de Myringham, y de la igualmente privada exploración por parte del doctor Perkins de las solicitudes de ingreso.

—Me pregunto qué sabía Andy.

—Nos conocía a ti y a mí —dijo Wexford.

Wexford fue a ver a Sylvia. Estaba demasiado ocupado para tomarse tiempo para verla, y eso era razón de más. Por el camino hizo algo que nunca había hecho por ella: le compró flores. En la floristería se dio cuenta de que deseaba uno de aquellos magníficos arreglos florales enviados a Davina, un cojín o un corazón de capullos, un cesto de lirios. Allí no tenían nada de este tipo y tuvo que decidirse por fresias doradas y narcisos ojos de faisán. Su perfume, más fuerte que cualquier perfume envasado, impregnó el aire de su coche.

Ella quedó extrañamente conmovida. Por un momento pensó que iba a llorar. En cambio, sonrió y hundió la cara en las amarillas trompetas y pétalos blancos.

—Son preciosas. Gracias, papá.

¿Sabía lo de la pelea? ¿Dora se lo había contado?

—¿Cómo te sentirás al dejar esta casa? —Era bonita, junto al prestigioso Ploughman's Lane. Él sabía por qué se trasladaba tan a menudo, por qué ella y Neil suspiraban por el cambio repetido, y ello no añadió nada a la suma de su felicidad—. ¿No te dará pena?

—Espera a ver la rectoría.

Él no le dijo que había pasado por delante, una y otra vez, con su madre. No le dijo cuánto les había asombrado su tamaño y su estado ruinoso. Ella le preparó té y él comió un pedazo de pastel de frutas que ella había hecho, aunque no lo quería y no le convenía.

—Tú y mamá no podéis faltar a nuestra fiesta de inauguración.

—¿Por qué íbamos a faltar?

—¡Y me lo preguntas! Eres famoso por no ir nunca a ninguna fiesta.

—Ésta será la excepción que confirmará la regla.

Hacía tres días que no había visto a Daisy. Su único contacto con ella fue para asegurarse de que se mantenía la vigilancia en Tancred House. Con este fin, habló con ella por teléfono. Ella estaba indignada pero no enfadada.

—¡Rosemary quería responder al teléfono! No lo puedo tolerar. Le dije que no tenía miedo de los que hacen llamadas obscenas. De todos modos, no he tenido ninguna. En realidad no puedo tolerar a Karen en ningún sentido, ni a Anne. Quiero decir, son muy agradables, pero ¿por qué no puedo estar aquí sola?

—Ya sabes por qué, Daisy.

—No creo que ninguno de ellos vuelva y me mate.

—Yo tampoco, pero prefiero estar en el lado seguro.

Wexford había intentado telefonear varias veces al padre de Daisy pero nunca respondía nadie en Nineveh Road, en el número de G. G. Jones. Aquella noche, después de leer la novela de Davina Flory, *Los anfitriones de Midian*, el que le gustaba a Casey, empezó su primer libro acerca de la Europa del Este y descubrió que no le gustaba mucho Davina. Era una esnob refinada y cursi, tanto social como intelectual; era autoritaria, se consideraba superior a la mayoría de la gente; se mostraba agradable con su hija y feudal con sus criados. Aunque declaradamente de izquierdas, no aludía a la clase «trabajadora» sino a la clase «baja». Sus libros la mostraban como esa criatura siempre sospechosa, la socialista rica.

Una mezcla de elitismo y marxismo imbuía estas páginas. La humanidad práctica estaba claramente ausente, como el humor, excepto en una sola área. Parecía ser una de esas personas que se deleitan con la idea del sexo desenfrenado para todos, que encuentran la noción misma del sexo lubricantemente deliciosa y la única fuente de diversión, tan fácilmente asequible para los viejos (los viejos inteligentes y atractivos) como los jóvenes. Pero en el caso de los jóvenes indispensable, algo a lo que entregarse con fabulosa frecuencia, tan necesario como la comida e igualmente nutritivo.

Como consecuencia de su petición en el asunto de la solicitud de plaza, Wexford y Dora fueron invitados a casa de los Perkins a tomar una copa. El vicecanciller de la universidad de Myringham le sorprendió confesándole que en otro tiempo había tenido íntima amistad con Harvey Copeland. Harvey, años atrás, había sido profesor visitante de estudios empresariales en una universidad americana durante la época en que él, Stephen Perkins, había dado una clase de historia allí mientras trabajaba en su doctorado en filosofía. Según el doctor Perkins, Harvey era en aquella época, en los años sesenta, un hombre asombrosamente guapo y lo que él llamaba un «bombón en la universidad». Se produjo un escándalo menor por una estudiante de tercero que quedó embarazada y otro un poco mayor por su aventura con la esposa de un jefe de departamento.

—En aquella época, no era corriente que hubiera estudiantes embarazadas, en especial no lo era en el medio oeste. Él no tuvo que irse ni nada parecido. Se quedó sus dos años, pero mucha gente suspiró cuando se marchó.

—¿Cómo era él, aparte de eso que me ha contado?

—Agradable, corriente, bastante aburrido. Simplemente era muy apuesto. Dicen que un hombre no puede decir eso de otro hombre, pero no se podía evitar en el caso del pobre Harvey. Le diré a quién se parecía: a Paul Newman. Pero era un poco pesado. Una vez fuimos allí a cenar, ¿verdad, Rosie? A Tancred, me refiero. Harvey era el mismo que veinticinco años atrás, un terrible aburrimiento. Seguía pareciéndose a Paul Newman. Quiero decir, al Paul Newman de ahora.

—Era magnífico, el pobre Harvey —dijo Rosie Perkins.

—¿Y Davina?

—¿Recuerda hace unos años, que los muchachos escribían esos *graffiti* como «Reglas de Rambo», «La regla de las pistolas», cosas así? Bueno, así era Davina. Se podía haber dicho «Reglas de Davina». Si ella estaba allí, ella presidía. No era tanto la vida y el alma de la fiesta como la jefa. De una manera razonablemente sutil, por supuesto.

—¿Por qué se casó con él?

—Amor. Sexo.

—Solía hablar de él de una manera muy embarazosa. Oh, no debería contarle esto, ¿verdad, cariño?

—¿Cómo quieres que lo sepa si no sé de qué se trata?

—Bueno, ella siempre decía, en tono muy confidencial, ya sabe, que él era un amante maravilloso. Ponía cara de pícara y ladeaba la cabeza... realmente era violento; estabas a solas con ella, no había hombres delante, y decía, de un modo bastante pícaro, que él era un amante maravilloso. No puedo imaginarme diciendo a nadie algo así acerca de mi marido.

—Muchas gracias, Rosie —rió Perkins—. En realidad, en una ocasión pude oírla decirlo.

—Pero no tenía más de sesenta años cuando decidió casarse con él.

—¿La edad tiene algo que ver con el amor? —dijo el vicecanciller con aire grandioso; a Wexford le pareció una cita, pero no pudo identificarla—. Le advierto que no le hacía ningún otro cumplido. Digamos que su intelecto no estaba situado muy arriba en opinión de ella. Pero a Davina le gustaba rodearse de ceros a la izquierda. La gente como ella lo hace. Les adquieren, como en el caso de Harvey, o los crean, como en el caso de esa hija suya, y después pasan el resto de su vida despotricando de ellos porque no son ingeniosos y brillantes.

—¿Davina lo hacía?

—No lo sé. Lo supongo. La pobre mujer ha muerto, y de una manera espantosa.

Los cuatro a la mesa, dos ceros a la izquierda, como Perkins los llamaba, dos brillantes, y entonces el asesino entró en la casa y todo terminó, el despotricar y el ingenio, la sosería y el amor, el pasado y la esperanza. A menudo pensaba en ello, pensaba en la *mise-en-scène* más de lo que lo había hecho en ningún otro caso anterior. El mantel rojo y blanco, rojo y blanco como aquellos peces del estanque, era una imagen recurrente que nadie creería que un policía maduro como él pudiera seguir viendo. Mientras leía el relato de Davina sobre sus viajes por Sajonia y Turingia, pensó en aquel mantel, teñido con su sangre.

«Es una manera horrible de matar a alguien —había dicho a Burden refiriéndose al ahorcamiento de Andy Griffin—. El asesinato es horrible.» Pero ¿había sido un asesinato inteligente? ¿O un asesinato sólo era desconcertante a través de una concatenación de circunstancias impredecibles? ¿Tenían que creer que el asesino había sido lo bastante listo para grabar surcos en el cañón de un revólver de calibre 38 o calibre 357? ¿Algún compinche de Andy Griffin había sido tan listo como para hacer eso?

Rosemary Mountjoy se quedó en Tancred House con Daisy el lunes por la noche, Karen Malahyde el martes y Anne Lennox el miércoles. El doctor Sumner-Quist proporcionó a Wexford un informe completo de la autopsia el jueves y un tabloide nacional diario publicó una historia en su primera página preguntándose por qué la policía no habían hecho ningún progreso en la caza de los responsables de la matanza de Tancred House. El subjefe de policía hizo ir a Wexford a su casa, pues quería saber cómo había permitido que Andy Griffin muriera. O eso había querido decir, expresado de otro modo.

La investigación sobre Andy Griffin se abrió y fue aplazada. Wexford estudió un análisis detallado del laboratorio del forense sobre el estado de la ropa de Andy. Se encontraron partículas de arena, marga, tiza y mantillo fibroso en las costuras del chándal y en los bolsillos de la chaqueta.

Una pequeña cantidad de fibra de yute como en la utilizada en la fabricación de cuerdas se adhería al cuello de la camisa del chándal.

Sumner-Quist no había hallado restos de ningún sedante ni sustancia narcótica en el estómago o los intestinos. Le habían asestado un golpe en el costado de la cabeza antes de morir. La opinión de Sumner-Quist era que este golpe había sido propinado por un instrumento pesado, probablemente un instrumento de metal, envuelto en tela. El golpe no era grave pero habría sido suficiente para dejar sin sentido a Griffin durante unos minutos. Tiempo suficiente.

Wexford no se estremeció. Sólo tuvo la sensación de estremecerse. Era un cuadro espantoso lo que esto evocaba, de alguna manera no de este mundo moderno tal como él lo conocía, sino de un tiempo muy remoto, arcano, brutal y crudamente rústico. Podía ver al hombre que no sospechaba nada, al gordo, estúpido y tontamente confiado hombre que quizá creía que tenía un secuaz en su poder, y al otro arrastrándose detrás de él con su arma preparada, su arma acolchada. El golpe en la cabeza, rápido y experto. Después, sin tiempo que perder, el nudo corredizo preparado, la soga colocada en una rama grande de un fresno...

¿De dónde había sacado la soga? Ya habían pasado los días de los pequeños ferreteros particulares, cuya propiedad pasaba de una generación a otra de la misma familia. Ahora se compraba una cuerda en un emporio de bricolaje o en la sección de ferretería de un gran supermercado. Eso hacía más difíciles las cosas, pues un vendedor recuerda haber servido a un cliente concreto que pide artículos específicos mucho mejor que la chica o el muchacho de la caja. Éstos miran el precio y no la naturaleza de los objetos cuando se sacan del carrito, incluso pueden pasar sin verlo gracias al escrutinio de un ojo electrónico, y es posible que no miren para nada al cliente.

Había logrado acostarse temprano. Dora estaba restriada y dormía en la habitación de los invitados. Esto no tenía nada, o no gran cosa, que ver con las acaloradas palabras que se habían intercambiado antes por Sheila. Dora había hablado varias veces por teléfono con Sheila, pero siempre de día, cuando su padre estaba trabajando. Ella estaba resentida con él, le dijo Dora a Wexford, pero dispuesta a «hablarlo a fondo». La terminología le hizo gruñir. Esta clase de jerga estaba muy bien en Royal Oak, pero era otra cosa de labios de su hija.

La idea de Dora era que Sheila fuera a pasar otro fin de semana con ellos. Por supuesto, Casey también tendría que ir, ahora formaban una pareja, una de esas parejas no casadas, que lo hacen todo juntos y ponen sus nombres uno al lado del otro en las tarjetas de Navidad. Casey iría con ella con la misma naturalidad que Neil lo haría con Sylvia. Por encima de su cadáver, dijo Wexford.

Entonces Dora había sorbido por la nariz y se había ido con su resfriado a la habitación de los invitados. Se llevó consigo el montón de literatura que Sheila había enviado —dirigida directamente a su madre— sobre la pequeña ciudad de Heights, en Nevada, donde se encontraba la universidad. Esto incluía un prospecto de la universidad de Heights con detalles de los cursos que ofrecía y fotografías de sus diversiones. Una guía de la ciudad presentaba vistas panorámicas del escenario en que estaba situada y páginas y páginas de anuncios de tiendas locales para paliar, sin duda, el coste de esta lujosa producción. Wexford les había lanzado una mirada despectiva antes de devolver estas producciones a Dora sin hacer ningún comentario.

Se incorporó en la cama con un nuevo montón de libros que Amyas Ireland había enviado. Leyó todo lo que estaba escrito en la tapa del primero, que Ireland le había dicho se llamaba «copia de la sobrecubierta». Leyó lo suficiente de la introducción para comprender que *Adorable como un árbol* trataría de los esfuerzos de Davina Flory con su primer esposo para replantar los antiguos bosques de Tancred, antes de que el sueño le hiciera cerrar los ojos y dar una violenta sacudida de sobresalto. Apagó la luz.

Sonó su teléfono. Alargó el brazo y derribó la pila de libros que habían en el suelo.

Karen dijo:

—Señor, soy Malahyde, en Tancred House. He telefoneado. —Éste era el término que empleaban todos para ponerse en contacto con la comisaría de policía para pedir ayuda—. Están en camino. Pero he creído que usted querría saberlo. Hay alguien fuera, un hombre, creo. Le hemos oído y después... bueno, Daisy le ha visto.

—Voy para allá —dijo Wexford.

17

Era una de esas raras noches en que la luna brilla tanto que casi ilumina lo suficiente para leer. En el bosque, los faros del coche de Wexford sofocaban la luz de la luna pero una vez salió a terreno abierto y llegó al patio, todo se mostró claro con el día en el blanco resplandor. Ni un hálito de aire agitaba los árboles. Al oeste de la masa imponente de la casa y detrás de ella asomaban las copas de los pinos y los cedros del pinar, siluetas dentadas, puntiagudas, frondosas, negras sobre el reluciente firmamento gris perla. Una sola estela verdosa brillaba con mucha luz. La luna era una esfera blanca, como de alabastro y brillante, y se entendía que los antiguos creyeran que ardía una luz dentro de ella.

Las lámparas de arco bajo el muro estaban apagadas, tal vez estaban programadas. Era la una menos veinte. Había dos coches de policía aparcados sobre las losas, uno de ellos el Vauxhall de Barry Vine. Wexford aparcó su coche al lado del de Barry. En el agua oscura del estanque se reflejaba la luna, un globo blanco. La puerta principal estaba abierta, la puerta interior de cristal estaba cerrada pero no con llave. Karen la abrió cuando Wexford se acercaba. Le dijo, antes de que él pudiera pronunciar una palabra, que cuatro hombres de la sección uniformada estaban registrando los bosques más próximos a la casa. Vine se hallaba arriba.

Wexford hizo un gesto afirmativo con la cabeza, pasó

por el lado de Karen y entró en la sala de estar. Daisy paseaba arriba y abajo, enlazando y separando las manos. Él pensó por un instante que ella se arrojaría a sus brazos. Pero lo único que hizo fue acercarse, más o menos a un metro de él, llevándose los puños a la cara y manteniéndolos sobre la boca como si quisiera morderse los nudillos. Tenía los ojos desorbitados. Wexford comprendió enseguida que se había asustado hasta casi lo insoportable, estaba cerca de la histeria provocada por el terror.

—Daisy —dijo él con suavidad—, ¿no quieres sentarte? Anda, ven a sentarte. No te ocurrirá nada. Estás a salvo.

Ella negó con la cabeza. Karen se acercó a ella, intentó tocarle el brazo y, cuando el gesto fue rechazado, tomó a Daisy de la mano y la condujo a una silla. En lugar de sentarse, Daisy se volvió para enfrentarse a Karen. Su herida debía de estar ya casi curada, sólo se le veía un ligero vendaje en el hombro a través del jersey.

Dijo:

—Abráceme. Por favor, abráceme un minuto.

Karen la rodeó con sus brazos y la estrechó contra sí. Wexford observó que Karen era una de esas raras personas que pueden abrazar a otra sin dar palmaditas en la espalda. Se abrazó a Daisy como una madre a un hijo que ha estado expuesto a un peligro; después, la soltó suavemente y la hizo sentarse, la «colocó» en la silla.

—Ha estado así desde que le ha visto, ¿verdad, Daisy? —Como una enfermera, Karen prosiguió—. No sé cuántas veces te he abrazado; al parecer no te sirve de mucho. ¿Quieres otra taza de té?

—¡No quería la primera taza! —Wexford nunca había oído a Daisy de aquella manera, su voz por todo el lugar, desigual, como el paso previo a un grito—. ¿Por qué tengo que tomar té? ¡Me gustaría tomar algo que me aturdiera, algo que me hiciera dormir para siempre!

—Prepáranos una taza de té para todos, por favor, Karen. —Le desagradaba pedir esto a las agentes, olía a los viejos tiempos, pero se dijo a sí mismo que habría pedido que preparara té a quienquiera que estuviera allí, aunque fuera Archbold o Davidson—. Para ti, para mí y el sargento Vine, y todos los que estén por aquí. Y tráele a Daisy un poco de brandy. Creo que lo encontrarás en el armario del... —Por nadie iba a llamarlo el *serre*— el invernadero.

Daisy movía los ojos de un lado a otro, mirando hacia las ventanas, hacia la puerta. Cuando ésta se abrió lentamente y en silencio contuvo el aliento en un largo y tembloroso jadeo, pero sólo era la gata, la grande y digna gata azul, que entró con paso majestuoso. La gata lanzó a Wexford una de esas miradas de desprecio que sólo un animal doméstico malcriado puede lanzar, se acercó a Daisy y saltó suavemente a su falda.

—¡Oh, *Queenie*, oh, *Queenie*!

Daisy se inclinó hacia delante, enterrando su cara en el denso pelaje azul.

—Cuéntame lo que ha ocurrido, Daisy.

Ella siguió acariciando a la gata, murmurando febrilmente. El ronroneo de *Queenie* era un profundo y fuerte latido.

—Vamos —dijo Wexford un poco más rudo—, ¡cálmate!

Hablaba así a Sheila cuando ella le hacía perder la paciencia, le había hablado así.

Daisy levantó la cabeza. Tragó saliva. Él vio el delicado movimiento del tórax entre las cortinas de reluciente pelo oscuro.

—Tienes que contarme lo que ha ocurrido.

—Ha sido tan espantoso. —Seguía con la voz quebrada, ronca, estridente—. Ha sido terrible.

Karen entró con el brandy en un vaso de vino. Se lo acercó a los labios de Daisy como si fuera una medicina. Daisy tomó un sorbo y tosió.

—Deja que se lo tome ella —dijo Wexford—. No está enferma. No es una niña ni una vieja, por el amor de Dios. Sólo ha tenido un susto.

Eso la zarandeó. Se le iluminaron los ojos. Tomó el vaso

de la mano de Karen mientras Barry Vine entraba con cuatro tazas de té en una bandeja, y se tragó el brandy con gesto desafiante. Se atragantó violentamente. Karen le dio unos golpes en la espalda y las lágrimas acudieron a los ojos de Daisy, rebosaron y le resbalaron por la cara.

Tras haber observado esta actuación de manera inescrutable durante unos segundos, Vine saludó:

—Buenos días, señor.

—Supongo que es la mañana, Barry. Sí, bueno, debe de serlo. Vamos, Daisy, sécate los ojos. Ahora estás mejor. Estás bien.

Ella se secó la cara con el pañuelo de papel que Karen le tendió. Miró a Wexford con rebeldía pero habló con su voz de siempre.

—Nunca había tomado brandy.

Eso le recordó algo a Wexford. Muchos años atrás, recordaba que Sheila había pronunciado esas mismas palabras y el joven imbécil que estaba con ella había dicho: «¡Otra virginidad perdida, vaya!». Suspiró.

—Está bien. ¿Dónde estábais vosotras dos, tú y Karen? ¿En la cama?

—¡Sólo eran las once y media, señor!

Había olvidado que para aquellas jóvenes las once y media era media tarde.

—Se lo he preguntado a Daisy —dijo Wexford con aspereza.

—Yo estaba aquí, mirando la televisión. No sé dónde estaba Karen, en la cocina o en algún otro sitio, preparándose algo de beber. Íbamos a acostarnos cuando terminara el programa. He oído a alguien fuera, pero he creído que era Karen...

—¿Qué quieres decir con eso de que has oído a alguien?

—Pasos en la parte delantera. Las luces de fuera se acababan de apagar. Están programadas para apagarse a las once y media. Los pasos se acercaban a la casa, a las ventanas de allí, y yo me he levantado a mirar. La luna era muy brillante, no se necesitaba luz. Le he visto, le he visto allí fuera a la luz de la luna, tan cerca como estamos usted y yo ahora. —Hizo una pausa, respirando deprisa—. Y me he puesto a chillar, he chillado y chillado hasta que Karen ha llegado.

—Yo ya le había oído, señor. Le he oído antes que Daisy, creo, pasos fuera de la puerta de la cocina y que después iban por la parte trasera de la casa, a lo largo de la terraza. He cruzado la casa corriendo para ir al... invernadero, y le he vuelto a oír pero no le he visto. Entonces ha sido cuando he telefoneado. Lo he hecho antes de oír gritar a Daisy. He venido aquí y he encontrado a Daisy chillando ante la ventana y golpeando el cristal y entonces... le he telefoneado a usted.

Wexford se volvió a Daisy otra vez. La muchacha se había calmado, al parecer el brandy había producido aquel efecto de aturdimiento que ella deseaba.

—¿Qué has visto exactamente, Daisy?

—Llevaba algo sobre la cabeza, como una especie de casco de lana con agujeros para los ojos. Parecía eso que llevan los terroristas; iba vestido... no sé quizá con un chándal, oscuro, podría ser negro o azul oscuro.

—¿Era el mismo hombre que el asesino que mató a tu familia e intentó matarte a ti aquí el 11 de marzo?

Aun cuando lo pronunció pensó que era una pregunta terrible para tener que formulársela a una muchacha de dieciocho años, una muchacha protegida, una muchacha asustada. Por supuesto, no podía responderle. El hombre iba enmascarado. Ella le devolvió la mirada con expresión desesperada.

—No lo sé, no lo sé. ¿Cómo quiere que lo sepa? Podría serlo. No podría decir nada de él, podría ser joven o no tan joven, no era viejo. Parecía corpulento y fuerte. Parecía... parecía conocer este lugar, aunque no sé por qué me ha dado esa impresión, sólo es que parecía saber lo que hacía y adónde iba. Oh, ¿qué será de mí, qué me sucederá?

Wexford se ahorró intentar encontrar una respuesta gracias a la entrada de los Harrison en la habitación. Aunque Ken Harrison iba completamente vestido, su esposa llevaba el tipo de atuendo que Wexford había oído llamar, mucho tiempo atrás, un «abrigo de casa», de terciopelo rojo con plumón alrededor del cuello, la parte delantera abierta desde la cintura por donde asomaban los pantalones de un manchado pijama azul. Al modo clásico, llevaba un atizador.

—¿Qué ocurre? —preguntó Harrison—. Hay hombres por todas partes. Este lugar es un hervidero de policías. Le he comentado a Brenda, ¿sabes lo que esto podría ser? Podría ser que aquellos asesinos hayan regresado para rematar a Daisy.

—Así que nos hemos vestido y hemos venido directamente aquí. Yo no quería andar, he hecho que Ken sacara el coche. Aquí no se está a salvo, no me sentiría segura ni siquiera dentro de un coche.

—Deberíamos haber estado aquí. Lo dije desde el principio, cuando nos enteramos de que iba a haber mujeres policía en la casa. ¿Por qué no nos llamaron a nosotros? Aunque sean policías no son más que unas niñas. Deberían habernos llamado a nosotros, a Johnny y a mí, Dios sabe que hay dormitorios suficientes, pero ah, no, nadie lo sugirió, así que yo no dije ni una palabra. Si Johnny y yo hubiéramos estado aquí y se hubiera corrido la voz de que estábamos aquí, ¿cree que habría sucedido nada de esto? ¿Cree que ese asesino habría tenido el descaro de volver aquí con ideas de rematarla? Ni un...

Daisy la interrumpió. Wexford se asombró al ver su reacción. La chica se levantó de un salto y dijo con fría claridad:

—Están ustedes despedidos. Supongo que debo darles algún plazo y no sé cuál es, pero es posible que sea un mes. Quiero que se marchen de aquí cuanto antes mejor. Si de mí dependiera, se marcharían mañana.

Era, sin duda alguna, nieta de su abuela. Se quedó de pie con la cabeza alta, mirándoles con desdén. Y entonces, rápidamente, la voz se le quebró y se le enturbió. El brandy había hecho su efecto y ahora éste era de otro tipo.

—¿No tienen sentimientos? ¿No les importo nada? ¿Hablando de rematarme? ¡Les odio! ¡Les odio a los dos! Quiero que se vayan de mi casa, de mi finca, voy a quitarles su *cottage*...

Sus gritos se desintegraron convirtiéndose en un gemido, un llanto histérico. Los Harrison quedaron mudos de asombro, Brenda realmente boquiabierta. Karen se acercó a Daisy y Wexford pensó por un momento que iba a propinarle una de esas bofetadas que se supone son el mejor remedio para la histeria. Pero en lugar de eso tomó a Daisy en sus brazos y puso una mano en la oscura cabeza y apoyó ésta sobre su hombro.

—Vamos, Daisy, ahora voy a llevarte a la cama. Ya estás a salvo.

¿Lo estaría? Wexford deseaba haber podido tranquilizarla con aquella confianza. Los ojos de Vine tropezaron con los suyos y el sosegado sargento realizó la acción más parecida a levantar la mirada. Movió sus globos oculares unos milímetros hacia el norte.

Ken Harrison dijo excitado:

—Está nerviosísima, muy agitada, no lo ha dicho en serio. No lo ha dicho en serio, ¿verdad?

—Claro que no, Ken, aquí todos formamos una familia, somos parte de la familia. Por supuesto que no lo ha dicho en serio... ¿verdad?

—Creo que será mejor que se vayan a casa, señora Harrison —aconsejó Wexford—. Los dos deberían irse a casa. —Desistió de decir que las cosas parecerían distintas por la mañana, aunque indudablemente sería así—. Vayan a casa y duerman un poco.

—¿Dónde está Johnny? —preguntó Brenda—. Eso es lo que me gustaría saber. Si nosotros hemos podido oír a esos hombres, y armaban un alboroto que despertaba a los muertos, ¿por qué Johnny no los ha oído? ¿Dónde está ahora? Eso es lo que me gustaría saber. —Prosiguió con virulencia—. Ni siquiera puede molestarse en venir aquí a ver qué pasa. Si me lo preguntan, si alguien tiene que ser despedido tiene que ser él, diablo gandul. ¿De qué tiene miedo?

—Estará durmiendo y no ha oído nada. —Wexford no pudo resistirse a añadir—: Él es joven.

Karen Malahyde, de veintitrés años, lejos de encajar con la imagen que tenía Ken Harrison de una «mujer policía», ese término despectivo y en desuso, era cinturón negro y daba clases de judo. Wexford sabía que si hubiera encontrado al intruso de Tancred la noche anterior y ese hombre hubiera ido desarmado o hubiera sido lento de reflejos, ella habría sido capaz de dejarle indefenso muy rápidamente. En una ocasión había descrito que iba sola a todas partes por la noche sin miedo, pues se había demostrado a sí misma de lo que era capaz cuando arrojó a un asaltante al otro lado de la calle.

¿Pero ella sola era un guardaespaldas adecuado para Daisy? ¿Anne o Rosemary eran adecuadas? Tenía que persuadir a Daisy de que abandonara la casa. No esconderse exactamente, pero sin duda alejarse un poco y refugiarse con los amigos. Aun así, se confesó a sí mismo y más tarde lo hizo a Burden, que no había imaginado que las cosas sucederían de aquella manera. Él había proporcionado una «acompañante» para Daisy pero sólo para sentirse seguro. Que uno de aquellos hombres, el asesino necesariamente si el otro, el que no fue visto, era Andy Griffin, volvería para atacarla era combustible de sueños, de ficción, de descabelladas fantasías. Eso no sucedía.

—Ha sucedido —dijo Burden—. Daisy no está segura aquí y debería irse. No veo que sea muy diferente si hacemos venir a los Harrison y a Gabbitas a la casa. La primera vez había cuatro personas en la casa. Eso no le detuvo.

El mantel blanco con la cristalería y la cubertería de plata. La comida en el carrito calentado. Las cortinas corridas para abrigarse de la noche de marzo. Habían terminado el pri-

270

mer plato, la sopa, Naomi Jones servía el pescado, el lenguado *bonne femme*, y cuando todos tienen un plato, cuando todos empiezan a comer, los ruidos arriba, los ruidos que Davina Flory dice que los hace la gata *Queenie* desbocada.

Pero Harvey Copeland se levanta para averiguar, el guapo de Harvey que se parecía a Paul Newman y había sido «un bombón en la universidad», con el que su esposa de más edad se había casado por amor y sexo. Silencio fuera, ningún coche, ningún paso, sólo un distante alboroto en el piso de arriba.

Harvey ha subido y ha vuelto a bajar o no ha llegado a subir, sino que se ha dado la vuelta abajo cuando el asesino ha salido del pasillo...

¿Cuánto tiempo había durado todo esto? ¿Treinta segundos? ¿Dos minutos? Y durante esos dos minutos, ¿qué sucede en el comedor? ¿Siguen comiendo con calma su pescado en ausencia de Harvey? ¿O simplemente le esperan, hablando del gato, de cómo el gato subía por la escalera trasera y bajaba por la delantera cada noche? Después, el disparo y Naomi que se levanta, Daisy también se levanta, y se precipitan hacia la puerta. Davina permaneció donde estaba, sentada a la mesa. ¿Por qué? ¿Por qué lo haría? ¿Por miedo? ¿Simple miedo que la dejó paralizada donde estaba?

La puerta se abre de golpe y el asesino entra y dispara y el mantel ya no es blanco sino rojo, teñido por una densa mancha que se desparramaría hasta casi cubrirlo por entero...

—Hablaré con ella dentro de un momento —dijo Wexford—. No puedo obligarla a irse si ella no quiere. Ven conmigo. Probaremos suerte los dos.

—Quizá ahora tenga muchas ganas de marcharse. Por la mañana todo es diferente.

Sí, pero no diferente de ese modo, pensó Wexford. La luz del día hace que se tenga menos miedo, no más. La luz del sol y la mañana hacen que se desechen los terrores de la noche anterior por exagerados. La luz es práctica y la oscuridad es lo oculto.

Salieron afuera, cruzaron el patio y dieron lentamente la vuelta a la casa, el ala oeste. No había utilizado aquellas palabras para sí metafóricamente. El sol brillaba con una fuerte luz donde la luna había sido un pálido reflejo. El cielo era de un azul profundo, sin nubes. Parecía junio, pues el aire era suave como si el frío se hubiera ido para unos cuantos meses.

—Vino desde atrás por aquí —dijo Burden—. ¿Qué intentaba hacer, encontrar una manera de entrar? ¿Una ventana abierta abajo? No era una noche fría.

—Abajo no había ninguna ventana abierta. Todas las puertas estaban cerradas con llave. A diferencia de la otra ocasión.

—Es un poco curioso, ¿no crees?, pisar haciendo ruido de modo que dos personas que están dentro te puedan oír claramente. Aunque las ventanas estaban cerradas, ellas le oyeron. Se disfraza con una capucha pero no le importa armar alboroto mientras busca una manera de entrar.

Wexford dijo pensativo:

—Me pregunto si la verdad es si le importaba que le oyeran o le vieran. Si creía que Daisy estaba sola y tenía intención de matarla, ¿qué importaba si ella le veía?

—En ese caso, ¿por qué llevar una máscara?

—Cierto.

Un coche desconocido estaba aparcado a unos metros de la puerta principal. Esa puerta se abrió cuando se acercaron al coche y Joyce Virson salió con Daisy detrás. La señora Virson llevaba un abrigo de pieles, tipo de prenda ni favorito ni de moda, que las tiendas Oxfam rechazaban y en las ventas de la iglesia no tenían salida, confeccionado inconfundiblemente con los pellejos de muchos zorros.

Wexford nunca había visto a Daisy de aquella manera, vestida estilo punki. Había algo desafiante en su paso, las mallas negras y botas atadas con cordones, camiseta negra con algo blanco impreso en ella, la desgastada chaqueta de motorista de cuero negro. Su rostro era una máscara de infelicidad pero llevaba el pelo, con abundante gel, peinado formando picos por toda la cabeza como un bosque de troncos de árbol quemados. Parecía efectuar una afirmación; quizá sólo que ésta era Daisy contra el mundo.

Ella le miró, miró a Burden, en silencio. Joyce Virson tardó unos momentos en recordar quién era éste. Una gran sonrisa transfiguró su rostro cuando se acercó a Wexford con las dos manos extendidas.

—Oh, señor Wexford, ¿cómo está? Me alegro mucho de verle. Es el hombre indicado para persuadir a esta niña de que vuelva conmigo. Quiero decir, no puede quedarse aquí, sola, ¿verdad? Me he horrorizado cuando me he enterado de lo que ocurrió aquí anoche, he venido enseguida. No deberíamos haber permitido que nos dejara.

Wexford se preguntó cómo se había enterado. A través de Daisy seguro que no.

—Lo siento, pero no entiendo cómo se permiten estas cosas en la actualidad. Cuando yo tenía dieciocho años no me habrían permitido quedarme en ningún sitio sola, y mucho menos en una casa grande y solitaria como ésta. No se puede decir que las cosas hayan cambiado para mejor. Lo siento, pero para mí, los viejos tiempos eran mejores.

Con cara imperturbable, Daisy la observó durante la mitad de este discurso y después se volvió para fijar los ojos en la gata que, quizá porque raras veces le permitían escapar por la puerta principal de la casa, estaba sentada en el borde del estanque, contemplando los peces blancos y rojos. Los peces nadaban formando círculos concéntricos y el gato los miraba.

—Dígale algo, señor Wexford. Convénzala. Emplee su autoridad. No me diga que no hay manera de influir en una niña. —La señora Virson olvidaba que la persuasión necesariamente debe incluir elementos agradables y quizá algo de adulación para tener éxito. La mujer alzó la voz—. ¡Es tan estúpido y completamente temerario! ¿A qué cree que juega?

La gata hundió una zarpa en el estanque, encontró un elemento diferente de lo que esperaba y se sacudió el agua. Daisy se inclinó y la tomó en sus brazos. Dijo:

—Adiós, Joyce. —Y con cierta ironía en la voz, que a Wexford no le pasó por alto, añadió—: Muchas gracias por venir.

Entró en la casa con la gata en sus brazos, pero dejó la puerta abierta.

Burden la siguió. Sin saber qué decir, Wexford murmuró algo de que lo tenían todo controlado. Joyce Virson le miró con dureza.

—Lo siento, pero eso no es suficiente. Voy a tener que ver qué dice mi hijo de eso.

Procedente de ella eso sonaba a amenaza. Él la observó maniobrar con dificultad el pequeño coche para dar la vuelta y situarlo sin rascar su costado en el poste de la verja cuando se alejó. Daisy se hallaba en el vestíbulo con Burden, sentada en una silla de respaldo alto y asiento de terciopelo con *Queenie* en su regazo.

—¿Por qué me preocupa tanto que me mate? —estaba diciendo—. No me entiendo. Al fin y al cabo, quiero morir. No tengo nada por lo que vivir. ¿Por qué chillé y armé tanto escándalo anoche? Debería haber salido y haberme acercado a él y decirle: Mátame, adelante, mátame. Remátame, como dice ese horrible Ken.

Wexford se encogió de hombros. Dijo, algo taciturno:

—Por mí no te preocupes. Si te matan, tendré que dimitir.

Ella no sonrió pero hizo una especie de mueca.

—Hablando de dimitir, ¿qué opina? Brenda le ha telefoneado, a Joyce, quiero decir. Ha sido lo primero que ha hecho esta mañana y le ha dicho que les había despedido y que hiciera que no les echara. ¿Qué le parece? Como si yo fuera una niña o un caso de psiquiatra. Así se ha enterado Joyce de lo de anoche. Yo no se lo habría dicho por nada del mundo, es una vieja bruja entrometida.

—Debes de tener otras amigas, Daisy. ¿No hay nadie más con quien pudieras quedarte una temporada? ¿Un par de semanas?

—¿Le habrán atrapado dentro de dos semanas?

—Es más que probable —dijo Burden decidido.

—De todos modos, a mí me da igual. Yo me quedo aquí. Karen o Anne pueden venir si quieren. Bueno, es si usted quiere, supongo. Pero pierden el tiempo, no tienen que preocuparse. Ya no volveré a tener miedo. Quiero que me mate. Será la mejor salida, morir.

Dejó colgar la cabeza hacia adelante y escondió el rostro en el pelaje de la gata.

Seguir los movimientos de Griffin desde el momento en que abandonó la casa de sus padres resultó imposible. Sus compañeros de bebida de El Caracol y la Lechuga no conocían ninguna otra dirección que pudiera tener, aunque Tony Smith habló de una amiga «en el norte». Esa expresión ambigua siempre aparecía en las conversaciones referentes a Andy. Ahora había una amiga en aquella vaga región, la tierra de nunca jamás.

—Kylie, se llama —dijo Tony.

—Creo que se la tiraba —dijo Leslie Sedlar con una sonrisa maliciosa.

Hasta que perdió su trabajo un año atrás, Andy había sido conductor de camión de larga distancia para una empresa cervecera. Su ruta usual le llevaba de Myringham a Londres y a Carlisle y Whitehaven.

Los cerveceros tenían pocas buenas palabras que decir de Andy. En los últimos dos o tres años habían conocido la realidad del acoso sexual. Andy pasaba poco tiempo en la oficina, pero en las raras ocasiones en que había estado allí había hecho observaciones ofensivas a una ejecutiva de marketing y en una ocasión había agarrado a su secretaria desde atrás rodeándole el cuello con el brazo. La categoría no sirvió de mucho para disuadir a Andy Griffin, al parecer era suficiente que su presa fuera hembra.

La amiga parecía un mito. No había rastro de ella y los Griffin negaban su existencia. Terry Griffin dio permiso, de mala gana, para que registraran el dormitorio de Andy en Myringham. Él y su esposa quedaron aturdidos por la muerte de su hijo y los dos parecían haber envejecido diez años. Buscaban consuelo en la televisión como otros en su situación lo buscarían en los sedantes o el alcohol. Colores y movimiento, caras y acción violenta, fluían en la pantalla para proporcionar el solaz para el que era necesario sólo estar allí, no había que abstraerse ni comprender siquiera.

El único objetivo de Margaret Griffin entonces era lavar la reputación de su hijo. Podría haberse dicho que esto fue lo mejor que podía hacer por él. Así pues, sin dejar de mirar las imágenes que no cesaban de aparecer en la pantalla, ella negó conocer a ninguna chica. Nunca había existido ninguna chica en la vida de Andy. Tomando la mano de su esposo y agarrándola con fuerza, repitió esta última frase. Logró, con su manera de repudiar la sugerencia de Burden, hacer que una amiga sonara como una enfermedad venérea, algo igualmente vergonzoso a los ojos de una madre, igualmente adquirido de un modo irresponsable e igualmente peligroso en potencia.

—¿Y vio usted a su hijo por última vez el domingo por la mañana, señor Griffin?

—A primera hora de la mañana. Andy siempre se levantaba con las gallinas. Hacia las ocho, era. Me preparó una taza de té.

El tipo estaba muerto y había sido un matón, una amenaza sexual, ocioso y estúpido, pero este padre seguiría, patéticamente, realizando este espléndido trabajo de relaciones públicas. Incluso *post mortem* su madre anunciaría la pureza de su conducta y su padre elogiaría sus hábitos puntuales, su consideración y su altruismo.

—Dijo que se iba al norte —añadió Terry Griffin.

Burden suspiró, y reprimió su suspiro.

—Con aquella moto —dijo la madre del tipo muerto—. Yo siempre había odiado esa moto y tenía razón. Mire lo que ha ocurrido.

Por alguna curiosa necesidad emocional, empezó la metamorfosis del asesinato de su hijo en muerte en accidente de carretera.

—Dijo que nos llamaría. Siempre lo decía, no teníamos que pedirlo.

—Nunca teníamos que pedírselo —repitió su esposa con aire cansado.

Burden intervino con suavidad.

—Pero de hecho no telefoneó, ¿verdad?

—No, no lo hizo. Y eso me preocupó, sabiendo que iba en aquella moto.

Margaret Griffin se aferraba a la mano de su esposo y se la puso sobre el regazo. Burden fue por el pasillo hasta el dormitorio donde Davidson y Rosemary Mountjoy estaban buscando. El montón de pornografía que la exploración del armario ropero de Andy había revelado no le sorprendió. Andy debía de saber que la discreción de su madre en lo que se refería a él les mantendría a ella y a su aspirador honorablemente lejos del interior de aquel armario.

Andy Griffin no escribía cartas, ni se había sentido atraído por la palabra impresa. Las revistas contaban sólo con las fotografías para producir efecto y los más breves titulares crudamente estimulantes. Su amiga, si había existido, nunca le había escrito y si le había dado alguna fotografía suya, él no la había conservado.

El único descubrimiento que realizaron de auténtico interés se hallaba en una bolsa de papel en el interior del cajón inferior de una cómoda. Se trataba de noventa y siete dólares americanos de valores diversos, de diez, de cinco y de uno.

Los Griffin insistieron en que no sabían nada de ese dinero. Margaret Griffin miró los billetes como si fueran algo extraordinario, moneda de alguna cultura remota quizá, un hallazgo en alguna excavación arqueológica. Les dio la vuelta, mirando con ojos de miope, olvidada temporalmente su pena.

Fue Terry quien formuló la pregunta que ella acaso pensó que plantearla le haría parecer tonta.

—¿Es dinero? ¿Se podría utilizar para comprar cosas?

—Se podría, en Estados Unidos —respondió Burden. Se corrigió—: Se podría utilizar casi en cualquier parte, diría yo. Aquí, en este país, y en Europa. Las tiendas lo aceptarían. De todos modos, podría llevarlo a un banco y cambiarlo por libras esterlinas.

—Entonces, ¿por qué Andy no se lo gastó?

Burden era reacio a preguntarles por la soga, pero tenía que hacerlo. En realidad, para su alivio, ninguno de los dos pareció efectuar la espantosa asociación. Ellos conocían la manera en que su hijo había muerto, pero la palabra «soga» no evocó enseguida en ellos la idea de ahorcamiento. No, ellos no poseían ninguna soga y estaban seguros de que Andy tampoco. Terry Griffin volvió al tema del dinero, los dólares. Una vez implantada en su mente la idea, ésta parecía tener prioridad sobre todo lo demás.

—¿Esos billetes que dice que podrían cambiarse por libras pertenecían a Andy?

—Estaban en su habitación.

—Entonces, serán nuestros, ¿no? Será como una compensación.

—Oh, Terry —exclamó su esposa.

Él no le hizo caso.

—¿Cuánto calcula que valen?

—De cuarenta a cincuenta libras.

Terry Griffin quedó pensativo.

—¿Cuándo podremos quedarnos con ellos? —preguntó.

18

Respondió él mismo al teléfono.

—Gunner Jones.

O eso fue lo que Burden creyó que dijo. Podría haber dicho «Gun*nar* Jones». Gunnar era un hombre sueco, pero podría llevarlo un inglés si, por ejemplo, su madre hubiera sido sueca. Burden había tenido un compañero de colegio llamado Lars que parecía tan inglés como él, así que ¿por qué no Gunnar? O quizá había dicho «Gunner» y era un apodo que había recibido porque había formado parte de la Real Artillería.*

—Me gustaría ir a visitarle, señor Jones. ¿Le iría bien hoy mismo? ¿Por ejemplo a las seis?

—Puede venir cuando quiera. Estaré aquí.

No preguntó por qué, ni mencionó Tancred ni a su hija. Era un poco desconcertante. Pero Burden no quería hacer un viaje en balde.

—¿Usted es el padre de la señorita Davina Jones?

—Eso me dijo su madre. Los hombres tenemos que creer a las mujeres en esos asuntos, ¿no cree?

Burden no iba a confraternizar. Dijo que vería a G. G. Jones a las seis. «Gunner»: siguiendo un impulso, buscó esta palabra en el diccionario del que Wexford nunca se separa-

---

* *Gunner*, «artillero», y *Gunnar* se pronuncian igual en inglés. (*N. de la T.*)

ba mucho tiempo y averiguó que era otra palabra para in
dicar *Gunsmith*.* ¿Un armero?

Wexford telefoneó a Edimburgo.

Macsamphire era un nombre tan extraño, aunque inconfundiblemente escocés, que había confiado en que el único que aparecía en la guía telefónica de Edimburgo fuera
el de la amiga de Davina Flory, y no se equivocó.

—¿La policía de Kingsmarkham? ¿De qué puedo servir-
les yo?

—Señora Macsamphire, creo que la señorita Flory y el
señor Copeland, junto con la señora Jones y Daisy, perma-
necieron con ustedes el pasado agosto cuando vinieron a
Edimburgo para asistir al festival.

—Oh, no, ¿qué le ha sugerido esa idea? A Davina le desagradaba mucho alojarse en casas particulares. Todos se
quedaron en un hotel, y después, cuando Naomi se puso
enferma, tuvo una gripe verdaderamente fuerte, sugerí que
la trasladaran aquí. Es terrible estar enferma en un hotel,
¿no le parece?, aunque sea un gran hotel como el Caledo-
nian. Pero Naomi no quiso, por miedo a contagiármela, supongo. Davina y Harvey entraban y salían, por supuesto, y
todos asistimos a un buen número de espectáculos juntos. Me parece que no vi a la pobre Naomi en ningún
momento.

—Según creo, la señorita Flory participaba en la Feria
del Libro.

—Así es. Dio una conferencia sobre las dificultades que
surgen al escribir la autobiografía y también participó en
una mesa redonda de escritores. El tema trataba sobre si era
factible que los escritores fueran versátiles; es decir, escribir ficción así como libros de viajes, ensayos y cosas así.
Yo asistí a la conferencia y a la mesa redonda, y las dos fueron realmente muy interesantes...

Wexford logró interrumpirla.

* *Gunsmith*: armero. (*N. de la T.*)

—¿Daisy estaba con ustedes?

La risa de aquella mujer era musical y más bien aniñada.

—Oh, no creo que a Daisy le interesara mucho todo aquello. En realidad, había prometido a su abuela que asistiría a la conferencia, pero no creo que lo hiciera. Pero es una chiquilla tan dulce y natural, que se lo perdonaría todo.

Esto era el tipo de cosas que Wexford quería oírle decir, o pudo persuadirse a sí mismo de que quería oírlas.

—Por supuesto, iba con ella ese joven amigo suyo. Sólo le vi una vez y fue el último día, el sábado. Les saludé con la mano desde el otro lado de la calle.

—Nicholas Virson —apuntó Wexford.

—Eso es. Davina mencionó el nombre de Nicholas.

—Asistió al funeral.

—¿Ah, sí? Yo estaba muy trastornada ese día. No lo recuerdo. ¿Eso es todo lo que quería preguntarme?

—No he empezado a preguntarle lo que realmente quiero saber, señora Macsamphire. En realidad, quiero pedirle un favor. —¿Lo era? ¿O lo hacía para imponerse a sí mismo un gran sacrificio?—. Daisy debería alejarse unos días de allí por diversas razones que no vienen al caso. Quiero preguntarle si la invitaría a quedarse con usted. Sólo una semana... —vaciló— o dos. ¿Se lo pedirá?

—¡Pero ella no querrá venir!

—¿Por qué no? Estoy seguro de que usted le gusta. Estoy seguro de que le gustaría estar con alguien con quien pudiera hablar de su abuela. Edimburgo es una ciudad hermosa e interesante. Bueno, ¿qué tiempo hace?

Otra vez aquella bonita risita.

—Me temo que llueve mucho. Pero claro que se lo pediré a Daisy; me encantaría que viniera, pero no se me había ocurrido pedírselo.

Los inconvenientes del sistema a veces parecían pesar más que los puntos en favor de establecer una sala de coordinación en el mismo lugar. Entre las ventajas se encontraban que se podía ver con los propios ojos quién iba de visita. Esa mañana no había ningún vehículo de los Virson aparcado entre el estanque y la puerta delantera, ni ninguno de los coches de Tancred, sino un pequeño Fiat que Wexford no pudo identificar de inmediato. Lo había visto antes, pero ¿de quién era?

En esta ocasión no tuvo la suerte de que se abriera oportunamente la portezuela y saliera el visitante. Nada le impedía, por supuesto, hacer sonar la campanilla, entrar y ser la tercera persona de cualquier conversación íntima que mantuvieran. Le desagradaba la idea. No tenía que tomar el control de la vida de ella, robarle toda su intimidad, su derecho a estar sola y libre.

Queenie, la persa, estaba sentada junto al estanque, contemplando la superficie despejada del agua. Una garra levantada distrajo brevemente su atención. La gata contemplaba la parte inferior de la gorda almohadilla gris, como si decidiera si la pata era adecuada como instrumento de pesca, y después metió las dos garras bajo su pecho, se colocó en posición de esfinge y prosiguió su contemplación del agua y los círculos de peces.

Wexford regresó a los establos, dio la vuelta a la casa y llegó a la terraza. Tenía una vaga sensación de cruzar lo que no debía, pero ella sabía que estaban allí, quería que estuvieran allí. Mientras él estuviera allí Daisy estaría protegida, estaría a salvo. Wexford miró hacia la casa y vio por primera vez que la georginización no había llegado tan lejos. Era en gran parte como del siglo diecisiete, con el entramado de madera a la vista y las ventanas divididas con parteluz.

¿Davina había construido el invernadero? ¿Antes de que fuera necesario el consentimiento para los edificios declarados de interés histórico-artístico? Pensó que lo desaprobaba, sin saber lo suficiente de arquitectura para tener una opinión firme. Daisy estaba allí dentro. La vio levantarse de donde estaba sentada. Se hallaba de espaldas a él y Wexford abandonó deprisa la terraza antes de que ella le viera. Su acompañante le resultaba invisible.

Fue la casualidad lo que permitió que Wexford se encontrara con él una hora más tarde. Él salía de su coche y dijo a Donaldson que esperara cuando vio a alguien que subía al Fiat.

—Señor Sebright.

Jason le ofreció una amplia sonrisa.

—¿Leyó mi artículo sobre los asistentes al funeral? El subdirector lo hizo pedazos y le cambió el título. Lo llamaron: «Adiós a la grandeza». Lo que no me gusta del periodismo local es que se tiene que ser agradable con todo el mundo. No se puede ser acre. Por ejemplo, el *Courier* tiene una columna de chismes pero nunca hay ni una línea sarcástica en ella. Quiero decir, lo que se quiere es especular sobre quién se tira a la alcaldesa y cómo el jefe de policía consiguió sus vacaciones en Tobago. Pero eso es anatema en un periódico local.

—No te preocupes —dijo Wexford—. Dudo que estés allí mucho tiempo.

—Eso suena un poco a doble filo. He tenido una entrevista asombrosa con Daisy. «El intruso enmascarado.»

—¿Te ha hablado de eso?

—De todo. Me lo ha contado todo. —Lanzó una mirada de reojo a Wexford, con una leve sonrisa irónica—. No he podido evitar pensar que cualquiera podía hacerlo, ¿no? Subir aquí con una máscara y asustar a las señoras.

—Te atrae, ¿verdad?

—Sólo como historia —dijo Jason—. Bien, me iré a casa.

—¿Dónde vives?

—En Cheriton. Le contaré una historia. La leí el otro día, me parece maravillosa. Lord Halifax dijo a John Wilkes: «¡Caramba, señor, no sé si perecerá antes en la horca o de sífilis» a lo que Wilkes replicó, rápido como una centella: «Eso depende, señor, de si abrazo primero los principios de Su Señoría o a la amante de Su Señoría».

—Sí, ya la había oído. ¿Es cierta?

—Me recuerda a mí —dijo Jason Sebright.

Se despidió de Wexford con un gesto de la mano, entró en su coche y se alejó bastante rápido por el camino secundario.

Gunther, o Gunnar, aparece en la saga de los Nibelungos. Gunnar es la forma nórdica, Gunther la alemana o borgoñona. Gunther decidió cabalgar a través de las llamas que rodeaban el castillo de Brunilda y así conseguirla como esposa. Fracasó y fue Sigfrido quien lo logró disfrazado de Gunther, permaneciendo tres noches con Brunilda, junto a la cual dormía con una espada en medio. Wagner compuso óperas con este tema.

Este relato le fue ofrecido a Burden por su esposa antes de que él partiera para Londres. Burden a veces pensaba que su esposa lo sabía todo; bueno, todo lo de ese tipo. Esto, lejos de ofenderle, provocaba su admiración y le resultaba muy útil. Era mejor que el diccionario de Wexford y, le decía a ella, mucho más atractivo.

—¿Cómo crees que lo hacían? Me refiero a lo de la espada. No les molestaría mucho si la dejaban plana. Podían subir la sábana y taparla y apenas notarían que estaba allí.

—Creo —dijo Jenny con seriedad— que debían de dejarla con el filo hacia arriba, y la empuñadura apoyada en el cabezal de la cama. Espero que sólo escribieran acerca de ello, no que lo hicieran en verdad.

Barry Vine conducía. Era de esos a los que les gusta conducir, a cuyas esposas nunca dejan conducir, que conducirán distancias enormes y terribles y parecerán disfrutar. Barry le había dicho una vez a Burden que había conducido hasta su casa desde el oeste de Irlanda con una sola mano y sin frenar salvo el tramo del ferry hasta Fishguard. Esta vez sólo tenía que conducir ciento veintinueve kilómetros.

—¿Conoce esa expresión, señor, «besar a la hija del artillero»?

—No, no la conozco.

Burden empezaba a sentirse un ignorante. ¿Iba el sargento detective Vine a contarle más aventuras de todos esos personajes wagnerianos que parecían pasar de las sagas noruegas a las óperas alemanas y volver a las primeras?

—Es una frase que significa algo completamente diferente, pero no puedo recordar qué.

—¿Sale en alguna ópera?

—Que yo sepa, no —respondió Barry.

La casa del padre de Daisy se encontraba cerca del campo de fútbol del Arsenal, una pequeña casa victoriana de ladrillo gris en una calle de casas adosadas. No había limitación de aparcamiento y Vine pudo dejar el coche junto al bordillo en Nineveh Road.

—Mañana a esta hora habrá luz —dijo Barry, palpando en busca del picaporte de la verja—. Esta noche hay que adelantar los relojes.

—Hay que adelantarlos, ¿no? Nunca recuerdo cuándo hay que adelantarlos y cuándo hay que atrasarlos.

—En primavera adelantarlos, en otoño atrasarlos —dijo Barry.

Burden, hartándose de ser siempre el que recibe la instrucción, estaba a punto de protestar que también se podría decir en otoño adelantarlos y en primavera atrasarlos cuando de repente un brillante rayo de luz procedente de la puerta delantera les inundó y les hizo parpadear.

Salió un hombre. Les tendió la mano como si fueran invitados o incluso viejos amigos.

—Han encontrado el camino, ¿eh?

Era una de esas observaciones que tienen que haber recibido una afirmación preliminar para que se hagan, pero la gente sigue haciéndolas. G. G. Jones incluso hizo otra.

—Han aparcado, ¿no?

Su tono era alegre. Era más joven de lo que Burden había esperado, o parecía más joven. En el interior, con la luz dándole de pleno en lugar de iluminarle por detrás, aparentaba no muchos más de cuarenta. Burden también había esperado algún parecido con Daisy, pero no era así, o al menos un primer examen rápido no lo reveló. Jones era rubio, con la cara rubicunda. El aspecto joven se debía en parte a que su cara era redonda y como de bebé, con la nariz respingona y los pómulos anchos. Daisy no se parecía a él, igual que no se parecía a Naomi. Era hija de su abuela.

También tenía exceso de peso, demasiado peso para que su cuerpo fornido lo llevara bien. Los comienzos de un vientre enorme sobresalían bajo el jersey en forma de barril. Él parecía encontrarse muy cómodo, sin nada que ocultar, y la impresión de que habían sido invitados, de que eran incluso huéspedes de honor aumentó cuando el hombre sacó una botella de whisky, tres latas de cerveza y tres vasos.

Ambos policías declinaron la invitación. Les había hecho entrar en una sala de estar cómoda, pero que carecía de lo que Burden habría llamado «un toque femenino». Era consciente de que esto era (misteriosamente para él, puesto que sólo podía considerarlo adulador para las mujeres) una teoría sexista. Su esposa le habría reñido por sostenerla. Pero en secreto lo creía así, era un hecho. Aquélla, por ejemplo, era una habitación cómoda y amueblada decentemente con cuadros en las paredes y un calendario colgado, un reloj sobre la repisa de la chimenea victoriana e incluso un ficus que luchaba por sobrevivir en un oscuro rincón. Pero no había ninguna delicadeza, nada de gusto, ningún interés por el aspecto que tenía el lugar, no había simetría, ni arreglo, nada que creara hogar. Ninguna mujer vivía en aquella casa.

Se dio cuenta de que había permanecido en silencio demasiado rato, aun cuando Jones había llenado el intervalo yendo a buscar la cocacola dietética que había presionado a Barry a aceptar y sirviéndose su cerveza. Burden se aclaró la garganta.

—¿Le importaría decirnos su nombre, señor James? ¿Qué significan las iniciales?

—Mi primer nombre es George, pero siempre me han llamado Gunner.

—¿Con *e* o con *a*?

—¿Cómo dice?

—¿Gunn*er* o Gunn*ar*?

—Gunner. Porque solía jugar en el Arsenal.* ¿No lo sabían?

No, no lo sabían. Barry hizo una mueca. Tomó un sorbo de su cocacola de régimen. Así que Jones en otro tiempo, quizá veinte años atrás, había jugado en el Arsenal, los *Gunners*, y Naomi, la «seguidora del fútbol», le había adorado desde la tribuna...

—George Godwin Jones es mi nombre completo. —Gunner Jones exhibía una expresión satisfecha—. Me casé otra vez después de lo de Naomi —dijo de modo inesperado—, pero tampoco fue un gran éxito. Ella hizo sus maletas hace cinco años; no creo que vuelva a intentarlo. No cuando es como dice la canción y lo puedes tener todo y no liarte.

—¿Cómo se gana la vida, señor Jones? —preguntó Barry.

—Vendo equipo deportivo. Tengo una tienda en Holloway Road, y no me hable de recesiones. En lo que a mí respecta, el negocio es un éxito, nunca ha ido mejor. —Eliminó la ancha sonrisa de autosatisfacción de su rostro como si le hubieran desconectado algún interruptor interior—. Fue espantoso lo de Tancred —dijo, su voz una octava más baja—. Por eso están aquí, ¿no? O digamos que no estarían aquí si no hubiera ocurrido, ¿verdad?

—Creo que no ha tenido mucho contacto con su hija.

—No he tenido ninguno, amigo. Hace diecisiete años que no la he visto ni he sabido nada de ella. ¿Cuántos tiene ahora? ¿Dieciocho? No la he visto desde que ella tenía seis meses. Y la respuesta a su siguiente pregunta es no, no mu-

---

* El Arsenal es un equipo de fútbol británico, de Woolwich, conocido popularmente como los *Gunners*. (*N. de la T.*)

cho. No me importa mucho. No me preocupa en lo más mínimo. A los hombres pueden gustarles los hijos cuando son mayores, pero ¿los bebés? No significan nada. Me lavé las manos respecto a todos ellos y nunca he sentido el menor remordimiento.

Era asombroso con qué rapidez su afabilidad podía convertirse en beligerancia. Su voz subía y bajaba según cambiaba el tema, un crescendo cuando hablaba de cosas personales para sí mismo, un bajo ronroneo cuando hablaba por cumplir con los requerimientos de la sociedad.

Barry Vine preguntó:

—¿No se le ocurrió ponerse en contacto con ella cuando se enteró de que su hija había resultado herida?

—No, amigo, no se me ocurrió. —Sólo una vacilación momentánea precedió al acto de abrir una segunda lata de cerveza—. No, no pensé en ello y no lo hice. Ponerme en contacto, quiero decir. Ya que me lo pregunta, me encontraba fuera cuando ocurrió. Me fui a pescar, un pasatiempo nada insólito en mí; de hecho es lo que llamaría mi afición si alguien estuviera interesado en saber cuál es mi afición. Esta vez fue en West Country; me alojaba en un *cottage* en el río Dart, un lugar muy agradable al que voy a menudo a pasar unos días en esta época del año. —Hablaba con una agresividad llena de seguridad en sí mismo. ¿O quizá esta cantidad de belicosidad nunca era realmente confianza?—. Me voy allí para alejarme de todo, así que lo último que hago es mirar las noticias de la tele. Me enteré de ello el día quince, cuando regresé. —Su tono se alteró un poco—. Les advierto una cosa: no digo que no hubiera sentido una punzada de dolor si a la chiquilla le hubiera pasado lo mismo que a los demás, pero lo sentiría por cualquier chiquillo, no tiene que ser el tuyo.

»No me importa decirles otra cosa. Quizá piensen que me estoy incriminando, pero lo diré igual. Naomi no era nada, nada. Se lo digo, allí no había nada. Era una cara bonita y lo que se podría llamar una naturaleza afectuosa. Ideal

288

para tomarte de la mano y abrazarte. Sólo que los abrazos terminaban estrictamente a la hora de acostarse. En cuanto a lo de tener la cabeza vacía, bueno, yo no he recibido educación y no creo que haya leído más de seis libros en toda mi vida, pero era un genio comparado con ella. Yo era la personalidad del año...

—Señor Jones...

—Sí, amigo, podrá hablar dentro de un minuto. No me interrumpa en mi propia casa. Todavía no he dicho lo que he empezado a decir. Naomi no era nada y yo nunca tuve el placer de conocer al miembro del parlamento señor Copeland, pero le diré algo: cualquier tipo que cargara con Davina Flory, cualquier tipo, tenía que ser un soldado, un soldado luchador, caballeros. Tenía que ser bravo como un león y fuerte como un caballo y con una piel gruesa como un hipopótamo. Porque esa señora era una zorra del tamaño de una reina y nunca se cansaba. No se la podía cansar, sólo necesitaba unas cuatro horas de sueño y luego ya volvía a tener ganas de empezar... o más bien de atacar, debería decir.

»Yo tenía que vivir allí. Bueno, ellos lo llamaban «estar allí mientras encontrábamos algo en otro sitio», pero era evidente que Davina nunca nos dejaría marchar, en especial después de que naciera el bebé. —Ladró a Burden—. ¿Sabe lo que es un godo?

«Algo como Gunnar y esos Nibelungos», pensó rápidamente Burden.

—Dígamelo usted.

—Lo busqué en un diccionario. —Gunner Jones era evidente ue se había aprendido la definición de memoria hacía mucho tiempo—: «Uno que se comporta como un bárbaro, persona ruda, incivilizada o ignorante». Así es como ella solía llamarme, «el godo», o simplemente «godo». Solía utilizarlo como nombre de pila. Quiero decir, yo tenía esas iniciales: G. G. Ella no era corriente, no, si no me habría llamado Caballo. «¿Qué saqueará hoy el godo?», preguntaba, y «¿Has estado intentando derribar las puertas de la ciudad otra vez, godo?»

»Se propuso romper el matrimonio; en una ocasión me dijo realmente cómo me veía: como alguien que daría un hijo a Naomi y una vez hecho eso mi utilidad había terminado. Sólo un semental, eso era yo. Un godo estupendo. Una vez tuve la caradura de quejarme, dije que estaba harto de vivir allí, queríamos un sitio propio, y lo único que dijo ella fue: «¿Por qué no te vas y buscas algo en otra parte, godo? Puedes volver dentro de veinte años y contarnos cómo te va».

»Así que me fui pero no regresé. Solía leer los anuncios de sus libros en los periódicos, los que decían: "Sabia e ingeniosa, la compasión combinada con la comprensión de un estadista, humanidad y una profunda empatía por los humildes y los oprimidos...". Dios mío, pero me hacían reír. Quería escribir al periódico y decir no la conocen, lo han entendido todo mal. Bueno, me he desahogado y quizá les he dado alguna idea de por qué ni una manada entera de caballos salvajes me habrían arrastrado a ponerme en contacto con la hija de Davina Flory y la nieta de Davina Flory.

Burden se sentía un poco mareado por toda aquella exposición. Era como si un monstruo destructor hecho de odio y amargo resentimiento se hubiera revolcado por la pequeña habitación, aplastándoles a él y a Barry Vine; tenían que recuperarse gradualmente. Gunner Jones mostraba la expresión de un hombre que ha experimentado una catarsis, se ha liberado y está satisfecho consigo mismo.

—¿Otra cocacola dietética?

Vine negó con la cabeza.

—Es hora de tomar una copita. —Jones se sirvió unos generosos dos dedos de whisky en el tercer vaso. Estaba escribiendo algo en el dorso de un sobre que había sacado de detrás del reloj de la repisa de la chimenea—. Tengan. La dirección del lugar donde me alojé en el Dart y el nom-

bre de las personas del pub de al lado, el Rainbow Trout.
—De pronto se había puesto de muy buen humor—. Ellos
me proporcionarán una coartada. Comprueben todo lo que
quieran, por favor.

»No me importa admitir algo abiertamente, caballeros.
Habría matado con gusto a Davina Flory si hubiera pensado que podía hacerlo y quedar impune. Pero eso es lo difícil, ¿no? Quedar impune. Y estoy hablando de hace dieciocho años. El tiempo lo cura todo, o eso dicen, y ya no soy
el joven y alocado tarambana de entonces, no soy el godo
que era en la época en que pensé una o dos veces en retor-
cerle el cuello a Davina y al diablo los quince años a la
sombra.

Podrías haberme engañado, pensó Burden, pero no dijo
nada. Se preguntaba si Gunner Jones era el hombre estúpido que Davina Flory creía que era, o si era muy, muy listo.
Se preguntaba si estaba actuando o si todo aquello era real,
y no sabía responderse. ¿Qué habría hecho Daisy con aquel
hombre si le hubiera conocido?

—En realidad, aunque me llame Gunner, no sé manejar
un arma. Jamás he disparado nada, ni siquiera una escopeta de aire comprimido. Me pregunto si incluso sabría llegar
hasta ese lugar, Tancred House, en la actualidad, y no lo sé,
sinceramente no lo sé. Supongo que habrán crecido más
árboles y otros habrán caído. Había allí unos tipos, a los
que Davina llamaba la «ayuda», supongo que eso le parecía
un poquito más democrático que «criados», que vivían
en un *cottage*; se llamaban Triffid, Griffith o algo así. Tenían un hijo, una especie de retrasado mental, pobre tipo.
¿Qué ha sido de ellos? Supongo que aquel lugar irá a parar
a mi hija. Qué suerte, ¿eh? No creo que se le hayan secado
los ojos de tanto llorar. ¿Se parece a mí?

—En absoluto —respondió Burden, aunque para entonces había visto a Daisy al volver Gunner Jones la cabeza,
cierta elevación en la comisura de la boca, los ojos almen-
drados.

—Mejor para ella, ¿eh, amigo mío? No sé que hay detrás de esa cara inexpresiva que tiene usted. Si han terminado, como es sábado noche, les invito a una cariñosa despedida en mi pub de siempre. —Abrió la puerta de la calle y les acompañó fuera—. Si están pensando en si escaparé de la policía, en vigilarme, dejaré mi vehículo donde está aparcado, allí fuera, y tomaré lo que los viejos llaman el «coche de San Fernando, la mitad a pie y la otra mitad andando». —Como si ellos fueran agentes de tráfico, añadió—: Me desagradaría darles la satisfacción de pillarme sobrepasando el límite de velocidad, como seguro que estoy haciendo ahora.

—¿Quiere que conduzca yo, sargento? —se ofreció Burden cuando estaban en el coche, sabiendo que su oferta sería rechazada.

—No, gracias, señor, me gusta conducir.

Vine puso el coche en marcha.

—¿Este coche lleva alguna luz para leer mapas, Barry?

—Debajo del estante del salpicadero. Se estira con un nosequé flexible.

Allí era imposible girar. Barry hizo circular el coche unos cien metros por la calle, giró en la entrada a la calle lateral y se volvió por donde habían venido. El lugar le era demasiado desconocido, un misterio, para intentar el experimento de volver al cruce por una salida que estaba al otro lado del bloque.

Gunner Jones cruzó por el paso de peatones delante de ellos. No había nadie más a pie y su coche era el único. Jones levantó la mano con gesto imperioso para que se detuvieran pero no miró el coche ni dio otra muestra de saber quiénes eran el conductor y el pasajero.

—Un hombre extraño —comentó Barry.

—Hay algo muy curioso, Barry. —Burden iluminaba con la luz de leer mapas el sobre que Gunner Jones les había dado y en el que estaba escrita la dirección. Pero era el otro lado, el lado ya usado y con el sello, lo que estaba mirando—. Me he fijado en él cuando he mirado por primera vez la repisa de la chimenea. Va dirigido a él, aquí, a Nineveh Road, al señor G. G. Jones, nada de particular en ello. Pero la letra es muy distintiva, la vi en una agenda de escritorio y la reconocería en cualquier sitio. Es la letra de Joanne Garland.

19

Ahora a las seis todavía había luz del día. Nada podía haber hecho que pareciera más la primavera, las puestas de sol tardías, los atardeceres cada vez más largos. Menos agradable, según el subjefe de policía, sir James Freeborn, era la cantidad de tiempo que hacía que el equipo de Wexford se hallaba acuartelado en Tancred House sin resultados. ¡Y las facturas que presentaban! ¡El coste! ¿Protección diurna y nocturna de la señorita Davina Jones? ¿Cuánto iba a costar? La chica no debería estar allí. Él jamás había oído nada semejante, una chica de dieciocho años insistiendo imperiosamente en permanecer sola en aquel enorme lugar.

Wexford salió de los establos poco antes de las seis. El sol todavía brillaba y el frío no impregnaba el aire de la tarde. Oyó un ruido al frente que podía haber sido causado por una fuerte lluvia, pero no podía estar lloviendo aquel día sin nubes. En cuanto salió a la parte delantera de la casa vio que la fuente estaba funcionando.

Hasta entonces apenas se había dado cuenta de que se trataba de una fuente. El agua brotaba en surtidor de una cañería que salía de algún sitio entre las piernas de Apolo y el tronco del árbol. Caía en cascada atravesando los rayos del sol y formaba un arco iris. En las pequeñas olas los peces hacían cabriolas. La fuente en pleno funcionamiento transformaba el lugar de manera que la casa ya no tenía un aspecto austero, ni el patio parecía desnudo ni la laguna estancada. El silencio a veces opresivo había dado paso a un delicado y musical sonido de salpicadura.

Hizo sonar la campanilla. ¿De quién era el coche que estaba en el sendero, detrás de él? Un coche deportivo con aspecto de ser incómodo, en modo alguno un MG nuevo. Daisy abrió y le dejó entrar. Su apariencia había experimentado otra variación y volvía a mostrarse femenina. De negro, por supuesto, pero un negro ceñido favorecedor, con falda y no pantalones, zapatos y no botas, el pelo suelto por detrás y los lados recogidos, como una chica eduardiana.

Y había otra cosa diferente en ella. Al principio no pudo decir de qué se trataba. Pero era en toda ella: su manera de andar, su porte, la cabeza levantada, sus ojos. Brillaba en ella una luz. Vosotras, bellezas más humildes de la noche, que pobremente satisfacéis a nuestros ojos... ¿Qué sois cuándo la luna sale?

—Has abierto la puerta —dijo él en tono de reproche— cuando no sabías quién era. ¿O me has visto desde la ventana?

—No, estábamos en el *serre*. He puesto en marcha la fuente.

—Sí.

—¿No le parece hermosa? Mire el arco iris que produce. Con el agua que cae no se ve la mirada impúdica de Apolo. Se puede creer que la ama, se puede ver que sólo quiere besarla... Oh, por favor, no ponga esa cara. Sabía que estaría bien, lo percibía. He percibido que era alguien agradable.

Con menos fe en su intuición de la que ella tenía, Wexford la siguió a través del vestíbulo, preguntándose quién estaría con ella. El comedor seguía sellado, con la puerta precintada. Ella caminaba delante de él con paso ligero, una chica diferente, una chica cambiada.

—Recuerda a Nicholas, ¿verdad? —dijo ella, deteniéndose en el umbral del invernadero, y al hombre que estaba dentro dijo—. Es el inspector jefe Wexford, Nicholas; le conociste en el hospital.

Nicholas Virson estaba sentado en uno de los profundos sillones de mimbre y no se levantó. ¿Por qué iba a hacerlo? No extendió la mano; asintió y saludó:

—Ah, buenas tardes. —Como un hombre del doble de su edad.

Wexford miró a su alrededor. Contempló la belleza del lugar, las verdes plantas, una azalea florida en una maceta, los limoneros en su macetero de porcelana azul y blanca, un ciclamen rosa cargado de flores en un cuenco sobre la mesa de cristal. Miró a Daisy, que volvía a estar en el asiento que debía de haber dejado un momento antes, cerca de la silla de Virson. Sus dos bebidas, ginebra o vodka o simple agua del grifo, estaban una al lado de la otra, separadas no más de cinco centímetros, junto a las flores del ciclamen. Supo de pronto qué era lo que había producido el cambio en ella, le había sonrosado las mejillas y eliminado el dolor de sus ojos ansiosos. Si no hubiera sido imposible en aquellas circunstancias, después de lo que había sucedido y ella había vivido, Wexford habría dicho que la muchacha era feliz.

—¿Puedo ofrecerle algo de beber? —invitó Daisy.

—Será mejor que no. Si eso es agua mineral, aceptaré y tomaré un vaso.

—Voy por ello.

Virson habló como si la petición de Wexford implicara alguna tarea colosal, que el agua tuviera que ser sacada de un pozo, por ejemplo, o subida de la bodega ascendiendo una peligrosa escalera. Había que ahorrar a Daisy un esfuerzo que Wexford no tenía derecho a pedirle. Una mirada de reproche acompañó a su gesto de tomar el vaso medio lleno.

—Gracias. Daisy, he venido a preguntarte si no reconsiderarás tu decisión de permanecer aquí.

—Qué curioso. Nicholas también lo ha hecho. Quiero decir, venir a pedirme eso. —Ofreció al joven una radiante sonrisa. Le tomó la mano y la retuvo—. Nicholas es tan bueno conmigo. Bueno, todos ustedes lo son. Todo el mundo es muy amable. Pero Nicholas haría cualquier cosa por mí, ¿verdad, Nicholas?

Era extraño decir eso. ¿Hablaba en serio? ¿Seguro que la ironía sólo estaba en la imaginación de él?

Virson pareció poco sorprendido. Una sonrisa incierta tembló en su boca.

—Todo lo que esté en mi poder, cariño —dijo él. Parecía reacio a tener con Wexford más relación de la que pudiera evitar, y ahora olvidó los prejuicios y lo que quizá era esnobismo y dijo de modo casi impulsivo—: Quiero que Daisy vuelva a Myfleet conmigo. No debería habernos dejado. Pero ella es tan absurdamente terca... ¿No pueden hacer algo para hacerle comprender que aquí corre peligro? Me preocupa día y noche, no me importa decírselo. No puedo dormir. Yo mismo me quedaría aquí, pero supongo que no sería lo correcto.

Eso hizo reír a Daisy. Wexford no creía haberla oído reír nunca. Tampoco creía haber oído nunca a un hombre joven efectuar un comentario semejante, ni siquiera en los viejos tiempos cuando él era joven y la gente encontraba inadecuado que personas no casadas de sexos opuestos durmieran bajo el mismo techo.

—No sería lo correcto para ti, Nicholas —dijo ella—. Tienes todas tus cosas en tu casa. Y se tardan siglos en venir de la estación hasta aquí, no tienes idea hasta que lo pruebas. —Ella hablaba con afecto, sujetándole aún la mano. Momentáneamente, su rostro resplandeció de alegría cuando le miró—. Además, tú no eres policía. —Daisy hablaba en tono de broma—. ¿Crees que podrías defenderme?

—Soy un buen tirador —respondió Virson como un viejo coronel.

Wexford dijo con sequedad:

—Me parece que aquí no queremos más armas, señor Virson.

Eso hizo estremecer a Daisy. Su rostro se apagó, como una sombra que cruza el sol.

—Una vieja amiga de mi abuela llamó este fin de semana y me pidió que fuera a pasar unos días con ella en Edimburgo. Ishbel Macsamphire. ¿Recuerdas que te la señalé, Nicholas? Dijo que también invitaría a su nieta y se suponía que eso era una atracción. Sentí un escalofrío. Por supuesto, dije que no. Quizá más adelante, pero ahora no.

—Lamento oír eso —dijo Wexford—, lo lamento mucho.

—Ella no es la única. Preston Littlebury me invitó a su casa de Forby. «Quédate todo el tiempo que quieras, querida. Serás mi invitada.» No creo que sepa que decir «serás mi invitada» es como una broma. Dos chicas del colegio me lo han pedido. Soy realmente popular, supongo que soy una especie de celebridad.

—¿Has rechazado a toda esta gente?

—Señor Wexford, voy a quedarme aquí, en mi casa. Sé que estaré a salvo. ¿No ve que si huyo ahora tal vez nunca regrese?

—Atraparemos a estos hombres —dijo él con firmeza—. Sólo es cuestión de tiempo.

—Muchísimo tiempo. —Virson bebió su agua o lo que fuera con pequeños sorbos—. Ya casi hace un mes.

—Sólo tres semanas, señor Virson. Otra idea que se me ha ocurrido, Daisy, es que cuando vuelvas al colegio, sea esto cuando sea, dentro de dos o tres semanas, podrías pensar en quedarte a media pensión durante el último trimestre.

Ella le respondió como si considerara aquella sugerencia extremadamente extraña, casi impropia. La separación entre el temperamento y gusto que siempre había percibido entre ella y Virson rápidamente desapareció. De pronto se convirtieron en unos jóvenes compatibles con los mismos valores y educados en una cultura idéntica.

—¡No voy a volver al colegio! ¿Por qué iba a hacerlo? ¿Después de todo lo que ha sucedido? No es probable que en mi vida futura necesite los exámenes avanzados.

—¿No consigues plaza universitaria según los resultados de esos exámenes?

Virson lanzó a Wexford una mirada que implicaba que era una impertinencia por su parte creer algo de esa clase.

—Las plazas universitarias —explicó Daisy— no tienen que ser aceptadas necesariamente. —Hablaba de un modo extraño—. Sólo lo hacía para complacer a Davina y ahora... ya no tengo que complacerla.

—Daisy ha abandonado los estudios —explicó Virson—. Todo eso ha terminado.

Wexford de pronto estuvo seguro de que iban a ofrecerle alguna revelación o efectuar algún anuncio. «Daisy acaba de prometerme que será mi esposa» o algo anticuado y pomposo pero no obstante una bomba. No hicieron ninguna revelación. Virson bebía su agua a sorbos. Dijo:

—Creo que sólo me quedaré un rato, querida, si me lo permites. ¿Me podrías ofrecer algo de cenar, o salimos?

—Oh, este sitio está lleno de comida —dijo alegre—. Siempre lo está. Brenda ha estado cocinando toda la mañana; no sabe qué hacer... ahora que sólo estoy yo.

—Te encuentras mejor —fue todo lo que Wexford le dijo cuando ella le acompañó hasta la puerta.

—Lo estoy superando, sí. —Pero parecía que las cosas habían ido más lejos. Wexford tuvo la impresión de que de vez en cuando ella intentaba volver a su antigua desdicha, por cuestión de normas, por decencia. Pero ser desdichada ya no era natural. Lo natural era estar contenta. Sin embargo, Daisy dijo, como si algún sentimiento de culpabilidad se hubiera apoderado de ella—: En cierto sentido, nunca lo superaré, nunca lo olvidaré.

—Por lo menos, no durante un tiempo.

—En otro sitio sería mejor.

—Espero que lo reconsideres. Las dos cosas: lo de irte de aquí y lo de la universidad. Por supuesto, la universidad... no es asunto mío.

Ella hizo algo asombroso. Se hallaban en el umbral de

la puerta, ésta estaba abierta y él a punto de marcharse. Ella le arrojó los brazos al cuello y le besó. Los besos aterrizaron, cálidos y firmes, en ambas mejillas. Wexford sintió junto a él un cuerpo que hervía de placer, de alegría.

Se soltó con firmeza.

—Por favor —dijo como había dicho a veces a sus hijas, mucho tiempo atrás y en general inútilmente—, compláceme haciendo lo que te pido.

El agua seguía salpicando de modo regular la laguna y los peces saltaban en las pequeñas olas.

—¿Estamos diciendo —preguntó Burden— que el vehículo que utilizaron se fue, y quizá llegó, a través del bosque? Era un jeep o un Land Rover o algo construido para ser utilizado en terreno duro y el conductor conocía ese bosque como la palma de su mano.

—Andy Griffin sin duda lo conocía —dijo Wexford—. Y su padre lo conoce, quizá mejor que nadie. Gabbitas lo conoce y también, en menor grado, Ken Harrison. No cabe duda de que las tres personas muertas lo conocían y, que sepamos, Joanne Garland también podía, igual que miembros de su familia pueden conocerlo.

—Gunner Jones dice que no cree que ahora pudiera encontrar el camino. ¿Por qué decirme eso si no estaba seguro de que podía? No le pregunté. Fue una información gratuita. Y estamos hablando de alguien que conducía a través del bosque, no que corría a pie, lo que con tal de que se siguiera el olfato o una brújula tarde o temprano probablemente le llevaría a uno a un camino. Este tipo tenía que estar preparado para conducir un engorroso vehículo de cuatro ruedas a través del bosque a oscuras y las únicas luces que se atrevería a encender serían las de posición y quizá ni siquiera ésas.

—El otro caminaba delante de él con una linterna —dijo Wexford con sequedad—, como en los primeros tiempos del automovilismo.

—Bueno, quizá sí. Todo ello me resulta difícil de imaginar, Reg, pero ¿qué alternativa existe? No hay manera de que no se cruzaran con Bib Mew o Gabbitas si iban por el camino de Pomfret Monachorum, a menos que Gabbitas fuera uno de ellos, a menos que fuera el otro.

—¿Qué te parece la idea de una moto? Supongamos que se abrieron paso en el bosque a oscuras en la moto de Andy Griffin.

—¿No distinguiría Daisy el ruido de una moto al ponerse en marcha del de un coche? Por alguna razón, no puedo imaginarme a Gabbitas en el asiento trasero de la moto de Andy. Gabbitas, no necesito recordártelo, no tiene coartada para la tarde y atardecer del 11 de marzo.

—¿Sabes, Mike?, en los últimos años ha ocurrido algo bastante extraño con las coartadas. Cada vez resulta más difícil establecer coartadas sólidas y rápidas. Eso va en contra de los delincuentes, por supuesto, pero también les va bien. Tiene algo que ver con el hecho de que la gente lleva una vida más aislada. Hay más gente que nunca, pero la vida de cada individuo es más solitaria.

En el rostro de Burden apareció la mirada vidriosa que a veces se instalaba en él cuando Wexford empezaba a hablar de lo que él catalogaba como «filosofía». Wexford se estaba volviendo ultrasensible a este cambio de expresión y, como no tenía nada más que decir que tuviera valor en el presente caso, interrumpió sus observaciones y deseó buenas noches a Burden. Pero siguió pensando en las coartadas mientras conducía a casa, en cómo los sospechosos eran capaces de lograr que sus afirmaciones fueran más o menos corroboradas.

Los hombres, en tiempos de recesión y elevado desempleo, iban al pub con menos frecuencia de lo que solían. Los cines estaban vacíos mientras la televisión tentaba a su audiencia. El cine de Kingsmarkham había cerrado cinco años atrás y lo habían convertido en un emporio del bricolaje. Había más gente que nunca que vivía sola. Menos hijos mayores vivían en casa. A última hora de la tarde y por la noche, las calles de Kingsmarkham, de Stowerton, de Pomfret, estaban vacías, no había ni un coche aparcado, ni un peatón, sólo tráfico pesado circulando, cada camión con un solitario conductor. En casa, en habitaciones individuales o pequeñísimos pisos, un hombre solo o una mujer sola miraba la televisión.

Esto explicaba, en cierta medida, los problemas para establecer el paradero de casi todas estas personas aquella noche de marzo. ¿Quién podía apoyar la afirmación de John Gabbitas y la de Gunner Jones, o, puestos en ello, la de Bib Mew? ¿Quién podía corroborar dónde había estado Ken Harrison, o John Chowney o Terry Griffin más que, en el caso de ambos, sus respectivas esposas, cuyo testimonio era inútil? Todos habían estado en casa, o camino de su casa, solos o con su esposa.

Decir que Gunner Jones había desaparecido sería expresarlo demasiado fuerte. Una visita a la tienda de equipamiento deportivo de Holloway Road confirmó que Gunner se había ido unos días de vacaciones, no había dicho adónde, a menudo se iba. Wexford apenas pudo evitar ver ahí la coincidencia, si era coincidencia. Joanne Garland tenía una tienda y se había marchado. Gunner Jones, que la conocía, que mantenía correspondencia con ella, tenía una tienda y a menudo se marchaba. Se le había ocurrido otra cosa, que Wexford estaba preparado para admitir que podría considerarse revolucionario. Gunner Jones vendía equipamiento deportivo, Joanne Garland había convertido una habitación de su casa en un gimnasio y la había llenado con equipamiento deportivo.

¿Estaban juntos, y si era así, por qué?

Los propietarios del Rainbow Trout Inn de Pluxam, en el Dart, estuvieron más que dispuestos a decirle al sargento detective Vine todo lo que sabían del señor G. G. Jones. Era un cliente regular cuando se hallaba por allí. Ellos alquilaban algunas habitaciones a visitantes y él se había alojado allí en una ocasión, pero sólo una. Desde entonces siempre alquilaba el *cottage* de al lado. No era exactamente la puerta de al lado, a los ojos de Vine, sino unos buenos cincuenta metros por el sendero que conducía a la orilla del río.

¿El once de marzo? El concesionario del Rainbow Trout sabía exactamente de qué estaba hablando Vine y no necesitó explicaciones. Sus ojos brillantes de animación. El señor Jones sin duda había estado allí del diez al quince. Lo sabía porque el señor Jones nunca pagaba sus bebidas hasta que se iba, y tenía un registro de sus gastos de aquellos días. A Vine le pareció una suma increíblemente grande para un hombre. En cuanto al día once, el concesionario no sabría decirlo, no tenía registrado que el señor Jones fuera allí aquella noche, no anotaba las fechas en su cuenta.

Desde entonces no había visto a Gunner Jones ni lo había esperado. Entonces no había nadie en el *cottage*. El propietario dijo a Vine que no tenía más reservas para Gunner Jones para aquel año. Había alquilado la casita cuatro veces y siempre había estado solo. Es decir, nunca había entrado en él con nadie más. El propietario le había visto una vez tomando una copa en el Rainbow Trout con una mujer. Sólo una mujer. No, no podía describírsela aparte de decir que no le había impresionado por ser demasiado joven para Gunner ni demasiado mayor. Lo más probable era que Gunner Jones estuviera en aquellos momentos pescando en alguna otra parte del país.

Pero ¿qué había contenido el sobre que estaba sobre la repisa de la chimenea de Nineveh Road? ¿Una carta de amor? ¿O el esquema de algún plan? ¿Y por qué Gunner Jones guardaba el sobre cuando, evidentemente, había desechado la carta? ¿Por qué, sobre todo, había escrito aquellas direcciones en él y se lo había entregado con tanta despreocupación a Burden?

Wexford se tomó la cena y habló con Dora de salir el

fin de semana. Ella podía irse si quería. Él no veía perspectivas de irse. Ella leía algo en una revista y cuando él le preguntó qué era lo que tanto le interesaba, ella respondió que era un perfil de Augustine Casey.

Wexford emitió un sonido de desprecio.

—Si has terminado *Los anfitriones de Midian*, Reg, ¿puedo leerlo?

Él le entregó la novela, abrió *Adorable como un árbol*, del que todavía no había leído mucho. Sin levantar la vista, la cabeza inclinada, preguntó:

—¿Tú hablas con ella?

—Oh, por el amor de Dios, Reg, si te refieres a Sheila, ¿por qué no puedes decirlo? Hablo con ella como siempre, sólo que tú no estás aquí para arrebatarme el auricular.

—¿Cuándo se marcha a Nevada?

—Dentro de unas tres semanas.

Preston Littlebury tenía una pequeña casa de campo georgiana en el centro de Forby. Forby ha sido denominada la quinta localidad más bonita de Inglaterra, lo cual él explicó como su razón de tener allí una casa de fin de semana. Si la llamada localidad más bonita de Inglaterra estuviera cerca de Londres, viviría allí, pero resultaba que se hallaba en Wiltshire.

No era estrictamente una casa de fin de semana, por supuesto, o él no habría estado allí un jueves. Sonrió al efectuar estos comentarios pedantes y sostuvo sus manos juntas bajo la barbilla, las muñecas separadas y las yemas de los dedos tocándose. Su sonrisa era leve y tensa y condescendiente de un modo risueño.

Aparentemente, vivía solo. Las habitaciones de su casa le recordaron a Barry Vine las áreas divididas de un comercio de antigüedades. Todo parecía una antigüedad bellamente conservada, bien cuidada, no menos que el señor Littlebury, de pelo plateado y vestido con traje gris plata, su camisa rosa de Custom Shop y su corbata de lazo rosa y plateada. Era más anciano de lo que parecía al principio, como suele ocurrir también con algunas antigüedades. Barry pensó que podría muy bien estar en la setentena. Cuando hablaba lo hacía como el difunto Henry Fonda interpretando un papel de profesor.

Su modo de hablar dado a los circunloquios no informó gran cosa a Vine en cuanto a qué hacía para ganarse la vida cuando empezó a describir su ocupación. Era americano, nacido en Filadelfia, y había vivido en Cincinnati, Ohio, mientras Harvey Copeland enseñaba en una universidad de allí. Así fue como se conocieron. Preston Littlebury también era conocido del vicecanciller de la Universidad del Sur. Él mismo había sido algo así como académico, había trabajado en el Victoria and Albert Museum, tenía fama de experto en arte y en una ocasión había escrito una columna sobre antigüedades para un periódico nacional. En la actualidad compraba y vendía plata y porcelana antiguas.

Todo esto Vine logró descifrarlo de las oscuridades y digresiones de Littlebury. Mientras hablaba, no cesaba de asentir como un mandarín chino.

—Viajo mucho, voy de un lado a otro. Paso una considerable cantidad de tiempo en la Europa del Este, un fecundo mercado desde que cesó la Guerra Fría. Déjeme que le cuente una cosa muy graciosa que ocurrió cuando cruzaba la frontera entre Bulgaria y Yugoslavia...

Una anécdota sobre el tema perenne de la ineptitud burocrática amenazaba. Vine ya había soportado tres y le interrumpió bruscamente.

—Respecto a Andy Griffin, señor. ¿Fue empleado suyo en otro tiempo? Estamos ansiosos por conocer su paradero durante los días anteriores a su muerte.

Al igual que la mayoría de narradores de anécdotas, a Littlebury no le gustó que le interrumpieran.

—Sí, bueno, a eso iba. Hace casi un año que no he visto a ese tipo. ¿Son conscientes de ello?

Vine asintió, aunque no lo era. Si ponía reparos podría

tener que oír más aventuras de Preston Littlebury en los Balcanes durante aquel año.

—¿Usted le dio empleo?

—En cierto modo. —Littlebury hablaba con cuidado, sopesando cada palabra—. Depende de lo que entienda por «dar empleo». Si se refiere a si le tenía en lo que creo que en lenguaje común se llama «nómina», la respuesta ha de ser un no rotundo. No era cuestión, por ejemplo, de darle de alta de la Seguridad Social o de dedicarme a efectuar ciertos ajustes en el Impuesto sobre la Renta. Si, por el contrario, se refiere a trabajos ocasionales, a un papel de hombre para todo, debo decirle que está en lo cierto. Durante un corto período de tiempo Andrew Griffin recibía lo que lo llamaré un emolumento elemental.

Littlebury juntó las yemas de sus dedos y miró con ojos brillantes a Vine por encima de ellos.

—Realizaba tareas menores como lavarme el coche y barrer el patio. Sacaba a pasear a mi perrito, actualmente fallecido. En una ocasión, recuerdo, me cambió una rueda que se me pinchó.

—¿Alguna vez le pagó en dólares?

Si alguien le hubiera dicho a Vine que este hombre, este epítome del refinamiento y la pedantería, o como él mismo sin duda lo habría expresado, de la civilización, utilizaría la frase favorita del presidiario, no lo habría creído. Pero eso fue lo que Preston Littlebury hizo.

—Podría haberlo hecho.

Fue pronunciado de la manera más taimada que Vine jamás había oído. Ahora, pensó, el hombre probablemente empezaría a efectuar aquellas otras revelaciones: «Para ser totalmente honesto con usted» era una de ellas; «Para decirle la absoluta verdad» era otra. Littlebury sin duda no tendría ocasión de utilizar el mayor embuste del acusado: «Juro por la vida de mi esposa y de mis hijos que soy inocente». De todos modos, él no parecía tener ni esposa ni hijos y su perro había muerto.

—¿Lo hizo, señor, o no lo hizo? ¿O no puede recordarlo?

—Hace mucho tiempo.

¿De qué tenía miedo? No mucho, pensó Vine. No demasiado para que el fisco se enterara de sus transacciones secretas. Muy probablemente traficaba en dólares. A los países de la Europa oriental les gustaban más que las libras esterlinas, mucho más que sus propias monedas.

—Encontramos un número de billetes de dólares... en posesión de Griffin.

—Es una moneda universal, sargento.

—Sí. O sea que alguna vez pudo haberle pagado en dólares, señor, pero no lo recuerda.

—Es posible que lo hiciera. Una o dos veces.

Sin sentirse tentado ya a ilustrar cada contestación con una historia divertida, Littlebury de pronto pareció molesto. Se quedó sin palabras. Ya no le brillaban los ojos y sus manos se movían nerviosas en su regazo.

Vine estaba inspirado y preguntó rápidamente:

—¿Tiene usted una cuenta bancaria en Kinhgsmarkham, señor?

—No, no la tengo. —Lo dijo con aspereza. Vine recordó que vivía en Londres, aquello no era más que un retiro ocasional o de fin de semana. Pero sin duda se quedaba allí algunos lunes y necesitaba dinero en efectivo...—. ¿Quiere preguntarme alguna otra cosa? Tenía la impresión de que esta investigación se refería a Andrew Griffin, no a mis asuntos pecuniarios personales.

—Los últimos días de su vida, señor Littlebury. Francamente, no sabemos dónde los pasó. —Vine le mencionó las fechas pertinentes—. Desde un domingo por la mañana hasta un martes por la tarde.

—No los pasó conmigo. Yo me encontraba en Leipzig.

La policía de Manchester confirmó la muerte de Dane Bishop. El certificado de defunción indicaba que la causa de la muerte había sido un fallo cardíaco provocado por una neumonía. Tenía veinticuatro años y vivía en una dirección de Oldham. La razón de que no hubiera acudido al aviso de Wexford había sido su falta de antecedentes. Sólo había un delito contra él y había tenido lugar unos tres meses después de la muerte de Caleb Martin: robo en una tienda de Manchester.

—Haré que acusen a ese Jem Hocking de asesinato —dijo Wexford.

—Ya está en la cárcel —medio objetó Burden.

—Aquello no es lo que yo considero una cárcel. No una auténtica cárcel.

—No pareces tú —dijo Burden.

20

—Si la señorita Jones hubiera muerto, es decir, la señorita Davina Jones —dijo Wilson Barrowby, el abogado—, no cabe duda de que su padre, el señor George Godwin Jones habría heredado la finca, en realidad lo habría heredado todo.

»No existen otros herederos. La señorita Flory era la más joven de su familia. —Esbozó una sonrisa triste—. En verdad, sabemos que era «la menor de nueve», y era cinco años más joven que su hermano más joven y no menos de veinte años más joven que su hermana mayor.

»No había primos hermanos. El profesor Flory y su esposa eran ambos hijos únicos. No eran una familia prolífica. El profesor Flory podría haber esperado tener dieciocho o veinte nietos. De hecho, tuvo seis, y uno de ellos era Naomi Jones. Sólo uno de los hermanos de la señorita Flory tenía más de un hijo y de éstos dos el mayor murió de niño. Entre los cuatro sobrinos supervivientes de la señorita Flory hace diez años, tres no eran mucho más jóvenes que ella y el cuarto sólo tenía dos años menos que ella. Esa sobrina, la señora Louise Merritt, murió en febrero en el sur de Francia.

—¿Y sus hijos? —preguntó Wexford—. Los sobrinos nietos.

—Los sobrinos nietos no heredan si no hay testamento

ni si éste existe como en este caso, a menos que sean mencionados específicamente en ese testamento. Sólo hay cuatro, los hijos de la señora Merritt, que viven en Francia, y el hijo y la hija de un sobrino y sobrina mayores. Pero como les he dicho, no heredan. Según los términos del testamento, como creo que ya sabe usted, lo dejó todo a la señorita Davina Jones con la estipulación de que el señor Copeland tuviera un usufructo vitalicio de Trancred House y pudiera vivir allí de por vida, y lo mismo en el caso de la señora Naomi Jones, a quien debía permitírsele vivir allí hasta su muerte. Creo que también sabe usted que además de la casa, los terrenos y los muebles y joyas extremadamente valiosos, existía una fortuna de casi un millón de libras, una gran suma en estos días. También están los *royalties* de los libros de la señorita Flory, que ascienden a unas quince mil libras al año.

A Wexford le pareció suficiente. Justificaba su descripción hecha a Joyce Virson de que Daisy era «rica». Hacía esta visita aplazada al abogado de Davina Flory porque hasta entonces no había creído por completo que los asesinos de Tancred fueran en cierto sentido «alguien de dentro». Gradualmente, había visto que el robo, al menos el robo real de las joyas, tenía poco que ver con estas muertes. El motivo estaba más cerca del hogar. Se hallaba en algún lugar de esta telaraña de relaciones, pero ¿dónde? ¿Había en algún lugar por alguna razón un pariente que se había escapado de la red de Barrowby?

—Si un pariente de sangre de Davina Flory no hubiera heredado —dijo—, me refiero a un sobrino nieto o sobrina nieta, no veo por qué George Jones lo habría hecho. Por lo que me han contado, la señorita Flory odiaba a Jones y él la odiaba a ella y no aparece nombrado en el testamento.

—Se podría decir que no tenía nada que ver con la señorita Flory —explicó Barrowby— y lo tenía todo que ver con la señorita Flory. Estoy seguro de que sabe cómo se presupone el orden de las muertes cuando varias personas emparentadas mueren. Suponemos que el más joven sobrevive más tiempo.

—Sí, lo sé.

—Por lo tanto, en este caso, aunque no ha sido así, el supuesto sería que Davina Flory murió primero, después su esposo y después la señora Jones. De hecho, sabemos que no fue así por el testimonio de la señorita Jones. Sabemos que el señor Copeland murió primero. Pero digamos que el que lo perpetró tuvo éxito y la señorita Jones hubiera muerto. Entonces habría que efectuar suposiciones de este tipo, ya que no habría ningún superviviente que nos pudiera ayudar. Supondríamos, en ausencia de pruebas médicas precisas en cuanto a la hora de la muerte, en este caso obviamente no disponibles, que Davina Flory murió primero, heredando su nieta inmediatamente según el testamento con las cláusulas de que el señor Copeland y la señora Jones tuvieran usufructo vitalicio en la casa.

»Después, por orden de edad, suponemos que murió el señor Copeland, y después la señora Jones, perdiendo al morir el usufructo vitalicio. La propiedad, en esos pocos momentos cruciales, quizá sólo segundos, es enteramente de la señorita Davina Jones sola. Por lo tanto, si muriera, o cuando muera, sus herederos naturales heredarían aunque no hubiera testamento, independientemente de si fueran parientes de sangre de la señorita Flory o cualquier otra persona. El único heredero natural de Davina Jones, tras la muerte de su madre, es su padre George Godwin Jones.

»Si ella hubiera muerto, como podría muy bien haber sucedido, la propiedad entera habría pasado al señor Jones. No puedo ver que hubiera existido ninguna disputa al respecto. ¿Quién lo impugnaría?

—Él no la ha visto desde que ella era un bebé —dijo Wexford—. No la ha visto ni ha hablado con ella en más de diecisiete años.

—No importa. Es su padre. Es decir, lo más probable es que sea su padre y sin duda lo es a los ojos de la ley.

Estaba casado con su madre en el momento de su nacimiento y su paternidad nunca ha sido discutida. Él es su heredero natural como, en el caso de que él muriera, si no existiera ninguna disposición testamentaria ella sería su heredera.

El compromiso sería anunciado cualquier día, Wexford había empezado a creer. «Nicholas, único hijo de la señora Joyce Virson y el difunto comosellamara Virson, y Davina, única hija de George Godwin Jones y la difunta señora Naomi Jones...» El coche de Virson se hallaba frente a Tancred House, aún más temprano al día siguiente, poco después de las tres. Debía de tomarse tiempo libre, quizá, con gran oportunismo, parte de sus vacaciones anuales. Pero Wexford realmente no tenía ninguna duda de que no eran necesarios ni oportunismo ni suerte. Habían persuadido a Daisy; Daisy sería la señora Virson.

Se dio cuenta de que le desagradaba mucho la idea. Virson no sólo era un imbécil pomposo con absurdas nociones acerca de su propia importancia y posición social, sino que Daisy era demasiado joven. Daisy sólo acababa de cumplir dieciocho. Su hija Sylvia se había casado a esa edad, contra los deseos de él y de Dora en aquella época, pero había seguido adelante a pesar de ellos y se había celebrado la boda. Ella y Neil seguían juntos pero, a veces sospechaba Wexford, sólo por los niños. Era un matrimonio incómodo, lleno de tensiones e incompatibilidades. Por supuesto Daisy se había volcado en Nicholas Virson para consolarse. Y él la había consolado. El cambio en ella había sido notable, era casi tan feliz como cualquiera en su situación podría ser. La única explicación de esa felicidad había sido una declaración de amor por parte de Virson y la aceptación de ella.

Él era una de las pocas personas jóvenes que al parecer Daisy conocía, aparte de aquellas compañeras de colegio que la habían invitado a pasar unos días en su casa, pero sin duda se hacían notar por su ausencia en Tancred House. Bueno, estaba Jason Sebright, si se le podía incluir. Cuando vivía, la familia de Daisy aprobaba a Nicholas Virson. Al menos, le habían permitido acompañarles a Edimburgo el año anterior como pareja de Daisy. Tal vez fuera cierto que Davina Flory habría sonreído más de buena gana si el plan hubiera sido vivir juntos en lugar de casarse, pero eso ya significaba que lo aprobaba. Se trataba de un hombre apuesto, de edad adecuada, con un empleo satisfactorio, que resultaría un buen marido, aburrido y muy probablemente fiel. ¿Pero para Daisy, con dieciocho años?

Le parecía una gran pérdida. El tipo de vida que Davina Flory había trazado para ella, aunque quizá concebido imperiosamente, era con seguridad la vida que le habría gustado a ella, con sus posibilidades de aventuras, de estudio, de conocer gente, de viajar. En cambio, se casaría, llevaría a su esposo a vivir a Tancred y, Wexford no lo dudaba, al cabo de unos años se divorciaría, cuando fuera demasiado tarde para la educación y el autodescubrimiento.

Reflexionaba sobre todo esto mientras iba de los abogados a la Residencia de Jubilados de Caenbrook. Todavía no se había entrevistado con la señora Chowney, aunque había pasado una improductiva media hora con su hija Shirley. La señora Shirley Rodgers era madre de cuatro adolescentes, su excusa para visitar en raras ocasiones a su madre. Tampoco visitaba a menudo a su hermana Joanne y parecía saber muy poco de la vida de ésta. ¿A su edad?, fue su réplica inmediata cuando Wexford le preguntó si su hermana tenía amigos varones. Pero él no había podido olvidar el armario ropero, los cosméticos para embellecerse y el gimnasio lleno de equipamiento para hacer ejercicio.

Edith Chowney se encontraba en su habitación pero no estaba sola. Una mujer del personal, recepcionista o enfermera, le acompañó a la habitación y llamó a la puerta. Fue abierta una rendija por una mujer que podría haber sido gemela de Shirley Rodgers. La mujer le dejó entrar, le esperaban, y la señora Chowney, ataviada con un vestido de lana color rojo vivo, medias gruesas rojas que le cubrían las piernas estevadas y calcetines rosa en los pies, era toda sonrisas.

—¿Usted es el jefe? —preguntó.

Él pensó que podría con razón decir que sí lo era.

—Así es, señora Chowney.

—Esta vez han enviado al jefe —dijo a la mujer a quien entonces presentó como su hija Pamela, la buena hija que iba a verla más a menudo, aunque esto no lo dijo—. Mi hija Pam. La señora Pamela Burns.

—Me alegro de encontrarla aquí, señora Burns —dijo él con diplomacia—, porque quizá usted también pueda ayudarnos. Hace ya más de tres semanas que la señora Garland se fue. ¿Alguna de ustedes ha tenido noticias de ella?

—No se ha marchado. Se lo dije a los otros... ¿no se lo dijeron? No se ha ido, no se marcharía sin decirme una palabra. Ella nunca haría una cosa así.

Wexford se resistió a decirle a aquella anciana que para entonces estaban seriamente preocupados no sólo por el paradero de la señora Garland sino por su vida. Él esperaba algún día una de esas llamadas que anunciaban un hallazgo horrible. Al mismo tiempo, se preguntaba si la señora Chowney se lo sabría tomar bien. ¡Qué vida debía de haber sido la suya! Los once hijos y las consecuentes preocupaciones y tensiones e incluso tragedias. Bodas no deseadas, divorcios aún menos aceptables, partidas, muertes. Y aun así, Wexford vacilaba.

—¿No esperaba que la visitara en este tiempo, señora Chowney?

—Lo que yo espero —replicó con aspereza— y lo que ellos hacen son dos cosas completamente diferentes. En otras ocasiones se ha ido tres semanas y no ha aparecido por aquí. Pam es la única en la que se puede confiar. La única de todos ellos que no piensa sólo en sí misma mañana, tarde y noche.

Pamela Burns parecía un poco pagada de sí misma. Una

leve sonrisa modesta apareció en sus labios. La señora Chowney dijo sagazmente:

—Se trata de Naomi, ¿no? Tiene algo que ver con lo que ocurrió allí. Joanne estaba preocupada por ella. Solía hablarme de ello, cuando no hablaba de sí misma.

—¿Preocupada en qué sentido, señora Chowney?

—Decía que no tenía vida, que debería encontrar un hombre. Decía que su vida estaba vacía. Vacía, pensaba yo para mí, viviendo en aquella casa, sin conocer jamás problemas de dinero, jugando a vender animales de porcelana, sin tener que arreglárselas nunca por sí misma. Eso no es una vida vacía, decía yo, es una vida protegida. Aun así, ella se ha ido y la vida sigue.

—Había un hombre en la vida de su hija, ¿verdad?

—Joanne —dijo la señora Chowney. Recordó demasiado tarde que con tantas hijas era necesario especificar—. Mi hija Joanne. Tuvo dos esposos. —Hablaba como si en este área de la vida existiera alguna especie de esquema racionador y su hija ya hubiera consumido la mejor parte de su ración—. Podría haber alguien, pero ella no me lo diría, a no ser que estuviera podrido de dinero. Lo que ella haría sería enseñarme las cosas que él le hubiera regalado y no hizo nada de eso, ¿verdad, Pam?

—No lo sé, madre. No me lo decía y yo no preguntaba.

Wexford llegó a la pregunta que era el motivo de su visita. Temblaba. Mucho dependía de una respuesta de culpabilidad, a la defensiva o indignada.

—¿Conocía ella al ex esposo de Naomi, el señor George Godwin Jones?

Las dos mujeres le miraron como si semejante sublime ignorancia fuera sólo motivo de lástima. Pamela Burns incluso se inclinó un poquito hacia él como para incitarle a repetir lo que había dicho, como si no lo hubiera oído bien.

—¿Gunner? —dijo por fin la señora Chowney.

—Bueno, sí. El señor Gunner Jones. ¿Ella le conocía?

—Claro que le conocía —respondió Pamela Burns—.

Claro que sí. —Hizo el gesto de enlazarse los dedos índice—. Eran así, uña y carne, ella y Brian y Naomi y Gunner, ¿verdad? Solían hacerlo todo juntos.

—Joanne se acababa de casar por segunda vez —intervino la señora Chowney—. Oh, hará de eso veinte años.

Las mujeres seguían sin creerse del todo que esto no fuera ampliamente conocido. Como si tuvieran que recordarse los hechos de manera indignante, no contarlos por primera vez.

—Joanne conoció a Naomi a través de Brian. Él era compinche de Gunner. Recuerdo que ella dijo que era una coincidencia que Gunner se casara con una chica de por aquí y yo pensé, no sólo una chica de por aquí, vamos, ¡una chica de esa categoría! Aun así, Joanne había recibido alguna ayuda. Brian solía decir que él no era más que un pobre millonario, pero él era así, se hacía el gracioso.

—Eran muy íntimos —terció la señora Chowney—. Yo le dije a Pam: me pregunto si Gunner y Naomi no se llevarán a esos dos en su luna de miel.

—¿Y esa intimidad persistió después de los dos divorcios?

—¿Cómo dice?

—Quiero decir, ¿esas cuatro personas siguieron viéndose después de que sus respectivos matrimonios acabaran? Por supuesto, ya sé que la señora Garland y la señora Jones siguieron siendo amigas.

—Brian se marchó a Australia, ¿verdad? —La señora Chowney hizo la pregunta en el tono que habría podido utilizar para preguntarle a Wexford si el sol había salido por el este aquella mañana—. No podían alternar con él aunque hubieran querido hacerlo. Bueno, Gunner y Naomi se separaron mucho antes. Ese matrimonio estaba condenado desde el principio.

—Joanne se puso de parte de Naomi —explicó Pamela Burns con impaciencia—. Bueno, es lo que se haría, ¿no? Una amiga íntima como ella. Se alineó con Naomi. Ella y

Brian estaban juntos entonces e incluso Brian se puso contra Gunner. —Añadió en tono sentencioso—: No abandonas un matrimonio sólo porque no puedes llevarte bien con la madre de tu esposo, en especial cuando tienes un bebé. Esa niña sólo tenía seis meses.

La furgoneta de suministros, como era su costumbre diaria, estaba aparcada en el patio entre Tancred House y los establos. Olía a curry y a especias mexicanas.

—Freebee también tendría algo que decir de eso si lo supiera —comentó Wexford a Burden.

—Tenemos que comer.

—Sí, y está por encima de la cantina de la estación o cualquiera de nuestras rondas por los sitios baratos de la ciudad.

Wexford comía pollo pilaf y Burden una hamburguesa individual y pastel de setas.

—Es curioso pensar que esa chica, a pocos metros de nosotros realmente, está siendo servida por un criado, le cocinan la comida, sólo por rutina.

—Es un estilo de vida, Mike, y nosotros no estamos acostumbrados a él. Dudo que contribuya mucho a la felicidad personal o la disminuya. ¿Cuándo esperan en la tienda de Gunner Jones que éste regrese?

—Hasta el lunes. Pero eso no significa que no vaya a estar en casa antes. A menos que se haya escapado, que haya abandonado el país. No me parecería imposible.

—¿Irse a reunir con ella, imaginas?

—No lo sé. Estaba seguro de que ella estaba muerta, pero ahora no lo sé. Me gustaría poder hacer otro de lo que tú llamas mis guiones para estos dos, pero cuando lo intento no funciona. Gunner Jones tiene el mejor motivo que nadie para estas matanzas, siempre que Daisy hubiera muerto, y no cabe duda de que quien le disparó a ella creía que moriría. En ese caso, él lo habría heredado todo. Pero ¿dónde entra Garland? ¿Era su amiguita, iban a repartirse el botín? ¿O era una inocente visita que le interrumpió a él... y a quién más? No hemos establecido ninguna conexión entre Jones y Andy Griffin, aparte de que Gunner le vio un par de veces cuando el otro era niño. Después está el vehículo en el que llegaron. No era el de Joanne Garland. Los chicos de la oficina del forense lo han revisado a fondo. No fue el BMW. No existe ninguna señal que indique que nadie más que la propia Joanne lo haya utilizado en meses.

—¿Y dónde entra Andy?

Bib Mew había vuelto al trabajo a Tancred House y allí Wexford y Vine habían hablado con ella por separado. Mencionar el cuerpo colgado del árbol, por mucho que se expresara con un lenguaje suave y tranquilizador, le producía como consecuencia temblores y en una ocasión una especie de ataque que se manifestó en una serie de cortos gritos agudos.

—No pasará por donde estaba —dijo voluntariamente Brenda Harrison con placer—. Da toda la vuelta. Va hasta Pomfret y por el camino principal y hasta Cheriton. Tarda horas y no es ninguna broma cuando llueve. Daisy —aquí una audible inhalación— dice a Ken que la lleve en el coche, es lo menos que podemos hacer, dice ella. Que la lleve ella misma si tanto lo desea, digo yo. Nosotros estamos despedidos, dije, no veo por qué debemos molestarnos. Espero que sigas cociendo nuestro pan, Brenda, dice ella, y esta noche tengo invitados a cenar, Brenda, y esta noche salimos. Davina se revolvería en la tumba si lo supiera.

La siguiente vez que Wexford trató de ver a Bib, se hallaba escondida en la habitación de al lado de la cocina, donde estaba el congelador, y se encerró dentro.

—No sé qué le han hecho ustedes para asustarla —dijo Brenda—. Es un poco simple. ¿Lo sabían? —Se dio unos golpecitos en la cabeza con dos dedos. Pronunciando sin voz informó—: Daño en el cerebro durante el parto.

Había muchísimas cosas que a Wexford le habría gustado saber. Si Bib había visto a alguien cerca del árbol. Si había visto a alguien en el bosque aquella tarde. Tahnny Hogarth era su único vínculo con lo que había podido ocurrir; Thanny Hogarth tenía que ser su intérprete.

—Por consiguiente —dijo Wexford, terminándose su pilaf—, esta tarde vendrá aquí a prestar declaración. Sobre lo que ocurrió cuando Bib llegó a su puerta y le dijo que había encontrado el cuerpo de Andy Griffin. Pero no creo que vaya a proporcionar ninguna revelación sensacional.

Thanny Hogarth llegó en su bicicleta. Wexford le vio desde la ventana. Cruzó el patio hacia los establos, sin manos, pedaleando con los brazos cruzados, el rostro arrebatado mientras escuchaba el *walkman* que llevaba sujeto a la cabeza.

El auricular quedó colgando del cuello cuando entró. Karen Malahyde le interceptó y le llevó a donde estaba Wexford. Ese día Thanny llevaba el pelo recogido atrás, al parecer con un cordón de zapato, en ese estilo que Wexford odiaba en un hombre, aunque reconocía que su desagrado era un prejuicio. Iba sin afeitar en el mismo grado que la última vez que se habían visto, es decir, con barba de dos o tres días. ¿Siempre iba así? Wexford se permitió preguntarse cómo se las arreglaba para ello. ¿La recortaba con las tijeras? Con botas del Oeste, de color marrón, cosidas y con clavos, y con una bufanda roja atada al cuello, parecía un guapo joven pirata.

—Antes de empezar, señor Hogarth —dijo Wexford—, me gustaría que satisfaciera mi curiosidad. Si su curso de escritura creativa no empieza hasta otoño, ¿por qué ha venido seis meses antes?

—La escuela de verano. Es un curso preliminar para los estudiantes que van a sacarse la licenciatura.

—Entiendo.

Lo comprobaría con el doctor Perkins pero no le cabía duda de que todo sería correcto. Karen tenía una libreta de taquigrafía y anotó la declaración de Thanny Hogarth. También la grabaron en cinta.

—Por si tiene algún valor —dijo alegremente, y Wexford se sintió inclinado a estar de acuerdo con él. ¿Qué valor tenía aquel breve relato de unas cuantas palabras balbuceadas con terror?—. Ella dijo: «Una persona muerta. Ahorcada. Colgada de un árbol». No la creí. Dije: «Vamos» o algo así. Quizá dije: «Espere un momento», le pedí que me lo repitiera. Preparé café y le hice tomar un poco, aunque me parece que no le gustó. Demasiado fuerte. Se lo derramó todo por encima, de tanto que temblaba.

»Dije: "¿Y si me acompaña y me lo enseña?", pero no debí decirlo. Eso la puso en marcha otra vez. "Está bien —dije—, tiene que llamar a la policía, ¿de acuerdo?" Entonces dijo que no tenía teléfono. ¿No es increíble? Le ofrecí que utilizara el mío pero no quiso. Quiero decir, me di cuenta de que ella no lo haría, así que dije de acuerdo, lo haré yo, y supongo que lo hice.

—¿No comentó si había visto a alguien en el bosque? Entonces o en alguna ocasión previa cerca de donde se encontraba el cuerpo.

—Nada. Tiene que entender que no habló mucho, no de una manera auténtica. Hacía muchos ruidos, pero hablar de verdad, no.

Además de los otros medios para grabar esta declaración, Wexford había estado anotando algunas cosas cuando su bolígrafo dejó de funcionar. La punta empezó a hacer surcos en lugar de marcas en la página. Levantó la vista, buscó otro bolígrafo en el bote que había al lado del cactus y se fijó en que Daisy había ido a los establos y estaba de pie junto a la puerta, mirando a su alrededor con aire pensativo.

Ella le vio una fracción después de que él la viera a ella e inmediatamente se acercó, sonriendo, y le tendió las manos. Parecía una visita social prometida hacía tiempo. Que aquello fuera en realidad una comisaría de policía, que aquellas personas fueran agentes de policía que llevaban a cabo la investigación de unos asesinatos no la habían frenado en absoluto. No era consciente de las implicaciones que habrían inhibido a otros.

—El otro día me dijo que viniera y yo le respondí que no, que estaba cansada o que quería estar sola o algo así, y después pensé que fui muy grosera. Así que he pensado, hoy iré y veré aquello, ¡y aquí estoy!

Karen parecía escandalizada y Barry Vine no mucho menos. La idea de tener la oficina en plan abierto en los establos tenía sus desventajas.

Wexford dijo:

—Estaré encantado de enseñártelo todo dentro de diez minutos. Entretanto, el sargento Vine te enseñará nuestro sistema informático y cómo funciona.

Daisy miró a Thanny Hogarth, sólo le echó un vistazo antes de apartar los ojos, pero fue una mirada llena de curiosidad y especulación. Barry Vine le dijo que tuviera la amabilidad de acompañarle y le explicaría el enlace telefónico del ordenador con la comisaría de policía. Wexford tuvo la impresión de que ella no quería ir, pero que comprendía que no podía elegir.

—¿Quién es? —preguntó Thanny.

—Davina, llamada Daisy, Jones, que vive en la casa.

—¿Quiere decir la chica a la que dispararon?

—Sí. Me gustaría que tuviera la bondad de leer esta declaración, y si la encuentra satisfactoria, que la firmara.

A mitad de su lectura, Thanny levantó los ojos de la hoja de papel para mirar otra vez a Daisy, que estaba siendo instruida por Vine respecto al formateado de los disquetes. Un verso acudió a la cabeza de Wexford: «¿Qué dama es la que enriquece la mano de aquel caballero?». Romeo y Julieta... bueno, ¿por qué no?

—Muchas gracias. No le molestaré más tiempo.

Thanny no parecía ansioso por irse. Preguntó si a él también podían enseñarle el sistema informático. Le interesaba porque estaba pensando en sustituir su máquina de escribir. Wexford, que no habría llegado a donde estaba si fuera incapaz de hacer frente a este tipo de situación, dijo que no, lo sentía pero estaban demasiado ocupados.

Encogiéndose de hombros, Thanny se dirigió despacio hacia la puerta. Allí se entretuvo un momento como si estuviera absorto en sus pensamientos. Podría haberse quedado allí hasta que Daisy se hubiera marchado, de no haber sido porque el agente Pemberton le abrió la puerta y le hizo salir.

—¿Quién era? —preguntó Daisy.

—Un estudiante norteamericano llamado Jonathan Hogarth.

—Qué nombra tan bonito. Me gustan los nombres con el sonido *th**. —Por un momento, por un desconcertante momento, habló exactamente igual que su abuela. O como Wexford supuso que su abuela debía de hablar—. ¿Dónde vive?

—En un *cottage* de Pomfret Monachorum. Está aquí para seguir un curso de escritura creativa en la Universidad del Sur.

Wexford pensó que Daisy parecía triste. Si te gusta su aspecto y su voz, tuvo ganas de decirle, ve a la universidad y conocerás a muchos como él. Tuvo ganas de decírselo pero no lo hizo. Él no era su padre, por muy paternal que pudiera sentirse, y lo era Gunner Jones. A Gunner Jones no podía importarle menos si ella iba a Oxford o si hacía la calle.

—No creo que vuelva a utilizar jamás este lugar —dijo Daisy—. Bueno, no como mi sitio especial privado. No lo necesitaré. Sería extraño hacerlo ahora que dispongo de toda la casa. Pero siempre tendré recuerdos felices de él. —Hablaba como alguien de setenta años, otra vez la abuela, contemplando una distante juventud—. Era realmente agradable, llegar a casa del colegio y poder venir aquí. Y poder traer a mis amigas, y nadie nos molestaba. Sin embargo, es-

---

* En inglés, el grupo *th* suena como una zeta, en algunos casos muy suave. (*N. de la T.*)

toy segura de que no lo apreciaba como debería haberlo hecho cuando lo tenía. —Miró por la ventana—. ¿Ese chico ha venido en bicicleta? He visto una apoyada en la pared.

—Sí. No está lejos.

—Si se conoce el camino a través del bosque, no; aunque supongo que él no lo conoce. Y, de todos modos, no en bicicleta.

Cuando ella hubo regresado a la casa, Wexford se permitió una pequeña fantasía. Supongamos que realmente se atrajeran, esos dos. Thanny podría telefonear a Daisy, podrían conocerse y después... ¿quién sabía? No un matrimonio o una relación seria, él no quería eso para Daisy, a su edad. Pero para molestar a Nicholas Virson, para que Daisy cambiara su negativa a Oxford por una entusiasta aceptación; cuán deseable parecía todo aquello.

Gunner Jones regresó a casa antes de lo esperado. Había estado en York, en casa de unos amigos. Burden, al teléfono, le peguntó el nombre y la dirección de los amigos y él se negó a dar estos detalles. Previamente, se había entereado por la policía metropolitana de que, lejos de no ser capaz de manejar una pistola, Jones era miembro del North London Gun Club y tenía permiso de armas para rifle y pistola, motivo por el cual era objeto de inspecciones periódicas por parte de la policía.

El revólver no era un Colt sino un Smith and Wesson Modelo 31. No obstante, todo esto condujo a Burden a pedirle, en términos no inciertos, que acudiera a la comisaría de policía de Kingsmarkham. Al principio, Jones volvió a negarse, pero algo en el tono de Burden debió de dejarle claro que no podía elegir.

A la comisaría de policía, no a Tancred House. Wexford le hablaría en la austeridad de una sala de entrevistas, no donde su hija estaba a sólo un tiro de piedra. No supo por qué llegó a la decisión de ir a casa por el camino de Pomfret Monachorum. Era mucho más largo, daba un gran rodeo. La belleza de la puesta de sol, quizás, o algo más práctico: para evitar, al ir hacia el este, conducir directamente delante de aquella llameante bola roja cuya luz cegaba al penetrar en el bosque con rayos deslumbrantes. O simplemente ver cómo había empezado la primavera para cubrir de verde los árboles jóvenes.

Al cabo de unos seiscientos metros les vio. No el Land Rover. Ése o estaba escondido entre los árboles o aquel día no lo habían utilizado. Y John Gabbitas no iba vestido con su traje protector, no se veía ninguna sierra de cadena ni ninguna otra herramienta. Llevaba vaqueros y una chaqueta de Barbour y Daisy también llevaba vaqueros con un grueso jersey. Estaban de pie en el borde de una reciente plantación de árboles jóvenes, muy lejos, vislumbrados sólo porque por casualidad allí había como un pasillo, un camino abierto. Estaban hablando, estaban muy juntos y no oyeron su coche.

El sol les doraba con un tono rojizo y parecían figuras pintadas sobre un paisaje. Sus sombras eran oscuras y se alargaban en la hierba enrojecida. Vio que ella ponía una mano sobre el brazo de Gabbitas y su sombra le copió el gesto, y entonces Burden siguió conduciendo.

21

Un leñador utiliza cuerda. Burden recordaba haber visto realizar «cirugía» en un árbol del jardín de un vecino. Fue durante su primer matrimonio, cuando sus hijos eran pequeños. Todos lo habían contemplado desde una ventana del piso de arriba. El «cirujano» se había atado con cuerda a una de las grandes ramas del sauce antes de empezar el trabajo de serrar una rama muerta.

Si John Gabbitas trabajaría en sábado él no lo sabía, pero quiso ir al *cottage* temprano por si acaso. Sólo pasaba uno o dos minutos de las ocho y media. Los timbrazos repetidos no consiguieron despertarle. O Gabbitas todavía no se había levantado o ya se había ido.

Burden fue a la parte de atrás y miró los diversos edificios anexos, una leñera y un cobertizo para maquinaria, y una estructura para mantener la leña seca mientras se curaba. Todo había sido registrado al principio del caso. Pero cuando registraron, ¿qué buscaban?

Gabbitas apareció cuando Burden regresó a la parte delantera de la casa. Parecía no haber venido por el sendero que cruzaba el pinar, sino por entre los mismos árboles, de la zona de árboles que quedaba al sur de los jardines. En lugar de botas de trabajo, llevaba zapatillas de deporte y en lugar de ropa protectora o incluso su Barbour, vaqueros y un jersey. Si llevaba una camisa debajo de éste no se veía.

—¿Puedo saber dónde ha estado, señor Gabbitas?

—Dando un paseo —respondió Gabbitas. Fue escueto y seco. Parecía ofendido.

—Una buena mañana para pasear —dijo Burden con suavidad—. Quiero preguntarle por la cuerda. ¿Utiliza usted cuerda en su trabajo?

—A veces. —Gabbitas se mostró receloso, parecía que iba a preguntar por qué, pero debió de pensárselo mejor o recordó cómo había muerto Andy Griffin—. Últimamente no la he usado, pero siempre la tengo a mano.

Como Burden había esperado, tenía la costumbre de atarse al árbol si el trabajo que tenía que hacer era a cierta altura o peligroso por alguna otra razón.

—Estará en el cobertizo de la maquinaria —dijo—. Sé exactamente dónde. Podría encontrarla a oscuras.

Pero no pudo. Ni a oscuras ni a plena luz del día. La cuerda había desaparecido.

Wexford, que se había preguntado de dónde procedían aquellas facciones de Daisy que no venían directamente de Davina Flory, las vio misteriosamente en el hombre que tenía ante sí. Pero no, quizá no misteriosamente. Gunner Jones era su padre, un acto manifiesto para todos excepto los que sólo veían un parecido en el tamaño físico y en el color del pelo y los ojos. Él tenía... o mejor dicho, Daisy tenía la manera de mirar oblicuamente ladeando el ojo y la boca, la curva de las ventanas de la nariz, el corto labio superior, las cejas rectas que describían una curva sólo en las sienes.

El peso del padre ensombrecía otros posibles parecidos. Era un hombre corpulento con una mirada truculenta. Cuando fue conducido a la sala de entrevistas donde se encontraba Wexford, se comportó como si se hallara de visita o incluso en una misión de investigación. Mirando la ventana (que daba a un patio trasero y depósito de cubos de basura), comentó despreocupadamente que el viejo lugar había cambiado mucho desde que había estado allí por última vez.

Había un insolente tono de desafío en su voz, pensó Wexford. Hizo caso omiso de la mano que le tendía con falsa cordialidad y fingió estar examinando una carpeta de papeles que tenía sobre la mesa.

—Siéntese, por favor, señor Jones.

Estaba un poco mejor que las salas de entrevistas usuales, es decir, las paredes no estaban estucadas en blanco, la ventana tenía persiana y no reja metálica, el suelo no era de cemento, sino que estaba embaldosado y las sillas en las que se sentaban los dos hombres tenían el respaldo y el asiento blandos. Pero no había nada que lo elevara a la categoría de «oficina» y junto a la puerta había un policía uniformado, el agente Waterman, procurando parecer despreocupado y como si estar sentado en el rincón de una sala inhóspita de la comisaría de policía fuera su lugar preferido para pasar el sábado por la mañana.

Wexford añadió algo a las notas que tenía frente a sí, leyó lo que había escrito, levantó la vista y empezó a hablar de Joanne Garland. Supuso que Jones se sorprendería, quizá incluso se mostraría desconcertado. Esto no era lo que esperaba.

—En otra época fuimos amigos, sí —dijo—. Estaba casada con mi amigo Brian. Solíamos salir juntos, las dos parejas, quiero decir. Yo y Naomi, Brian y ella. En realidad, yo trabajé para Brian mientras vivía allí, tenía un empleo en su compañía como representante de ventas. Me rompí la pierna, como quizá usted ya sabe, y el mundo del deporte se me cerró a la tierna edad de veintitrés años. Mala suerte, ¿no le parece?

Tratando la cuestión como retórica, Wexford preguntó:

—¿Cuándo vio por última vez a la señora Garland?

La carcajada de Jones sonó como una bocina.

—¿Verla? No la ha visto desde hace yo que sé, ¿diecisiete, dieciocho años? Cuando yo y Naomi nos separamos ella se puso de parte de Naomi, lo cual se podría llamar lealtad. Brian también se puso de su parte y así me quedé sin trabajo. Lo que se podría llamar eso, amigo mío, no lo sé, pero yo lo llamaría traición. Nada era bastante malo para que esos dos lo dijeran de mí... ¿y qué había hecho yo? No mucho, para ser sincero. ¿La había pegado? ¿Había salido con otras mujeres? ¿Bebía? En modo alguno, no había nada de eso. Todo lo que había hecho era volverme loco por culpa de aquella vieja zorra hasta que no pude soportarlo ni un maldito día más.

—¿No ha visto a la señora Garland desde entonces?

—Ya se lo he dicho. No la he visto ni he hablado con ella. ¿Por qué iba a hacerlo? ¿Qué era Joanne para mí? Nunca me gustó, para empezar. Como puede usted haber deducido ya, las mujeres mandonas y entrometidas no me emocionan exactamente, además de que tiene unos buenos diez años más que yo. No he visto a Joanne ni he estado cerca de este lugar desde aquel día.

—Tal vez no la haya visto ni haya hablado con ella, pero se ha comunicado con ella —dijo Wexford—. Recientemente recibió una carta suya.

—¿Ella les ha dicho eso?

Habría sido mejor no preguntar. Wexford no habría descrito su actitud jactanciosa y rápidas protestas como buena actuación. Pero quizá no era una actuación.

—Joanne Garland ha desaparecido, señor Jones. Se desconoce su paradero.

Su expresión era de extrema incredulidad, la mirada de un personaje de un cómic de horror frente a un desastre.

—Oh, vamos.

—Está en paradero desconocido desde la noche de los asesinatos de Tancred House.

Gunner Jones proyectó los labios hacia afuera. Se encogió de hombros. Ya no parecía sorprendido. Parecía culpable, aunque Wexford sabía que esto no significaba nada. Era simplemente la actitud de una persona que no es habitualmente honesta y franca. Sus ojos se clavaron en los de Wexford pero la mirada pronto le falló y la desvió.

—Me encontraba en Devon —dijo—. Quizá no se han enterado de ello. Estaba pescando en un lugar llamado Pluxam on the Dart.

—No hemos encontrado a nadie que apoye su historia de que estuvo allí el once y el doce de marzo. Me gustaría que nos diera el nombre de alguien que pudiera corroborarlo. Usted nos dijo que nunca había manejado una pistola, sin embargo es miembro del North London Gun Club y tiene licencia de armas de fuego para dos tipos.

—Fue una broma —dijo Gunner Jones—. Quiero decir, vamos, seguro que lo entienden. Es divertido, ¿no?, llamarse Gunner y no haber tenido nunca un arma en mi mano.

—Me parece que tenemos un sentido del humor diferente del suyo, señor Jones. Hábleme de la carta que recibió de la señora Garland.

—¿Cuál? —preguntó Gunner Jones. Prosiguió como si no hubiera formulado la pregunta—. No importa porque las dos hablaban de lo mismo. Me escribió hace unos tres años, cuando me divorcié de mi segunda esposa, y me decía que Naomi y yo deberíamos volver a estar juntos. No sé cómo se enteró del divorcio, alguien debió de contárselo, todavía tenemos conocidos comunes. Me escribió para decirme que entonces estaba «libre», es la palabra que empleó, no había nada que impidiera que yo y Naomi «rehiciéramos nuestro matrimonio». Le diré una cosa: me parece que en estos días la gente escribe cartas cuando tienen miedo de hablar por teléfono. Ella sabía lo que le diría si me telefoneaba.

—¿Usted le respondió?

—No, amigo, no lo hice. Tiré su carta a la papelera. —Una expresión de inefable astucia se apoderó del rostro de Jones. Era pantomina. Probablemente, también era inconsciente. No tenía ni idea del aire taimado que adquiría cuando mentía—. Recibí otra hace como medio mes, qui-

331

zá un poco más. Tuvo el mismo destino que la primera.

Wexford empezó a preguntarle por sus vacaciones de pesca y su destreza con las armas. Llevó a Gunner Jones al mismo terreno que cuando le había preguntado por la carta la primera vez y recibió respuestas evasivas similares. Durante largo rato Jones se negó a decir dónde se había alojado en York, pero al fin lo dijo y admitió de mala gana que tenía a una amiguita allí. Proporcionó un nombre y una dirección.

—Sin embargo, no volveré a aventurarme.

—¿Hasta el día de hoy no ha estado en Kingsmarkham desde hace dieciocho años?

—Así es.

—¿Ni el lunes 13 de mayo del año pasado, por ejemplo?

—Ni ese día, por ejemplo, ni ningún otro.

Era media tarde y habían transcurrido dos horas desde que se había tomado un bocadillo proporcionado en la cantina, cuando Wexford pidió a Jones que prestara declaración y de mala gana e interiormente decidió que debía dejarle marchar. No tenía pruebas para retenerle. Jones ya estaba hablando de «que venga un abogado», lo cual pareció indicar a Wexford que sabía más de crímenes por las películas norteamericanas de la televisión que por experiencia auténtica, pero también en esto podía estar actuando.

—Ahora que estoy aquí podría pensar en tomar un taxi y reunirme con mi hija. ¿Qué le parece?

Wexford dijo con neutralidad que esto, por supuesto, era cosa suya. La idea no era agradable, pero no le cabía duda de que Daisy estaría perfectamente a salvo. El lugar era un hervidero de agentes de policía, los establos seguían llenos de personal. Avanzándose a su propia llegada, llamó a Vine para alertarle de la intención de Jones.

En realidad, Gunner Jones, que había llegado en tren, regresó a Londres enseguida con el mismo medio, sin oponer resistencia a la oferta de la policía de transportarle hasta la estación de tren de Kingsmarkham. Wexford no sabía con seguridad si Jones era realmente muy listo o profundamente estúpido. Sacó la conclusión de que era una de esas personas para quienes las mentiras son una opción tan razonable como la verdad. Lo que se elige es lo que hace la vida más fácil.

Se estaba haciendo tarde y era sábado, pero aun así había ido en coche a Tancred. En el poste de la derecha de la verja principal había otro ofrecimiento floral. Se preguntó quién podría ser el donante de estas flores, esta vez un corazón compuesto con capullos de rosas de color rojo oscuro, si se trataba de una serie de personas o si siempre era la misma, y bajó del coche para mirarlo mientras Donaldson abría la verja. Pero en la tarjeta sólo estaba escrito este mensaje: «Buenas noches, dulce dama», y no había firma.

A medio camino del bosque, un zorro cruzó corriendo por delante de ellos pero lo suficientemente lejos para que Donaldson no tuviera que frenar. Desapareció en la espesa maleza. En las orillas, entre la hierba y los nuevos brotes de abril, las primaveras se abrían. Llevaban la ventanilla del coche abierta y Wexford podía oler el fresco aire suave, que olía a primavera. Pensaba en Daisy, debido al miedo que la visita por sorpresa de su padre produciría en ella. Pero pensaba en ella —se dio cuenta con un cuidadoso autoanálisis— sin excesiva ansiedad, sin temor apasionado, sin absoluto amor, para ser sinceros.

Se sentía ligeramente inquieto. No tenía grandes deseos de ver a Daisy, ninguna necesidad de estar con ella, de colocarla en la posición de aquella hija, ser su padre y asumir ese papel reconocido por ella. Tenía los ojos abiertos. Quizás el hecho de que no se había horrorizado o enojado ante la intención que había declarado tener Gunner Jonnes de ir allí. Sólo se había inquietado y se había puesto en guardia. Porque estaba encariñado con Daisy pero no la amaba.

La experiencia le proporcionó esta revelación. Había aprendido la diferencia, la enorme división entre amar y sentir cariño por alguien. Daisy apareció cuando, por primera vez en su vida, Sheila desertaba. Sin duda cualquier mujer joven bonita y amigable que se hubiera mostrado agradable con él habría servido al mismo propósito.

Le habían dado su cuota de amor, para la esposa, los hijos y los nietos y eso era todo, no habría más. No quería más. Lo que sentía por Daisy era una tierna estimación y la esperanza de que todo le fuera bien.

Esta reflexión final se estaba formando en su mente cuando vislumbró, por la ventanilla del coche, a una figura que corría a lo lejos entre los árboles. El día era claro y en todo el bosque penetraban rayos de sol que formaban oblicuos haces brumosos, en algunos lugares casi opacos. Éstos le estorbaban a la vista en lugar de ayudarle a ver quién podía ser aquella figura. Ésta corría, aparentemente con alegría y abandono, a través de los espacios claros y entre las densas barras de luz. Era imposible distinguir si la figura era un hombre o una mujer, joven o de edad madura. Wexford sólo podía estar seguro de que el corredor no era viejo. Desapareció en la indeterminada dirección del árbol del ahorcado.

Cuando sonó el teléfono, Gerry Hinde estaba hablando con Burden, preguntándole si había visto las flores de la verja. No se veían flores como aquéllas en las floristerías. Cuando querías comprar algo a tu esposa, por ejemplo, te las daban en un manojo, no muy atractivo, y ella tenía que arreglarlas. Su esposa decía que en realidad no le gustaba que la gente le regalara flores, porque lo primero que tenía que hacer, aunque estuviera haciendo otra cosa, era ponerlas en agua. Y eso podía suponer una eternidad cuando seguramente estaba cocinando o acostando a uno de los niños.

—Sería útil saberlo. Me refiero a de dónde ha sacado esas flores quienquiera que sea. Preparadas así.

Burden no quiso decir que muy probablemente estarían fuera del alcance de Hinde.

La ética puritana aún tenía un importante papel entre las fuerzas que regían su pensamiento. Le indicaba que no utilizara coche si podía ir a pie, y que telefonear a quien vivía en la casa de al lado era casi pecado. Por lo tanto, cuando Gabbitas dijo que se hallaba en casa, Burden estuvo a punto de preguntarle con aspereza por qué no podía ir a verles si tenía algo que decir. Un tono de gravedad y quizá de sorpresa en la voz del leñador le detuvo.

—¿Podría venir aquí, por favor? ¿Podría venir y traer a alguien con usted?

Burden no dijo lo que habría podido decir, que Gabbitas había parecido lejos de ser entusiasta en su compañía aquella mañana.

—Déme alguna idea del asunto de que se trata, por favor.

—Prefiero esperar hasta que hayan llegado. No tiene nada que ver con la cuerda. —La voz le tembló un poco. Dijo con torpeza—: No he encontrado ningún cuerpo ni nada parecido.

—Por el amor de Dios —exclamó Burden para sus adentros cuando colgó.

Salió al patio y dio la vuelta a la casa. El coche de Nicholas Virson estaba aparcado sobre las losas. La luz del sol todavía era muy brillante pero el sol estaba bajo. Sus rayos oblicuos convertían el coche que se acercaba por el camino principal del bosque en un deslumbrante globo de fuego blanco. Burden no podía mirarlo; el vehículo se detuvo cerca de él y Wexford bajó antes de que pudiera ver quién era.

—Iré contigo.

—Ha dicho que lleve a alguien conmigo. Me ha parecido un poco de caradura.

Tomaron el estrecho camino que cruzaba el pinar. A ambos lados la plácida luz del sol del atardecer exhibía los diversos colores de las coníferas, suaves agujas, conos dentados, árboles de Navidad y majestuosos cedros, verdes, azules, plateados, dorados y casi negros. La luz del sol formaba pilares y franjas entre las formas simétricas. Se percibía un fuerte y aromático color alquitranado.

El suelo estaba seco y bastante resbaladizo debido a las marrones agujas que lo cubrían. El cielo era de un deslumbrante azul blancuzco. Qué suerte tenían de vivir allí, pensó Wexford, los Harrison y John Gabbitas, y cuánto debían de temer perderlo. Con inquietud, recordó su viaje a casa el día anterior y a Daisy y el leñador juntos en el pasillo iluminado por el sol. Una chica podía poner la mano en el brazo de un hombre y mirarle a la cara con aquella confianza y no significar nada. Estaban muy lejos de él. Daisy era «tocona», tenía tendencia a tocarle a uno cuando hablaba, poner un dedo en la muñeca de uno, pasar suavemente la mano por el brazo de uno en un gesto casi como una caricia...

John Gabbitas se hallaba en el jardín delantero de su casa, esperándoles, haciéndoles señas con la mano derecha con frenética impaciencia, como si su retraso le resultase intolerable.

Una vez más a Wexford le sorprendió su aspecto, una guapura espectacular que, si hubiera pertenecido a una mujer, habría inducido a considerar que era una lástima que viviera enterrada en aquel lugar. Este tipo de comentario jamás se aplicaría a un hombre. De repente recordó la observación del doctor Perkins acerca de Harvey Copeland y su aspecto, y entonces Gabbitas les hizo entrar en la sala de estar, y señaló con el mismo dedo tembloroso que antes les había hecho señales de impaciencia algo que reposaba sobre un taburete con asiento de rafia en el centro de la habitación.

—¿Qué es esto, señor Gabbitas? —le preguntó Burden—. ¿Qué pasa?

—Lo he encontrado. He encontrado esto.

—¿Dónde? ¿Dónde está ahora?

—En un cajón. En la cómoda.

Era una pistola extraña, un revólver, de un color plomo oscuro, el metal del cañón de un tono ligeramente más pálido y más amarronado. Lo contemplaron en silencio.

Wexford preguntó:

—¿Lo ha sacado y lo ha puesto aquí?

Gabbitas asintió con la cabeza.

—¿Ya sabe que no debería haberlo tocado?

—De acuerdo, ahora ya lo sé. Ha sido una sorpresa. He abierto el cajón donde guardo papel y sobres y es lo primero que he visto. Estaba sobre un paquete de papel para imprimir. Sé que no debería haberlo tocado, pero ha sido instintivo.

—¿Podemos sentarnos, señor Gabbitas?

Gabbitas alzó la mirada y asintió con furia. Eran los gestos de un hombre que se impacientaba por la intrascendencia de la pregunta en momentos como aquéllos.

—Es el arma con la que les mataron, ¿no?

—Puede que sí, puede que no —respondió Burden—. Eso hay que verificarlo.

—Les he telefoneado en cuanto lo he encontrado.

—En cuanto lo ha sacado de donde lo ha encontrado, sí. Eso debe de haber sido a las cinco y cincuenta. ¿Cuándo miró por última vez en ese cajón antes de las cinco y cincuenta?

—Ayer —respondió Gabbitas tras cierta vacilación—. Ayer por la noche. Hacia las nueve. Iba a escribir una carta. A mis padres, que viven en Norfolk.

—¿Y el arma no estaba allí?

—¡Claro que no! —De pronto la voz de Gabbitas adoptó un tono de exasperación—. Me habría puesto en contacto con ustedes entonces. No había nada en el cajón más que lo de siempre: papel, papel de cartas, sobres, tarjetas, cosas así. La cuestión es que el arma no estaba allí. ¿Pueden entenderlo? Yo nunca la había visto antes.

—Está bien, señor Gabbitas. Yo de usted procuraría calmarme. ¿Escribió realmente a sus padres?

Gabbitas contestó con impaciencia:

—He enviado la carta desde Pomfret esta mañana. He pasado el día talando un sicomoro muerto del centro de Pomfret y me han ayudado dos muchachos que realizan trabajo comunitario. Hemos terminado a las cuatro y media y he llegado aquí hacia las cinco.

—¿Y cincuenta minutos más tarde ha abierto el cajón porque tenía intención de escribir otra carta? Al parecer es un corresponsal entusiasta.

Pero Gabbitas replicó a Burden con furia mal contenida:

—Oiga, no tenía por qué decirles nada de esto. Podía haberla tirado a la basura y nadie se habría enterado. No tiene nada que ver conmigo, simplemente la he encontrado, la he encontrado en ese cajón donde otra persona ha debido de ponerla. Yo he abierto el cajón para sacar un papel en el que escribir una factura por el trabajo que hoy he hecho. Para el departamento de medio ambiente del consejo municipal. Trabajo así. Tengo que hacerlo. No puedo pasarme semana tras semana sin hacer nada. Necesito dinero.

—Está bien, señor Gabbitas —dijo Wexford—. Pero ha sido una lástima que manipulara el arma. Supongo que lo ha hecho con las manos desnudas. Sí. Llamaré a Archbold para que venga y se ocupe de ello. Será más prudente que ninguna persona no autorizada lo toque.

Gabbitas estaba sentado, inclinado hacia delante, con los codos apoyados en los brazos del sillón, la expresión agresiva y malhumorada. Era la expresión de alguien a quien han negado su deseo de que la autoridad le agradeciera sus servicios. Wexford consideró que había dos maneras posibles de tomárselo. Una era que Gabbitas era culpable, quizá sólo de poseer ese arma, pero culpable de eso y ahora tenía miedo de conservarla. La otra era que simplemente no comprendía la gravedad del asunto o comprendía lo que significaba, si el revólver que había sobre el taburete era en verdad el arma asesina. Efectuó su llamada, y preguntó a Gabbitas:

—¿Ha estado fuera todo el día?

—Ya se lo he dicho. Y puedo darle los nombres de docenas de testigos que lo confirmarán.

—Es una pena que no pueda darnos el nombre de uno que corrobore dónde se encontraba usted el 11 de marzo. —Wexford suspiró—. Está bien. Supongo que no hay señales de que hayan forzado la entrada. ¿Quién más tiene llave de esta casa?

—Nadie, que yo sepa. —Gabbitas vaciló, y rápidamente corrigió lo que había dicho—. Bueno, cuando me trasladé aquí no cambié la cerradura. Los Griffin tal vez todavía tengan alguna llave. No es mi casa. No me pertenece. Supongo que la señorita Flory o el señor Copeland tenían una. —Al parecer, más nombres iban acudiendo a su mente—. Los Harrison tuvieron una llave entre la marcha de los Griffin y mi llegada. No sé lo que ocurrió con ella. Cuando salgo de casa nunca dejo de cerrar con llave, en eso tengo cuidado.

—No se preocupe, señor Gabbitas —dijo Burden con sequedad—. No parece importar mucho.

Perdiste una cuerda y has encontrado un arma, reflexionó Wexford cuando se halló solo con Gabbitas. En voz alta dijo:

—Supongo que la situación es la misma con el cobertizo de la maquinaria. Mucha gente tiene llave

—La puerta no tiene cerradura.

—No hay más que hablar, pues. Usted vino aquí en mayo, ¿verdad señor Gabbitas?

—A principios de mayo, sí.

—Sin duda tiene una cuenta bancaria.

Gabbitas le dijo dónde, lo dijo sin vacilar.

—¿Y cuando llegó aquí transfirió inmediatamente su cuenta a la sucursal de Kingsmarkham? Sí. ¿Eso fue antes o después del asesinato del agente de policía? ¿Lo recuerda? ¿Fue antes o después de que asesinaran al detective sargento Martin en esa sucursal bancaria?

—Fue antes.

A Wexford le dio la impresión de que Gabbitas parecía

inquieto, pero estaba acostumbrado a que su imaginación le indicara cosas así.

—El arma que acaba de encontrar fue casi con toda seguridad el arma utilizada en aquel asesinato. —Observó el rostro de Gabbitas, no vio nada en él más que una especie de vacía receptividad—. Del público que estaba en el banco aquella mañana, 13 de mayo, no todos acudieron a la policía para prestar declaración. Algunos se marcharon antes de que llegara la policía. Uno se llevó el arma.

—Yo no sé nada de esto. No estaba en el banco aquel preciso día.

—¿Pero ya había venido a Tancred?

—Llegué el cuatro de mayo —dijo Gabbitas hoscamente. Wexford hizo una pausa; luego, preguntó con neutralidad:

—¿Le gusta la señorita Davina Jones, señor Gabbitas? ¿Daisy Jones?

El cambio de tema pilló a Gabbitas desprevenido. Estalló:

—¿Qué tiene eso que ver con el tema?

—Usted es joven y aparentemente sin compromiso. Ella también es joven y guapa. Es encantadora. Como consecuencia de lo que ha sucedido, ella posee unos bienes considerables.

—Ella no es más que alguien para quien trabajo. De acuerdo, es atractiva, cualquier hombre la encontraría atractiva. Pero no es más que alguien para quien trabajo, en lo que a mí se refiere. Y quizá no trabajaré mucho más tiempo para ella.

—¿Deja este trabajo?

—No es una cuestión de dejar el trabajo. No estoy empleado aquí, ¿lo recuerda? Se lo dije. Trabajo por mi cuenta. ¿Quieren saber más cosas? Les diré algo: la próxima vez que encuentre un arma no se lo diré a la policía, la arrojaré al río.

—Yo de usted no lo haría, señor Gabbitas —dijo Wexford con suavidad.

En la sección de reseñas del *Sunday Times* había un artículo de un distinguido crítico literario sobre material que había recopilado para una biografía de Davina Flory. La mayor parte consistía en correspondencia. Wexford le echó un vistazo y después se puso a leer con creciente interés.

Muchas de las cartas habían estado en posesión de la sobrina de Menton, ya muerta. Eran de Davina a su hermana, la madre de la sobrina, e indicaban que el primer matrimonio de Davina, con Desmond Cathcart Flory, nunca se había consumado. Se citaban largos párrafos, ejemplos de infelicidad y amarga decepción, todo ello escrito con el inconfundible estilo de Davina que alternaba la sencillez y lo barroco. El autor del artículo especulaba, basando su argumento en pruebas aparecidas en cartas posteriores, sobre quién podría haber sido el padre de Naomi Flory.

Esto explicaba algo sobre lo que Wexford se había preguntado. Aunque Desmond y Davina se habían casado en 1935, la única hija de Davina no nació hasta diez años más tarde. Recordó, dolorosamente, aquella horrible escena en el Cheriton Forest Hotel cuando Casey había afirmado en voz alta que Davina todavía era virgen ocho años después de estar casada. Con un suspiro, terminó el artículo y pasó a la doble página en la que aparecía el Banquete Literario del periódico celebrado en Grosvenor House el lunes anterior. Wexford lo miró sólo con la esperanza de ver una fotografía de Amyas Ireland, quien había asistido al banquete el año anterior y era probablemente que también lo hubiera hecho ese año.

La primera cara que vio, que le saltó de una página llena de fotografías, fue la de Augustine Casey. Casey estaba sentado a una mesa con otras cuatro personas. De todos modos, había otras cuatro personas en la fotografía. Wexford se preguntó si habría escupido en su copa de vino, y después leyó el pie: «De izquierda a derecha: Dan Kavanagh, Penelope Casey, Augustine Casey, Frances Hegarty, Jane Somers».

Todos sonreían complacidos excepto Casey, cuyo rostro mostraba una sonrisa sardónica. Las mujeres iban vestidas con traje de noche.

Wexford miró la fotografía y releyó el pie, miró las otras fotografías de las dos páginas y volvió a la primera. Percibía la silenciosa presencia de Dora junto a su hombro izquierdo. Ella esperaba que preguntara pero él vaciló, sin saber cómo articular lo que quería decir. La pregunta salió con cautela.

—¿Quién es la mujer del vestido brillante?

—Penelope Casey.

—Sí, lo sé. Ya lo veo. ¿Quién es en relación con él?

—Es su esposa, Reg. Parece que él ha vuelto con su esposa o que ésta ha vuelto con él.

—¿Lo sabías?

—No, cariño, no lo sabía. No supe que tenía esposa hasta anteayer. Sheila esta semana no telefoneó, así que le telefoneé yo. La noté muy inquieta, pero lo único que me dijo fue que la esposa de Gus había regresado a su piso y que él había vuelto allí para «hablar de una vez por todas».

Se llevó la mano a los ojos, quizá para ocultar esa fotografía a la vista.

—Qué desgraciada debe de sentirse —dijo, y añadió—: Oh, pobre criatura...

22

—No puedo decirle si es la misma arma que fue utilizada en la matanza del banco el pasado mayo —dijo el perito a Wexford—. Sin duda es el arma empleada en Tancred House el 11 de marzo.

—Entonces, ¿por qué no puede decir si fue la misma arma?

—Probablemente lo es. En favor de esta teoría está el hecho de que la recámara aloja seis cartuchos, es una clásica «arma de seis», y una de ellas fue utilizada en el asesinato del banco, mientras que cinco fueron empleadas en Tancred House. Muy probablemente las cinco que quedaban en la recámara. En una sociedad donde las pistolas aparecen constantemente como armas asesinas, no resulta difícil aventurar eso. Pero creo que en este caso es una conjetura inteligente.

—Pero no puede estar seguro de si es la misma arma.

—Como le he dicho, no puedo.

—¿Por qué no?

—Han cambiado el cañón —dijo el experto lacónicamente—. No es una tarea tan asombrosa. La línea de revólveres Dan Wesson, por ejemplo, con su variedad de longitudes de cañón, cualquier aficionado puede cambiarlo en casa. El Colt Magnum podría ser más difícil. Quienquiera que quisiera hacerlo necesitaría tener las herramientas. Bueno, debía de tenerlas, porque éste, decididamente, no es el cañón con el que este revólver comenzó su vida.

—¿En una armería las tendrían?

—Depende de qué clase de armería. La mayoría están especializadas en escopetas.

—¿Y eso es lo que hace que las señales en los cinco cartuchos disparados en Tancred House sean diferentes de las del que mató a Martin? ¿Un cambio de cañón?

—Exacto. Por eso sólo puedo decir esto y que es probable, no que ocurriera con seguridad. Al fin y al cabo, estamos en Kingsmarkham, no en el Bronx. No habrá un número ilimitado de escondites de armas de fuego por aquí. En realidad son los números lo que apunta a ello, el del pobre tipo que era uno de los suyos y los cinco de Tancred. Y el calibre, por supuesto. Y su intención de engañar. ¿Qué hay de ésto? No cambiaba cañones de revólver por diversión, no era su afición.

Estaba enfadado. El alivio que habría podido sentir porque Sheila había sido separada de aquel hombre, porque ya no iba a irse a Nevada, fue absorbido por la ira. Por Casey había rechazado *La señorita Julia,* por Casey ella había cambiado su vida y, le parecía a él, su personalidad misma. Y Casey había regresado con su esposa.

Wexford no había hablado con ella. Sólo el contestador automático respondía cuando marcaba su número, y ya no había mensajes alegres, sólo el nombre y la petición de que se dejara el recado. Él dejó un mensaje: le pidió que le telefoneara. Después, como ella no lo hizo, dejó otro, uno que decía que lo sentía, que lo sentía por ella, y lamentaba lo que había ocurrido y todas las cosas que él había dicho.

Visitó el banco cuando se dirigía a su trabajo. La sucursal donde habían matado a Martin, no su banco, sino la que estaba más cerca de la ruta que Donaldson había tomado. Wexford tenía la tarjeta Transcend que le permitía sacar dinero en efectivo en todos los bancos y todas las sucursales del Reino Unido. El nombre le hacía rechinar los dientes por el mal uso de las palabras,* pero era una tarjeta útil.

Sharon Fraser seguía allí. Ram Gopal había obtenido un traslado a otra sucursal. El segundo cajero esta mañana era una mujer euroasiática muy joven y bonita. Wexford, que había decidido no hacer esto, no podía evitar mirar hacia el lugar donde Martin había estado y había muerto. Debería haber alguna señal, algún recuerdo duradero. Casi esperó a ver la sangre de Martin, algún vestigio de ella, mientras se autocensuraba por estas ideas disparatadas.

Tenía cuatro personas delante en la cola. Pensó en Dane Bishop, enfermo y asustado, quizá ni siquiera bien de la cabeza en aquella época, disparando a Martin desde aquel lugar más o menos, saliendo a todo correr y arrojando su arma al irse. La gente asustada, los gritos, aquellos hombres que no se habían quedado sino que calladamente se habían marchado. Uno de ellos, de pie quizá donde él se encontraba ahora, sujetaba, según Sharon Fraser, un fajo de billetes de banco verdes en la mano.

Wexford miró a su alrededor para ver lo larga que era la cola detrás de él y vio a Jason Sebright. Sebright intentaba extender un talón donde estaba en lugar de utilizar una de las mesas y el bolígrafo atado con cadenita del banco. La mujer que tenía delante se volvió y Wexford le oyó decir:

—¿Le importa que apoye mi talonario en su espalda, señora?

Esto provocó risitas inquietas. La luz de Sharon Fraser se encendió y Wexford se acercó a ella con su tarjeta Transcend. Reconoció la expresión de sus ojos. Era aprensiva, poco cordial, la expresión de alguien que preferiría atender a cualquiera excepto a ti porque, por tu profesión y tus preguntas inquisitivas, pones en peligro su intimidad y su paz y quizá su existencia misma.

Cuando Martin murió, hubo gente que fue al banco a dejar flores en el lugar donde cayó, donantes tan anónimos

---

* *Transcend* significa «rebasar». (*N. de la T.*)

como quienquiera que fuera el que llevaba aquellos ramos a la verja de Tancred. Los últimos ofrecimientos estaban muertos. Las heladas nocturnas los habían ennegrecido hasta hacerlos parecer un nido hecho por algún pájaro poco ordenado. Wexford pidió a Pemberton que las retirara y las arrojara al montón de basura de Ken Harrison. Sin duda pronto serían sustituidas por otras. Quizá era porque su mente meditaba anormalmente sobre el amor y el dolor y los peligros del amor por lo que había empezado a especular respecto a quién podría ser el donante de aquellas flores. ¿Un admirador? ¿Un silencioso —y rico— admirador? ¿O más que eso? La visión de las rosas marchitas le hizo pensar en aquellas primeras cartas de Davina y sus años sin amor hasta que Desmond Flory se fue a la guerra.

Cuando se acercaba a la casa, vio a un obrero en la ventana del ala oeste que sustituía el cristal roto. Era un día apagado y sereno, lo que los meteorólogos se habían acostumbrado a llamar «tranquilo». La niebla que estaba suspendida en el aire se mostraba sólo a lo lejos, donde el horizonte quedaba borroso y el bosque se convertía en un azul ahumado.

Wexford miró por la ventana del comedor. La puerta que daba al vestíbulo estaba abierta. Habían quitado los precintos y la habitación estaba abierta. En el techo y las paredes todavía se veían las manchas de sangre, pero la alfombra había desaparecido.

—Mañana empezaremos aquí, jefe —dijo el obrero.

Así que Daisy estaba comenzando a aceptar su pérdida, el horror de aquella habitación. Había iniciado la restauración. Caminó por las losas, pasó por delante de la casa y se encaminó hacia el ala este y los establos. Entonces vio algo que no había observado al llegar. La bicicleta de Thanny Hogarth estaba apoyada en la pared, a la izquierda de la puerta principal. Un trabajador rápido, pensó Wexford, y se sintió mejor, se sintió más alegre. Incluso tenía ganas de especular sobre qué podría ocurrir cuando llegara Nicholas

Virson... ¿o Daisy manejaba estas situaciones demasiado bien para permitir que eso sucediera?

—Creo que Andy Griffin pasó aquí esas dos noches —le dijo Burden cuando entró en los establos.

—¿Qué?

—En uno de los anexos. Los registramos, por supuesto, cuando efectuamos el registro general de la casa después del suceso, pero no volvimos a acercarnos a ellos.

—¿De qué anexos estás hablando, Mike?

Siguió a Burden por el arenoso sendero de detrás del alto seto. Una corta hilera de *cottages* adosados, no en estado ruinoso pero tampoco bien cuidados, se erguía paralelo a este seto; el camino era un sendero arenoso. Se podía estar allí acuartelado durante un mes, como ellos habían hecho, sin conocer siquiera la existencia de esas casitas.

—Karen vino aquí anoche —explicó Burden—. Efectuaba su ronda. Daisy dijo que había oído algo. De hecho no había nadie, pero Karen vino por aquí y miró por esa ventana.

—¿Quieres decir que alumbró con una linterna?

—Supongo. En estos *cottages* no hay electricidad, ni agua corriente, ninguna comodidad. Según Brenda Harrison, hace cincuenta años que no vive nadie en ellos; bueno, desde antes de la guerra. Karen vio algo que le ha hecho volver esta mañana.

—¿Qué quiere decir que «vio algo»? No estás ante un tribunal, Mike. Soy yo, ¿lo recuerdas?

Burden hizo un gesto de impaciencia.

—Sí, claro. Lo siento. Trapos, una manta, restos de comida. Entraremos. Todavía está allí.

La puerta del *cottage* se abría con un pestillo. El más fuerte de una variedad de olores que les saludó era el de amoníaco de orina rancia. El suelo era de ladrillos y sobre él se había preparado una cama con un montón de sucios cojines, dos abrigos, trapos inidentificables y una gruesa manta bastante limpia. Había dos latas vacías de cocacola en la parrilla frente a la chimenea. Una cesta de hierro contenía ceniza gris y sobre la ceniza, arrojada quizá después de haberse enfriado ésta, había una bola hecha de papel grasiento que había contenido pescado con patatas fritas. El olor que desprendía era ligeramente más desagradable que el de la orina.

—¿Crees que Andy durmió aquí?

—Podemos probar si hay huellas en las latas de cocacola —dijo Burden—. Podría haber estado aquí. Él conocería este lugar. Y si estuvo aquí esas dos noches, la del 17 y el 18 de marzo, nadie más lo estuvo.

—Está bien. ¿Cómo llegó hasta aquí?

Burden le hizo señas de que cruzara la repugnante habitación. Tuvo que agachar la cabeza, pues los dinteles eran muy bajos. Detrás de una trascocina y la puerta trasera, con cerrojos arriba y abajo pero no cerrada con llave, había un jardín con alambrada lleno de maleza y una pequeña área tapiada que podría haber sido una carbonera o una pocilga. En el interior, medio cubierta con una sábana impermeable, había una moto.

—Nadie le habría oído llegar —dijo Wexford—. Los Harrison y Gabittas estaban demasiado lejos. Daisy no había regresado a casa. No volvió hasta varios días más tarde. Él tenía este sitio para él. Pero, Mike, ¿por qué quería este sitio para él?

Caminaban por el sendero que bordeaba el bosque. A lo lejos, hacia el sur del camino secundario, se oía el gemido de la sierra de cadena de Gabbitas. Los pensamientos de Wexford pasaron al arma, a aquello tan extraordinario que habían hecho al revólver. ¿Gabbitas tenía los medios y conocimientos necesarios para cambiar el cañón de un revólver? ¿Tendría las herramientas? Por otra parte, ¿lo tendría alguna otra persona?

—¿Por qué Andy Griffin querría dormir aquí, Mike?

—No lo sé. Estoy empezando a preguntarme si este lugar ejercía alguna fascinación especial en él.

—Él no era nuestro segundo hombre, ¿verdad? No era el que Daisy oyó pero no vio.

—No le veo en ese papel. Habría sido demasiado importante para él. Lo suyo era el chantaje, el chantaje de poca monta.

Wexford asintió.

—Por eso le mataron. Creo que empezó en pequeña escala y todo en efectivo. Eso lo sabemos por la cuenta de ahorros. Es posible que operara desde aquí mientras él y sus padres todavía vivían aquí. No creo que empezara con Brenda Harrison. Es posible que lo intentara con éxito con otras mujeres. Lo único que tenía que hacer era elegir a una mujer mayor y amenazarla con decirle a su esposo o a sus amigos o a algún pariente que ella se le había insinuado. A veces funcionaba y a veces no.

—¿Crees que intentó algo con las mujeres de aquí? ¿La propia Davina, por ejemplo, o Naomi? Todavía puedo oír el veneno que había en su voz cuando me habló de ellas. El lenguaje selecto que utilizaba.

—¿Se atrevería? Quizás. Es algo que nunca sabremos. ¿A quién hizo chantaje cuando salió de casa de sus padres aquel domingo y acampó aquí? ¿Al asesino o al hombre al que Daisy no vio?

—Tal vez.

—¿Y por qué tenía que estar aquí para hacerlo?

—Esto se parece más a una de tus teorías que a las mías, Reg. Pero como he dicho, creo que este lugar le fascinaba. Era su hogar. Quizá guardaba amargo rencor por haber sido despedido el año pasado. Puede ser que descubramos que pasó mucho más tiempo aquí y en el bosque y que espiaba más de lo que nadie ha pensado. Todas esas ocasiones en que estaba fuera de casa, y nadie sabía dónde se encontraba, imagino que era aquí. ¿Quién conocía este lugar y estos bosques? Él. ¿Quién podía conducir a través de ellos sin quedarse atascado en el fango o estrellarse contra un árbol? Él.

—Pero hemos dicho que no le vemos como nuestro segundo hombre —dijo Wexford.

—Está bien, olvida esta habilidad para conducir por el bosque, olvida cualquier implicación en los asesinatos. Supongamos que estaba aquí acampado el 11 de marzo. Digamos que tenía intención de permanecer aquí un par de noches con fines de los que todavía no sabemos nada. Salió de su casa en la moto a las seis y trajo sus cosas aquí. Estaba en el *cottage* cuando llegaron los dos hombres a las ocho, o quizá no estaba en la casa sino fuera, paseando o haciendo lo que fuera. Vio a los asesinos y reconoció a uno de ellos. ¿Qué te parece?

—No está mal —admitió Wexford—. ¿A quién reconocería? A Gabbitas, sin duda. Aunque llevara una máscara de leñador. ¿Reconocería a Gunner Jones?

La bicicleta seguía allí. El obrero también seguía allí, dando los toques finales a su ventana reparada. Empezó a caer una persistente llovizna, la primera lluvia en mucho tiempo. El agua lavó las ventanas de los establos y oscureció el interior. Gerry Hinde tenía una lámpara en ángulo sobre el ordenador en el que estaba construyendo una nueva base de datos: todo sujeto o sospechoso al que habían entrevistado con sus respectivas coartadas y los testigos que las corroboraban.

Wexford había empezado a preguntarse si servía de algo permanecer tan cerca de la escena de los crímenes. El día siguiente haría cuatro semanas de lo que los periódicos llamaban «la matanza de Tancred» y el ayudante del jefe de policía le había citado para tener una entrevista con él. Wexford tenía que ir a su casa. Parecería una cita social, una copa de jerez en algún momento, pero el propósito de todo ello era, estaba seguro, quejarse de la falta de progresos realizados y el coste de todo aquello. Se sugeriría, o más probablemente se daría la orden, de que regresaran a Kingsmarkham, a la comisaría de policía. Volverían a preguntarle cómo podía seguir justificando la protección nocturna de

Daisy. ¿Cómo podría justificar él ante sí mismo prescindir de esa protección?

Telefoneó a casa para preguntar a Dora si había habido señales de Shelia, recibió una preocupada negativa y salió a la lluvia. El lugar tenía un aspecto lúgubre con aquel tiempo. Era curioso que la lluvia y la grisura cambiaran la presencia de Tancred House, de tal manera que parecía un edificio de uno de esos siniestros grabados victorianos, austero, incluso severo, con las ventanas como ojos apagados y sus muros descoloridos con manchas de agua.

Los bosques habían perdido su color azul y se habían vuelto grises como las piedras bajo un cielo espumoso. Bib Mew salió de la parte de atrás, montada en su bicicleta. Vestía como un hombre, caminaba como un hombre, se la habría calificado sin vacilar de masculina de lejos o de cerca. Al pasar al lado de Wexford, fingió no verle, girando la cabeza torpemente y mirando hacia el cielo, examinando el fenómeno de la lluvia.

Wexford recordó su minasvalía. Sin embargo, vivía sola. ¿Cómo debía de ser su vida? ¿Cómo había sido? Había estado casada. Eso le pareció grotesco. Montaba en su bicicleta como los hombres, empujaba fuerte los pedales y se alejó por el sendero principal. Era evidente que seguía evitando el camino secundario y la proximidad del árbol del ahorcado, y esto le produjo un pequeño escalofrío interno.

La mañana siguiente llegaron los constructores. Su furgoneta estaba en las losas junto a la fuente antes de que Wexford llegara. No se llamaban constructores, sino «Creadores de Interiores» y eran de Brighton. Wexford repasó con atención sus notas sobre el caso, que ya formaban una gruesa carpeta. Gerry Hinde las tenía todas en un pequeño disco, más pequeño que el antiguo disco *single*, pero inútil para Wexford. Veía que el caso se le escapaba de las manos ahora que había transcurrido tanto tiempo.

Quedaban algunas incógnitas. ¿Dónde estaba Joanne

Garland? ¿Estaba viva o muerta? ¿Qué relación tenía con los asesinos? ¿Cómo se marcharon de Tancred los asesinos? ¿Quién puso el arma en la casa de Gabbitas? ¿O se trataba de algún truco del propio Gabbitas?

Wexford volvió a leer la declaración de Daisy. Puso la cinta de la declaración de Daisy. Sabía que tendría que volver a hablar con ella, pues aquí las cosas irreconciliables eran más evidentes. Debía intentar explicarle cómo era posible que Harvey Copeland hubiera subido aquellas escaleras y sin embargo le dispararon como si aún estuviera al pie de ellas y de cara a la puerta de la calle; explicar el largo tiempo —un largo tiempo medido en segundos— entre que abandonó el comedor y recibió los disparos.

¿Podría también explicar algo que él sabía que Freeborn se burlaría de ello si oía que se planteaba el tema? Si la gata *Queenie* normalmente, en verdad parecía que invariablemente, galopaba por los pisos de arriba a las seis de la tarde, siempre a las seis, ¿por qué Davina Flory creyó que el ruido que se oía arriba era *Queenie* cuando lo oyó a las ocho? ¿Y por qué el asesino se había asustado hasta el punto de marcharse al oír los ruidos de arriba, que de hecho no los producía nada más amenazador que un gato?

Había otra pregunta que formular, aunque él estaba casi seguro de que el tiempo habría enturbiado su recuerdo exacto igual que el trauma había empezado a hacer inmediatamente después del suceso.

Reconoció el coche aparcado sobre las losas, lo más lejos de «Creadores de Interiores» de Brighton que era posible sin aparcar en el césped, como el de Joyce Virson. Probablemente estaba en lo cierto al pensar que Daisy recibiría con agrado la posibilidad de descansar de la señora Virson, quizá una excusa para deshacerse de ella. Wexford llamó y Brenda abrió.

En el comedor habían colgado una sábana. Desde atrás llegaban sonidos apagados, no golpes ni ruidos de rascar, sino suaves y flujos de agua. Acompañando a éstos se oía el invariable *sine qua non* de los constructores, pero a bajo volumen, el destilar indiferente de música pop. No se la oía en la sala de la mañana ni en el *serre*, donde estaban sentadas no dos sino tres personas: Daisy, Joyce Virson y su hijo.

Nicholas Virson se tomaba tiempo libre siempre que le venía en gana, pensó Wexford, que saludó con un austero «Buenos días». Trabajara en lo que trabajase, ¿tan mal iba el negocio en esta época de recesión que importaba muy poco si él acudía o no?

Estaban hablando cuando Brenda le hizo entrar y Wexford imaginó que su conversación había sido acalorada. Daisy tenía aspecto decidido y estaba un poco sonrojada. La expresión de la señora Virson era más malhumorada que de costumbre y Nicholas parecía enojado, como si hubiera visto frustrado algún intento. ¿Estaban allí para almorzar? Wexford no se había dado cuenta de que eran más de las doce.

Daisy se levantó cuando él entró, abrazando cerca de sí el gato que había estado en su regazo. Su pelaje era casi del mismo tono que el azul de los ajustados vaqueros que ella llevaba; también vestía una cazadora. La cazadora estaba bordada y entre las puntadas de colores había una multitud de claros dorados y plateados. Debajo de la cazadora llevaba una camiseta a cuadros negros y azules y el cinturón era de metal, plateado y dorado con tachones de cristal perlado y transparente. Era inevitable tener la sensación de que quería demostrar algo. Había que enseñar a aquella gente la Daisy real, lo que ella quería ser, un espíritu libre, incluso un espíritu escandaloso, vistiendo como le complaciera y haciendo lo que quisiera. El contraste entre lo que llevaba ella y la ropa de Joyce Virson —aun teniendo en cuenta la gran diferencia de edad— era tan notable que resultaba absurdo. Joyce Virson llevaba un uniforme de suegra, un vestido de lana de color vino con chaqueta a juego, alrededor del cuello un romboide en una correa, de moda en los años sesenta, sus únicos anillos su gran anillo de prometida de diamantes y su aro de tortuga de plata de cinco centímetros de largo, su caparazón tachonado de piedras de colores, que parecía que le subía por la mano desde la primera articulación del dedo hacia los nudillos.

Para no utilizar la palabra «intrusión», Wexford se disculpó por molestarles. No tenía intención de irse y volver más tarde, e indicó que estaba seguro de que eso no era lo que Daisy esperaba. La señora Virson respondió por ella.

—Ahora que está aquí, señor Wexford, quizá se pondrá de nuestro lado. Sé lo que opina usted de que Daisy esté aquí sola. Bueno, no está sola, viene una chica para protegerla, aunque ¿qué podrían hacer en caso de emergencia? Lo siento, pero realmente no puedo imaginarlo. Y, con franqueza, ya que pago contribuciones, me sabe bastante mal que nuestro dinero se gaste en este tipo de cosas.

Nicholas dijo inesperadamente:

—Ya no pagamos contribuciones, madre, pagamos el *poll tax*.

—Todo es lo mismo. Todo va igual. Hemos venido aquí esta mañana para pedirle a Daisy que vuelva a vivir con nosotros. Oh, no es la primera vez, como usted sabe tan bien como yo. Pero hemos pensado que valía la pena volver a intentarlo, en particular dado que las circunstancias han cambiado en cuanto a bueno, a Nicholas y Daisy.

Wexford observó que un terrible sonrojo cubría la cara de Nicholas Virson. No era un sonrojo de placer o gratificación sino, a juzgar por la mueca que lo acompañó, de intensa turbación. Estaba casi seguro de que las circunstancias no habían cambiado excepto en la mente de Joyce Virson.

—Resulta evidente que es absurdo que viva aquí —dijo la señora Virson, y sus siguientes palabras salieron atropelladamente—, como si fuera adulta. Como si tuviera capacidad para tomar sus propias decisiones.

—Bueno, lo soy —replicó Daisy con calma—. Soy adulta. Tomo decisiones.

Parecía muy poco preocupada por todo esto. Tenía aspecto de estar ligeramente aburrida.

Nicholas hizo un esfuerzo. Su rostro seguía sonrosado. Wexford recordó de pronto la descripción del asesino enmascarado que Daisy le había dado: el pelo claro, un hoyuelo en la barbilla, las orejas grandes. Era casi como si estuviera pensando en este hombre cuando le describió. ¿Por qué lo haría? ¿Por qué lo haría, aunque fuera de modo inconsciente?

—Hemos pensado —dijo Nicholas— que Daisy podría venir a cenar con nosotros y... y quedarse a pasar la noche para ver cómo se sentía. Teníamos intención de darle una sala de estar propia, una especie de *suite*. En realidad, no tendría que vivir con nosotros, ya me entiende. Podría hacer absolutamente su vida, si eso es lo que quiere.

Daisy se rió. Si lo hizo por la idea en sí o por el uso de Nicholas de aquella absurda elegancia, Wexford no pudo saberlo. Le había parecido ver en la muchacha los ojos preocupados y que la ansiedad en ellos no había desaparecido, pero ella se rió y su risa estaba llena de alegría.

—Ya os lo he dicho, esta noche salgo a cenar fuera. No espero llegar hasta tarde y sin duda me acompañarán a casa.

—Oh, Daisy... —El hombre no pudo contenerse. Su infelicidad se traslucía en su actitud pomposa—. Oh, Daisy, al menos podrías decirme con quién vas a ir a cenar. ¿Le conocemos? Si es una amiga, ¿no puedes traerla con nosotros?

Daisy dijo:

—Davina solía decir que si una mujer habla de una amistad o de «alguien» con quien trabaja o de «alguien» a quien conoce, la gente siempre creerá que se trata de otra mujer. Siempre. Decía que era porque en el fondo no quieren realmente que las mujeres tengan relaciones con el sexo opuesto.

—No tengo la más remota idea de qué estás diciendo —dijo Nicholas y Wexford se dio cuenta de que era cierto.

—Bueno, lo siento —intervino Joyce Virson—, pero no entiendo nada. Yo diría que una chica que tiene una relación con un hombre joven querría estar con él. —Empezaba a perder la paciencia y con ella el autocontrol. Siempre era una función de equilibrio trémulo—. La verdad es que cuando la libertad y mucho dinero caen en manos de la gente demasiado pronto, se les sube a la cabeza. Es el poder; el poder les vuelve locos. Es el mayor placer de la vida que muchas mujeres tienen, ejercer poder sobre algún pobre hombre cuyo único crimen es que resulta que ella le gusta. Lo siento, pero detesto estas cosas. —Se mostraba más agresiva, su voz estaba a punto de sobrepasar el límite del control—. Si eso es la liberación de la mujer o como quieran llamarlo, puedes quedártelo y buen provecho. No te servirá para encontrar un buen marido, eso lo sé.

—Madre —dijo Nicholas, con un destello de potencia. Habló a Daisy—. Vamos a ir a comer con... —nombró a unos amigos del lugar— y esperábamos que tú también vinieras. Tenemos que irnos muy pronto.

—No puedo ir. El señor Wexford está aquí para hablar conmigo. Es importante. Tengo que ayudar a la policía. ¿Habéis olvidado lo que ocurrió aquí hace cuatro semanas? ¿Lo habéis olvidado?

—Claro que no. ¿Cómo quieres que lo hayamos olvidado? Mamá no quería decir eso, Daisy. —Joyce Virson había vuelto la cabeza y sostenía un pañuelo junto a su cara mientras aparentaba contemplar con gran concentración los tulipanes recién abiertos en las macetas de la terraza—. Se había hecho la ilusión de que vendrías y también... bueno, también yo. Realmente creíamos que podríamos convencerte. ¿Podemos volver más tarde, cuando salgamos de almorzar? ¿Podemos pasar por aquí otra vez e intentar explicarte lo que hemos pensado?

—Por supuesto. Los amigos pueden visitarse siempre que quieren, ¿no? Tú eres mi amigo, Nicholas, eso lo sabes, ¿no?

—Gracias, Daisy.

—Espero que siempre seas mi amigo.

Era como si Wexford y Joyce Virson no estuvieran allí. Por un momento, los dos estuvieron solos, encerrados en lo que su relación era, había sido, cualesquiera secretos de emoción o acontecimientos que compartieran. Nicholas se puso de pie y Daisy le dio un beso en la mejilla. Entonces hizo una cosa curiosa. Se acercó a grandes pasos a la puerta del *serre* y la abrió de golpe. Bib quedó al descubierto al otro lado y dio un paso atrás aferrando un trapo de quitar el polvo.

Daisy no dijo nada. Cerró la puerta y se volvió a Wexford.

—Siempre escucha detrás de las puertas. Es una pasión en ella, una especie de adicción. Yo siempre sé que lo hace, la oigo empezar a respirar muy deprisa. Es extraño, ¿no? ¿Qué puede sacar de ello?

Volvió al tema de Bib y de escuchar detrás de las puertas en cuanto los Virson se hubieron ido.

—No puedo despedirla. ¿Cómo me las apañaría sin nadie? —De pronto habló como alguien que tuviera el doble de su edad, una ama de casa en orden de batalla—. Brenda me ha dicho que se van. Le dije que les había despedido en un momento de rabia, que no lo había dicho en serio, pero se van de todos modos. ¿Conoce a ese hermano de él que tiene el negocio de alquiler de coches? Ken trabajará con él, tienen intención de ampliar el negocio y pueden alquilar el otro piso, sobre la oficina de Fred. John Gabbitas ha estado tratando de comprar una casa en Sewingbury y desde el pasado agosto y acaba de enterarse de que le han concedido la hipoteca. Seguirá ocupándose de los bosques, supongo, pero no vivirá aquí. —Emitió una especie de risita seca—. Estaré sola con Bib. ¿Cree usted que me asesinará?

—¿No tienes ninguna razón para pensar...? —empezó a preguntar, serio.

—Ninguna en absoluto. Simplemente tiene aspecto de

tío, nunca habla y escucha detrás de las puertas. También es débil mental. Para ser una asesina realmente resulta muy buena limpiadora. Lo siento, no hace gracia. ¡Oh, Dios mío, parezco esa espantosa Joyce! Usted no cree que debería ir allí, ¿verdad? Ella me persigue.

—De todos modos no harías lo que yo pienso, ¿verdad? —Ella negó con la cabeza—. Entonces, no malgastaré saliva. Hay un par de cosas, como muy bien has adivinado, de las que me gustaría hablar contigo.

—Sí, desde luego. Pero antes tengo que decirle una cosa. Iba a hacerlo antes, pero ellos no callaban. —Sonrió con aire triste—. Joanne Garland ha telefoneado.

—¿Qué?

—No ponga esa cara de asombro. Ella no lo sabía. No sabía nada de lo que había ocurrido. Llegó anoche y esta mañana ha ido a la galería y la ha encontrado cerrada, así que me ha telefoneado.

Wexford se dio cuenta de que Daisy quizá no era consciente de los temores que ellos tenían por Joanne Garland, tal vez no sabía nada aparte del hecho de que se había marchado a alguna parte. ¿Por qué iba a saberlo?

—Ella creía que telefoneaba a mamá. ¿No le parece espantoso? He tenido que decírselo. Ha sido la peor parte, contarle lo que había ocurrido. No me creía, al principio no me creía. Suponía que le gastaba una broma pesada. Esto ha sido... bueno, hace media hora. Justo antes de que llegaran los Virson.

23

Ella estaba llorando.

Cómo lloraba al teléfono y hablaba de un modo incoherente y entrecortado por las lágrimas, él había cedido y, en lugar de pedirle que acudiera a la comisaría de policía, había dicho que iría él a verla. En la casa de Broom Vale se sentó en un sillón y Barry Vine en otro mientras Joanne Garland, incapacitada por la primera pregunta que le habían hecho, sollozaba con la cabeza sobre el brazo del sofá.

Lo primero en que se fijó Wexford cuando ella les hizo entrar en la casa era que tenía la cara magullada. Eran viejas señales, que se estaban curando, pero quedaban vestigios, verdosos, amarillentos, contusiones alrededor de la boca y la nariz, rasguños más oscuros, moretones en los ojos y la línea del pelo. Sus lágrimas no podían disfrazarlo, y tampoco eran consecuencia de las lágrimas.

¿Dónde había estado? Wexford se lo preguntó antes de que se sentaran y la pregunta produjo más lágrimas. Ella respondió entre jadeos:

—América, California —y se arrojó al sofá inundada en lágrimas.

—Señora Garland —dijo Wexford al cabo de un rato—, procure controlarse. Le traeré un vaso de agua.

Ella se irguió, con el rostro bañado en lágrimas.

—No quiero agua —dijo a Vine—. ¿Podría darme un

whisky? En ese armario. Los vasos están ahí. Tómense uno. —Un sollozo ahogado cortó el final de la última palabra. De un gran bolso de cuero rojo que había en el suelo sacó un puñado de pañuelos de papel de colores y se enjugó el rostro—. Lo siento. Pararé. Cuando haya tomado una copa. Dios mío, qué impresión.

Barry le mostró la botella de soda que había encontrado. Ella hizo un gesto negativo con la cabeza y tomó un sorbo del whisky solo. Parecía haber olvidado la oferta que les había hecho a ellos, que en cualquier caso habría sido rechazada. El whisky, evidentemente, fue recibido con agrado. El efecto que produjo en ella fue bastante distinto del que habría producido en alguien que raras veces bebiera alcohol. No era como si necesitara un trago —es decir, beber algo alcohólico— sino como si tuviera sed. Un tipo esencial de sed que era calmada con lo que bebía y que la alivió por completo.

Volvió a sacar pañuelos de papel y se secó la cara, pero esta vez lo hizo con cuidado. Wexford pensó que parecía notablemente joven para tener cincuenta y cuatro años, o si no exactamente joven, tenía la cara notablemente tersa. Podría ser una mujer de treinta y cinco cansada y bastante ajada. Sin embargo, sus manos eran las de una mujer mayor, telarañas de tendones fibrosos, venas sobresalientes. Vestía un traje de punto de color verde y llevaba una gran cantidad de bisutería. Tenía el pelo de un brillante dorado pálido, su figura bien formada si no esbelta, las piernas excelentes. A los ojos de cualquiera era una mujer atractiva.

Respirando profundamente, tomando sorbos del whisky, sacó del bolso una polvera y un pintalabios y se retocó el maquillaje. Wexford vio que la mirada se detenía en la peor de las contusiones, una de debajo del ojo izquierdo. Se la tocó con la punta del dedo antes de aplicar polvos en un intento por disimularla.

—Hay muchas cosas que nos gustaría preguntarle, señora Garland.

—Sí. Supongo. —Vaciló—. No lo sabía, no tenía ni idea. No publican noticias del extranjero en los periódicos norteamericanos. A menos que sea una guerra o algo así. No apareció nada de esto. Me he enterado cuando he telefoneado a esa chiquilla, la hija de Naomi. —El labio le tembló cuando pronunció ese nombre. Tragó saliva—. Pobrecita. Supongo que debería sentir lástima por ella, debería haberle dicho que lo sentía, pero me ha dejado anonadada, atontada. Apenas podía hablar.

—No avisó a nadie de que se iba. No se lo mencionó a su madre ni a sus hermanas —expuso Vine.

—Naomi lo sabía.

—Tal vez. —Wexford no dijo lo que sentía, que jamás conocerían la verdad de ello, ya que Naomi estaba muerta. Lo que menos deseaba era una nueva lluvia de lágrimas—. ¿Le importaría decirnos cuándo se marchó y por qué?

Ella replicó, como hacen los niños:

—¿Tengo que hacerlo?

—Sí, me temo que sí. A la larga. Quizá le gustaría pensar su respuesta. Tengo que decirle, señora Garland, que su desaparición nos ha causado considerables problemas.

—¿Podría servirme un poco más de whisky, por favor? —Tendió el vaso vacío a Vine—. Sí, está bien, no es necesario que me mire así, me gusta beber pero no soy alcohólica. En especial me gusta beber en momentos de tensión. ¿Hay algo malo en ello?

—No es asunto mío responder a sus preguntas, señora Garland —dijo Wexford—. Estoy aquí para que usted pueda responder a las mías. Ha sido una cortesía venir aquí. Y quiero que sea usted capaz de contestar. ¿Queda claro? —Hizo un gesto con la cabeza a Vine, que estaba de pie con el vaso en la mano y una expresión de fastidio en la cara. Joanne Garland parecía asustada y malhumorada—. Muy bien. Se trata de un asunto muy serio. Quiero que me diga cuándo llegó a casa y qué hizo.

Ella respondió de mala gana:

—Llegué ayer por la tarde. Bueno, el avión de Los Ángeles llega a Gatwick a las dos y media, pero llegó con retraso. No pasamos por la aduana hasta las cuatro. Tenía intención de tomar el tren pero estaba demasiado cansada, agotada, así que tomé un coche. Llegué aquí hacia las cinco. —Les miró con dureza—. Tomé una copa; bueno, dos o tres. Las necesitaba, se lo aseguro. Me fui a dormir. Dormí doce horas.

—Y esta mañana ha ido a la tienda y la ha encontrado cerrada y con aspecto de haberlo estado durante un largo período.

—Así es. Me he puesto furiosa con Naomi... que Dios me perdone. Oh, sé que podía haber preguntado a alguien, podía haber telefoneado a una de mis hermanas. Ni se me ha cruzado por la mente. Sólo he pensado: Naomi lo ha liado todo otra vez; en fin, como he dicho, que Dios me perdone. No tenía las llaves de la tienda, pensaba que estaría abierta, así que he vuelto a casa y he telefoneado a Daisy. Bueno, yo creía que telefoneaba a Naomi para echarle una bronca. Daisy me lo ha contado. Pobre criatura, debe de haber sido un infierno tener que contármelo, revivirlo todo otra vez.

—La tarde en que usted se marchó, el 11 de marzo, fue a visitar a su madre a la Residencia de Jubilados de Caenbrook entre las cinco y las cinco y media. ¿Hará el favor de decirnos qué hizo después?

Suspiró, lanzó una mirada al vaso vacío que Vine había colocado sobre la mesa y se pasó la lengua por los labios recién pintados.

—Terminé de preparar mi equipaje. Me iba al día siguiente, el doce. El vuelo no salía hasta las once de la mañana y tenía que facturar a las nueve y media, pero pensé: iré esta noche, ¿y si los trenes llevan retraso por la mañana? Fue una decisión que tomé realmente de improviso. Cuando hacía el equipaje. Pensé: llamaré a un hotel de Gatwick para ver si tienen habitación, y lo hice y la tenían. Había prometido ir a ver a Naomi, aunque en realidad ya lo habíamos preparado todo durante el día. Y no íbamos a hacer las cuentas, Naomi dijo que ella llevaría el IVA al día. Pero dije que iría sólo para demostrar buena voluntad... —La voz le falló—. Bueno, todo esto. Pensé: Iré a Tancred, pasaré media hora con Naomi y después iré a casa y luego a la estación. La estación está a cinco minutos a pie de aquí.

Este dato Wexford lo conocía muy bien y no hizo ningún comentario. Fue Vine quien insistió:

—No entiendo por qué tuvo que irse aquella noche. Si el avión no salía hasta las once. Aunque tuviera que facturar hacia las nueve y media. Sólo está a media hora de tren como mucho.

Ella le lanzó de soslayo una mirada ofendida. Era evidente que a Joanne Garland le desagradaba el sargento de Wexford.

—Si tiene que saberlo, no quería correr el riesgo de ver a nadie por la mañana. —La expresión de Vine permaneció inmutable—. Está bien, no se esfuerce en comprenderlo. No quería que la gente me viera con maletas, no quería que me preguntaran, que me telefonearan mis hermanas... ¿lo entiende?

—Dejaremos de momento el misterioso viaje mágico, señora Garland —dijo Wexford—. ¿A qué hora fue a Tancred House?

—A las ocho menos diez —respondió sin vacilar—. Siempre sé la hora de las cosas. Estoy muy pendiente de la hora. Y nunca llego tarde. Naomi siempre intentaba que fuera allí más tarde, pero era sólo por su madre. Me dejaba recados en el contestador automático, pero estaba acostumbrada a ello; los martes nunca escuchaba los mensajes. ¿Por qué no podía yo ser considerada igual que lady Davina? Oh, Dios mío, ahora está muerta, no debería decir eso. Bueno, como he dicho, salí a las ocho menos diez y llegué allí a las ocho y diez. De hecho, y once. Miré mi reloj cuando llamaba a la puerta.

—¿Hizo sonar la campana?

—Una y otra vez. Yo sabía que me oían. Sabía que estaban allí. Quiero decir, creía que lo sabía. —El color desapareció de su rostro y lo dejó blanco como la cera—. Estaban muertos, ¿verdad? Acababa de ocurrir. Dios mío. —Wexford la observó mientras ella cerraba brevemente los ojos y tragaba saliva. Le dio tiempo. Luego, ella dijo con una voz diferente, más gruesa—: Las luces estaban encendidas en el comedor. Oh, Dios mío, perdóname, pensé, Naomi ha dicho a Davina que hemos hecho todo lo que era necesario hacer y Davina ha dicho: en ese caso es hora de que esa mujer aprenda a no molestarme mientras estoy cenando. Ella era así, diría eso.

Acudió a su mente un recuerdo nítido de lo que había ocurrido a Davina Flory. Joanne Garland se llevó la mano a la boca.

Para frustrar cualquier otra petición de perdón a Dios, Wexford se apresuró a preguntar:

—¿Volvió a llamar?

—Llamé tres o cuatro veces seguidas. Fui a la ventana del comedor pero no vi nada. Las cortinas estaban corridas. Yo estaba un poco enfadada. Suena terrible decir eso ahora. Pensé: Está bien, no me quedaré por aquí, y no lo hice. Me marché a casa.

—¿Así tal cual? ¿Fue hasta allí y después, porque no le abrían la puerta, se volvió a casa?

Barry Vine recibió una mirada muy irritada.

—¿Qué esperaba que hiciera? ¿Echar la puerta abajo?

—Señora Garland, por favor, piense con atención. ¿Se cruzó con algún vehículo o vio algún vehículo cuando se dirigía hacia Tancred?

—No, seguro que no.

—¿Por dónde fue?

—¿Por dónde? Por la verja principal, por supuesto. Siempre iba por allí. Quiero decir, sé que hay otro camino, pero nunca lo he utilizado. Es un sendero muy estrecho.

—¿Y no vio ningún otro vehículo?

—No, ya se lo he dicho. Casi nunca veía a nadie, de todos modos. Bueno, creo que me encontré con John nosequé una vez, Gabbitas. Pero de eso hace meses. Decididamente no me crucé con nadie el once de marzo.

—¿Y al regresar?

Ella negó con la cabeza.

—No me crucé con ningún vehículo ni vi ninguno ni al ir ni al volver.

—Mientras estuvo en Tancred, ¿había otro coche o furgoneta o vehículo de alguna clase aparcado frente a la casa?

—Claro que no. Siempre dejan sus coches en otro sitio. Oh, ya entiendo a qué se refiere, oh Dios mío...

—¿No dio la vuelta a la casa?

—¿Quiere decir si pasé por delante del comedor? No, no, no lo hice.

—¿No oyó nada?

—No sé a qué se refiere. ¿Qué se habría podido oír? Ah, sí, sí. Disparos. No, por Dios, no.

—Cuando se marchó, ¿qué hora sería? ¿Las ocho y cuarto?

Ella respondió con voz baja y suave:

—Ya se lo he dicho, siempre sé la hora. Eran las ocho y dieciséis minutos.

—Si ello le ayuda, ya puede tomarse otra copa, señora Garland.

Si esperaba que Barry le sirviera, esperó en vano. Exhaló un teatral suspiro y fue al armario de las bebidas.

—¿Seguro que no quieren una?

Lo preguntó de manera evidente sólo a Wexford.

—¿Cómo se hizo esas contusiones en la cara? —preguntó él.

Con el vaso apoyado en el regazo, permanecía sentada erguida en el sofá con las rodillas apretadas. Wexford trató de leerle el rostro. ¿Era timidez lo que veía en él? ¿O turbación? En cualquier caso, no el recuerdo de alguna clase de maltrato.

—Casi han desaparecido —dijo al fin—. Apenas se notan. No quería volver a casa hasta estar segura de que habían desaparecido.

—Yo se las veo —dijo Wexford con franqueza—. No dudo que estoy equivocado, pero da la impresión de que alguien le hubiera golpeado salvajemente su bonito rostro hace unas tres semanas.

—Ha acertado la fecha —dijo ella.

—Nos lo va usted a contar, señora Garland. Hay otras muchas cosas que nos contará, pero empezaremos por lo que le pasó a su cara.

Habló atropelladamente.

—Me he sometido a cirugía estética. En California. Me alojé en casa de una amiga. Allí es corriente, todo el mundo se lo hace; bueno, no todo el mundo. Mi amiga lo hizo y me dijo que fuera y que me quedara con ella y fuera a esta clínica...

Wexford la interrumpió empleando el único término que le resultaba familiar:

—¿Quiere decir que se ha hecho estirar la cara?

—Eso es —dijo malhumorada—, y los párpados y el labio superior y todo eso. Bueno, no podía hacérmelo aquí. todo el mundo lo habría sabido. Quería irme, quería ir a algún sitio cálido y no me gustaba... bueno, si han de saberlo, ya no me gustaba mi cara, ¿de acuerdo?

Las cosas empezaban a ponerse en su sitio con mucha rapidez. Wexford se preguntó si llegaría un día en que Sheila querría algo así y temió que así sería. De todos modos, ¿se podía uno burlar de Joanne Garland o desaprobarla? Podía permitirse ese lujo y sin duda había logrado lo que pretendía. Comprendió entonces por qué no quería que la chismosa familia lo supiera o que los vecinos se dieran cuenta, así que se presentaría ante ellos con un *fait accompli* ante el que podrían reaccionar atribuyéndole su nuevo aspecto a la buena salud o a que la edad se había portado bien con ella, cosa que raras veces ocurre. Naomi, con su despiste y modo de obrar como si estuviera en otro mundo, podía saberlo. En alguien tenía que confiar Joanne, para que ocupara su puesto y llevara la tienda. ¿Quién mejor que Naomi, que conocía el negocio y cuya reacción ante una cara estirada podría no ser diferente de la de otra mujer ante un cabello teñido o un dobladillo acortado?

—Supongo que no han hablado con mi madre —dijo Joanne Garland—. Bueno, ¿por qué iban a hacerlo? Pero si lo hubieran hecho sabrían por qué no quería que ella se enterara de algo así.

Wexford no respondió.

—¿Ahora van a dejarme?

Él asintió.

—De momento. El sargento Vine y yo vamos a almorzar. Usted probablemente querrá descansar, señora Garland. Me gustaría verla más tarde. Hemos instalado un centro de coordinación en Tancred House. La veré allí a... ¿qué le parece las cuatro y media?

—¿Hoy?

—Hoy a las cuatro y media, por favor... Yo de usted llamaría a Fred Harrison. No querrá usted conducir sobrepasando el límite permitido, ¿verdad?

Más flores en el poste de la verja. Esta vez tulipanes rojos, unos cuarenta, calculó Wexford, con los tallos ocultos por las cabezas de los de debajo, la masa entera colocada sobre un cojín de verdes ramas para formar un rombo. Barry Vine le leyó lo que ponía la tarjeta:

—«Cuando las más duras piedras se vieron sangrar.»

—Cada vez es más curioso —comentó Wexford—. Barry, cuando haya terminado con la señora Garland, quiero que tú y yo hagamos un experimento.

Mientras avanzaban por el bosque, telefoneó a casa y habló con Dora. Tal vez se retrasaría. Oh, no, Reg, esta noche no, no puedes, es la inauguración de la casa de Sylvia. ¿Lo había olvidado? Sí. ¿A qué hora tenían que estar allí? A las ocho y media como muy tarde.

—Si no puedo llegar antes, estaré en casa hacia las ocho.

—Saldré a comprarle algo. Champán, a menos que se te ocurra algo más interesante.

—Sólo una almohada de cuarenta tulipanes rojos, pero estoy seguro de que preferirá el champán. Supongo que Sheila no ha telefoneado.

—Te lo habría dicho.

El bosque tenía un tono verde brillante, recobrando vida con la primavera. En los largos valles verdes entre los árboles, flores blancas y amarillas punteaban la hierba. Se percibía un aroma acebollado procedente del ajo silvestre con sus rígidas hojas del color del jade y capullos como de lirio. Un arrendajo, rosa y con manchas azules, volaba bajo las ramas de los robles, emitiendo su estridente grito. La lluvia que caía mansamente llenaba el bosque de un suave susurro crujiente.

Salieron al terreno abierto, cruzaron el espacio en el muro bajo. Un súbito aumento de la potencia de la lluvia cayó en forma de violento chubasco; el agua golpeaba las piedras, se derramaba por el parabrisas y los costados del coche. A través de la estremecedora grisura, Wexford vio el coche de Joyce Virson otra vez frente a la puerta principal. Tuvo una repentina premonición de que había en perspectiva algo importante, pero la rechazó por absurda. Aquello que sentía no significaba nada.

Fue a los establos, pensando en el remitente de las flores, en John Gabbitas que nunca había mencionado sus planes de comprarse una casa, en la deserción de los Harrison, en aquella extraña mujer medio boba que escuchaba detrás de las puertas. ¿Alguna de aquellas anomalías tenía importancia en el caso?

Cuando llegó Joanne Garland, la llevó al rincón donde se habían colocado los dos sillones de Daisy. Después de su anterior encuentro, ella se había aplicado una gran cantidad de maquillaje y polvos en la cara. El hecho de que él conociera la razón de su viaje le hacía sentirse cohibida. Le miró con aire ansioso y se sentó en uno de los sillones, manteniendo la mano en la mejilla con intención de ocultar el peor moratón.

—George Jones —dijo él—. Gunner Jones. ¿Le conoce?

Debía de estarse volviendo ingenuo, Wexford. ¿Qué esperaba? ¿Un profundo sonrojo? ¿Otra explosión de llanto? Ella le miró del modo en que él la habría mirado si le hubiera preguntado si conocía al doctor Perkins.

—Hace años que no le he visto —respondió—. Le conocía. Éramos compañeros, él y Naomi y yo y Brian, mi segundo esposo. Como he dicho, no le he visto desde que él y Naomi se separaron. Le he escrito un par de veces... ¿es ahí adonde quiere llegar?

—¿Le escribió sugiriéndole que él y Naomi Jones volvieran a vivir juntos?

—¿Eso es lo que él les ha dicho?

—¿No es cierto?

Ella hizo una pausa para pensar. Una uña pintada de rojo rascó la línea del pelo. Quizá la cicatriz invisible le picaba.

—Lo es y no lo es. La primera vez que le escribí fue por ese motivo. Naomi estaba un poco... bueno, triste, como deprimida. En una o dos ocasiones me dijo que quizá debería haber intentado esforzarse más con Gunner. Cualquier cosa era mejor que la soledad. Así que le escribí. Él no me contestó. Encantador, pensé. Aun así, por entonces me di cuenta de que no era tan buena idea. Me había precipitado un poco. La pobre Naomi no estaba hecha para el matrimonio. Bueno, para las relaciones en general. No quiero decir que le gustaran las mujeres. Ella estaba mejor sola, ocupándose de sus cosas, sus pinturas y todo eso.

—Pero usted volvió a escribirle, a finales del pasado verano.

—Sí, pero no para hablarle de eso.

—¿Para hablarle de qué, entonces, señora Garland?

¿Cuántas veces había oído las palabras que ella estaba a punto de pronunciar? Podía predecirlas, la forma exacta de la objeción.

—No tiene nada que ver con este asunto.

Él respondió como hacía siempre:

—Eso lo juzgaré yo.

De pronto ella se enojó.

—No quiero decirlo. Me da vergüenza. ¿No puede entenderlo? Ellos están muertos, no importa. En cualquier caso, no era nada de... ¿cómo lo llaman ustedes?... maltrato, violencia. Quiero decir, es ridículo, aquellos dos viejos. Oh, Dios mío, es tan estúpido. Estoy cansada y no tiene nada que ver con nada de esto.

—Me gustaría saber qué decía la carta, señora Garland.

—Quiero ver a Daisy —dijo ella—. Debo ir a la casa y ver a Daisy y decirle que lo lamento. Por el amor de Dios, yo era la mejor amiga de su madre.

—¿Ella no lo era de usted?

—No tergiverse mis palabras constantemente. Ya sabe a lo que me refiero.

Él sabía a qué se refería.

—Tengo mucho tiempo, señora Garland. —No lo tenía, tenía que asistir a la fiesta de Sylvia. Aunque se derrumbaran los cielos, tenía que asistir a esa fiesta—. Vamos a quedarnos aquí, en estos dos cómodos sillones, hasta que decida contármelo.

Por entonces, de todas maneras, aparte de que era pertinente para el caso, se moría por saberlo. Ella no sólo había despertado su curiosidad con sus evasivas; le había puesto los nervios de punta.

—Supongo que no es personal —añadió—. No es algo referente a usted. No tiene que sentir vergüenza.

—Está bien, lo diré. Pero comprenderá lo que le digo cuando se lo cuente. Gunner tampoco contestó esa carta, por cierto. Buen padre es. Bueno, debería haberlo sabido, ya que nunca se tomó el más mínimo interés por la pobre niña desde que se largó.

—¿Se trata de Daisy? —preguntó Wexford, inspirado.

—Sí, sí.

—Naomi me lo contó —dijo Joanne Garland—. Quiero decir, tenían que haber conocido a Naomi para comprender cómo era. Ingenua no es la palabra exacta, aunque también lo era. Era como distinta de la otra gente, distraída, no se enteraba de lo que ocurría. Supongo que no me explico bien. Ella no actuaba como las otras personas, así que no supongo que supiera cómo actuaban las otras personas. No cuando hacían cosas que eran... bueno, que estaban mal o que eran desagradables. Y ni siquiera sabía cuándo hacían algo... algo hábil o especial tampoco. ¿Me explico?

—Claro que sí.

—Empezó a hablar de este asunto un día cuando estábamos en la tienda. Quiero decir, habló de ello como si me contara que Daisy salía con un chico nuevo o que iba a realizar algún viaje escolar al extranjero. Así es como lo planteó. Dijo... voy a intentar recordar sus palabras exactas... sí, dijo: «Davina cree que estaría bien que Harvey hiciera el amor con Daisy. Para iniciarla, por decirlo de alguna manera. Iniciarla. Ésa es la palabra. Porque Harvey es un amante maravilloso. Y no quiere que Daisy tenga que pasar por lo que le ocurrió a ella». ¿Entienden por qué me daba vergüenza contarlo?

Wexford no se asombró pero comprendió que era asombroso.

—¿Qué respondió usted?

—Espere. No he terminado. Naomi dijo que la cuestión era que Davina era demasiado vieja ya para... bueno, no es necesario que lo especifique, ¿no? Físicamente, para entendernos. Y eso la preocupaba porque Harvey (esto es lo que decía Davina) todavía era un hombre joven y vigoroso. ¡Puaj!, pensé yo. Davina creía en realidad, aparentemente, que sería magnífico para los dos y ella y Harvey lo habían sugerido. Bueno, ella se lo dijo a la chica y aquel mismo día el horrible Harvey más o menos se le insinuó.

—¿Qué dijo Daisy?

—Que se fuera a hacer gárgaras, supongo. Eso es lo que dijo Naomi. Quiero decir, Naomi no estaba indignada ni nada. Sólo dijo que Davina estaba loca por el sexo, siempre lo había estado, pero que debería comprender que no todo el mundo sentía igual que ella. Pero Naomi no hizo lo que yo habría hecho... si hubiera sido mi hija, si hubiera tenido una hija. Ella se limitó a decir, como si hablara de alguna diferencia de opinión que pudiéramos tener, como por ejemplo si íbamos a tener ropa en la galería o no, se limitó a decir que era cosa de Daisy. Yo me enfurecí. Dije muchas cosas acerca de que Daisy corría un peligro moral, todo eso, pero no sirvió de nada. Entonces fui a ver a Daisy. Me la encontré cuando ella salía del colegio, le dije que se me había estropeado el coche y si me llevaba a casa.

—¿Habló de esto con ella?

—Sí. Ella se echó a reír pero se notaba que estaba... disgustada. Nunca le había gustado mucho Harvey y me dio la impresión de que su abuela la había desilusionado. No dejaba de repetir que no habría esperado eso de Davina. No le importaba para nada que yo lo supiera, estuvo muy dulce, es una chica muy dulce. Y eso más o menos lo empeoraba.

»Se iban todos de vacaciones. Realmente me preocupaba, no sabía qué más podía hacer. No podía quitarme de la cabeza la imagen del viejo Harvey... bueno, violándola. Era una tontería, lo sé, porque supongo que no podría hacerlo y de todos modos, ellos no eran de esa clase.

Wexford no tenía una idea clara de a qué clase se refería pero no interrumpió. Toda la vergüenza y reticencia iniciales de Joanne Garland habían desaparecido mientras contaba entusiasmada su historia.

—Estaban a punto de regresar cuando me tropecé con

ese chico, Nicholas... ¿Virson, se llama? Yo sabía que era una especie de novio de Daisy, lo más parecido que había tenido a un novio, y pensé decírselo. Lo tenía en la punta de la lengua pero él es tan tonto y pomposo que me imaginé que se pondría colorado y se defendería fanfarroneando. Así que no se lo dije. Se lo conté a Gunner. Le escribí una carta.

»Al fin y al cabo, es su padre. Creí que incluso el maldito Gunner haría algo. Pero estaba equivocada. No podía importarle menos. Tuve que confiar en Daisy, bueno, en su sensatez. Y no era una niña, realmente, tenía diecisiete años. Pero ese Gunner... ¿qué clase de maldito padre es?

Siete armerías en las páginas amarillas de Kingsmarkham, cinco en Stowerton, tres sólo en Pomfret, otras doce en los alrededores.

—Es asombroso que nos quede fauna —dijo Karen Malahyde—. ¿Qué estamos buscando exactamente?

—Alguien que hubiera dado trabajo a Ken Harrison a tiempo parcial y le hubiera enseñado a cambiar el cañón de una pistola y le prestara las herramientas.

—Está usted de broma, ¿verdad, señor?

—Me temo que sí —respondió Burden.

24

Fred Harrison le pasó en su taxi cuando conducía hacia la verja principal. De camino a recoger a Joanne Garland, y a dar el pésame a Daisy, pensó mientras devolvía el saludo al hombre. ¿Pésame? Sí, ¿por qué no? Era asombroso qué abusos soportaba el amor. Sólo había que ver las esposas e hijos maltratados. Ella probablemente había mantenido el antiguo temor reverente lleno de admiración hacia su abuela, moderado como estaba por un afecto real, y en cuanto a Harvey, nunca le había gustado. Respecto a su madre, estas personas como Naomi Jones, excéntricas en su irrealidad, su suave pasividad satisfecha, a menudo eran adorables.

Lo que Wexford sabía, y Joanne Garland probablemente no, eran las revelaciones de las cartas citadas en el artículo del *Sunday Times*. El primer matrimonio no consumado con Desmond Flory. Aquellos años de vida «como hermanos», la imposibilidad en aquella época y aquel ambiente de buscar ayuda. Los mejores años de su vida sexual, en estimación de cualquiera, de los veintitrés a los treinta y tres desperdiciados, perdidos, quizá jamás compensados adecuadamente más adelante. Y hacia el final de la guerra, en aquellos días últimos antes de que mataran a Desmond Flory, tuvo lugar el encuentro con un amante, el hombre que sería el padre de Naomi.

La insólita energía de aquellos años que había entregado a la plantación de aquellos bosques. Era interesante especular sobre si los bosques existirían ahora si Flory no hubiera sido impotente con su esposa. Wexford se preguntaba si la avidez sexual de Davina Flory no era debida a diez años de frustración, si siempre habían permanecido en su pasado aquellos años, vacíos. Ella sabía que ocurriera lo que ocurriere en el futuro, nunca podrían ser llenados, la brecha jamás se cerraría.

Ella había querido evitar algo así a Daisy. Era una visión caritativa. A Wexford se le ocurrían tantas otras consecuencias desastrosas de un enlace entre Daisy y el esposo de su abuela, que la visión caritativa se presentaba como era: una excusa vacía. Ella debería saber que no era así, se dijo para sus adentros. El buen gusto y la decencia común deberían haberle enseñado que no estaba bien, esto y algo de lo que ella se ufanaba tanto: la conducta civilizada.

¿Quién había sido el amante? ¿Quién era este hombre que, como el príncipe de la historia, había cabalgado para libertar a la mujer en el bosque dormido? Algún compañero escritor, supuso, o un académico. No era difícil imaginarse a Davina en el papel de lady Chatterley y al padre de Naomi como un criado de la finca.

La lluvia había cesado. El bosque estaba húmedo y neblinoso pero cuando Wexford salió del camino forestal y se encaminaba hacia Kingsmarkham, había salido el sol. El atardecer era apacible y cálido, con todas aquellas nubes dibujadas como densas masas onduladas en el horizonte. El coche salpicó al pasar por un charco que quedaba en el camino de su garaje. Encontró a Dora al teléfono y alimentó esperanzas, pero ella le despidió con un rápido gesto con la cabeza. Sólo se trataba del padre de Neil, que le preguntaba si quería que la llevara en su coche.

—¿Y yo qué? ¿Por qué no iba yo a querer que me llevaran?

—Suponía que tú no ibas. La gente da por supuesto,

querido, que en general no asistes a ninguna fiesta.

—Claro que voy a ir a la fiesta de inauguración de la casa de mi hija.

Era irrazonable perder los estribos por esto. Wexford era lo bastante psicólogo para saber que si estaba alterado era debido a la culpabilidad. Culpabilidad porque no hacía a Sylvia el caso que merecía, la quería por rutina, la ponía en segundo lugar después de su hermana, tenía que obligarse a pensar en ella porque iba camino de olvidar su existencia. Subió al piso de arriba y se cambió. Tenía intención de ponerse una chaqueta deportiva y pantalones de pana, pero los rechazó en favor de su mejor traje, en realidad, su único buen traje.

¿Por qué se preocupaba tanto por aquella estúpida muchacha, aquella Sheila ridículamente afectada y teatral? Utilizar estos terribles adjetivos referidos a ella, aun para sí mismo, estuvo a punto de hacerle lamentarse en voz alta. Solo en el vestíbulo, tomó el teléfono y marcó el número de ella. Sólo por si acaso. Cuando sonó más de tres veces y la voz grabada no se había oído, sintió renacer la esperanza. Pero no respondió nadie. Lo dejó sonar veinte veces y colgó.

Dora le dijo:

—Eres muy listo. —Y añadió—: No hará ninguna tontería, lo sabes.

—Ni siquiera había pensado en ello —dijo, aunque sí lo había hecho.

La casa que Sylvia y su esposo se habían comprado se hallaba en el otro extremo de Myfleet, a unos veinte kilómetros. Había sido una rectoría en los tiempos en que a la Iglesia de Inglaterra no le importaba ceder una mansión húmeda, fría y con diez dormitorios por quinientas libras al año. Sylvia y Neil lo habían querido, sentían el desdén de finales del siglo veinte hacia todo lo suburbano y no habían parado hasta que pudieron permitirse abandonar su casa adosada de cinco dormitorios. Estas ansias por una «auténtica casa» era una de las pocas cosas en que estaban de acuerdo, como habían observado Wexford y Dora en una reciente discusión. Pero ninguna pareja incompatible habría podido tener más ganas de seguir juntos que estos dos, acumulando cada vez más posesiones, ingeniándoselas para depender cada vez más de los servicios y el apoyo del otro.

Sylvia, ahora que tenía su título de la Universidad a Distancia tenía un trabajo bastante bueno en el departamento de Educación del condado. A ella parecía gustarle poner impedimentos en su propio camino, así que tenía que confiar en la presencia de Neil y en sus promesas, de la misma manera que él aceptaba más diversiones y más viajes al extranjero para poder confiar en los de ella. Pero comprar esta casa, a dieciséis kilómetros de donde ella trabajaba y en la dirección opuesta al colegio de su nieto, a Wexford le parecía que era ir demasiado lejos. Hizo esta observación a Dora mientras conducía con atención por los sinuosos caminos que llevaban a Myfleet.

—La vida ya es de por sí lo bastante dura para convertirla en una carrera de obstáculos.

—Sí. ¿Se te ha ocurrido que Sheila podría estar ahí esta noche? Está invitada.

—No estará.

En efecto, no estaba. Sylvia le dijo que su hermana no iba a ir —bueno, le había dicho una semana atrás que no iba a ir— antes de que él pudiera preguntar. De todos modos, él no habría preguntado. Por escenas y espectáculos de amargo resentimiento ocurridos con anterioridad conocía las consecuencias de preguntar.

—Estás muy elegante, papá.

Él le dio un beso, dijo que la casa era encantadora, aunque parecía más grande y más severa de lo que la recordaba del día en que la había visto, pero no se podía negar que era un lugar magnífico para celebrar una fiesta. Entró en la sala de estar, que ya estaba atestada. Todo el lugar necesitaba decoración, pedía a gritos con lágrimas heladas calefacción central. Un gran leño en la chimenea victoriana imitación baronial tenía buen aspecto y el calor de cincuenta cuerpos proporcionarían calidez. Wexford saludó a su yerno y aceptó un vaso de Highland Spring, muy adornado con hielo, rodajas de lima y hojas de menta.

Todo el mundo sabía quién era. No era exactamente intranquilidad lo que percibía al moverse entre ellos sino más bien precaución, un control de sí mismos, un somero autoexamen. Esto era más cierto ahora que en ocasiones anteriores, con la campaña en curso contra el beber y conducir, y vio a algunos hombres mirar el vaso que contenía dos dedos de whisky mientras se preguntaban si podrían hacerlo pasar por zumo de manzana o dar la vieja justificación: conduce mi esposa.

Entonces vio a Burden. El inspector formaba parte de un grupo que incluía a Jenny y a algunas compañeras educadoras de Sylvia y permanecía en silencio, con un gran vaso en la mano que realmente contenía zumo de manzana. Si no era que Mike se había vuelto loco y había pedido media pinta de escocés. Se encaminó hacia allí, pues había encontrado a un compañero agradable para pasar el mejor rato de la velada.

—Estás muy elegante.

—Eres el tercero que encuentra adecuado comentar mi aspecto. En otras palabras: ¿En general voy tan desastroso? ¿Soy el modelo principal de la pasarela de Oxfam?*

Burden no respondió pero ofreció a Wexford una de sus pequeñas medio sonrisas tensas alzando un poco las cejas. Él iba vestido con un jersey de cachemir gris oscuro sobre un cuello cisne, cazadora de seda lavada gris oscuro y vaqueros de diseño, aunque quizá no había logrado el efecto deseado. Al menos, no a los ojos de Wexford.

—Ya que estamos metidos en observaciones personales —dijo Wexford—, ese atuendo te hace parecer un vica-

---

* Abreviatura de *Oxford Committee for Famine Relief*. (*N. de la T.*)

rio a la moda. El ocupante adecuado de esta casa. Es por el alzacuellos.

—Oh, tonterías —dijo Burden malhumorado—. Siempre dices algo así, sólo porque no parezco invariablemente como si llevara la palabra «bofia» estampada en la cara. Ven, trae tu vaso. Esta casa es un auténtico laberinto, ¿no te parece?

Se encontraban en un lugar que en otro tiempo podría haber sido sala de mañana, cuarto de costura, estudio o «salón pequeño». En un rincón ardía una estufa de petróleo, que producía mucho olor pero no mucho calor.

Wexford dijo:

—Mira estas cosas que hay en mi vaso. Parecen canicas. ¿Cómo las llamarías? Cubitos de hielo no, porque son redondas. ¿Y esferas de hielo?

—Nadie entendería lo que querías decir. Dirías «cubitos de hielo redondos».

—Pero eso es una contradicción, tendrías que...

Burden le interrumpió con firmeza.

—El jefe ha telefoneado mientras estabas con esa mujer, Joanne. Le he hablado. Dice que es una farsa hablar de una «habitación del asesinato» cuatro semanas después del suceso y quiere que abandonemos Tancred a finales de semana.

—Lo sé. Tengo una cita con él. De todas maneras, ¿quién lo llama «habitación del asesinato»?

—Karen y Gerry, cuando contestan al teléfono. Peor que eso. He oído a Gerry decir: «Habitación de la matanza, dígame».

—No importa mucho. No es necesario que estemos allí. Creo que lo tengo a mi alcance, Mike, no puedo decir más. Necesito que una o dos cosas se coloquen en su lugar, necesito una chispa de ilustración...

Burden le miraba con aire suspicaz.

—Yo necesito mucho más que eso, te lo aseguro. ¿Te das cuenta de que ni siquiera hemos pasado la primera valla, que es cómo se marcharon de Tancred sin que nadie les viera?

—Sí. Daisy efectuó su llamada de emergencia a las ocho y veintidós minutos. Esto, dice ella, fue entre cinco y diez minutos después de que se marcharan. Pero no lo sabe y en verdad es una estimación muy somera. Si fueron diez minutos, el tiempo máximo que yo calcularía, debieron de irse a las ocho y doce, lo cual es cuatro minutos antes de que Joanne Garland se marchara. Yo creo a esa mujer, Mike. Creo que sabe las horas como todo esos adictos a la puntualidad. Si ella dice que se fue a las ocho y dieciséis minutos, seguro que se fue a esa hora.

»Pero si se marcharon a las ocho y doce, ella tenía que verles. Es la hora en que dice que estaba en la parte delantera de la casa, intentando ver por la ventana del comedor. Así que se marcharon más tarde y Daisy tardó más bien cinco minutos que diez en llegar al teléfono. Digamos que se marcharon a las ocho y diecisiete o dieciocho. En ese caso, debieron de seguir a Joanne Garland y se podría suponer que conducirían más deprisa que ella...

—A menos que tomaran el camino secundario.

—En ese caso, les habría visto Gabbitas. Si Gabbitas está implicado en esto, Mike, le interesaría decir que les había visto. No lo dice. Si es inocente y dice que no les vio, no estuvieron allí. Pero volvamos a Joanne Garland.

»Cuando llegó a la verja principal, tuvo que bajar del coche y abrirla. Después, tendría que cruzarla con el coche, bajar y volver a cerrarla. ¿Es concebible que, con el coche de los asesinos detrás de ella, pudiera hacerlo y el otro coche no la atrapara?

—Podríamos probarlo —dijo Burden.

—Lo he probado. Lo he probado esta tarde. Sólo que dejamos tres minutos, no dos, entre la partida del coche A y la del coche B. Yo conducía el coche A entre cincuenta y sesenta por hora y Barry iba en el coche B, conduciendo lo más deprisa que podía, de sesenta a ochenta, y a ratos a más. Me ha atrapado cuando bajaba la segunda vez, para cerrar la verja.

—¿Su coche podría haberse marchado antes de que llegara Joanne Garland?

—Es difícil. Ella llegó a las ocho y once minutos. Daisy dice que no oyeron a los asesinos en la casa hasta las ocho y uno o dos minutos. Si se marcharon a y diez, eso les deja nueve minutos como mucho para subir al piso de arriba, registrar el lugar y volver a bajar, matar a tres personas y herir a una cuarta y huir. Podría hacerse... justo. Pero si huyeron por el camino principal a través del bosque, tenían que encontrarse con Joanne que entraba. Y si tomaron el camino secundario digamos por ejemplo a las ocho y siete minutos, se habrían cruzado con Bib Mew en su bicicleta, ya que salió de Tancred a las ocho menos diez.

Burden dijo con aire pensativo:

—Lo haces parecer imposible.

—Es imposible. A menos que exista una conspiración entre Bib, Gabbitas, Joanne Garland y los asesinos, lo cual es evidente que no es así. Es imposible. Es imposible que se marcharan en cualquier momento entre las ocho y cinco y las ocho y veinte, y sin embargo sabemos que tuvieron que hacerlo. Todo este tiempo hemos estado suponiendo algo, Mike, basándonos en una evidencia muy débil. Y ésta es que llegaron y se fueron en coche. En alguna clase de vehículo de motor. Hemos supuesto que existía un vehículo. Pero ¿y si no fuera así?

Burden se quedó mirándole fijamente. En aquel momento la puerta se abrió y entró una multitud de gente, todos con platos de comida, en busca de algún lugar donde sentarse. En lugar de responder su propia pregunta, Wexford dijo:

—Es la hora de cenar. ¿Vamos a buscar algo para comer?

—De todas maneras no deberíamos quedarnos aquí. No es justo para Sylvia.

—¿Quieres decir que los invitados a una fiesta tienen

la obligación de circular y ganarse la bebida y las patatas fritas con sabor a taco?

—Algo así. —Burden sonrió. Consultó su reloj—. Vaya, ya son las diez. Sólo tenemos canguro hasta las once.

—Tiempo justo para un bocadillo —dijo Wexford, quien estaba seguro de que no habría de sus preferidos.

Mientras consumía mayonesa al salmón, habló con dos colegas de Sylvia y después con un par de viejas amigas de la escuela. Había algo de cierto en lo que Burden decía de hacer un poco de invitado. Vio a Dora enzarzada en una amistosa discusión con el padre de Neil. No perdía de vista a Burden y se encaminó en su dirección cuando las amigas del colegio fueron a buscar más ensalada de pollo.

Burden abordó su discusión en el punto preciso en que la habían dejado.

—Tenía que haber alguna clase de vehículo.

—Bueno, ya sabes lo que decía Holmes. Cuando todo lo demás es imposible, lo que queda, por improbable que sea, tiene que ser.

—¿Cómo llegaron allí sin transporte? Está a kilómetros de cualquier parte.

—Por el bosque. A pie. Es la única manera, Mike. Piensa en ello. Los caminos estaban llenos de tráfico. Joanne Garland yendo arriba y abajo por el camino principal. Primero Bib y después Gabbitas por el secundario. Pero eso no les preocupa porque ellos van a pie, perfectamente a salvo. ¿Por qué no? ¿Qué tenían que transportar? Un arma y algunas piezas de joyería.

—Daisy oyó que se ponía en marcha un coche.

—Claro que sí. Oyó el coche de Joanne Garland. Más tarde de lo que ella dice, pero no se puede esperar que sea muy precisa en cuanto al tiempo. Oyó que el coche se ponía en marcha después de que los dos asesinos se hubieran marchado y ella se arrastraba hacia el teléfono.

—Creo que tienes razón. ¿Y los dos pudieron huir sin que nadie les viera?

—Yo no he dicho eso. Alguien les vio. Andy Griffin. Él estaba allí esa noche, durmiendo en su escondrijo, y les vio. Lo bastante de cerca, imagino, para reconocerles. El resultado de su intento de hacerles chantaje, a los dos o a uno de ellos, fue que le colgaron.

Cuando Burden y Jenny se marcharon, Wexford empezó a pensar en marcharse él también. Se habían ido tarde, su canguro se vería obligada a quedarse otro cuarto de hora. Eran casi las once.

Dora había ido con un grupo de otras mujeres, guiadas por Sylvia, a recorrer la casa. Tenían que mantenerse muy calladas, para no despertar a los niños. Wexford no quiso preguntarle a Sylvia si había tenido noticias de su hermana, porque esta pregunta podría provocar una escena de celos y resentimiento. Si Sylvia se sentía bien con su nueva casa y su estilo de vida actual, respondería su pregunta como una persona racional. Pero si no era así —y él no podía conocer el estado de ánimo de ella aquella noche— le atacaría con aquellas viejas acusaciones de que él prefería a su hermana menor. Logró llegar hasta Neil y preguntarle.

Claro que Neil no tenía idea de si Sylvia había hablado recientemente con Sheila, sólo sabía de un modo vago que Sheila había tenido una relación con un novelista del que él jamás había oído hablar, y no sabía que esta relación había terminado. Sin querer, hizo que Wexford se sintiera imbécil. Dijo que sabía que todo iría bien y se excusó diciendo que iba a buscar una bandeja de café.

Dora regresó, dijo que si quería tomar una bebida de verdad ella conduciría hasta casa. No, gracias, respondió; Wexford había descubierto que una vez que te habías tomado dos de esas aguas minerales, realmente no tenías ganas de tomar alcohol. ¿Nos vamos, pues?

Los dos se habían vuelto delicadamente cuidadosos con esta niña difícil, hacían lo imposible para no ofenderla. Pero se marchaba otra gente. Sólo un núcleo duro de noctámbulos se quedaría pasada la medianoche. Esperaron con paciencia a que trajeran los abrigos de los demás y a que se intercambiaran los cumplidos de último momento con los invitados que se marchaban.

Al fin, Wexford besó a su hija y le dijo buenas noches, gracias, una fiesta encantadora. Ella le besó a su vez, y le dio un agradable, cálido y nada resentido abrazo. Wexford pensó que Dora se pasaba un poco al decir «¡Feliz casa!» —¡qué expresión!—, pero todo estaba permitido con el fin de agradar.

Había varios caminos para llegar a casa. Cruzando Myfleet o efectuando un ligero rodeo por el norte para desviarse de Myfleet, o por el sur, el largo camino vía Pomfret Monachorum. Wexford tomó la ruta que se desviaba, aunque el nombre insinuaba una carretera bien iluminada con dos carriles en lugar de lo que realmente era: un laberinto de caminos donde tenías que saber cuál elegir.

Estaba muy oscuro. No había luna y las estrellas estaban cubiertas por una gruesa capa de nubes. En estos pueblos, los residentes habían hecho campaña contra la iluminación de las calles, para que a esta hora parecieran deshabitadas, todas las casas a oscuras salvo por el ocasional cuadrado de luz en una ventana con las cortinas corridas, tras la cual se hallaba algún pájaro nocturno.

Dora oyó las sirenas una fracción de segundo antes que él. Dijo:

—¿Tenéis que hacerlo? ¿Después de medianoche?

Se hallaban en uno de los largos trechos de sendero bordeado de árboles entre casas. Los terraplenes a ambos lados se erguían como muros defensivos. En este oscuro cañón, los faros de su coche producían un resplandor verdoso.

—No somos nosotros —dijo él—. Son los bomberos.

—¿Cómo lo sabes?

—Suena de otra manera.

El volumen del sonido aumentaba y por un momento Wexford pensó que iban en su dirección, que se encontrarían de cara. Ya había empezado a frenar y se acercaba todo lo posible a un lado cuando la sirena se calló y él se dio cuenta de que el coche de bomberos estaba en otro camino, más adelante.

El coche adquirió velocidad y salió de la depresión entre los terraplenes como murallas y densos arbustos y árboles protectores y del pozo de oscuridad. Los terraplenes desaparecieron, el camino se ensanchó y una llanura, una extensión de tierra llana, se abrió ante ellos. El cielo, en lo alto, era rojo. En el horizonte y filtrándose por la masa de nubes había una rojez humeante como podría haber sobre alguna ciudad. Pero no había ninguna ciudad.

Se oyó una nueva sirena. Dora dijo:

—No es en Myfleet. Es en este lado de Myfleet. ¿Será un incendio en una casa?

—Pronto lo veremos.

Lo supo antes de llegar allí. Era la única casa con techo de paja del vecindario. La rojez se intensificó. Pasaba de un apagado color oxidado a un resplandor en el cielo como un fuego de brasas, como los espacios brillantes entre el carbón que arde. Entonces pudieron oírlo. Un rítmico crepitar y chisporrotear.

El camino ya estaba acordonado. En el otro lado de la barrera estaban aparcados los dos coches de bomberos. Los bomberos lanzaban lo que parecía agua con la manguera pero probablemente no era agua. El ruido que producía la casa en llamas era como olas del mar rompiendo en una playa guijarrosa en una tormenta, como el impetuoso retroceso de la madera. Era ensordecedor; hablar resultaba imposible, el comentario sobre el incendio, las llamas devoradoras, quedaba silenciado.

Wexford salió del coche. Se acercó a la barrera. Un agente de bomberos empezó a decirle que retrocediera, que tomara el camino de Myfleet, pero después reconoció quién era. Wexford meneó la cabeza. No iba a intentar gritar con aquel ruido infernal. El calor del fuego llegaba hasta él, robando al aire la frescura, la humedad, ardiendo como una enorme chimenea doméstica en una casa de gigantes.

Wexford tenía la vista fija. Estaba lo bastante cerca para imaginar que le chamuscaba la cara. A pesar de la lluvia reciente, lluvia que había sido escasa, el techo de paja había desaparecido como papel y leña menuda. Donde había estado, donde quedaban aún vestigios, podían verse las vigas del techo ennegrecidas a través de las rugientes llamas. La casa se había convertido en una antorcha, pero el fuego estaba más vivo que la llama de una antorcha, ávido y decidido como un animal con la pasión de quemar y destruir. Las chispas saltaban ascendiendo en espiral hacia el cielo, cayendo y danzando. Una gran ascua, un pedazo de tejado de paja hirviendo, de repente salió volando del tejado y se dirigió hacia ellos como un cohete. Wexford se agachó y retrocedió.

Cuando el objeto ardiendo cayó a sus pies, preguntó al bombero si había alguien dentro de la casa.

La llegada de la ambulancia ahorró al hombre la respuesta. Wexford vio que Dora daba marcha atrás para dejar espacio. El bombero apartó la barrera y la ambulancia entró.

—No había esperanzas para intentar nada —afirmó el bombero.

Detrás seguía un coche. Era el MG de Nicholas Virson. El coche redujo velocidad y se detuvo, pero no como si estuviera bajo control, no como si el conductor hubiera frenado y puesto punto muerto y después el freno de mano. Se estremeció hasta detenerse y se paró con una sacudida. Virson bajó y se quedó contemplando el fuego. Se tapó la cara con las manos.

Wexford volvió junto a Dora.

—Puedes irte a casa si quieres. Alguien me llevará.

—Reg, ¿qué ha ocurrido?

—No lo sé. No puedo imaginar que se iniciara por casualidad.

—Te esperaré.

Los hombres de la ambulancia sacaban a alguien en una camilla. Él esperaba que fuera una mujer pero era un hombre, un bombero que había efectuado un desesperado intento. Nicholas Virson volvió un rostro contraído a Wexford. Las lágrimas se derramaban por sus mejillas.

25

La casa en parte era muy antigua y había sido construida sólidamente en aquel distante pasado con estructura de madera. Sobrevivieron dos de los postes principales. Eran de roble y casi indestructibles, irguiéndose entre las cenizas como árboles abrasados. No había cimientos y, al igual que los árboles, esos grandes montantes habían sido plantados muy hondos en el suelo.

El lugar ennegrecido parecía más el residuo de un incendio forestal que el de una casa quemada. Wexford, que supervisaba las ruinas desde su coche, recordó que había encontrado bonito el hogar de Virson la primera vez que lo había visto. Un *cottage* como de caja de bombones, con rosas alrededor de la puerta y un jardín adecuado para un calendario. La persona que había provocado aquel incendio gozaba con la destrucción de la belleza, disfrutaba con la mutilación en sí. Porque para entonces a Wexford no le cabía duda de que se trataba de un incendio provocado.

El garaje de The Thatched House contenía veintidós latas de un galón de gasolina y aproximadamente ese número de latas de galón de parafina. Estas latas estaban alineadas a ambos lados del garaje, la mayoría de ellas junto a la pared común con la casa. El tejado de paja se extendía por encima de todo el garaje, así como de la casa en sí.

Nicholas tenía una explicación. Los problemas en Oriente Próximo habían incitado a su madre a acumular gasolina. Qué problemas en particular no podía recordarlos, pero la gasolina llevaba allí años, «por si había escasez».

No había llovido lo suficiente, pensó Wexford.* Una larga y grave sequía había precedido a la llovizna de los días pasados. Los investigadores habían encontrado poca cosa en aquel garaje, quedaba muy poco. Algo había encendido aquellas latas, un simple fusible. El hallazgo del resto de una vela casera corriente, que de manera casi milagrosa había rodado y salido por debajo de las puertas, les llevó a pensar que se trataba de un objeto vital para el incendio provocado. Lo que el investigador tenía en mente no siempre iba bien, pero en este caso sí había ido bien. Empapar un trozo de cuerda no en gasolina sino en parafina, e insertar un extremo en una lata de parafina. La única lata de parafina estaría rodeada de latas de gasolina. Atar el otro extremo de la cuerda alrededor de una vela hasta la mitad, encender la vela y dos, tres, cuatro horas más tarde...

El bombero estaba malherido pero se recuperaría. Joyce Virson había muerto. Wexford había dicho a la prensa que trataban el caso como un asesinato. Era un incendio provocado y un asesinato.

—¿Quién conocía la existencia de esa gasolina, señor Virson?

—La señora de la limpieza. El tipo que viene a arreglar el jardín. Supongo que mi madre se lo había dicho a otra gente, amigos. Tal vez yo también. Quiero decir, para empezar, recuerdo a un muy buen amigo mío que había venido y andaba escaso de gasolina. Le puse la suficiente para que llegara a su casa. Después estaban los tipos que venían a reparar el tejado, entraban y solían almorzar allí...

Y fumar, pensó Wexford.

* Juego de palabras: En inglés *rainy day* significa día de lluvia y también, en sentido figurado, tiempo futuro de escasez. (*N. de la T.*)

—Será mejor que nos dé algunos nombres.

Mientras Anne Lennox anotaba los nombres, Wexford pensó en la entrevista que acababa de sostener con James Freeborn, el subjefe de Policía. ¿Cuántos asesinatos más tenían que esperar antes de que se hallara al que los perpetraba? Ya habían muerto cinco personas. Era más que una matanza, era una hecatombe. Wexford sabía que era mejor no corregir al subjefe de Policía, no decir algo sarcástico, por ejemplo, acerca de que esperaba que no hubiera otros noventa y cinco muertos. En cambio, pidió que se mantuviera el centro de coordinación en Tancred sólo hasta el fin de semana y de mala gana se le concedió permiso.

Pero basta de protección para la chica. Wexford tuvo que asegurarle que aquella semana no iría nadie.

—Algo así podría durar años.

—Espero que no, señor.

Nicholas Virson preguntó si habían terminado con él, si podía irse.

—Todavía no, señor Virson. Ayer le pregunté, antes de tener idea de la causa de este incendio, dónde había estado el martes por la noche. Se hallaba usted muy perturbado y no insistí en la pregunta. Ahora vuelvo a hacérsela. ¿Dónde estaba?

Virson vaciló. Al fin dio esa respuesta que nunca es cierta pero no obstante se da a menudo en estas circunstancias.

—Para ser completamente sincero, estuve conduciendo por ahí.

Dos de esas frases en conjunción. ¿La gente está alguna vez «conduciendo por ahí» simplemente? ¿Solo, de noche, a principios de abril? ¿En el lugar donde está su casa de campo, donde no hay nada nuevo que ver ni lugar hermoso que descubrir para regresar a verlo a la luz del día? En un viaje de vacaciones quizá, pero ¿en su propio vecindario?

—¿Por dónde estuvo conduciendo? —preguntó paciente.

Virson no sabía qué responder.

—No lo recuerdo. Por ahí, por los caminos —dijo esperanzado—. Hacía buena noche.

—Está bien, señor Virson, ¿a qué hora dejó usted a su madre y se marchó?

—Puedo decírselo: a las nueve y media. En punto —añadió—. Le digo la verdad.

—¿Dónde estaba su coche?

—Fuera, en la grava, y el de mi madre estaba al lado. Nunca los guardábamos en el garaje.

No, no podíais entrarlos. No había espacio. El garaje estaba lleno de combustible, esperando estallar cuando una llama llegara a él mediante una tira de cuerda.

—¿Y adónde fue?

—Ya se lo he dicho, no lo sé, me limité a ir conduciendo. Cuando regresé...

Tres horas más tarde. Parecía muy bien cronometrado.

—¿Estuvo conduciendo por el campo durante tres horas? En ese tiempo podía haber ido a Heathrow y regresado.

Un intento de sonrisa triste.

—No fui a Heathrow.

—No, ya supongo que no. —Si el hombre no quería decírselo tendría que adivinarlo. Miró la hoja de papel en la que Anne había escrito los nombres y direcciones de las personas que conocían el almacén de gasolina: amigos íntimos personales de Joyce Virson, el amigo de Nicholas Virson que se quedó sin gasolina, su jardinero, la mujer de la limpieza...—. Creo que aquí ha cometido un error, señor Virson. La señora Mew trabaja en Tancred House.

—Ah, sí. Trabaja para nosotros... bueno, para mí, también. Dos mañanas a la semana. —Pareció aliviado ante el cambio de pregunta—. Así es como empezó a ir a ayudar a Tancred. Mi madre la recomendó.

—Entiendo.

—Juro por mi vida y por todo lo que considero sagrado —declaró Virson apasionado— que no he tenido nada que ver con esto.

—No sé lo que usted considera sagrado, señor Virson —dijo Wexford con suavidad—, pero dudo que sea pertinente en este caso. —Había oído cosas semejantes a menudo, hombres respetables al igual que villanos jurando por la cabeza de sus hijos y esperando el cielo en una vida futura—. Dígame dónde puedo encontrarle, haga el favor.

Burden se presentó ante él cuando Nicholas Virson se hubo ido.

—Yo también fui a casa por ese camino, Reg. El lugar estaba completamente a oscuras a las once y quince.

—¿No había ninguna llama de vela reluciendo a través de las rendijas de la puerta del garaje?

—El objetivo no era matar a la señora Virson. Quiero decir, el que lo hizo es bastante cruel, no le importaba si la mataba o no, pero ella no era el objetivo principal.

—No, no creo que lo fuera.

—Voy a ir a recoger el almuerzo. ¿Quieres algo? Hoy hay Thai o bistec y tarta de riñones.

—Pareces un anuncio malo de televisión.

Wexford salió con él y se unió a la corta cola. Desde allí sólo se veía el extremo de la casa, la alta pared y las ventanas del ala este. La forma de Brenda Harrison podía verse débilmente tras una de éstas, limpiando el cristal con un trapo. Wexford alargó el plato para que le sirvieran una ración de tarta con puré de patatas y un revoltillo. Cuando volvió a mirar, Brenda había desaparecido de la ventana y en su lugar estaba Daisy.

Daisy, por supuesto, no estaba limpiando el cristal, sino de pie con las manos colgando a los lados del cuerpo. Parecía contemplar la lejanía hacia los bosques y el lejano horizonte azul, y a él su expresión, por lo que podía ver, le parecía inefablemente triste. Era la figura de la soledad, allí de pie, y no le sorprendió verla taparse la cara con las manos antes de volverse y alejarse.

Levantó la cabeza, Burden también la había visto. Por un momento no dijo nada; se limitó a tomar su plato de aromática comida de color brillante y una lata de cocacola con el vaso vuelto del revés.

De regreso en los establos, Burden dijo lacónicamente:

—Iba tras ella, ¿verdad?

—¿Daisy?

—Siempre ha ido tras ella, desde el principio. Cuando provocó el incendio, iba tras Daisy, no Joyce Virson. Creía que Daisy estaría allí. Me dijiste que los Virson habían estado aquí para persuadirla de que fuera con ellos el martes por la noche, a cenar y a pasar la noche.

—Sí, pero ella se negó. Se mostró inflexible.

—Lo sé. Y sabemos que no fue. Pero el que lo hizo no lo sabía. Sabía que los Virson habían intentado persuadirla y también sabía que por la tarde habían vuelto para renovar su intento. Debió de suceder algo que le hizo creer que Daisy pasaría la noche en The Thatched House.

—Entonces, ¿descartamos a Virson? Él sabía que ella no estaría allí. Hablas como si el que lo hizo fuera un hombre, Mike. ¿Tiene que serlo?

—Es algo que se da por supuesto.

—Bib Mew también trabajaba para los Virson. Conocía la existencia de la gasolina en el garaje.

—Ella escucha detrás de las puertas —dijo Wexford— y quizá sólo oye de modo imperfecto lo que se dice al otro lado. Estuvo aquí la noche del 11 de marzo. Muchas... ¿las llamamos maniobras?... de esa noche dependen de su declaración. No es muy lista, pero sí lo suficiente para vivir sola y tener dos trabajos.

—Tiene aspecto de hombre. Sharon Fraser dijo que todas las personas que salieron del banco eran hombres, pero si uno de ellos hubiera sido Bib Mew, ¿se habría dado cuenta de que no era un hombre?

—Uno de los hombres del banco se quedó en la cola con un puñado de billetes de banco verdes. En este país ya no tenemos billetes verdes. ¿Qué país los tiene?

—Estados Unidos —dijo Burden.

—Sí. Esos billetes eran dólares. Martin fue asesinado el 13 de mayo. Thanny Hogarth es un norteamericano que muy bien podría tener dólares en su posesión cuando llegó aquí, pero no llegó a este país hasta junio. ¿Y Preston Littlebury? Vine nos dijo que efectúa casi todas sus transacciones en dólares.

—¿Has visto ya el informe de Barry? Littlebury comercia en antigüedades, eso es correcto, y las importa de Europa del Este. Pero su principal fuente de ingresos en la actualidad procede de la venta de uniformes del ejército de Alemania Oriental. Le dio un poco de vergüenza admitirlo, pero Barry se lo sonsacó. Al parecer, existe un mercado estupendo para esta clase de cosas memorables aquí: cascos, cinturones, camuflaje.

—¿Pero armas no?

—Armas no, que sepamos. Barry también dice que Littlebury no tiene cuenta bancaria aquí. No tiene ningún trato con ese banco.

—Yo tampoco —replicó paciente Wexford—, pero tengo mi famosa tarjeta Transcend. Puedo utilizar cualquier sucursal de cualquier banco que me guste. Además, el hombre que estaba en la cola con los billetes se encontraba allí simplemente para cambiar esos billetes por libras esterlinas, ¿no?

—Nunca he visto a este tal Littlebury, pero por lo que he oído decir de él, no es de los que toman un arma y escapan. Te diré lo que pienso, Reg: el que estaba en aquella cola era Andy Griffin, con los dólares que Littlebury le había pagado.

—Entonces, ¿por qué no fue a cambiarlos? ¿Por qué los encontramos en casa de sus padres?

—Porque nunca llegó a la cabeza de la cola. Hocking y Bishop entraron y Martin fue asesinado. Andy recogió el revólver y escapó con él. Decidió venderlo y lo vendió. Por eso hacía chantaje al comprador, por posesión de un arma incriminatoria.

»Jamás llegó a cambiar aquellos dólares. Se los llevó a casa y los escondió en aquel cajón. Porque tenía una especie de miedo supersticioso a ser visto con ellos después de lo que había ocurrido. Algún día tal vez los habría cambiado, pero no entonces, todavía no. De todos modos, por el arma había sacado más de noventa y seis dólares.

Wexford declaró lentamente:

—Creo que tienes razón.

El gesto amable, hospitalario, habría sido ofrecer alojamiento a Nicholas Virson. Quizá Daisy se lo hubiera ofrecido y él lo había rechazado. ¿Por las mismas razones que la negativa de Virson de quedarse por la noche en una ocasión anterior?

Ahora las cosas eran diferentes. El hombre no tenía donde ir. Pero en el cielo de Daisy esta estrella se estaba apagando, por mucho que en otro tiempo hubiera brillado, cuando había provocado aquella maravilla y aquella mirada de adoración. Thanny Hogarth lo había desplazado. ¿Qué eres cuando sale la luna?

Era una conducta normal en alguien de su edad. Tenía dieciocho años. Pero había sucedido una tragedia, la madre de Virson había muerto, su casa había ardido hasta los cimientos. Daisy debía de haberle ofrecido hospitalidad y su oferta, simplemente por la existencia de Thanny Hogarth, había sido despreciada.

Hasta que encontrara algo permanente, Nicholas Virson había alquilado una habitación en el Olive and Dove. Wexford le encontró en el bar. De dónde había sacado el traje oscuro que llevaba, él no podía adivinarlo. Tenía aspecto sombrío y solitario y parecía mucho mayor que cuando le había visto la primera vez en el hospital: un hombre triste que lo había perdido todo. Cuando Wexford se acercó, Nicholas estaba encendiendo un cigarrillo y a este acto hizo referencia.

—Lo dejé hace dieciocho meses. Estaba de vacaciones

con mamá en Corfú. Me pareció un buen momento, sin tensiones ni nada de eso. Es curioso, cuando dije que nada me haría volver a empezar, no podía prever esto. Hoy ya me he fumado veinte.

—Quiero hablar con usted otra vez del martes por la noche, señor Virson.

—Por el amor de Dios, ¿es necesario?

—No voy a hacerle preguntas, yo voy a decirle cosas. Lo único que tiene que hacer es confirmar o negar. No creo que lo niegue. Usted se hallaba en Trancred House.

Los infelices ojos azules fluctuaron. Virson dio una larga chupada a su cigarrillo, como un fumador que ha enrollado algo más fuerte que tabaco. Tras una vacilación, dio la respuesta clásica de los que él habría definido como de las clases criminales.

—¿Y qué, si hubiera estado?

Al menos no era el «podría haber estado» de siempre.

—En lugar de «conducir por ahí», fue directo allí con el coche. La casa estaba vacía. Daisy había salido y no había ningún agente de policía. Pero usted ya sabía todo esto, sabía lo que encontraría. No sé donde aparcó el coche. Hay muchos lugares donde podría esconderse para que no lo vieran los que subían por el camino principal o por el secundario.

»Esperó. Debía de hacer frío y ser aburrido, pero esperó. No sé cuándo llegaron ellos, Daisy y el joven Hogarth, o cómo llegaron. En la furgoneta de él o en el coche de ella, uno de sus coches. Pero al fin llegaron y usted les vio.

Virson murmuró con la boca junto a su vaso:

—Poco antes de las doce.

—Ah.

Ahora Virson hablaba en voz baja, malhumorado.

—Ella regresó poco antes de medianoche. Conducía un tipo joven con el pelo largo. —Levantó la cabeza—. Conducía el coche de Davina.

—Ahora es de Daisy —corrigió Wexford.

—¡No está bien!

Dio un puñetazo sobre la mesa y el barman miró alrededor.

—¿Qué? ¿No conducir el coche de su abuela? Su abuela está muerta.

—Eso no. No me refiero a eso. Me refiero a que ella es mía. Prácticamente estábamos comprometidos. Me había dicho que se casaría conmigo «algún día». Me lo dijo el día que salió del hospital y fue a nuestra casa.

—Estas cosas suceden, señor Virson. Ella es muy joven.

—Entraron en casa juntos. Ese maldito tipo la rodeaba con el brazo. Un tipo con el pelo hasta los hombros y barba de dos días. Yo sabía que no saldría enseguida aquella noche, no sé por qué pero lo sabía. No tenía sentido esperar más.

—Tal vez fue mejor para él no salir.

Virson le lanzó una mirada desafiante.

—Tal vez.

Wexford creyó parte de aquello. Aunque le parecía que podía fácilmente creerlo todo. Creerlo, pero no demostrarlo. Estaba cerca, de todos modos, casi sabía lo que había sucedido el 11 de marzo, conocía el motivo y el nombre de uno de los dos que lo había llevado a cabo. En cuanto llegaran a casa, telefonearía a Ishbel Macsamphire.

El correo había llegado tarde, después de que él partiera para el trabajo. Entre las cosas que había para él se encontraba un paquete de Amyas Ireland. Contenía las pruebas de la nueva novela de Augustine Casey *El látigo*. Amyas escribía que aquel ejemplar de prueba era uno de los quinientos que Carlyon Quick iba a publicar, el número del de Wexford era el 350 y debería colgarlo, pues algún día podría tener valor. En especial si conseguía que Casey lo firmara. ¿Amyas tenía razón, al pensar que Casey era amigo de la hija de Wexford?

Wexford reprimió un instinto de arrojarlo al fuego que

398

Dora había encendido. ¿Qué disputa había tenido él con Augustine Casey? Ninguna. Cuando Sheila hubiera superado lo peor, aquel hombre les habría hecho un favor a todos.

Llamó al número de Edimburgo, pero no respondió nadie. La mujer había salido y quizá no estuviera en casa hasta las diez o las diez y media. Si alguien estaba fuera a las ocho, casi se podía estar seguro de que estaría fuera hasta pasadas las diez. Entretanto, él se distraería con el libro de Casey. Aunque la señora Macsamphire respondiera afirmativamente a todas sus preguntas, había muy poca cosa para proseguir, tan poca en sí misma...

Leyó *El látigo,* o intentó hacerlo. Al cabo de un rato se dio cuenta de que no había entendido nada, y no era porque su atención se hallara en otra parte, simplemente lo encontró incomprensible. Gran parte estaba en verso y el resto parecía una conversación entre dos personas sin nombre, con probabilidad pero no seguridad varones, que estaban profundamente preocupados por la desaparición de un armadillo. Wexford había mirado el final, no sacó nada en claro y hojeando el libro hacia atrás vio que esta alternancia de versos con la conversación sobre el armadillo proseguía en todas las páginas, aparte de una que estaba llena de ecuaciones algebraicas y otra que contenía la palabra «mierda» repetida cincuenta y siete veces.

Al cabo de una hora desistió y subió al piso de arriba para recoger el libro de árboles de Davina Flory que se hallaba en su mesilla de noche. Vio que había utilizado como señal para saber hasta dónde había llegado en la lectura la guía de la ciudad de Heights, Nevada, que Sheila le había dado, la ciudad donde Casey iba a ser, sin duda para entonces ya lo era, escritor residente en la universidad.

Al menos ella ya no iba a ir. El cariño era una cosa extraña. Él la quería y por tanto debería desear para ella lo que ella deseaba para sí, estar con Casey, seguirle hasta el fin del mundo. Pero él no lo hacía. Él se alegraba enormemente de que a ella se le hubiera negado lo que quería. Exhaló un pequeño suspiro y pasó las páginas, mirando las láminas de colores de árboles y montañas, un lago, una cascada, el centro de la ciudad con un capitolio, con una cúpula dorada.

Los anuncios eran más entretenidos. Había una compañía que hacía botas del Oeste que se podían encargar «en todos los radiantes colores del espectro, de este mundo y del espacio exterior». Coram Clark Inc. era una armería de Reno, Carson City y Heights. Vendía toda clase de armas, lo que hizo abrir a Wexford ojos como platos. Rifles, escopetas, pistolas, pistolas de aire comprimido, munición, recargas, pólvora negra, decía el anuncio. El espectro completo de Browning, Winchester, Luger, Beretta, Remington y Speer. Se pagaban los precios más elevados por las armas usadas. Compra, venta, comercio, armería. En algunos estados norteamericanos no se necesitaba licencia, se podía llevar un arma en el coche, siempre que se mostrara abiertamente en el asiento. Recordó lo que Burden había dicho de los estudiantes a los que se les permitió comprar armas para autodefenderse cuando se rumoreaba que había un asesino suelto en alguna universidad...

Había un anuncio de las mejores palomitas de maíz del Oeste y otro de placas de matrícula personalizadas en colores iridiscentes. Metió la guía en la parte posterior de *Adorable como un árbol* y leyó media hora. Eran casi las diez y volvió a probar a hablar con Ishbel Macsamhire.

Por supuesto, no podía llamarla mucho después de las diez. Ésta era una norma que procuraba cumplir, no telefonear a nadie después de las diez de la noche. Las diez menos dos minutos y alguien llamaba a la puerta. La norma de no telefonear a nadie después de las diez también debía aplicarse a las visitas, en opinión de Wexford. Bueno, todavía no eran las diez.

Dora fue a abrir la puerta antes de que él pudiera impedírselo. No le parecía sensato que una mujer fuera sola a abrir la puerta por la noche. No era una actitud sexista, sino prudente, hasta el día en que todas las mujeres hicieran como Karen y aprendieran artes marciales. Se levantó y fue a la sala de estar. Una voz de mujer, muy baja. Bien. Una mujer que pedía algo.

Volvió a sentarse, abrió *Adorable como un árbol* en el lugar donde tenía la señal y sus ojos se fijaron de nuevo en el anuncio de la armería. Coram Clark Inc. Uno de esos nombres lo había leído recientemente en algún otro contexto. Clark era un apellido corriente. Pero ¿quién se llamaba Coram? *Coram,* recordó de los lejanos días en que el latín era obligatorio en los colegios, significaba «a causa de»... no, «en presencia de». Había una manera de aprender las preposiciones del ablativo:

a, ab, absque, coram, de,
Palam, clam, cum, ex y e,
Sine, tenus, pro y prae,
Añade super, subter, sub e in,
Cuando estado, no movimiento, es lo que significan

Era asombroso recordar aquello después de tantos años..., pensó

Dora entró con una mujer tras ella. Era Sheila.

Ella le miró y él la miró y dijo:

—Qué maravilloso, verte.

Ella se acercó a él y le rodeó el cuello con los brazos.

—Estoy en casa de Sylvia. Confundí la fecha de la fiesta y llegué ayer. Pero vaya, ¡qué casa tan fabulosa! ¿Y qué les ha entrado, dejar por fin la periferia? Me encanta, pero de mala gana he pensado salir y venir a haceros una visita.

A las diez. Era propio de ella.

—¿Estás bien? —le preguntó él.

—No. No estoy bien. Estoy destrozada. Pero estaré bien.

Él veía la prueba del libro de Casey sobre uno de los cojines del sofá. El nombre de Casey no estaba impreso en letras de dos centímetros y medio como podría estar en un ejemplar acabado, pero estaba lo bastante claro para que se viera. *El látigo, por Augustine Casey, prueba no corregida, precio probable en el Reino Unido, L14,95.*

—Dije un montón de cosas horribles. ¿Quieres que hablemos de ello?

El estremecimiento involuntario de Wexford hizo reír a Sheila.

—Papá, lamento todas las cosas que dije.

—Yo dije cosas peores y lo siento.

—Tienes un libro de Gus. —En sus ojos había una expresión que recordaba la adoración que él había odiado ver, la devoción servil y hechizada—. ¿Te ha gustado?

¿Qué importaba aquello entonces? Aquel hombre se había ido. Mintió para mostrarse amable.

—Sí, está muy bien. Muy bien.

—No, no entendí ni una palabra —admitió Sheila.

Dora estalló en carcajadas.

—Por el amor de Dios, vamos a tomar una copa.

—Si toma una copa tendrá que quedarse a pasar la noche —dijo Wexford el policía.

Sheila se quedó a desayunar, y después volvió a la Antigua Rectoría. Hacía rato que Wexford tenía que haberse ido a trabajar, pero quería hablar con la señora Macsamphire antes de irse. Por alguna razón, que no comprendía del todo, quería hablar con ella desde allí, no desde los establos ni de su propio teléfono del coche.

Igual que las diez de la noche era lo más tarde que se podía telefonear a nadie, lo más pronto eran las nueve de la mañana. Esperó hasta que Sheila se hubo ido, marcó el número y respondió una mujer joven con un fuerte acento escocés diciendo que Ishbel Macsamphire se encontraba en el jardín y que ya le llamaría ella. Wexford no lo aceptó. La mujer podría ser de esas personas que escatimaban cada penique gastado en una llamada de larga distancia, que tal vez tuviera que escatimar cada penique.

—¿Le importaría preguntarle si podría hablar conmigo un momento ahora?

Mientras esperaba, ocurrió algo extraño. Recordó con claridad quién compartía su apellido con una armería de Nevada, quién se llamaba Coram de apellido.

26

Tardó todo el día porque no pudo empezar hasta media tarde. Todo el día y media noche, porque cuando era medianoche en Kingsmarkham, todavía eran las cuatro de la tarde en el lejano Oeste de los Estados Unidos.

El día siguiente, después de cuatro horas de sueño y suficientes llamadas telefónicas transatlánticas como para provocarle una apoplejía a Freeborn, conducía por la B 2428 hacia la puerta principal de Tancred. La noche había sido muy fría y había dejado una capa plateada en el muro y los postes de la verja y una escarcha blanquecina que brillaba tenuemente y delineaba las jóvenes hojas y los tallos que aún no tenían hojas. Pero la escarcha ya había desaparecido, derretida bajo el fuerte sol primaveral, el sol alto y deslumbrante de un cielo azul brillante. Muy parecido a Nevada.

Cada día los árboles eran más verdes. Un resplandor de verde se convirtió en una neblina, la neblina en un velo, el velo en una profunda capa brillante. Todo el cansancio del invierno estaba siendo cubierto por el verde, la suciedad y el daño producidos quedaban ocultos a medida que la vegetación iba creciendo. Un triste cuadro oscuro, una litografía gris, iba viendo llenar sus espacios gradualmente con un pincel cargado de suave verde cromo. El bosque que quedaba a su derecha y el que quedaba a su izquierda ya no eran masas oscuras sino una variedad de verdes que el viento agitaba, levantando ramas y columpiándolas permitiendo la entrada de la luz.

Había un coche aparcado junto a la verja. No un coche, una furgoneta. Wexford pudo imaginarse la figura de un hombre, que parecía estar atando algo al palo de la verja. Se acercaron despacio. Donaldson detuvo el coche y bajó para abrir la verja, parándose para examinar el ramo de azules, verdes y violetas, del que se componía el último ofrecimiento.

El hombre había regresado a su furgoneta. Wexford bajó del coche y se acercó a él, pasando necesariamente por detrás para hablar con el ocupante del asiento del conductor. Este lugar le permitió ver un ramo de flores pintado en el costado de la furgoneta.

El conductor era joven, no tendría más de treinta años. Bajó la ventanilla.

—¿Qué puedo hacer por usted?

—Soy el inspector jefe Wexford. ¿Puedo preguntarle si todas las flores que se han dejado en la verja las ha traído usted?

—Que yo sepa, sí. Es posible que otras personas hayan traído tributos florales, pero yo no lo sé.

—¿Es usted admirador de los libros de Davina Flory?

—Mi esposa lo es. Yo no tengo tiempo para leer.

Wexford se preguntó cuántas veces había oído antes esas dos afirmaciones. En particular en el campo, un cierto tipo de hombre consideraba masculino efectuar estas renuncias. Consideraban que eran cosas de mujeres. Leer, en especial novelas, era para las mujeres.

—¿Así que todos estos tributos proceden de su esposa?

—¿Eh? ¿Está de broma? Son mi campaña de publicidad. Mi esposa escribió los fragmentos para incluir en las tarjetas. Parecía un buen lugar. Con tanto ir y venir. Estimula su apetito y cuando estén realmente intrigados, diles dónde pueden encargar flores similares. ¿Correcto? Ahora, si me disculpa, tengo una cita en el crematorio.

Wexford leyó la etiqueta que llevaba este ramo en forma de abanico de lirios, asters, violetas y nomeolvides, un diseño como la cola de un pavo real. Esta vez no llevaba ninguna cita poética, ningún verso de Shakespeare, sino: *Anther Florets, Primera planta, Kingsbrook Centre, Kingsmarkham,* y un número de teléfono.

Burden, cuando Wexford se lo contó, dijo:

—Una publicidad un poco cara, ¿no? ¿Y crees que servirá de algo?

—Ya lo ha hecho, Mike. Vi a Donaldson anotando a escondidas la dirección. Y sin duda tú recuerdas a todas las personas que han deseado poder conseguir flores como ésas. Hinde, por ejemplo. Tú mismo lo dijiste. Las querías para tu aniversario de boda o algo así. Se acabaron mis especulaciones sentimentales.

—Había llegado a imaginar que se trataba de algún anciano, amante de Davina en el lejano pasado. Podría incluso ser el padre de Naomi. —Dijo a Karen, quien caminaba a su lado con una carpeta en la mano—. Todo esto lo podemos empaquetar hoy; listos para trasladarnos. El señor Graham Pagett puede recuperar su tecnología con el mayor de los agradecimientos del Departamento de Investigación Criminal de Kingsmarkham. Oh, y una educada y amable carta agradeciéndole su contribución a la lucha contra el crimen.

—Has encontrado la respuesta —dijo Burden. Fue una afirmación, no una pregunta.

—Sí. Por fin.

Burden le miró con fijeza.

—¿Vas a contármelo?

—Hace una mañana espléndida. Me gustaría ir a alguna parte, al sol. Barry puede llevarnos en el coche. Iremos por el bosque, a algún sitio... y lo haremos lejos del árbol del ahorcado. Me pone la piel de gallina.

Sonó su teléfono.

La escasa cantidad de lluvia que había caído había servido poco para ablandar la tierra. Una rodada formada por las ruedas del Land Rover de Gabbitas mostraba señales de neumáticos que probablemente se habían hecho el último otoño y que se adentraban en el bosque. Vine condujo el coche por este camino, procurando no destruir los bordes. Esto se hallaba en la parte nororiental del bosque de Tancred, y el sendero se ramificaba hacia el norte por el camino secundario, no lejos de donde Wexford había visto a Gabbitas y a Daisy de pie, juntos, a la luz del crepúsculo, la mano de ella sobre el brazo de él.

Y mientras el coche seguía el sinuoso sendero a través de un claro en la multitud de carpes, la gran extensión de una verde vereda se abrió ante ellos. Este camino lleno de hierba, cortado entre el terreno boscoso central y oriental, se abría a una larga vista, un cañón verde o túnel sin techo, al final del cual había una U de resplandeciente azul iluminado por el sol. En este extremo y en todo el camino entre los muros formados por troncos de árboles, el sol lucía ininterrumpidamente sobre la suave hierba, las sombras reducidas a la nada por ser mediodía.

Wexford recordó las figuras de un paisaje, el aire romántico que había impregnado la escena aquel atardecer y dijo:

—Aparcaremos aquí. Hay una buena vista.

Vine puso el freno de mano y el motor se paró. El silencio era interrumpido por el agudo y nada musical canto de pájaros en los tilos gigantescos, antiguos supervivientes de un huracán. Wexford bajó la ventanilla.

—Sabemos ahora que los asesinos que vinieron aquí el 11 de marzo no lo hicieron en coche. Habría sido imposible hacerlo y escapar sin ser vistos. No vinieron en coche, ni en furgoneta ni en moto. Sólo supusimos que lo hicieron, pero la evidencia de que así había sido era fuerte. Creo que puedo decir que cualquiera hubiera supuesto eso. Sin embargo, estábamos equivocados. Vinieron a pie. O uno de ellos lo hizo.

Burden levantó la mirada y le miró incisivamente.

—No, Mike, había dos implicados. Y no se utilizó ningún transporte motorizado ni de ninguna otra clase. La hora también, eso lo hemos sabido desde el principio. Dispararon a Harvey Copeland unos minutos después de las ocho, digamos que dos o tres minutos, y a las dos mujeres y a Daisy a las ocho y siete minutos. La huida fue a y diez o un minuto o así antes, hora en que Joanne Garland todavía estaba camino de Tancred.

»Llegó a la casa a las ocho y once minutos. Cuando huían, ella estaría por el camino principal. Mientras llamaba a la puerta, intentaba ver algo por la ventana del comedor, mientras ella estaba haciendo todas estas cosas, tres personas ya habían muerto. Y Daisy se arrastraba por el suelo del comedor y del vestíbulo para llegar al teléfono.

—¿No oyó que llamaban?

—Ella creía que se estaba muriendo, señor —intervino Vine—. Creía que moriría desangrada. Quizá estuvo a punto, quizá no se acuerda.

Wexford declaró:

—Sería un error dar mucho crédito a lo que Daisy dice que ocurrió. Por ejemplo, es improbable que nadie sugiriera que el ruido del piso de arriba lo hacía el gato cuando éste normalmente efectuaba sus incursiones hacia las seis, no a las ocho. Es muy poco probable que su abuela sugiriera que el ruido lo producía el gato. También deberíamos descartar todo lo que Daisy dijo referente al coche de la huida.

»Dejaremos estas cosas circunstanciales por un momento y entraremos en un área más especulativa. La razón del asesinato de Andy Griffin era sin duda alguna silenciarle después de que hubiera intentado hacer chantaje. ¿Cuál fue el motivo del asesinato de Joyce Virson?

—El que lo perpetró creía que Daisy estaría en la casa aquella noche.

—¿Tú crees eso, Mike?

—Bueno, Joyce Virson no le estaba haciendo chantaje

—dijo Burden con una sonrisa, la cual decidió que no era adecuada y la cambió por un gesto ceñudo—. Estábamos de acuerdo en que iba tras Daisy. Tenía que ir tras Daisy.

—Parece una manera tortuosa de hacer las cosas —dijo Wexford—. ¿Por qué tomarse la molestia de provocar un incendio, arriesgarse a matar a otros, cuando Daisy pasaba casi todo el tiempo completamente sola en Tancred y era fácilmente accesible? Por orden de Freebee, por la noche ya no estaba protegida y los establos se encontraban vacíos. Yo nunca he creído que el incendio de The Thached House estuviera preparado para matar a Daisy.

»Estaba preparado para matar a alguien pero no a Daisy. —Hizo una pausa y miró a uno y a otro con aire escrutador—. Decidme, ¿qué tienen Nicholas Virson, John Gabbitas, Jason Sebright y Jonathan Hogarth en común?

—Todos son varones y jóvenes —respondió Burden—, todos hablan inglés...

—Viven por aquí cerca. Dos son americanos o al menos en parte.

—Todos son blancos, de clase media, bastante apuestos o muy guapos...

—Son admiradores de Daisy —dijo Vine.

—Eso es, Barry, eso es. Virson está enamorado de ella, a Hogarth le gusta mucho, y creo que Gabbitas y Sebright se sienten considerablemente atraídos por ella. Es una chica atractiva, una chica adorable, no es de sorprender que tenga muchos admiradores. Otro era Harvey Copeland, un poco viejo para ella, tan viejo como para ser su abuelo, pero un anciano guapo para su edad y que en otro tiempo había sido «un bombón en la universidad». Y un auténtico príncipe en la cama, según Davina.

»Sí, ya sé que la idea de que el viejo Harvey iniciara a Daisy sexualmente es repugnante. Repugnante y también en cierto modo divertida. Recordad que no hubo coacción, probablemente ni siquiera mucha persuasión. Sólo era una idea, ¿no? Uno puede oír a Davina decirlo: "Sólo era una idea, cariño". Sólo un monomaníaco con ideas de venganza muy diferentes de las de la otra gente se habría vuelto contra Harvey Copeland con tanta crueldad. ¿Y quién, de todo modos, lo habría sabido?

—Lo sabía su padre —intervino Burden—. Joanne Garland le escribió y se lo contó.

—Sí. Y sin duda Daisy se lo contó a alguien. Se lo contaría al hombre que la amaba. Sin embargo, a mí no me lo contó. Tuve que enterarme de ello por la mejor amiga de su madre. Ahora vayamos a Edimburgo. —La involuntaria mirada de Burden por la ventanilla hizo reír a Wexford—. No literalmente, Mike. Ya te he llevado demasiado lejos para una mañana. Imaginémonos en Edimburgo, en el festival de la última semana de agosto y la primera de septiembre.

»Davina siempre iba al festival de Edimburgo. Igual que acudía a Salzburgo y Bayreuth, a ver la Pasión de Oberammergau cada diez años, a Glyndebourne y a Snape. Pero el año pasado, se celebró el Festival del Libro, que es cada dos años y ella tenía que hablar sobre el tema de las autobiografías y también aparecer en algún coloquio literario. Por supuesto, Harvey iba con ella y también se llevó a Naomi y Daisy.

»Esta vez también se llevó a Nicholas Virson. Un poco probable devoto de las artes pero ésa no era, claro está, la razón que tenía para ir. Simplemente quería estar con Daisy. Estaba enamorado de Daisy y aprovechaba cualquier oportunidad de estar con ella.

»No se alojaron en casa de Ishbel Macsamphire, vieja amiga de Davina de la época del colegio, pero la visitaron, o al menos Davina y Harvey lo hicieron. Naomi estaba en cama, en el hotel, con la gripe. Daisy tenía sus propias ocupaciones. Sin duda Davina le habló a Ishbel de las esperanzas que tenía depositadas en Daisy, mencionando, en qué términos no lo sabemos pero podemos adivinarlo, que tenía un novio llamado Nicholas.

»Un día, la señora Macsamphire vio a Daisy al otro lado

de la calle con su novio. No estaban suficientemente cerca para hacer presentaciones, pero sin duda ella saludó con la mano y Daisy le devolvió el saludo. Hasta el funeral no volvieron a verse. Oí que la señora Macsamphire decía a Daisy que no se habían visto desde el festival, "cuando te vi con ese joven amigo tuyo". Por supuesto, imaginé que se refería a Nicholas, siempre he creído que se refería a Nicholas.

—¿No era así?

—Joanne Garland dijo que se había encontrado con Nicholas Virson en la calle a finales de agosto y pensó en hablarle del tema de la iniciación al sexo con Copeland. De hecho no lo hizo, pero eso ahora no tiene importancia. Virson más tarde me dijo que él y su madre estuvieron en Corfú a finales de agosto. Ahora nada de esto significa gran cosa. Podía estar en Kingsmarkham y el día siguiente estar en Corfú, pero era poco probable que estuviera en Edimburgo al mismo tiempo.

—¿Se lo has preguntado? —dijo Burden.

—No, se lo he preguntado a la señora Macsamphire. Esta mañana le he preguntado si el hombre con el que había visto a Daisy tenía el cabello claro y me ha respondido que no, que era moreno y muy apuesto.

Wexford hizo una pausa y dijo.

—¿Salimos a pasear un poco? Me gustaría caminar por esta vereda y ver lo que hay al final. Hay algo en la naturaleza humana que siempre quiere conocer lo que hay al final.

La trama que había imaginado cobró una nueva forma. Vio la secuencia reformarse cuando salió del coche y echó a andar por el herboso sendero. Los conejos lo habían devorado dejándolo casi como césped segado. El aire era muy suave y leve y olía a algo fresco y vagamente dulzón. Los cerezos empezaban a florecer entre las hojas color cobre desenrolladas. Volvió a ver la mesa, la mujer con la cabeza en una fuente de sangre, su hija al otro lado como desmayada pero muerta, la joven arrastrándose, sangrando. Algo como un mecanismo de rebobinado le hizo retroceder un minuto, dos, tres, hasta los primeros ruidos en la casa, el ruido creado deliberadamente cuando revolvían las cosas de Davina, las joyas ya robadas aquel día más temprano...

Burden y Vine caminaban en silencio a su lado. El final del túnel sin techo se asomaba lentamente acercándose pero sin que se viera más bosque, más amplio sendero verde. Era como si más allá pudiera estar el mar, o que el final de la vereda fuera un acantilado, un precipicio por el que se pudiera caer a la nada.

—Eran dos personas —dijo—, pero sólo una entró en la casa. Llegó a pie y entró por la puerta trasera a las ocho menos cinco, seguro de sí mismo, conociendo el camino, sabiendo exactamente qué encontraría. Llevaba guantes y el arma que había comprado a Andy Griffin, quien la había recogido en el banco después de que dispararan a Martin.

»Quizá nunca se le habría ocurrido hacer nada parecido de no haber sido por el arma. Tenía un revólver, así que tenía que usarlo. El arma le dio la idea. El cañón ya lo había cambiado, sabía hacerlo, lo había hecho desde que era un muchacho.

»Armado con el revólver que contenía los cinco cartuchos que quedaban en la recámara, entró en Tancred House y subió por la escalera trasera para llevar a cabo el plan de revolver el dormitorio de Davina. Los de abajo le oyeron y Harvey Copeland fue a mirar, pero para entonces el hombre del revólver ya había bajado la escalera y se acercaba al vestíbulo por el pasillo que viene de la zona de la cocina. Harvey, en el escalón inferior, se giró en redondo cuando oyó pasos y el hombre le disparó, y así cayó de espaldas sobre los escalones inferiores.

—¿Por qué le disparó dos veces? —preguntó Vine—. Según el informe, el primer disparo le mató.

—He dicho algo acerca de un monomaníaco con ideas de venganza muy diferentes de las de la mayoría de la gente. El asesino sabía lo que habían propuesto para Harvey

413

Copeland y Daisy. Disparó dos tiros al esposo de Davina en un momento de apasionados celos, para vengarse de él por su temeridad.

»Después entró en el comedor donde disparó a Davina y Naomi. Finalmente, disparó a Daisy. No para matarla, sólo para herirla.

—¿Por qué? —preguntó Burden—. ¿Por qué sólo herirla? ¿Qué ocurrió que le alteró? Sabemos que no fue el ruido que el gato hacía en el piso de arriba. Dices que la huida fue a las ocho y diez o un minuto antes mientras Joanne Garland todavía subía por el camino principal, pero en cierto sentido no hubo ninguna huida. Sólo una escapada a pie. ¿No fue la llamada de Joanne a la puerta delantera lo que le hizo salir corriendo por la parte de atrás?

Vine terció.

—Si hubiera sido ella, habría oído los disparos o al menos el último. El hombre se fue porque no le quedaban más cartuchos en el revólver. No pudo volver a dispararle sencillamente porque la primera vez había fallado.

La verde vereda había terminado y en cierto modo lo que había al final era un precipicio. Los límites del bosque, las praderas más allá, a lo lejos las colinas, se extendían ante ellos. Un enorme grupo de cúmulos se arremolinaba en el horizonte, pero muy lejos del sol, demasiado lejos para disminuir el brillo de éste. Los tres hombres se quedaron de pie contemplando el panorama.

—Daisy se arrastró hasta el teléfono y marcó el 999 de urgencias —explicó Wexford—. No sólo le dolía y se encontraba en un estado de terror, de temor por su vida, sino también de angustia mental. En aquellos minutos tal vez tuvo miedo de morir, pero al mismo tiempo quería morir. Durante mucho tiempo después, días, semanas, quiso morir, no tenía nada por lo que vivir.

—Había perdido a toda su familia —comentó Burden.

—Oh, Mike, eso no tenía nada que ver con ello —dijo Wexford con repentina impaciencia—. ¿Qué le importaba su familia? Nada. A su madre la despreciaba igual que Davina lo hacía; era una pobre criatura débil que había hecho un mal matrimonio, jamás hizo nada, había dependido toda su vida de su madre. En cuanto a Davina, creo que positivamente le desagradaba, detestaba que la dominara, aquellos planes de ir a la universidad y viajar, incluso decidiendo lo que Daisy debería estudiar, e incluso organizándole su vida sexual. Ella debía de mirar a Harvey Copeland con una mezcla de burla y repulsión. No, a ella le desagradaban sus parientes más cercanos y no sintió ninguna pena por ellos cuando murieron.

—Pero parecía triste. Me decías que pocas veces habías visto a alguien tan apenado. Constantemente lloraba y deseaba estar muerta. Tú lo decías.

Wexford asintió.

—Pero no por haber presenciado el brutal asesinato de su familia. Estaba apenada porque el hombre al que amaba y que creía que la amaba le había disparado. El hombre al que amaba, la única persona en el mundo a la que amaba y que creía que lo arriesgaría todo por amor a ella, había intentado matarla. Eso era lo que ella pensaba.

»Cuando se arrastraba hasta el teléfono, en aquellos minutos, el mundo entero se le había venido abajo porque el hombre del que estaba apasionadamente enamorada había intentado hacer con ella lo que había hecho con los otros. Y siguió estando triste... por eso. Estaba sola, abandonada, primero en el hospital, después con los Virson, al fin sola en la casa que ya era suya, y él no se puso en contacto, no lo intentó, no se acercó a ella. Él nunca la había amado, había querido matarla también. No me extraña que me dijera con gran dramatismo: "El dolor está en mi corazón".

Cuando las nubes alcanzaron el sol y empezó a refrescar rápidamente, los tres hombres se volvieron y echaron a andar hacia el coche. Inmediatamente se puso a hacer frío; soplaba una fuerte brisa de abril que cortaba el aire.

Llegaron al coche, subieron y regresaron por el camino

secundario para pasar frente a la casa. Vine condujo por las losas muy despacio. El gato azul se hallaba sobre el borde de piedra de la piscina con uno de los peces de colores entre sus garras.

El pez con la cabeza roja forcejeaba y se agitaba, retorciendo su cuerpo. *Queenie* le daba golpes con la pata con la que no lo sostenía. Vine iba a bajar del coche pero la gata fue más rápida que él. Era una gata y él no era más que un hombre. Se llevó de pronto el pez a la boca y corrió hacia la puerta delantera que estaba entornada.

Alguien desde dentro la cerró.

27

La mayor parte de la tecnología había desaparecido. La pizarra había desaparecido al igual que los teléfonos. Los dos hombres que Graham Pagett había enviado se llevaban el ordenador principal y la impresora láser de Hinde. Otro acarreaba una bandeja con macetas de cactus. Un extremo de los establos había sido reconvertido en lo que era antes: el refugio privado de una jovencita.

Wtexford nunca lo había visto así. Nunca había visto lo que Daisy tenía allí, el gusto que regía los muebles, el tipo de cuadros que tenía en las paredes. Un poster de Klimt, con cristal y enmarcado, mostraba un desnudo en una dorada tela transparente: otro era de gatos, un grupo de gatitos acurrucados en una cesta forrada de satén. El mobiliario era de mimbre, blanco y tapizado en algodón a cuadros blancos y azules.

¿Era éste su gusto o era el de Davina? Una planta de interior, sin agua y con aspecto ajado, se marchitaba en una maceta de porcelana blanca y azul. Todos los libros eran novelas victorianas, inmaculadas sus tapas, indudablemente no leídos, y obras sobre diversos temas, desde arqueología hasta política europea actual, desde familias del lenguaje a leptidóperos británicos. Todos elegidos por Davina, pensó. El único libro que parecía que alguna vez había sido leído era *Las mejores fotos de gatos del mundo*.

Hizo una señal a Burden y Vine para que se sentaran en la pequeña zona de estar que se había creado debido al inminente traslado.

Por última vez el camión de la comida había llegado, pero eso tenía que esperar. Pensó una vez más, enojado consigo mismo, que Vine lo había adivinado y explicado sólo uno o dos días después de los asesinatos.

—Eran dos —dijo Burden—. Todo el rato has insistido en que eran dos, pero sólo has mencionado uno. Eso deja una única conclusión, que yo vea.

Wexford le miró fijamente:

—¿Sí?

—Que Daisy era la otra.

—Claro que lo era —dijo Wexford, y suspiró.

—Eran dos, Daisy y el hombre al que amaba —prosiguió Wexford—. Tú me lo dijiste, Barry. Me lo dijiste al principio y no te escuché.

—¿Lo hice?

—Dijiste: «Ella hereda», y señalaste que tenía el mejor motivo, y yo dije algo sarcástico respecto a suponer que ella hizo que su amante la hiriera en el hombro y que no le interesaba la propiedad.

—No sé si hablé completamente en serio —dijo Vine.

—Tenías razón.

—Entonces, ¿lo hicieron por la propiedad? —preguntó Burden.

—Ella no habría pensado en ello si él no le hubiera metido la idea en la cabeza. Y él no lo habría hecho si ella no le hubiera ayudado. Ella también quería libertad. Libertad y el lugar suyo y el dinero, haciendo lo que quisiera, sin límites. Sólo que no sabía cómo sería, cómo es el asesinato, qué aspecto tiene la gente cuando se la asesina. No sabía nada de la sangre.

De repente se acordó de las palabras de lady Macbeth. Nadie las había mejorado en cuatrocientos años, nadie había hecho nada más psicológicamente profundo. ¿Quién creería jamás que las personas tienen tanta sangre dentro?

—Me contó muy pocas mentiras. No tenía necesidad de hacerlo, apenas tuvo que actuar. Su infelicidad era real, (no me extraña que no cesara de decir que quería morir y qué sería de ella,) hasta que una noche, cuando ella estaba sola con Karen, él regresó. Él no sabía lo de Karen y acudió a la primera oportunidad para decirle que la amaba, sólo la había herido para hacerlo parecer real, para que no sospecharan de ella. Siempre había tenido esa intención y sabía que saldría bien, él era un tirador de primera, nunca fallaba. Le disparó en el hombro para correr el mínimo riesgo. Pero ¿no podía haberle avisado de que lo haría? No podía decírselo de antemano, no podía decirle: «Voy a dispararte pero confía en mí».

»Pero él tenía que correr riesgos, ¿no? Por la finca Trancred y el dinero y los royalties, todo sería de ellos y de nadie más. No podía telefonearle, no se atrevía. En la primera oportunidad que tuvo, suponiendo que estaría sola, fue a la casa a verla. Karen le oyó pero no le vio. Daisy sí. No iba enmascarado, eso se lo inventó Daisy. Ella le vio y sin duda, recordando que la había traicionado, que también le había disparado, creyó que había ido a matarla.

Burden objetó:

—Dispararle suponía un gran riesgo. Ella podía volverse contra él y contárnoslo todo.

—Supuso que ella misma estaba demasiado involucrada para hacerlo. Si nos proporcionaba una clave en cuanto a quién era él y le arrestábamos, él nos contaría la participación de ella. Y confiaba en que ella estaba demasiado enamorada de él para traicionarle.

»El día siguiente de haber ido a la casa de noche volvió cuando ella realmente estaba sola. Él le contó por qué le había disparado, que la amaba, y, por supuesto, ella le perdonó. Al fin y al cabo, él era todo lo que tenía. Y después de aquello, la chica cambió: era feliz. Yo jamás había visto

419

una transformación igual. A pesar de todo, ella era feliz, volvía a tener a su amante, todo iría bien. Soy tonto. Creía que era Virson. Claro que no lo era. Conectó la fuente. La fuente funcionaba para celebrar su felicidad.

La euforia persistió uno o dos días, hasta que el recuerdo de aquella noche empezó a regresar. El mantel rojo y el rostro de Davina en un plato de sangre y su inofensiva y boba madre muerta y el pobre viejo Harvey despatarrado en la escalera... y aquel arrastrarse hasta el teléfono.

»No era, en absoluto, lo que había pretendido. Ella no sabía que sería como aquello. Planificarlo y ensayarlo había sido una especie de juego. Pero la realidad, la sangre, el dolor, los cuerpos muertos, esto ella no lo había pretendido.

»No estoy excusándola. No hay excusas. Es posible que ella no supiera lo que hacía pero sabía que tres personas serían asesinadas. Y era un caso de *folie à deux*. Ella no habría podido hacerlo sin él pero él no lo habría hecho sin ella. Se necesitaban. Besar a la hija del artillero es peligroso.

—Esa expresión —dijo Burden—, ¿qué significa? Alguien me la dijo el otro día, no recuerdo quién fue...

—Fui yo —dijo Vine.

—¿Qué significa? Significa ser azotado. Cuando iban a azotar a un hombre en la Real Armada, primero le ataban a un cañón en cubierta. Besar a la hija del artillero era por tanto una situación peligrosa.

—No creo que ella supiera que tendrían que matar a Andy Griffin. O más bien, que le matarían porque este amante suyo consideraba que matar era la manera de salir de las dificultades. ¿Alguien te molesta? Pues mátale. ¿Alguien mira a tu novia? Mátale.

»No iba tras Daisy cuando montó el artilugio de la vela y la cuerda entre las latas de petróleo de The Thatched House. Era Nicholas Virson. Nicholas Virson se atrevía a mirar a Daisy, se atrevía de hecho a pensar que Daisy podría realmente casarse con él. ¿Quién habría supuesto que Virson, que había pedido a Daisy que se quedara con él y su madre, de hecho no estaría en casa aquella noche sino vigilando a Daisy en Tancred?

»Daisy se parece más a su abuela de lo que cree. ¿Os habéis fijado en qué pocos amigos tiene? Ni una sola mujer joven ha ido a la casa en todo este tiempo, aparte de las que nosotros hemos enviado. Sólo había una chica joven en el funeral, una nieta de la señora Macsamphire.

»Davina tenía algunos amigos del lejano pasado, pero sus amigos eran los de Harvey Copeland. Naomi tenía amigas. Daisy no tiene ni una chica joven en quien confiar, o que la acompañara en estos momentos. Pero ¿hombres? Los hombres se le dan muy bien. —Wexford lo dijo con pesar. Por un momento pensó lo muy bien que se le había dado él—. Los hombres pronto se convierten en sus esclavos. Un punto interesante es lo corta de vista que Davina Flory debía de ser al creer que podría proporcionar un amante para Daisy, como si Daisy no pudiera proporcionárselos ella misma. Pero estas mujeres vivían pensando sólo en sí mismas, la abuela y la nieta, y por tanto eran incapaces de ver más allá de sus narices.

»Daisy se encontró con su amante en Edimburgo, en el festival. Cómo lo hizo ya lo descubriremos más adelante. Quizá en un teatro marginal o un concierto de pop. Su madre estaba enferma y no me cabe duda de que escapaba de su abuela siempre que podía. En aquella época estaba muy dolida. La sugerencia de Davina respecto a lo de Harvey era como para estar irritada. No, creo yo, porque estuviera sorprendida o ni siquiera disgustada, sino porque cada vez odiaba más el hecho de que interfiriera en su vida, esta manipulación. ¿Iba a suceder siempre, este organizarle la vida? No mejoraba, sino que empeoraba.

»Pero había un joven que no sentía ningún respeto por la familia de ella, ninguna veneración por ninguno de sus miembros, alguien a quien ella debía de ver como un espíritu libre, independiente, arrollador, osado. Alguien como ella misma, o alguien que ella podría ser también si fuera libre.

»¿De quién fue la idea? ¿De él o de ella? De él, creo yo. Pero quizá jamás se habría llevado a cabo si no la hubiera conocido, si él no hubiera besado a la hija del artillero, a Daisy. Y después dijo: "Todo esto podría ser nuestro. La casa, los terrenos, el dinero".

»Era un plan suficientemente sencillo y sería suficientemente sencillo realizarlo. Con tal de que él fuera un buen tirador y lo era, era muy buen tirador. No tenía ningún revolver y eso era un impedimento. Para él, no tener un arma siempre era un impedimento. Era como si su brazo derecho no estuviera completo si no tenía un arma en la mano. ¿Discutieron quizá la posibilidad de si había alguna escopeta o algún rifle en Tancred? ¿El viejo Harvey alguna vez había cazado pájaros en los terrenos? ¿Davina lo habría perdonado?

Burden esperó un momento. Luego, cuando Wexford levantó la mirada, dijo:

—¿Qué ocurrió cuando volvieron aquí?

—No creo que volvieran aquí. Daisy sí, con su familia. Volvió al colegio y quizá le pareció un sueño, una fantasía espantosa que ahora nunca se haría real. Pero un día apareció él. Se puso en contacto con ella y quedaron en encontrarse, aquí, en los establos, donde ella había tenido su refugio. Nadie le vio, nadie venía aquí más que Daisy. ¿Qué había de aquello? ¿Cuándo iban a hacerlo?

»No creo que Daisy supiera si su abuela había hecho testamento o no. Si había testamento y Naomi y Harvey estaban muertos, sin duda ella sería la única beneficiaria. Si no había testamento, la sobrina de Davina, Louise Merritt, podría heredar algo. Louise Merritt murió en febrero y no creo que fuera coincidencia que esperaran hasta después de su muerte para llevar a cabo su plan.

»Antes de eso, unos meses antes, probablemente, en otoño, él se encontró con Andy Griffin en el bosque. Cómo se produjo el encuentro no lo sé, ni cuántos encuentros habían tenido antes de hacerle la proposición, pero Andy le ofreció venderle un arma y la oferta fue aceptada.

»Él cambió el cañón, lo sabía todo de eso. Había llevado las herramientas con él. —Wexford explicó cómo había descubierto el anuncio en la guía de la ciudad de Heights—. El nombre de la armería era Coram Clark. Sabía que había visto ese nombre antes en alguna parte pero no podía recordar dónde. Lo único que sabía era que se trataba del nombre de alguien, y de alguien relacionado con el caso. Al fin lo recordé. Al principio de los sucesos, el día después de los asesinatos, cuando los periodistas estaban aquí.

»Había un periodista del periódico local que formuló una pregunta en la rueda de prensa. Se quedó fuera esperándome. Era un joven muy engreído, muy seguro de sí mismo, un muchacho moreno y apuesto. Había ido al colegio con Daisy, me dio esa información voluntariamente, y después me dijo su nombre. Me habló de cómo tenía intención de llamarse profesionalmente, no se había decidido todavía.

»Ahora sí. Lo vi en un subtitular del *Courier.* Se hace llamar Jason Coram, pero su nombre completo es Jason Sherwin Coram Sebright.

—Sebright también me había dicho, a propósito de nada en particular, que su madre era americana, que visitaba a su madre en Estados Unidos. Todavía era una apuesta arriesgada.

»Me lo contó en el funeral. Se sentó a mi lado. Después entrevistó a los asistentes, de una manera que, con orgullo me dijo, era su técnica de la televisión norteamericana. Vino para conseguir una entrevista en exclusiva con Daisy el día siguiente de lo del tipo que merodeaba por la casa. Le encontré cuando salía y me lo contó todo. Iba a titular su artículo: «El intruso enmascarado» y quizá lo ha hecho, no lo sé.

»Un joven moreno y guapo es lo que Ishbel Macsamphire había visto con Daisy en Edimburgo. Esta descripción podría aplicarse igualmente a John Gabbitas, pero Gabbitas es inglés y tiene a sus padres en Norfolk.

»Jason Sebright acababa de terminar la escuela. Tenía dieciocho años, pronto cumpliría diecinueve. En septiembre entró en el programa de formación en periodismo con un empleo en el *Courier*. Podría haber ido a Edimburgo al mismo tiempo que Daisy se encontraba allí. Esperé hasta que fueron las diez de la mañana en Nevada y llamé a Coram Clark, la armería de la ciudad de Heights. En aquel momento, el propio Coram Clark, llamado Coram Clark Junior, no se hallaba allí pero podía encontrarle, me dijeron, en su tienda del centro Carson City. Al final hablé con él. Se mostró ansioso por ayudar. El entusiasmo americano me resulta muy refrescante. Por allí no se oye mucho eso del "podría haber sido". ¿Tenía un joven pariente llamado Jason Sebright en este país?

»Afirmó que estaba familiarizado con la técnica de cambiar el cañón de un revólver. Me dijo que las herramientas para realizar esta tarea no abultan y podían traerse fácilmente a este país. Los de la Aduana no sabrían para qué servían. Pero no tenía ningún joven pariente llamado Jason en el Reino Unido ni en ninguna otra parte. Sus hijas, de solteras Clark, estaban casadas. No tenía hijos varones. Él era hijo único y no tenía sobrinos. Jamás había oído hablar de Jason Sherwin Coram Sebright.

—No me me extraña —dijo Burden, no muy complacido—. Es de lo más forzado.

—Sí. Con todo, me compensó. Coram Clark no tenía parientes jóvenes en este país ni en ningún otro. Pero me proporcionó una gran cantidad de información útil. Me dijo que daba clases de puntería en un campo de tiro local. A veces también tenía estudiantes de la universidad de Heights que trabajaban para él, conduciendo, trabajando en la tienda, incluso en algunos casos efectuando tareas de reparación de armas. Los estudiantes de las universidades americanas con frecuencia trabajan para pagarse los estudios.

»Después de colgar el teléfono recordé algo. Una camiseta de universidad americana con letras casi descoloridas. Pero estaba seguro de que habían sido ST y una U mayúscula.

»Mi amigo Stephen Perkins, de la universidad de Myringham, pudo decirme que esas letras representaban el simple trámite de examinar el *curriculum vitae* en las solicitudes de los posibles estudiantes de escritura creativa. Stylus University, California. A todo le llaman ciudad allí y Stylus es muy pequeño para ser ciudad, pero posee fuerzas policiales y un jefe de policía, Peacock. También tiene ocho armerías. El jefe Peacock ha hablado conmigo, ha sido más útil aún que Coram Clark, y me ha dicho en primer lugar que la Stylus University da un curso de Historia Militar, y en segundo lugar que una de las armerías frecuentemente empleaba a estudiantes universitarios para ayudar en la tienda por las tardes y los fines de semana. He telefoneado a las armerías, una tras otra. En la cuarta a la que he llamado recordaban muy bien a Thanny Hogarth. Había trabajado para ellos hasta el final de su último semestre el año pasado. No porque necesitara dinero. Su padre era rico y le pasaba una buena paga. Le encantaban las armas, le fascinaban.

»Peacock me dijo otra cosa. Hace dos años dos estudiantes de la Stylus murieron a tiros en el recinto de la universidad; ambos eran hombres y tenían una cosa en común: Habían salido sucesivamente con la misma chica. Jamás encontraron al asesino.

La bicicleta estaba apoyada en la pared de la casa.

Dentro estaban los de «Creadores de Interiores», restaurando el comedor. Su furgoneta estaba aparcada cerca de la ventana que Pemberton había roto. Ese día la fuente no funcionaba. En la diáfana agua los peces de cabeza roja supervivientes nadaban en círculos.

Los tres policías se hallaban junto al estanque.

—La segunda vez que vine a esta casa —dijo Wexford—, vi las herramientas entre un montón de otras cosas sobre una mesa. No sabía lo que eran. Creo que incluso vi un cañón de revólver, pero ¿quién sabe cómo es un cañón de revólver si no está colocado en el arma?

Burden preguntó de pronto:

—¿Por qué no se casó con ella?

—¿Qué dices?

—Antes de la matanza, quiero decir. Si ella cambiaba de idea con respecto a él, se quedaría sin nada. Ella sólo tenía que decir que ya no le quería después de lo que había hecho y se habría encontrado excluido.

—Ella aún no tenía dieciocho años —dijo Wexford—. Habría necesitado el consentimiento de los padres. ¿Puedes imaginar a Davina permitiendo a Naomi que consintiera? Aparte de eso, eres un anticuado, Mike, vives en otra época. Son hijos de la actualidad y yo diría que el matrimonio ni se les ocurrió. ¿Casarse? Eso es para los viejos y los Virsons de este mundo.

»Además, una cosa así, una matanza, te afecta. Quizá comprendieron algo: que estaban marcados, que nadie haría nada por ellos, sólo se tenían el uno al otro.

Subieron hasta la casa y Wexford estaba a punto de hacer sonar la campanilla cuando vio que la puerta se hallaba ligeramente entreabierta, dejada así sin duda por «Creadores de Interiores». Vaciló, y luego entró, seguido por Burden y Vine.

Se encontraban en el *serre,* los dos, tan concentrados en lo que hacían que por un instante no oyeron nada. Las dos cabezas oscuras estaban muy juntas. Sobre la mesa de cristal había un collar de perlas, un brazalete de oro y un par de anillos, uno un rubí rodeado de diamantes, el otro un conjunto de perlas y zafiros.

Daisy se contemplaba su propio dedo, el dedo anular de la mano izquierda en el que Tanny Hogarth quizá acababa de colocar su anillo de compromiso: un gran racimo de diamantes; diamantes por valor de mil novecientas libras.

Ella se giró en redondo. Se levantó cuando vio quién era y, con un gesto involuntario de la mano en la que llevaba el diamante, hizo caer todas las joyas al suelo.

Esta obra, publicada por
EDICIONES GRIJALBO, S.A.,
se terminó de imprimir en los talleres
de Novagrafik, S.A., de Barcelona,
el día 16 de julio
de 1993